JENNIFER MATHIEU

MOXIE

Zeit, zurückzuschlagen

Aus dem amerikanischen Englisch
von Alice Jakubeit

Für alle weiblichen Teenager,
die für die gute Sache kämpfen.

Und für meinen Lehrer im Fach »Aktuelle Themen« in der Zwölften, der mich vor versammelter Klasse einen »Feminazi« nannte. Sie haben mich beleidigt, aber Sie haben auch mein Interesse am Feminismus geweckt, insofern war das ein Eigentor.
Rache ist ein Gericht, das man am besten kalt genießt, Sie Volltrottel.

KAPITEL EINS

Mein Englischlehrer Mr Davies fährt sich über seinen militärisch kurzen Bürstenschnitt. Am Haaransatz glitzern Schweißperlen, und seine aufgeblasenen Wangen sind gerötet. Er sieht aus wie ein betrunkenes Stachelschwein.

Betrunken könnte sogar stimmen. Auch wenn es Dienstagvormittag ist.

»Sprechen wir über die Symbolik in Zeile zwölf des Gedichts«, verkündet er, und ich greife zum Stift, um mir genau aufzuschreiben, was er sagt, als er uns erklärt, was das goldene Licht hinter den blauen Vorhängen in Wirklichkeit zu bedeuten hat. Mr Davies sagt zwar, *wir* sollen über die Symbolik sprechen, aber wenn wir später einen Test darüber schreiben, erwartet er von uns, dass wir wortwörtlich das wiedergeben, was *er* uns erzählt hat.

Ich blinzele und versuche, wach zu bleiben. Die Hälfte der Klasse ist mit ihren Handys beschäftigt und grinst verhalten in den eigenen Schoß. Ich kann regelrecht spüren, wie mein Hirn sich zersetzt.

»Vivian, was meinen Sie?«, fragt Mr Davies mich. War ja klar.

»Na ja«, sage ich, sacke in mir zusammen und starre auf die Kopie mit dem Gedicht vor mir auf dem Tisch. »Ähm …« Ich werde rot. Warum muss Mr Davies ausgerechnet mich aufrufen? Warum knöpft er sich nicht einen von den Schoßgrinsern vor? Ich tue wenigstens so, als würde ich aufpassen.

Eine gefühlte Ewigkeit lang sagt keiner von uns etwas. Nervös rutsche ich auf meinem Stuhl herum. Mr Davies sieht mich an. Ich kaue verzagt auf der Unterlippe. Mr Davies sieht mich an. Ich zermartere mir das Hirn nach einer Antwort, aber inzwischen sind alle Blicke auf mich gerichtet, und da kann ich nicht klar denken. Irgendwann gibt Mr Davies auf.

»Lucy?«, ruft er die Neue auf, die sich schon meldet, seit er die Frage gestellt hat. Ausdruckslos sieht er sie an und wartet.

»Na ja«, setzt Lucy an, und man sieht genau, dass sie es kaum erwarten kann, loszulegen. Sie setzt sich sogar aufrechter hin. »Wenn man an das denkt, was das lyrische Ich in Zeile acht sagt, dann frage ich mich, ob das Licht nicht einen, ähm, wie nennt man das ... irgendwie einen *Wechsel* im Verständnis des lyrischen Ichs anzeigt ...«

Ein Husten hinten im Klassenraum unterbricht sie, gefolgt von einem gemurmelten: »Mach mir ein Sandwich.«

Und dann wird überall gekichert und gelacht.

Ich muss mich nicht umdrehen, um zu wissen, dass es Mitchell Wilson ist, der da das Arschloch gibt, angefeuert von seinen Kotzbrocken von Footballkumpels.

Lucy schnappt nach Luft. »*Was* hast du da gerade gesagt?«, fragt sie und dreht sich um, die Augen vor Überraschung weit aufgerissen.

Mitchell grinst sie hämisch an, die blauen Augen halb unter seinem kastanienbraunen Haar verborgen. Er könnte sogar ganz niedlich sein, wenn er nie den Mund aufmachen, nicht hier rumlaufen, nicht atmen oder sonst irgendwas tun würde.

»Ich habe gesagt«, setzt Mitchell an und amüsiert sich köstlich, »mach ... mir ... ein ... Sandwich.« Seine Speichellecker lachen, als wäre das die originellste Comedy-Zeile ever, obwohl sie diesen Spruch seit dem Frühjahr alle rauf- und runterleiern.

Lucy wendet sich wieder nach vorn. Von der Brust an aufwärts bekommt sie lauter rote Flecken. »Das ist nicht witzig«, bringt sie leise hervor. Sie lässt ihr langes schwarzes Haar nach vorn gleiten, als wollte sie sich dahinter verstecken.

Mr Davies schüttelt den Kopf und runzelt die Stirn.

»Wenn es hier nicht möglich ist, eine vernünftige Diskussion zu führen, müssen wir das eben anders machen«, sagt er zu uns. »Holen Sie alle Ihre Grammatikbücher heraus und fangen Sie mit den Übungen auf Seite 25 und 26 an. Sie haben Zeit bis morgen.« Ich könnte schwören, dass er diese Seiten vollkommen willkürlich ausgesucht hat. Wer weiß, ob wir den Stoff dazu überhaupt schon hatten.

Während meine Klassenkameraden kollektiv stöhnen und ich in meinem Rucksack nach dem Buch suche, fasst Lucy wieder ein bisschen Mut und meldet sich zu Wort: »Mr Davies, das ist nicht gerecht. Wir *hatten* eine vernünftige Diskussion. Aber die da« – sie nickt nach hinten – »sind doch die, die sie ruiniert haben. Ich verstehe nicht, warum Sie uns alle dafür bestrafen.«

Innerlich krümme ich mich. Lucy ist neu auf der East Rockport High. Sie weiß noch nicht, was jetzt kommt.

»Lucy, habe ich nicht gerade gesagt, dass alle mit den Übungen auf Seite 25 und 26 des Grammatikbuchs anfangen sollen?«, stößt Mr Davies hervor, und Lucy runterzuputzen, scheint ihm wesentlich mehr Spaß zu machen als die Erörterung des goldenen Lichts hinter den blauen Vorhängen.

»Doch, aber …«, setzt Lucy an.

»Nein, Schluss jetzt«, unterbricht Mr Davies sie. »Schluss

damit. Sie dürfen zusätzlich auch die Übungen auf Seite 27 bearbeiten.«

Mitchell und seine Freunde lachen sich schlapp, während Lucy wie betäubt dasitzt und Mr Davies mit großen Augen anstarrt. Als hätte in ihrem ganzen Leben noch kein Lehrer so mit ihr geredet.

Ein paar Augenblicke später wird es Mitchell und seinen Freunden zu langweilig, und sie kriegen sich wieder ein. Nach und nach machen sich alle resigniert an die Aufgaben. Meine Stirn ist auf das Wort *Nebensätze* gerichtet, aber mein Blick wandert verstohlen zu Lucy. Sie starrt ihr ungeöffnetes Grammatikbuch an, als hätte jemand sie damit geohrfeigt und sie hätte sich noch nicht davon erholt. Ich zucke innerlich zusammen. Es ist nicht zu übersehen, dass sie sich bemüht, nicht zu weinen.

Als es endlich klingelt, schnappe ich mir meine Sachen und verlasse den Klassenraum so schnell wie möglich. Lucy sitzt noch an ihrem Platz und packt mit gesenktem Kopf ihre Sachen in ihren Rucksack.

Auf dem Flur sehe ich Claudia auf mich zukommen.

»Hey«, sage ich und setze den Rucksack auf.

»Hey«, antwortet sie und grinst mich genauso an wie damals, als wir in der Vorschule beste Freundinnen wurden, vereint durch unsere gemeinsamen Vorlieben für Sticker und Schokoladeneis. »Was geht ab?«

Ich vergewissere mich unauffällig, dass weder Mitchell noch seine Freunde in Hörweite sind. »Wir haben gerade krass viele Grammatikhausaufgaben bekommen. Mitchell hat dieses neue Mädchen, Lucy Hernandez, gemobbt, und anstatt ihn sich vorzuknöpfen, hat Mr Davies der ganzen Klasse zusätzliche Hausaufgaben aufgedrückt.«

»Lass mich raten«, sagt Claudia, während wir über den Flur gehen. »Mach mir ein Sandwich?«

»O mein Gott, wie bist du darauf nur gekommen?«, frage ich gespielt überrascht.

»Ach, nur so.« Claudia verdreht die Augen. Sie geht mir nur bis zur Schulter, und ich muss mich zu ihr hinabbeugen, um sie hören zu können. Ich bin eins achtundsiebzig und im vorletzten Highschooljahr, aber ich fürchte, ich wachse immer noch. Claudia dagegen ist schon seit der Sechsten so ein Winzling.

»Das ist so ein Bullshit«, murmele ich, als wir an meinem Spind stehen bleiben. »Und dabei ist es nicht mal originell. *Mach mir ein Sandwich.* Ich meine, Alter, man könnte sich doch wenigstens mal was ausdenken, was nicht schon seit der Middle School durchs Internet schwirrt.«

»Allerdings«, stimmt Claudia mir zu und wartet, während ich in den höhlenartigen Tiefen meines unaufgeräumten Spinds nach meinem Lunchpaket suche. »Aber hey. Was kann man von dem schon erwarten.« Ich sehe Claudia an, und sie zuckt die Schultern. Auf der Middle School war Mitchell nur ein Junge unter vielen, und sein Dad war bloß ein langweiliger Geschichtslehrer, der die Unterrichtszeit gern damit totschlug, uns auf YouTube Videos von berüchtigten Footballverletzungen zu zeigen, am liebsten solche, bei denen die Knochen aus der Haut ragten. Damals war Mitchell eher wie ein Mückenstich. Nervig, aber leicht zu vergessen, wenn man ihn einfach ignorierte.

Fünf Jahre später ist Mr Wilson in der undurchschaubaren Schulhierarchie der Stadt East Rockport unverhofft aufgestiegen und hat es zum Direktor der Highschool gebracht, während Mitchell fünfzehn Kilo zugelegt und East Rockport entdeckt hat, dass er eine perfekte Spirale werfen kann. Also ist es total okay, wenn Mitchell Wilson und seine Freunde im Unterricht Mädchen ins Wort fallen und ihnen sagen, sie sollen ihnen ein Sandwich machen.

In der Cafeteria schlängeln Claudia und ich uns zwischen den Tischen hindurch und setzen uns zu den Mädchen, mit denen wir immer zusammen essen: Kaitlyn Price, Sara Gomez und Meg McCrone. Wie wir zwei sind sie nette, ziemlich normale Mädchen, und wir kennen uns schon ewig. Sie sind Mädchen, die noch nie woanders gelebt haben als in dem 6 000-Einwohner-Nest East Rockport in Texas. Mädchen, die versuchen, nicht aufzufallen. Mädchen, die heimlich für Jungen schwärmen, die sie nie ansprechen werden. Mädchen, die im Unterricht still sind, ganz anständige Noten bekommen und hoffen, dass nicht ausgerechnet sie aufgerufen werden, um die Symbolik in Zeile zwölf eines Gedichts zu erklären.

Nette Mädchen halt.

Wir sitzen da, hecheln die letzten Unterrichtsstunden und den neuesten Tratsch durch, und während ich von meinem Apfel abbeiße, sehe ich Lucy Hernandez an einem Tisch mit ein paar anderen Einzelgängerinnen sitzen, die sich regelmäßig zusammentun, um nicht so einsam zu wirken. Ihr Tisch ist umgeben von dem Tisch der Sportskanonen, dem Tisch der Beliebten, dem Tisch der Kiffer und dem Tisch mit den anderen Leuten, die in keine Schublade passen. Lucys Tisch ist der deprimierendste. Sie redet mit niemandem, sondern rammt bloß eine Plastikgabel in eine abgestoßene Tupperdose mit einem unendlich traurig wirkenden Nudelgericht.

Ich überlege, ob ich zu ihr gehen und sie an unseren Tisch einladen soll, aber dann muss ich an Mitchell und seine Dumpfbackenfreunde denken, die mitten in der Cafeteria sitzen, herumalbern und nur auf eine Gelegenheit warten, einer von uns noch mehr Frauenhasserscheiß an den Kopf zu werfen. Und nach dem, was gerade in Englisch passiert ist, ist Lucy Hernandez wahrscheinlich gerade eine erstklassige Zielscheibe dafür.

Also lade ich sie nicht an unseren Tisch ein.

Vielleicht bin ich doch nicht so ein nettes Mädchen.

KAPITEL ZWEI

Als ich von der Schule nach Hause komme, wartet Joan Jett, unsere uralte getigerte Katze, schon hinter der Tür auf mich. Sie begrüßt uns gern an der Haustür – in diesem Punkt ist sie mehr Hund als Katze – und sie miaut und maunzt für ihr Leben gern und will auf Teufel komm raus Aufmerksamkeit erregen, was sie meiner Mutter zufolge zur perfekten Namensvetterin für die menschliche Joan Jett macht, für diese Frau, die in den 1970ern in einer reinen Frauenband namens The Runaways spielte, bevor sie ihre eigene Band gründete. Als Claudia und ich noch jünger waren, haben wir immer Videos von Joan Jett, der Katze, gedreht, wie sie zu Songs von Joan Jett, der Sängerin, tanzte.

Ich streichele Joan Jett kurz und entdecke dann auf der Küchentheke eine Nachricht von meiner Mutter. Sie könnte mir einfach eine SMS schreiben, aber ihr gefällt das »Haptische am Papier«, wie sie es nennt.

Hab heute Spätschicht. Meemaw und Grandpa haben gesagt, Du kannst zum Abendessen rübergehen, wenn Du magst. Falte bitte die Wäsche auf meinem Bett zusammen und räum sie weg. Hab Dich lieb. xoxoxo Mom

Mittlerweile bin ich alt genug, um allein zu Hause zu bleiben, wenn Mom Spätschicht in der Notfallpraxis hat, aber als ich klein war, holte Meemaw, meine Oma, mich immer von der Schule ab, wenn Mom Spät- oder Nachtschicht hatte. Dann aß ich mit ihr und Grandpa ein Tiefkühlgericht von Stouffer's, und hinterher rieten wir alle bei *Glücksrad* mit, bevor die beiden mich im ehemaligen Kinderzimmer meiner Mutter ins Bett brachten. Meemaw hatte es in pastelligen Rosa- und Grüntönen gestrichen, und von den alten Punkrockpostern und -stickern meiner Mutter war keine Spur mehr zu sehen, aber ich spähte immer heimlich aus dem Fenster und stellte mir Mom als Teenager vor, wild und finster entschlossen, East Rockport eines Tages zu verlassen und nie zurückzukommen. Auch wenn sie nur die erste Hälfte ihres Plans hinbekommen hat, fasziniert mich die Jugend meiner Mutter noch immer.

Irgendwann bin ich dann immer eingedöst und je nachdem, wie müde Mom nach der Arbeit war, wachte ich entweder wieder auf, wenn Grandpa die *Today*-Show im Frühstücksfernsehen sah, oder ich wurde mitten in der Nacht wach gerüttelt, um an der Hand meiner Mutter den zehn Sekunden langen Fußweg zu unserem Haus anzutreten, in der Nase einen Hauch der Geruchsmischung aus Minze und Antiseptika, die Mom immer von der Arbeit nach Hause folgt. Mittlerweile gehe ich nur noch zum Abendessen rüber zu meinen Großeltern, wobei sie jedes Mal versuchen, mich zum Bleiben zu überreden, wie in der guten alten Zeit.

Mein Telefon summt. Meemaw.

»Hallo, Schätzchen, ich mache gerade Hühnchen-Enchiladas warm«, erzählt sie mir. »Magst du rüberkommen?«

Meemaw und Grandpa frühstücken um fünf, essen um elf zu Mittag und um Viertel vor fünf zu Abend. Früher dachte ich, das läge daran, dass sie schon alt sind, aber Mom sagt, so seien sie schon immer gewesen, und als sie mit achtzehn zu Hause auszog, habe sie sich wie eine Rebellin gefühlt, weil sie erst nach Einbruch der Dunkelheit zu Abend aß.

»Okay«, sage ich, »aber ich muss zuerst die Wäsche zusammenlegen.«

»Na, dann komm rüber, wenn du fertig bist.«

Als kleinen Imbiss hole ich mir ein Stück Käse aus dem Kühlschrank, und dann beantworte ich erst einmal ein paar Nachrichten von Claudia, die sich über ihren nervigen kleinen Bruder beklagt, bis ich mich aufraffe, endlich das mit der Wäsche hinter mich zu bringen. Gefolgt von der maunzenden Joan Jett gehe ich in Moms Zimmer, wo ich auf dem ungemachten Bett einen ganzen Berg Wäsche finde. Ich beginne damit, pastellfarbene Unterhosen zu ordentlichen Quadraten zu falten und BHs zusammenzulegen. Es sind alles Frauenklamotten. Mein Vater starb, als ich noch ein Baby war, bei einem Motorradunfall auf einer Spritztour über die Straßen von Portland, Oregon, wo er, Mom und ich damals lebten. Er hieß Sam, und ich weiß, es ist komisch, so etwas über den eigenen Vater zu sagen, obwohl man sich gar nicht an ihn erinnern kann, aber von Fotos weiß ich, dass er voll süß war – dunkelblond, grünäugig und schön muskulös, aber nicht so muskelbepackt, dass es gruselig oder eklig gewesen wäre.

Mom vermisst ihn noch immer, und eines Abends vor etwa einem Jahr, als sie zu viel Wein getrunken hatte, erzählte sie mir, es sei unheimlich, dass sie immer älter werde, aber Sam immer gleich alt bleiben würde. So nannte sie ihn mir gegenüber, »Sam«. Nicht »dein Vater«, sondern Sam, und das war er wohl vor allem für sie. Ihr Sam. Danach ging sie in ihr Zimmer, und ich hörte, wie sie sich in den Schlaf weinte, was meiner unsentimentalen Mutter gar nicht ähnlichsah. Manchmal habe ich ein schlechtes Gewissen, weil ich meinen Vater nicht vermisse, aber ich habe einfach überhaupt keine eigenen Erinnerungen an ihn. Ich war erst acht Monate alt, als er starb, und danach zogen Mom und ich zurück nach East Rockport, damit meine Großeltern sich um mich kümmern konnten, während meine Mutter ihre Ausbildung zur Krankenschwester fertig machte. Und jetzt, sechzehn Jahre später, sind wir noch immer hier.

Als ich einige der schlichten Sommerkleider meiner Mutter aufhänge, fällt mein Blick auf einen vollgestopften, abgewetzten Schuhkarton, den sie auf dem obersten Regal ihres Kleiderschranks aufbewahrt. Er ist mit schwarzem Edding mit MEINE VERGEUDETE JUGEND beschriftet. Ich hänge das letzte Kleid in den Schrank, ziehe den Schuhkarton von seinem Ruheplatz und nehme ihn mit in mein Zimmer. Diesen Karton habe mir schon oft angesehen. Damals, als Claudia und ich unsere Joan-Jett-Katzentanzvideo-Phase hatten, holte ich ihn gern herunter, um darin zu stöbern, aber mittlerweile habe ich ihn seit Jahren nicht mehr angefasst.

Nun nehme ich den Deckel ab und breite behutsam die alten Musikkassetten und Fotos, die neonfarbenen Flugblätter und die Dutzenden von fotokopierten Heftchen mit Titeln wie *Girl Germs*, *Jigsaw* und *Gunk* auf meinem Bett aus. Ich betrachte ein Polaroidfoto meiner Mutter, auf dem sie nur wenige Jahre älter aussieht als ich jetzt, vielleicht neunzehn oder zwanzig. In ihrem langen dunklen Haar ist eine platinblonde Strähne, und sie trägt ein abgerissenes Babydoll-Kleid und Soldatenstiefel. Sie streckt der Kamera die Zunge heraus und hat einer anderen Frau mit dunklen Augen und einem Piercing in der Augenbraue die Arme um den Hals geschlungen. Auf einen Arm hat meine Mutter sich mit schwarzem Stift RIOT STATT DIET geschrieben.

Sie redet nicht viel über die Zeit, bevor sie meinen Vater in Portland kennenlernte, aber wenn doch, dann grinst sie immer ein bisschen stolz, vielleicht weil sie sich daran erinnert, wie sie nach der Highschool in einem uralten Toyota, den sie sich von ihrem eigenen Geld gekauft hatte, nach Washington fuhr, einfach, weil dort ihre Lieblingsbands lebten und spielten. Bands mit Namen wie Heavens to Betsy und Excuse 17. Bands, die fast vollständig aus Frauen bestanden, die Punkrock spielten, von Gleichberechtigung sangen und selbstgemachte Heftchen herausgaben, die sie nicht Magazines, sondern Zines nannten.

Sich selbst nannten sie Riot Grrrls.

Damals war meine Mutter ziemlich wild. Wild im Sinne von: eine Kopfseite kahl geschoren, schwarze Doc Martens und Lippenstift in der Farbe eines üblen Blutergusses. Im Vergleich zu vielen anderen Müttern ist Mom ziemlich entspannt – zum Beispiel hat sie immer offen mit mir über Sex geredet, und es macht ihr nichts aus, wenn ich in ihrer Gegenwart hin und wieder fluche –, aber es fällt mir trotzdem schwer, die Frau auf dem Polaroid mit der Mom, die ich kenne, in Einklang zu bringen. Mit der Frau in fliederfarbener, mit Schmetterlingen bedruckter Krankenschwesternkleidung, die einmal im Monat am Küchentisch die Zahlungsein- und -ausgänge auf ihrem Bankkonto kontrolliert.

Ich mache es mir auf meinem Bett bequem und betrachte eine Seite in einem der Riot-Grrrl-Zines, auf der ein Cartoon abgebildet ist: Wonder Woman mit grimmigem Blick, die Hände in die Hüften gestemmt, und aus ihrem Mund kommen Worte, die die Männer warnen, sich mit ihr anzulegen, wenn sie durch die Stadt geht, es sei denn, sie wollten einen Schlag ins Gesicht. Grinsend betrachte ich dieses Bild, dann blättere ich weiter und wünsche mir plötzlich, dass Wonder Woman auf die East Rockport High ginge und in sämtlichen Kursen säße, die ich mit Mitchell Wilson zusammen habe. Als Joan Jett maunzend ihr Abendessen einfordert, muss ich mich zwingen, alles zurück in den Schuhkarton zu packen und ihn wieder in Moms Schrank zu verstauen. Ich kann es nicht genau erklären, aber die Sachen in diesem Karton haben etwas an sich, was mich aufmuntert. Ich fühle mich irgendwie verstanden. Was schon komisch ist, denn Riot Grrrl, das war vor einer Million Jahren, und keine dieser Frauen kennt mich. Aber ich wünschte plötzlich, ich würde sie kennen.

Meemaw hat einen Gockel-Tick. Gockel auf Geschirrtüchern, Gockel auf Tellern, Gockel aus Keramik, die wie bei einer Parade auf der Fensterbank marschieren. Sie hat sogar Salz- und Pfefferstreuer in Form von Gockeln.

Ich nehme ihren Salzstreuer in die Hand und betrachte das immerwährende freundliche Lächeln des Gockels.

»Lächeln Hähne eigentlich wirklich?«, frage ich und streue Salz auf meine Portion Dosengemüse.

»Sicher«, sagt Meemaw. »Sie sind sehr gesellig.«

Mein Großvater grunzt nur und spießt mit der Gabel ein Stück der Hühnchen-Enchiladas von Stouffer's auf seinem Teller auf. »Wie viele Hähne hast du persönlich kennengelernt, Maureen?«, fragt er.

»Diverse«, antwortet Meemaw, ohne mit der Wimper zu zucken, und Grandpa seufzt bloß, aber ich weiß, er liebt es, dass Meemaw immer das letzte Wort hat.

Dass meine Großeltern so durch und durch großelterlich sind, gefällt mir. Ich höre gern zu, wenn sie sich kabbeln, sich milde necken, sich so unterhalten, wie es wahrscheinlich nur zwei Menschen tun, die schon ewig zusammen sind. Mir gefallen die lustigen Redewendungen, die Grandpa immer wieder hervorkramt und im Brustton der Überzeugung von sich gibt (»Denk dran, Vivian, wer sich auf dem Schulweg verirrt, findet sich im Leben nicht zurecht«). Und ich mag es, dass Meemaw unbeirrt jeden Abend *Glücksrad* schaut und einfach in den Raum posaunt, was ihr in den Sinn kommt (»Charlie Naseweis! *Grüne Tomaten!* Sour-Cream-and-Onion-Kartoffelchips!«), obwohl sie noch nie irgendetwas richtig geraten hat.

Bei Meemaw und Grandpa ist es einfach gemütlich. Aber wie die meisten Großeltern blicken sie es überhaupt nicht, was es bedeutet, ein Mädchen und sechzehn und in der elften Klasse zu sein.

»Ist heute irgendwas Aufregendes in der Schule passiert?«, fragt Meemaw und tupft sich mit ihrer Serviette die Mundwinkel ab. Ich schiebe mit der Gabel meine grünen Bohnen über den Teller und denke an die Englischstunde und die Hausaufgaben, die noch in meinem Rucksack warten.

»Nichts besonders Aufregendes«, sage ich. »Ich habe einen Haufen Zusatzaufgaben an der Backe, bloß weil Mitchell Wilson und seine Freunde solche Vollidioten sind.«

Grandpa runzelt die Stirn, und Meemaw fragt, was ich damit meine, also erzähle ich ihnen von Mitchells blödem Spruch.

»Ich verstehe nicht einmal, was das heißen soll«, sagt Meemaw. »Warum will er denn, dass ihm jemand ein Sandwich macht?«

Ich atme tief durch. »Er wollte gar nicht, dass ihm jemand ein Sandwich macht, Meemaw«, erkläre ich. »Das ist einfach dieser bescheuerte Witz, mit dem die Jungs uns Mädchen sagen wollen, dass wir in die Küche gehören und keine Meinung haben sollten.« Meine Stimme ist immer lauter geworden.

»Oh. Tja, das war jedenfalls nicht sehr nett von Mitchell«, sagt Meemaw und reicht Grandpa den Salzgockel.

Ich zucke die Achseln und versuche kurz, mir vorzustellen, wie es sein muss, wenn man im Ruhestand ist und sich den ganzen Tag mit seiner Keramikgockelsammlung beschäftigen kann, ohne etwas von den Verhältnissen auf der Highschool von East Rockport zu ahnen.

»Was er gesagt hat ...« Ich halte inne und sehe wieder die leuchtend roten Flecken vor mir, die Lucy Hernandez vor Verlegenheit bekam. Dabei wird auch mir kurz heiß, aber nicht vor Verlegenheit. »Na ja, ich finde, das ist voll sexistisch.« Es fühlt sich gut an, das auszusprechen.

»Ich schätze, vom Sohn eines Schuldirektors hätte ich bessere Manieren erwartet«, sagt Meemaw und übergeht meine Bemerkung.

»Kannst du dir vorstellen, was Lisa bei so etwas getan hätte?«, fragt mein Großvater plötzlich und blickt meine Großmutter an.

Neugierig sehe ich Grandpa an. »Was denn? Was hätte Mom getan?«

»Ich mag gar nicht daran denken«, sagt Meemaw und hält die Hand vor sich wie ein Verkehrshelfer, der einen auffordert, stehen zu bleiben.

»Deine Mutter hätte sich richtig ins Zeug gelegt«, fährt Grandpa fort und kratzt die letzte Gabel voll auf seinem Teller zusammen. »Sie hätte ... eine Unterschriftenkampagne gestartet. Hätte ein großes Schild gemalt und wäre damit durch die Schule marschiert. Zuallererst hätte sie einen richtigen Wutanfall bekommen.«

Ich muss lachen. Die Geschichten über ihre rebellische Jugend setzen ein, lange bevor sie in den Pazifischen Nordwesten zog und sich den Riot Grrrls anschloss. Zum Beispiel ist sie einmal mit knallblau gefärbten Haaren an der East Rockport High aufgetaucht, nachdem der Direktor am Tag zuvor verkündet hatte, von nun an gestatte die Kleiderordnung keine unnatürlichen Haarfarben mehr. Sie wurde für eine Woche vom Unterricht ausgeschlossen, und meine Großeltern mussten ein Vermögen dafür ausgeben, das Blau überfärben zu lassen, ohne dass Mom die Haare ausfielen. Kurz stelle ich mir vor, was es für ein Gefühl gewesen sein muss, durch den Hauptflur der Schule zu laufen, während einen alle anstarren, weil man Haare hat, die wie blaues Wassereis aussehen. Allein beim Gedanken daran krümme ich mich innerlich.

»Das Problem war, dass deine Mutter immer Streit gesucht hat«, fährt Meemaw fort und trinkt ihren Eistee aus. »Sie hatte mehr Courage, als gut für sie war. Damit hat sie es sich unnötig schwer gemacht. Und uns auch, sosehr wir sie auch lieben.«

»Ja, ich weiß«, sage ich. Diese Ansprache kenne ich schon. Und vielleicht hat sie es Meemaw und Grandpa wirklich schwer gemacht, aber die Frau auf dem Polaroid in dem MEINE VERGEUDETE JUGEND-Schuhkarton schien das Leben gar nicht so furchtbar zu finden. Sie schien Spaß zu haben. Sie schien es zu genießen, für etwas zu kämpfen, auch wenn sie nicht immer gewann.

»Die gute Nachricht ist«, verkündet Meemaw kategorisch, »dass das Rebellionsgen eine seltsame Mutation gewesen zu sein scheint.« Sie lächelt mich an und stapelt das schmutzige Geschirr aufeinander.

»Unsere brave Vivian«, stimmt Grandpa zu. Er greift sogar über den Tisch und zerstrubbelt mir mit seiner großen schwieligen Großvaterhand die Haare, als wäre ich erst zehn.

Ich lächele zurück, aber mit einem Mal bin ich genervt. Es

gefällt mir nicht, genervt von Grandpa zu sein. Oder von Meemaw. Aber es gefällt mir auch nicht, brav genannt zu werden. Selbst wenn es wahrscheinlich – nein, garantiert – stimmt. Also sage ich nichts dazu. Ich lächle bloß und versuche, meine Genervtheit zu verdrängen.

Nach dem Abendessen mache ich meine Hausaufgaben (natürlich). Dann setze ich mich zu meinen Großeltern ins Wohnzimmer (von Meemaw und Grandpa »Fernsehzimmer« genannt), um mit ihnen *Glücksrad* anzuschauen, lache über Meemaws abstruse Antworten (»›Luck Be A Lady Tonight‹!«, *»Susi und Strolch!«*, *»My Fair Lady!«*) und lasse mir von Grandpa einen koffeinfreien Kaffee mit Milch und Zucker machen. Aber ich muss immer wieder daran denken, wie verletzt Lucy ausgesehen hat und wie schadenfroh Mitchell und seine bescheuerten Freunde gegrinst haben. Diese Hitze, die beim Abendessen urplötzlich in mir aufstieg, regt sich erneut und lässt meinen Magen zusammenkrampfen. Ich fühle mich ganz rastlos.

Als *Glücksrad* zu Ende ist, verabschiede ich mich von meinen Großeltern. Wie üblich protestieren sie und versuchen, mich noch zum Bleiben zu überreden, wenigstens bis nach der Castingshow *Dancing With The Stars*. Aber ich lehne ab, küsse die beiden auf die Wange und bedanke mich – brav – dafür, dass sie mich zum Essen eingeladen haben.

»Jederzeit, mein Schatz«, sagt Grandpa, bringt mich zur Tür und nimmt mich fest in die Arme, und da bekomme ich ein schlechtes Gewissen, weil ich vorhin so genervt von ihm war.

Zu Hause sehe ich mir noch irgendeinen Quatsch im Fernsehen an und spiele ein bisschen mit meinem Handy herum. Dann beschließe ich, mich bettfertig zu machen, und ziehe meinen Schlafanzug an – Boxershorts und ein altes Runaways-T-Shirt mit einer sehr jungen Joan Jett (der menschlichen) darauf, das meine Mutter mir irgendwann mal zu Weihnachten geschenkt hat. Während ich mir die Zähne putze, höre ich, dass die Haustür geöffnet wird.

»Mom?« Ich gehe in den Flur, der in die Küche führt.

»Hallo, junge Dame«, antwortet sie und wirft die Autoschlüssel auf die Arbeitsplatte, wo sie am Standmixer liegen bleiben. Dann bleibt sie mitten in unserer briefmarkengroßen Küche stehen und starrt an die Decke, ehe ihr ein lauter Seufzer entfährt. »O Mann, was für ein Abend.« Mom löst ihren Haarknoten, und ihr dickes schwarzes Haar gleitet ihren Rücken hinab wie der Vorhang nach einer Theateraufführung. Sie geht zum Kühlschrank und späht hinein, und ich putze mir die Zähne zu Ende und gehe zurück zu ihr.

»Wo ist der Rest vom Chinaimbiss?«, fragt sie, während sie Schachteln und Coladosen hin und her schiebt.

»Habe ich neulich aufgegessen«, sage ich und mache ein bedauerndes Gesicht, als sie mich gespielt verärgert über die Kühlschranktür hinweg ansieht.

»Mist«, murmelt sie. »Na ja, ein Eis um zehn Uhr abends hat noch niemanden umgebracht. Jedenfalls nicht, dass ich wüsste.« Sie holt eine Packung Pfefferminzeis mit Schokostückchen aus dem Gefrierschrank und geht damit in unser kleines Wohnzimmer gleich neben der Küche, wo wir den Großteil unserer gemeinsamen Zeit verbringen. Ich folge ihr. Sie setzt sich auf ihren üblichen Platz auf dem abgewetzten Sofa und klopft neben sich aufs Polster. Ich setze mich zu ihr.

»Alles in Ordnung?«, frage ich, während sie einen Löffel Eis isst und sich endlich ein bisschen entspannt.

»Ja, bin nur müde.« Sie runzelt die Stirn und schaufelt sich einen weiteren großen Löffel Eis aus der Packung. »Sobald ich zur Tür reinkam, hatten wir bis Schichtende alle Hände voll zu tun.«

»Irgendwas Ekliges oder Gruseliges?«, frage ich.

Sie schluckt herunter, lehnt den Kopf an und schließt kurz die Augen. Mom ist noch immer schön, selbst in dieser rosa Schwesternkleidung mit den winzigen weißen Gänseblümchen darauf. Ihr dunkles Haar kontrastiert mit ihrer hellen Haut, und sie bewegt sich trotz ihrer Größe total anmutig. Meemaw sagt, wir sehen uns sehr ähnlich, auch wenn wir uns im Verhalten nicht ähneln, und ich hoffe, sie hat recht, obwohl ich das selbst jetzt nicht unbedingt finde.

»Nein, zum Glück nichts allzu Gruseliges. Bloß Harnleiterinfektionen und entzündete Ohren.« Manchmal kommt Mom mit bizarren Geschichten nach Hause, über die wir beide lachen müssen, wie an dem Tag, als ein Kind sich einen ganzen Haufen Vitamintabletten in die Nase gesteckt hatte.

Eine Weile sitzen wir schweigend da, und ich streichele einen ihrer langen blassen Arme. Sie sieht mich an und lächelt.

»Wie wars in der Schule?«, fragt sie.

»Wie immer. Schule eben.«

»Was für eine ausführliche Schilderung.«

»Es gibt einfach nichts zu erzählen«, beteuere ich. Was natürlich nicht stimmt. An einem anderen Abend hätte ich ihr wahrscheinlich erzählt, was für einen beknackten Spruch Mitchell Wilson abgesondert hat, wie leid mir Lucy tat und wie wütend ich auf Mr Davies war, weil er uns alle bestraft hat, anstatt sich mit dem eigentlichen Problem zu befassen. Vielleicht hätte ich sogar zugeben können, dass ich mich über Meemaw und Grandpa geärgert habe, weil sie mich brav genannt haben. Aber daran, wie Mom die Stirn runzelt, um die Augen offen zu halten, merke ich, dass sie völlig erledigt ist.

»Na ja, es ist sowieso schon spät«, sagt sie, »und du solltest ins Bett gehen. Ich rieche wie eine Notfallpraxis, aber gib mir trotzdem einen Gutenachtkuss, ja?«

Ich beuge mich zu ihr, umarme sie und gebe ihr ein Küsschen auf die Wange, und als ich in mein Zimmer gehe, höre ich, dass Mom den Fernseher anstellt, um abzuschalten. Dann schließe ich meine Zimmertür, schlüpfe unter die Decke und schalte die Nachttischlampe aus. Die phosphoreszierenden Sterne an der Decke leuchten, als wollten sie Hallo sagen. Ich setze die Kopfhörer auf und muss wieder an Moms MEINE VERGEUDETE JUGEND-Karton denken. Dann durchsuche ich mein Handy nach Riot-Grrrl-Musik und spiele einen Song namens »Rebel Girl« von einer Band namens Bikini Kill ab.

Er beginnt mit hämmernden Drums, die so stark und wütend klingen, dass ich fürchte, wenn ich das nur laut genug hörte, könnte ich vom Bett abheben. Dann kommt die Gitarre dazu.

Aber der beste Teil ist der, wo die Leadsängerin einsetzt und ihre Stimme wie eine Rakete aus ihrem Bauch heraufschießt.

That girl thinks she's the queen of the neighborhood
She's got the hottest trike in town
That girl she holds her head up so high
I think I wanna be her best friend, yeah
Rebel girl, rebel girl
Rebel girl, you are the queen of my world

Die Musik hämmert und knurrt und spuckt, und während ich zuhöre, kann ich die müde, Eis essende, Schwesternkleidung tragende Mom auf der Couch kaum mit der Frau in dem MEINE VERGEUDETE JUGEND-Schuhkarton in Einklang bringen. Der Frau mit der platinblonden Strähne im Haar, die die Zunge herausgestreckt hat und deren Blick besagt, dass sie keine Angst hat, sich zu wehren.

Ich weiß, dass sie jetzt oft müde und erschöpft ist und sich Sorgen macht, wie sie all die Rechnungen bezahlen soll. Aber es gab eine Zeit, in der sie diese Musik gehört hat. In der sie gewütet und getobt und rebelliert hat. In der sie nicht brav war. Es gab eine Zeit, in der sie in vollen Zügen und laut gelebt hat. Und das kann ihr niemand mehr nehmen.

Als der Song zu Ende ist, liege ich einen Moment lang in der Stille da. Dann drücke ich noch einmal auf Play und warte darauf, dass die Drums ihre Attacke von vorne beginnen.

KAPITEL DREI

Die Woche geht weiter wie immer. Am Mittwoch will Mr Davies die bescheuerten Zusatzaufgaben aus dem Grammatikbuch nicht einmal sehen. Lucy Hernandez hebt im Unterricht kein einziges Mal die Hand. Nach der Schule gehe ich nach Hause, mache meine Hausaufgaben, schreibe Claudia, höre Musik und gehe schlafen. Der Donnerstag verläuft ganz ähnlich. Seit der Middle School passiert jedes Jahr so ziemlich das Gleiche. Jeden Herbst denke ich nach den Ferien, dass sich in diesem Jahr vielleicht etwas verändert – dass etwas passiert, was mein karussellartiges Leben umkrempelt. Aber ich bin so an den gleichförmigen Ablauf des Jahres an der East Rockport High gewöhnt, dass ich nicht einmal sagen kann, was dieses Etwas, das sich verändern soll, sein könnte. Ich weiß nur, Ende September ist immer schon klar, dass wieder ein Schuljahr vor mir liegt, das wie ein sehr langes Stück Highway ist.

Am heutigen Freitag ist das einzig Außergewöhnliche, dass sich das Schicksal des Footballteams der East Rockport High wenige Stunden nach dem letzten Klingeln entscheiden wird.

East Rockport ist nur eine 3-A-Liga-Stadt, es ist also nicht so wie in Großstädten, aber unser Footballteam ist ziemlich gut. Und damit meine ich, dass wir es, als ich in der Fünften war, bis ins texanische Endspiel geschafft, aber dann verloren haben, und die Leute reden noch immer mehr über diesen Tag als darüber, dass einer der ersten Astronauten im Weltraum gleich hier in East Rockport geboren wurde. Im Herbst kommt mir der Unterricht freitags bloß wie ein Vorwand vor, der sicherstellen soll, dass wir zur Schule kommen, damit wir die mit orange-weißen Kreppbändern dekorierten Spinde der Footballspieler bewundern und vor dem Mittagessen zur obligatorischen Pep Rally, dem Einheizen für das abendliche Footballspiel, gehen, wo wir beim Frage-und-Antwort-Jubelspielchen mitmachen und Mitchell Wilson und sein Team durch die Korridore marschieren sehen wie Reinkarnationen von Tom Landry und Earl Campbell. Und dass ich überhaupt weiß, wer Tom Landry und Earl Campbell sind, zeigt wohl, dass ich wirklich in Texas geboren und aufgewachsen bin.

»Also, wir fahren heute Abend zusammen hin, oder?«, fragt Claudia, als wir uns für die Pep Rally auf die Tribüne setzen. »Mom hat gesagt, wir können ihr Auto haben. Sie bleibt bei Danny zu Hause, weil er ein bisschen krank ist.«

»Ja, okay.« Ich lasse mein Hinterteil auf eine der obersten Bankreihen plumpsen. Die Bläsertruppe spielt sich schon mal warm, und ich zucke zusammen. Es klingt wie eine Horde Elefanten, die um ihren Anführer trauern. In einer Ecke der Sporthalle beenden die Cheerleader in ihren orange-weißen Kostümen ihr Stretching.

Claudia und ich sind eigentlich keine großen Footballfans, aber wir gehen zu sämtlichen Spielen, sogar zu Auswärtsspielen wie dem heute Abend in Refugio. Das macht man hier so. Man geht zu den Spielen. Sogar Meemaw und Grandpa würden keines verpassen. Grandpa schreibt gern mit weißer Schuhcreme GO PIRATES! auf die Heckscheibe ihres Autos, wobei Meemaw sich immer Sorgen macht, dass ihm das die Sicht nimmt. Claudia und ich sitzen bei Spielen immer im Schülerbereich, aber normalerweise am Rand, wie auch bei den Pep Rallys. Wir teilen uns eine Schachtel supersalziges Popcorn und klatschen mit unseren fettigen Händen halbherzig mit, wenn Emma Johnson und die übrigen Cheerleader die Sprechchöre anführen, wobei ihre Stimmen auf und ab schwingen wie Schaukeln: »LET'S go, PI-rates.« Klatsch, klatsch, klatschklatschklatsch. »LET'S go, PI-rates.« Klatsch, klatsch, klatschklatschklatsch.

»Boah, können die mal endlich anfangen jetzt?«, murmelt Claudia und sieht sich hastig um, um sich zu vergewissern, dass uns keiner der Lehrer, die durch die Sporthalle patrouillieren, beobachtet. Dann holt sie ihr Handy heraus und checkt ihre Nachrichten.

Ich wiederum sehe mich gelangweilt um, und da entdecke ich ihn. Zwei Reihen hinter uns und etwa fünf Plätze weiter.

Meiner Erfahrung nach ist ein neuer Schüler immer irgendjemandes Cousin, der gerade aus Port Aransas oder so hergezogen ist, ein total unscheinbarer Typ mit einem unglaublichen Talent dafür, im Unterricht in der Nase zu bohren, wenn er denkt, niemand sieht hin. Seit der Siebten ist »der Neue« so ein Typ.

Bis jetzt. Denn an diesem Neuen sieht nichts nach East Rockport oder Port Aransas aus. Zunächst einmal trägt er enge schwarze Jeans und ein graues T-Shirt, und sein langes dunkles Haar hängt ihm in die Augen, als wollte er sich dahinter verstecken. Dann dreht er den Kopf ein Stück zur Seite, um sich am Hals zu kratzen, und da sehe ich, dass seine Haare am Hinterkopf kurz, beinahe ausrasiert, sind. Die Jungs in East Rockport tragen solche Frisuren nicht. Die Jungs in East Rockport lassen sich in der Küche von ihren Müttern oder Freundinnen neutrale Jungsfrisuren verpassen. Oder sie gehen zu Randy's Barbershop auf der Main Street und blättern *Playboy*-Hefte von 2002 durch, während sie darauf warten, dass Randy ihnen fünfzehn Dollar für den gleichen furchtbaren Schnitt abknöpft, den er ihnen schon seit dem Kindergarten macht. Und bei dem ihre Ohren wochenlang zu sehen sind.

Dieser Neue darf auf keinen Fall zu Randy gehen. Nie.

Außer dem supercoolen Haarschnitt hat er olivfarbene Haut, volle Lippen und dunkle Augen, die wie zwei Sturmwolken wirken. Er verfolgt das Treiben in der Sporthalle mit verwirrtem Interesse, so, als wäre die Pep Rally Teil einer Reportage über einen dieser seltsamen Stämme im Amazonasgebiet, die noch nie Kontakt zur modernen Zivilisation hatten.

Ich stupse Claudia an.

»Sieh nicht hin, also, möglichst nicht so auffällig, aber wer ist der Typ ein paar Reihen hinter uns? Der ist neu, oder?«

Claudia dreht sich um und betrachtet ihn, dann bläht sie ein bisschen angewidert die Nasenflügel, als wäre der Neue ein Fleck auf ihrem Lieblingsshirt, was voll unfair ist, wenn man bedenkt, wie fleckunähnlich der Neue ist.

»Der? Ja, ich weiß, wer das ist.«

Mir bleibt der Mund offen stehen, und Claudia grinst und freut sich über meine Verblüffung.

»Ach, komm schon, lass mich nicht so zappeln«, sage ich. An einer so kleinen Schule wie der East Rockport High ist es zwar sowieso nur eine Frage der Zeit, bis ich seinen Namen erfahre, aber es wäre trotzdem schön, ihn so früh wie möglich zu kennen, damit ich ihn mir realistischer als meinen ersten Freund vorstellen kann. Mit Fantasiefreunden habe ich viel mehr Erfahrung als mit echten Jungen.

Claudia dreht bedächtig ihr langes Haar um einen Finger und spannt mich weiter auf die Folter.

»Er heißt Seth Acosta und ist auch in der Elften«, sagt sie

schließlich. »Seine Eltern sind diese komischen Künstlertypen aus Austin, und sie haben von meinen Eltern das Haus und diese ausgebaute Garage gemietet, die sie als Galerie verwenden. Unten an der Bucht.«

»Beim Herrenhaus?«, frage ich. Oakhurst Mansion gehörte ursprünglich einem gewissen Colonel Oakhurst, der in der Armee der Republik Texas diente. In der Grundschule mussten wir dieses muffige Haus, das Ende der 1880er-Jahre erbaut wurde und keine Toiletten hatte, einmal im Jahr besichtigen. Eine der einzigartigen Erfahrungen, die man nur macht, wenn man seine Kindheit in East Rockport verlebt, schätze ich.

»Ja, am Oakhurst Mansion«, sagt Claudia. »Warum? Überlegst du etwa, mal einen echten, lebendigen Jungen anzusprechen?«

Ich werfe ihr einen scharfen Blick zu und spüre, dass ich rot werde. Jungs gegenüber bin ich so befangen, dass ich nur dann mit ihnen rede, wenn es gar nicht anders geht – zum Beispiel, wenn ein Lehrer uns bei bescheuerten Projekten in eine Gruppe steckt. Und Claudia weiß das ganz genau.

»Warum ziehen zwei Künstler aus Austin nach East Rockport?«, frage ich, um das Thema zu wechseln. Ich muss mehr oder weniger schreien, weil die Band jetzt mit ihrer Standarderöffnungsnummer für Pep Rallys anfängt: »All Hail East Rockport«. Ein paar Leute in unserer Nähe stampfen den Takt mit.

»Vielleicht ist Marfa als Künstlerkolonie out«, brüllt Claudia zurück. »Oder vielleicht sind sie so cool, dass sie schon anticool sind. Ich meine, mal ehrlich, kannst du dir eine uncoolere Stadt als East Rockport vorstellen?«

Ich zucke zustimmend die Achseln. Am Wochenende kann man hier als Teenager nicht viel unternehmen, außer das Sonic und das Dairy Queen zu cruisen oder zu versuchen, irgendeine blöde Party aufzutun. Was Kultur betrifft, gibt es hier nur das Museum für Schifffahrt, Fisch und Meeresfrüchte der Golfküste, und das Beste an einem Besuch dort sind die gebratenen Shrimpsspieße, die sie in der Cafeteria verkaufen.

»Also, sprichst du ihn an?« Claudia lässt nicht locker. »Er erinnert mich irgendwie an Johnny Cade in *Die Outsider*. Weißt du noch, dass du mich gezwungen hast, den Film circa zehnmal zu gucken, nachdem du in der Middle School das Buch gelesen hattest? Er ist voll dein Typ.«

Claudia hat recht. Dieser Seth hat etwas Rebellisches an sich. Aber nicht zu rebellisch. Gefährlich, aber zugleich umgänglich. Ich sehe noch einmal in seine Richtung, bis Claudia dicht an meinem Ohr laute, schmatzende Kussgeräusche macht.

»Okay, das reicht«, protestiere ich und stupse sie sanft mit dem Ellbogen in die Rippen. Wie gesagt, ich bin großartig darin, mir jemanden als meinen Freund vorzustellen, aber Tatsache ist, ich hatte noch nie einen. Es tut jedes Mal weh, wenn ich daran denke, aber ich bin in der elften Klasse und war noch nie mit jemandem zusammen. Ich habe noch nicht mal einen Jungen geküsst. Aber ich hätte echt gerne mal einen festen Freund. Ich komme mir irgendwie wie der letzte Depp vor, weil ich noch nie einen hatte. Bloß habe ich die Hoffnung, dass das während der Highschool noch passieren könnte, so ziemlich aufgegeben.

Als die Cheerleader eine Pyramide bilden und die Band noch ein paar anfeuernde Töne absondert, werfe ich unauffällig einen weiteren Blick auf Seth. Der sitzt noch da, aber jetzt ist sein Gesichtsausdruck eher neutral, wenn nicht sogar gelangweilt. Er hebt einen seiner schlaksigen Arme und fährt sich durchs Haar, und der Pony fällt ihm über die Augen.

Ich frage mich, wie sein zweiter Vorname lautet.

Ich frage mich, wie er riecht.

Ich frage mich, welche Musik er hört, und ich frage mich, wie er aussieht, wenn er sich die Zähne putzt.

»Applaus für die East Rockport Pirates!«, ertönt eine dröhnende Stimme aus der Mitte der Sporthalle. Direktor Wilson steht am Mikrofon; sein Bauch hängt über den Gürtel, und sein Gesicht war schon knallrot, bevor er anfing zu brüllen. Ziemlich bald wird es noch röter, während er schreit, wir hätten das beste Footballteam der Welt und sollten die fantastischen Pirates alle unterstützen und so weiter, und so fort.

»Ich langweile mich«, verkündet Claudia in ausdruckslosem Ton. Sie blickt über die Köpfe der Mädchen vor uns hinweg und gähnt wie zum Beweis.

Direktor Wilson stellt Trainer Cole vor und der wiederum die Footballspieler, woraufhin Mitchell Wilson und die anderen Jungs in Jeans, aber mit Footballtrikots über ihren T-Shirts, herausgetrabt kommen, Emma Johnson und die anderen orange-weißen Mädchen Salti rückwärts schlagen, die Pep-Band Pep versprüht und Claudia noch einmal gähnt.

Manchmal frage ich mich, wie es wohl wäre, in einer Stadt zu leben, in der sich nicht alles um siebzehnjährige Jungs dreht, die viel zu viele Mädchen rumkriegen, bloß weil sie wissen, wie man einen Football wirft.

»Leute, ich möchte euch daran erinnern, wie wichtig es ist, dass ihr heute Abend alle kommt und eure Pirates unterstützt, indem jeder Einzelne von euch sie anfeuert, so laut er kann. Hab ich recht?!«, brüllt Trainer Cole.

Die Leute brüllen zurück, so, als wären sie im Gottesdienst und Cole wäre einer dieser Fernsehprediger. In dem Stil geht die Versammlung weiter bis zum bitteren Ende, als Jason Garza, der Mannschaftskapitän aus der Zwölften, sein Footballtrikot über den Kopf zieht und wie ein Lasso schwingt, ehe er es in die Zuschauermenge wirft, wo ein paar Mädchen kreischend danach hechten wie nach einem Brautstrauß.

»Ach du Scheiße, guck mal, was er anhat«, murmelt Claudia. »Wieder eins seiner ekelhaften T-Shirts.«

Unter dem Footballtrikot trägt Jason ein weißes T-Shirt, das mit großen schwarzen Buchstaben bedruckt ist: TOLLE BEINE – WANN WERDEN SIE BREIT GEMACHT?

»Echt ekelhaft«, murmele ich. Jason trägt dieses T-Shirt vor den Augen von Trainer Cole und Direktor Wilson, aber die stört es nicht im Geringsten. Er kommt damit durch. Er kommt mit solchen T-Shirts immer durch, und er ist nicht der einzige Junge an unserer Schule, der so was gerne trägt. Die übrigen Footballspieler lachen. Ich kann die Gesichter einiger Jungs in den vorderen Reihen des Publikums erkennen: Sie lachen ebenfalls. Und jetzt versucht Jason sogar, so was Ähnliches wie einen erotischen Tanz vor einigen der Mädchen ganz vorn hinzulegen, und bewegt die Hüften, als ließe er einen unsichtbaren Hula-Hoop-Reifen kreisen. Mit seinem dunklen Haarschopf wirkt er wie ein stolzierender Gockel. Die Mädchen lachen und halten sich die Augen zu, aber ich weiß nicht, ob sie es wirklich eklig finden oder es ihnen sogar gefällt.

Dann bemerke ich, dass eines der Mädchen da vorn Lucy Hernandez ist. Sogar von hier hinten sehe ich, dass sie nicht lächelt, nicht kichert, nicht lacht und auch nicht nur so tut, als würde sie es eklig finden. Sie findet es einfach wirklich richtig eklig. Es ist nicht die erste Pep Rally dieses Jahr, also müsste die arme Lucy eigentlich mittlerweile wissen, dass man sich nur dann in die ersten paar Reihen setzt, wenn man ein Hardcore-Pirates-Fan ist. Ansonsten versteckt man sich besser ganz hinten, wie Leute, die nur zu Weihnachten in die Kirche gehen.

Jason muss Lucys Abscheu bemerkt haben, denn er lässt die

Hüften ganz bewusst direkt vor ihrem Gesicht kreisen, und sie sieht zu Boden und wird rot. Alle anderen johlen.

Irgendein Impuls durchzuckt mich, und als ich den Blick senke, sehe ich, dass ich die Fäuste geballt habe. Überrascht starre ich meine Hände an, dann zwinge ich mich, sie wieder zu öffnen.

»Na schön«, verkündet Direktor Wilson am Mikrofon, »auf zum Mittagessen, alle miteinander. Jason, ich schlage vor, wir sparen uns diese Energie fürs Spiel auf.«

Die Band spielt ihre letzten Töne, und wir strömen alle aus der Sporthalle. Ich sehe mich nach Seth um, aber der ist wie vom Erdboden verschluckt. Hoffentlich ist Seth Acosta nicht der Typ Junge, der ein T-Shirt mit der Aufschrift TOLLE BEINE – WANN WERDEN SIE BREIT GEMACHT? tragen würde. Dann könnte er noch so scharf aussehen, ich würde trotzdem nicht mit einem Kerl abhängen wollen, der so ein T-Shirt trägt. Auch meine Fantasieboyfriends müssen gewisse Voraussetzungen erfüllen.

Unterwegs zum Mittagessen in der Cafeteria werden Claudia und ich im Gedränge hin und her geschubst, und irgendwann fällt mir auf, dass ich in Lucys Nähe gelandet bin. Sie geht ziemlich am Rand des Flurs und stößt dabei immer wieder mit der Schulter an die Spinde. Ihre Wangen sind noch immer gerötet, und sie sieht die Leute auf dem überfüllten Flur kaum an. Ich überlege, ob ich sie einladen soll, mit uns zu essen, aber die Vorstellung, aus meiner sozialen Routine auszubrechen und mit jemand Neuem zu reden, kommt mir irgendwie sehr anstrengend vor.

Seit Lucy in Mr Davies' Unterricht aufgemuckt hat, weiß ich, dass sie ein Mädchen ist, das keine Angst hat, im Zentrum der Aufmerksamkeit zu stehen, selbst wenn sie sich dadurch nicht sonderlich beliebt macht. Ich selbst will zwar nicht unbedingt beliebt sein, weil die beliebten Leute an der East Rockport High meistens Arschlöcher sind, aber ich bleibe gern unterm Radar. Ich wünschte, es wäre mir egal, was die Leute über mich denken. Wie Mom, die mit blauem Haar zur Schule ging. Sie war nie brav oder wollte unbemerkt bleiben, als sie auf diese Schule ging. Deshalb wurde sie ja auch ein Riot Grrrl.

Als Claudia und ich uns in der Cafeteria an unseren üblichen Tisch zu unseren Freundinnen Meg, Kaitlyn und Sara setzen, halte ich nach Lucy Ausschau, kann sie aber nicht entdecken. Seth Acosta auch nicht. Dafür sehe ich Jason, der sich in seinem ätzenden T-Shirt an ein paar Neuntklässlern vorbei vordrängelt.

TOLLE BEINE – WANN WERDEN SIE BREIT GEMACHT?

Wieder verspüre ich den Impuls, die Fäuste zu ballen, bis sich die Überreste meiner größtenteils abgekauten Fingernägel in meine Handflächen bohren.

Ich frage mich, was Wonder Woman in dieser Situation täte. Oder Mom. Oder die Frau, die diesen Song sang, »Rebel Girl«. Die Frau, deren Stimme wie eine Waffe war. Die Frau, der es egal war, wenn alle sie ansahen. Der das sogar gefiel. Was würde sie mit Jason machen? Vielleicht schnurstracks zu ihm marschieren und ihm sagen, wie ekelhaft sein T-Shirt ist? Vielleicht eine Schere nehmen und es ihm vom Körper schneiden?

Aber das würde ihm wahrscheinlich noch gefallen. Dann könnte er nämlich mit seinem blöden Sixpack angeben.

Ich beiße von meinem Schinkensandwich ab und höre Claudia, Kaitlyn und den anderen zu, die sich darüber unterhalten, wo wir heute Abend sitzen wollen. Dann lege ich mein Sandwich auf den Tisch und zupfe an der Brotkruste. Ich habe gar keinen Hunger.

»Wann soll ich dich nachher abholen?«, fragt Claudia und tritt mir unterm Tisch ans Bein.

»Ich gehe nicht hin«, höre ich mich sagen und bin selbst überrascht über diese Antwort. Aber auch erleichtert.

»Was?« Claudia runzelt die Stirn. »Wir haben doch gerade noch darüber gesprochen, dass ich Moms Auto haben kann.«

»Ich fühle mich nicht so doll«, sage ich und bringe damit die einfachste Ausrede vor.

Kaitlyn legt mir die Hand auf die Stirn. Sie hat ein halbes Dutzend jüngere Geschwister, deshalb macht sie ständig so mütterliche Sachen.

»Fieber hast du nicht, glaube ich«, sagt sie zu mir. »Tut dir was weh oder ist dir kalt?«

»Es ist mein Magen«, sage ich und schiebe das Mittagessen von mir.

»Iiih, bleib mir vom Leib«, sagt Meg und rutscht mit dem Stuhl ans andere Tischende. »Ich will nicht krank werden.«

Claudia mustert mich aufmerksam. Noch vor wenigen Minuten ging es mir schließlich bestens.

»Ich weiß auch nicht, was das ist«, gebe ich zu. Und das stimmt auch. Aber etwas hat sich verändert. Und zwar in dem Moment, als ich erklärte, dass ich nicht zum Spiel gehe, und jetzt kann ich keinen Rückzieher mehr machen.

Oder geschah es schon bei der Pep Rally, als ich merkte, dass ich beim Anblick von Jasons T-Shirt die Fäuste geballt hatte?

Oder noch vorher?

»Vielleicht solltest du auf die Krankenstation gehen«, sagt Kaitlyn. »Soll eine von uns mitkommen?«

»Nein, das schaffe ich schon allein«, antworte ich. »Aber danke.«

»Schreibst du mir nachher?«, fragt Claudia. Ihre Stimme

klingt dünn und ein bisschen beleidigt, glaube ich. Aber vielleicht wird sie auch bloß nicht schlau aus meinem merkwürdigen Verhalten. Ich selbst ehrlich gesagt auch nicht.

Schwester Garcia sagt mir, ich solle mich den Nachmittag über in eines der Betten im hinteren Raum der Krankenstation legen. Außer mir ist dort niemand, und sie schaltet für mich das Licht aus. Es ist angenehm, kühl und still. Als ich mich umdrehe, höre ich das Papierlaken unter mir knistern. Es klingelt zur sechsten Stunde, während ich meine Zeit damit verbringe, ein Plakat zu betrachten, auf dem steht: RICHTIG NIESEN UND HUSTEN: BEHALTS BEI DIR! Zwei Strichmännchen – ein kleines Mädchen und ein kleiner Junge – husten und niesen in ihre Ellenbeugen. Die ganze sechste Stunde über liege ich da und genieße es, dass ich in meinem kleinen Krankenzimmerkokon verborgen bin, während alle anderen im Unterricht sitzen müssen. Dann klingelt es zur siebten Stunde und schließlich zur achten. Und dann klingelt es – endlich – zum Schulschluss.

»Fühlen Sie sich besser?«, fragt Schwester Garcia, als ich ihr Büro betrete und im hellen Licht blinzeln muss.

»Ja«, erwidere ich. »Danke, dass ich mich so lange hier ausruhen durfte.«

»Sie sind ja keine Simulantin, Vivian«, sagt sie. »Und ehrlich gesagt sehen Sie wirklich nicht ganz fit aus. Gehen Sie einfach nach Hause und bleiben Sie bei Toast, Bananen und Reis, okay? Ruhen Sie sich weiter aus und trinken Sie viel Wasser. Tut mir leid, dass Sie das Spiel verpassen.«

»Ich werds überleben«, sage ich.

Normalerweise treffen Claudia und ich uns am Ende des Schultags an meinem Spind und gehen zusammen nach Hause oder suchen uns jemanden, bei dem wir mitfahren können.

Aber heute schnappe ich mir einfach meinen Rucksack, verlasse das Gebäude durch einen Seitenausgang, nehme eine andere Strecke als sonst und lasse die East Rockport High so rasch wie möglich hinter mir.

KAPITEL VIER

Meemaw und Grandpa fahren zum Spiel, und Mom hat wieder Spätschicht. Ich rufe meine Großeltern an und sage ihnen, dass ich mich nicht gut fühle und wir uns deshalb im Stadion nicht sehen werden, dann rufe ich meine Mutter bei der Arbeit an und erzähle ihr, dass mein Magen verrücktspielt und ich zu Hause bleibe. Sie gibt mir die gleichen Anweisungen wie Schwester Garcia und schärft mir ein, sie anzurufen, falls es mir schlechter geht.

Aber es geht mir nicht schlechter. Es geht mir besser. Zu wissen, dass die ganze Stadt nach Refugio fährt, während ich mich ungestraft allein zu Hause verkriechen kann, hat etwas seltsam Befreiendes.

Ich frage mich, ob der Neue, Seth, wohl auch zum Spiel fährt. Ob seine komischen Künstlereltern im Rahmen ihrer Recherche für irgendeine Performance, die sie über das Kleinstadtleben in Texas planen, mit ihm hinfahren. Vielleicht hat er sie schon angebettelt, ihn zurück nach Austin ziehen zu lassen. Vielleicht existiert er gar nicht, und ich habe ihn mir nur eingebildet.

Als es draußen dunkel wird, schiebe ich mir eine Minitiefkühlpizza mit Peperoni in den Ofen und nehme sie auf einer Serviette mit in mein Zimmer. Ich liebe es, im Bett zu essen. Es fühlt sich so faul und verwerflich an, aber auch voll genießerisch und einfach toll. Als ich sorgfältig alle Peperoni-Stückchen von der Pizza gepickt und gegessen, den Käse aber noch nicht angerührt habe, suche ich diesen Dokumentarfilm, den ich einmal mit Mom geguckt habe, und spiele ihn auf meinem Laptop ab. Es geht darin um die Leadsängerin von Bikini Kill, die Frau mit der Raketenstartstimme, die diesen Song über das rebellische Mädchen singt. Ich weiß noch, als ich mir den Film mit Mom zusammen anguckte, blickte ich beim Abspann zu ihr. Im Halbdunkel, das in unserem Wohnzimmer herrschte und in dem ihr Gesicht nur von den Bildern erleuchtet wurde, die auf dem Bildschirm aufblitzten, sah ich, dass sie Tränen wegblinzelte. Aber daran, dass sie trotz der Tränen lächelte, erkannte ich, dass sie fröhlich und traurig zugleich war. Manchmal frage ich mich, wie alt man sein muss, um echte Nostalgie zu empfinden. Und ob man Nostalgie für etwas empfinden kann, was man selbst nicht erlebt hat. Ich glaube nämlich, dass es mir mit den Riot Grrrls so geht.

Ich esse die Pizza auf, wische mir das Fett von den Fingern und vom Mund und klopfe aufs Bett, damit Joan Jett zu mir heraufspringt und sich an mich kuschelt, während ich weiter den Film anschaue. Eines der Themen, über die Kathleen Hanna – so heißt die Leadsängerin – spricht, ist die Mädchenzimmerkultur. Jedes Mädchen hat in seinem Zimmer eine supergeheime Welt, in der es alles Mögliche machen und erschaffen kann, und Kathleen sagt in dem Film, es wäre cool, wenn Mädchen das, was in ihren geheimen Welten passiert, mit anderen Mädchen teilen könnten. Genau das wollten die Riot Grrrls erreichen. Sie versuchten, Wege aufzuzeigen, wie Mädchen sich finden konnten. Mädchen, denen dieselben Dinge wichtig waren, die sich für dasselbe einsetzten und dieselben Vorlieben hatten. Aber da das vor der Internetzeit war, machten sie es mit Zines,

Bands und Songtexten, mit Auftritten und Musikkassetten, die sie für fünf Dollar verkauften.

Während ich so in meinem halbdunklen Zimmer sitze und mir auf meinem Laptop Kathleen und die anderen Riot Grrrls anschaue, muss ich immer wieder an Moms MEINE VERGEUDETE JUGEND-Karton denken. An Wonder Woman, die Kerle außer Gefecht setzt, wenn sie auf der Straße Frauen belästigen. An alte Polaroidfotos von Frauen mit schwarzem Lippenstift, die aussehen, als wären sie bereit, mit ihren Ideen die Welt zu übernehmen. An neongrüne Flyer, die eine Riot-Grrrl-Convention in Washington, D. C., und Benefizveranstaltungen für Frauenhäuser ankündigten.

Den Riot Grrrls war es egal, was die Leute dachten. Sie wollten gesehen und gehört werden.

Weil sie verwegen waren.

Verwegen. Das ist ein ausgefallenes Wort wie aus einem Wörterbuch, das mir in jedem von Mr Davies' blöden Tests Extrapunkte eintragen würde.

Während ich auf meinem Bett mit Joan Jett kuschele und mir weiter die Sendung ansehe, keimt ganz hinten in meinem Kopf eine Idee auf und nimmt allmählich Gestalt an. Sie ist verrückt. Eigentlich sogar lächerlich. Aber ich muss ständig darüber nachdenken.

Bis ich in der dritten Klasse war, hat Mom geraucht. Als ich noch richtig klein war, versuchte sie, es vor mir zu verheimlichen, aber irgendwann wurde ihr klar, dass ich ihr auf die Schliche gekommen war, und von da an entschuldigte sie sich jedes Mal bei mir, wenn sie zum Rauchen hinters Haus ging.

»Ach Vivvy, es tut mir leid«, sagte sie seufzend. »Ich versuche wirklich, es aufzugeben, aber es ist so schwer.«

Irgendwann kam mein Drittklässlerhirn auf eine Idee. Allein in meinem Zimmer schnitt ich ein Dutzend handtellergroße Zettel aus und schrieb mit schwarzem Filzstift Sprüche darauf: RAUCHEN TÖTET, RAUCHEN VERURSACHT KREBS oder ICH WILL NICHT MEINEN EINZIGEN ELTERNTEIL VERLIEREN. Dieser letzte Spruch ist mir im Nachhinein todpeinlich, aber ich war eine ernsthafte Drittklässlerin und wollte, dass es ans Eingemachte ging. Nachdem ich die Zettel noch mit Totenschädeln, gekreuzten Knochen und einem Strichmännchen verziert hatte, das mich weinend an einem Grabstein mit der Aufschrift »Ruhe in Frieden, Mom« darstellen sollte, nahm ich den letzten Teil meiner geheimen Mission in Angriff. Ich versteckte die Zettel überall im Haus. Hinter ihrem Deo im Badschrank. In ihrer Unterwäscheschublade. Zusammengefaltet in den einzelnen Abteilen von Eierkartons. Einen steckte ich sogar in ihre Zigarettenschachtel.

Den ersten fand meine Mutter beim Frühstück (in der Kellogg's-Schachtel vergraben) und wedelte damit vor meiner Nase herum.

»Vivian, warst du das?« Sie zog eine Augenbraue hoch.

»Wie kommst du denn darauf?«, antwortete ich und zog ebenfalls eine Augenbraue hoch. »Vielleicht war es ein anonymer Rauch-Gegner!« Es gefiel mir, den geheimen Rächer zu spielen. Auch wenn ich im tiefsten Inneren wusste, dass ich gar nicht so geheim war.

Meine Mutter verdrehte die Augen, aber nachdem sie alle Zettel gefunden hatte, passierte etwas Komisches.

Sie hörte auf zu rauchen. Endgültig.

Meine Mission hatte ihr Ziel erreicht.

Als die Doku zu Ende ist, streichele ich Joan Jett ein letztes Mal und gehe an Moms Schreibtisch im Wohnzimmer, um mir Materialien zu holen. Mein Körper kribbelt vor Aufregung.

Ich drücke mir die Daumen, dass unser altersschwacher Drucker, der nur jedes zweite Mal funktioniert, heute Abend auch druckt. Was mir jetzt noch fehlt, hole ich mir aus dem Schrank meiner Mutter.

Zum hundertsten Mal breite ich Moms sämtliche alte Zines aus und sehe sie mir mit neuen Augen an. Ich mache mir Notizen. Oder um ganz ehrlich zu sein, klaue ich ein paar Ideen. Aber ich glaube nicht, dass die Frauen, die *Girl Germs* und *Bikini Kill* und *Sneer* gemacht haben, etwas dagegen hätten. Ich vermute eher, dass sie sich darüber freuen würden.

Mit dem Finger fahre ich über die Worte eines sogenannten Riot-Grrrl-Manifests. Ich kann mich nicht erinnern, es schon einmal gelesen zu haben. Es steht in einem der *Bikini Kill*-Zines, und ich frage mich, ob Kathleen Hanna es selbst verfasst hat. Ich verschlinge die Worte förmlich.

Weil wir uns nicht den (männlichen) Maßstäben anderer unterordnen wollen.

Weil wir wütend auf eine Gesellschaft sind, die uns sagt: Mädchen = dumm, Mädchen = schlecht, Mädchen = schwach.

Weil ich mit ganzem Herzen/Kopf/Körper daran glaube, dass Mädchen und Frauen eine revolutionäre Kraft haben, die die Welt wahrhaft verändern kann und will.

Ich rufe mir Lucy Hernandez' fassungsloses, verletztes Gesicht vor Augen, als Mitchell Wilson ihr im Unterricht sagte, sie solle ihm ein Sandwich machen. Denke an Jason Garzas ekelhaftes T-Shirt und sein albernes Hüftkreisen. Führe mir das Leben vor Augen, das in East Rockport vor mir liegt, eine endlose Abfolge von Pep Rallys und banalen Unterhaltungen in der Cafeteria mit braven Mädchen, die ich schon seit der Vorschule kenne. Dann male ich mir aus, was mich danach erwartet – das College, irgendein netter Typ, irgendein netter Job und im

Herbst jeden Freitag der Besuch des Footballspiels der East Rockport High, bis ich achtzig bin.

Ich atme tief durch und nehme die Kappe des Filzstiftes ab. Zuerst brauche ich einen guten Namen. Mein Blick gleitet über die abgegriffenen Cover von Moms Zine-Sammlung. Ich nehme eine Ausgabe von *Snarla* zur Hand, halte sie mir dicht vor die Nase, schließe die Augen, atme tief ein und stelle mir vor, ich könne die muffigen Keller und Lagerhäuser riechen, in denen die Riot Grrrls für drei Dollar Eintritt auftraten. Stelle mir vor, ich hörte sie die Texte singen, die sie so sorgfältig in ihre Zines kopierten.

I won't be your baby doll
I won't be your pageant queen

Girl let's dance in our bare feet
Let's hold hands all night long

Go ahead and try us boy
We love to fight back!

Die letzte Zeile gefällt mir am besten: Wir schlagen liebend gern zurück.

Ich sehe vor mir, wie die Riot Grrrls – darunter meine Mutter – nachts in ihren Doc Martens, mit ihren schlechten Haarschnitten und dunklem Lippenstift durch die Straßen liefen, bereit, für das einzustehen, woran sie glaubten. Für das, was richtig war.

Zornig. Unschlagbar. Unaufhaltsam. Und, wenn man das aufgreifen will, was meine Großmutter neulich beim Abendessen über Mom sagte, überaus couragiert.

Plötzlich hab ich es. *Moxie*, ein anderes Wort für Courage. Für so eine Mischung aus Mut und Wut.

Die Zunge im Mundwinkel, voll konzentriert, male ich mit ruhiger Hand die Buchstaben und stelle mir schon vor, wie das Endprodukt aussehen wird. Der Name ist fertig. Mit einem Mal fällt mir das perfekte Motto ein, und ich schreibe es unter den Namen. Dann schreibe ich immer weiter und weiter und lasse nach einer Weile den Hals kreisen, bis es knackt – ich bin ein bisschen verspannt, weil ich mich so lange und konzentriert über meine Schöpfung gebeugt habe. Schließlich bewundere ich mein Werk. Spüre einen Adrenalinschub. Und lächele.

Ich war schon ewig nicht mehr so Feuer und Flamme für irgendwas.

Mir bleibt noch eine Stunde, bis Mom von der Arbeit kommt. Ich nehme die fertigen Blätter, stecke sie behutsam in meine Mathemappe und diese wiederum in meinen Rucksack. Bevor mein Mut mich im Stich lassen kann, hole ich mein Fahrrad aus der Garage und mache mich auf den Weg in die Innenstadt.

Da heute Spieltag ist, ist die Stadt mehr oder weniger ausgestorben. Am Dairy Queen und am Sonic verkünden Schilder: »Wegen des Spiels geschlossen.« Der gelbliche Schein der Straßenlaternen beleuchtet menschenleere Straßen und Parkplätze. Aber der Copyshop U COPY IT am Rand der Innenstadt ist als einer der wenigen Läden in East Rockport immer bis Mitternacht geöffnet. Ich rolle an der Apotheke und dem Friseursalon vorüber, wo meine Großeltern vor all den Jahren viel zu viel Geld dafür bezahlen mussten, die blauen Haare meiner Mutter überfärben zu lassen.

Es ist so still, dass ich mir wie eine der letzten Überlebenden in einer Geisterstadt vorkomme. Die schwüle Herbstluft riecht nach altem Fett und Benzin, und selbst wenn ich ganz tief einatmete, würde ich nicht mal einen Hauch salziger Meeresluft riechen, obwohl der Golf nur ein paar Blocks entfernt liegt. In East Rockport kann man leicht vergessen, dass man am Meer lebt. Wobei der Golf von Mexiko eigentlich nicht als Meer zählt. Letzten Sommer trieb so viel Kot darin, dass die Strände zwei Wochen lang gesperrt waren. East Shitport wäre ein passenderer Name für unsere Stadt.

Ich bremse sanft, stelle mein Fahrrad ab und betrete den Copyshop. Meine Augen brauchen einen Moment, um sich nach der abendlichen Dunkelheit draußen an das helle Neonlicht zu gewöhnen. Es sind keine anderen Kunden und nur ein Angestellter da, ein Typ in einer abgetragenen Weste, die vermutlich so was wie die U COPY IT-Uniform darstellt. Er sitzt hinter der Kasse auf einem Hocker und ist so in ein zerfleddertes Taschenbuch vertieft, dass er nicht mal hochblickt, als ich hereinkomme. Behutsam hole ich meine Mappe aus dem Rucksack und gehe zur Theke. Auf dem Namensschild des Mannes steht »Frank«.

»Ähm, hi?«, sage ich, und Frank blickt auf und blinzelt mehrfach, als müsste er zuerst verarbeiten, dass ich da bin. Am Kinn hat er kurze Stoppeln und auf dem Kopf eine zottelige grau melierte Mähne, die wie ein Vogelnest aussieht. Er könnte dreißig oder auch sechzig sein, das kann ich nicht genau sagen. Ehe er beschließt, mit mir zu reden, rückt er sorgfältig seine randlose Brille zurecht und blinzelt noch drei, vier Mal.

»Kann ich dir helfen?«, fragt er schließlich und legt seine Lektüre – *Carrie* von Stephen King – auf die Theke.

»Ähm, ich dachte, vielleicht ... vielleicht könnten Sie mir ein paar Kopien machen?« Ich rede furchtbar ungern mit Leuten in Geschäften, selbst wenn sonst niemand da ist, der mich hören könnte, aus Angst, ich könnte blöd klingen.

»Na ja, der Laden heißt U COPY IT, ich kann dir also helfen, es selbst zu tun«, erwidert Frank trocken. Aber er lächelt ein bisschen, deshalb beruhige ich mich.

Frank holt eine kleine Plastikkarte hervor, geht mit mir zu einem der Kopierer und schiebt sie ins Gerät. Dann zeigt er mir, wie der Kopierer funktioniert, und bietet an, mir bei einem Probelauf zuzusehen, damit ich auch alles richtig mache.

Meine Wangen werden heiß, aber ich nehme meine Blätter aus der Mappe und versuche, den Kopierer so zu programmieren, dass er beidseitig kopiert, wie Frank es mir gezeigt hat.

»Eine Boxerin, hm?« Frank deutet auf das erste Blatt.

»Ja.«

»Cool«, sagt Frank und ignoriert, wie verlegen ich bin. Er vergewissert sich, dass meine Testkopie gut ist, faltet sie hinterher sogar noch zu einem Heft und reicht sie mir. Das Blatt ist noch ganz warm.

Als ich mein Werk so in Händen halte, fühlt sich mein Einfall plötzlich derart real an, dass ich nicht weiß, ob ich vor Aufregung kreischen oder die Aktion lieber abbrechen soll.

»Sieht gut aus«, bringe ich hervor.

»Dann lasse ich dich jetzt mal machen«, sagt Frank.

Sobald er wieder hinter der Theke sitzt, mache ich meine Kopien. Im Kopf überschlage ich, wie viele Mädchentoiletten es auf der East Rockport High gibt, und tippe dann die Anzahl der benötigten Kopien ein. Während der Kopierer arbeitet, sehe ich zum zehnten Mal aufs Telefon. Ich muss vor meiner Mutter zu Hause sein, sonst kauft sie mir niemals ab, dass ich das Spiel ausfallen lassen musste, weil mir so schlecht war. Möglicherweise würde Mom verstehen, was ich hier tue, aber ich fasse es ja selbst kaum, dass *ich* das tue, und wüsste gar nicht, wie ich es ihr erklären sollte.

Und irgendwie finde ich es auch ziemlich gut, dass dies mein Geheimnis ist.

Schließlich ziehe ich die Zählkarte aus dem Kopierer und gehe damit zur Theke, um zu bezahlen. Bevor ich gehe, lächelt Frank mich noch einmal halb an. Und dann, als ich gerade durch die Tür gehe, ruft er mir hinterher: »Bis dann, Moxie!«

Ich benötige einen Moment, bis mir klar wird, dass er mich meint. Aber als ich mich zu ihm umdrehe, um zu winken, ist er schon wieder in seinen Roman vertieft.

Ich bin vor meiner Mutter zu Hause und bringe den Rucksack mit den Kopien darin in mein Zimmer – die restlichen Exemplare werde ich übers Wochenende falten müssen. Falls mich nicht doch noch der Mut verlässt.

Vielleicht sollte ich morgen und am Sonntag in Endlosschleife »Rebel Girl« hören, damit das nicht passiert.

Ich ziehe mein Runaways-T-Shirt an, putze mir die Zähne, und als ich das Licht ausschalte und ins Bett schlüpfe, höre ich Moms Auto in der Einfahrt. Bald darauf fällt ein Lichtstreifen auf mich, und ich kneife die Augen zusammen, als hätte ich die ganze Zeit geschlafen und Mom hätte mich gerade geweckt.

»Viv?« Mom späht durch den Türspalt, aber ich sehe nur ihre Silhouette. Sie flüstert. »Gehts dir besser?«

»Ja«, antworte ich und hoffe, dass es in der Küche nicht nach Pizza riecht. Schließlich habe ich angeblich was am Magen.

»Gib Bescheid, wenn du was brauchst, okay?«

»Okay«, flüstere ich.

Nachdem meine Mutter die Tür geschlossen hat, rutsche ich tiefer unter die Decke und spüre, dass es mich beim Gedanken an die Kopien in meinem Rucksack vor Vorfreude am ganzen Körper kribbelt. Außer mir weiß niemand auf der Welt davon. Na ja, bis auf Frank von U COPY IT. Aber der kennt ja den nächsten Schritt in meinem Plan nicht.

Nach ein paar Minuten spüre ich endlich, wie ich allmählich eindöse. In dieser Nacht träume ich, dass ich mit Frank durch den Copyshop marschiere. Wir tragen beide die gleichen Runaways-T-Shirts und deponieren auf jedem Kopierer ein Exemplar meiner Schöpfung.

Moxie

Nummer 1

GRATIS!!

Moxie-Girls schlagen zurück!

Hey Ladys!

habt ihr es auch satt, dass eine bestimmte Gruppe männlicher Schüler euch im Unterricht sagt, ihr sollt ihnen ein Sandwich machen, wenn ihr eure Meinung äußert?

Habt ihr es satt, dass das Footballteam haufenweise Aufmerksamkeit bekommt + machen kann, was es will?

Habt ihr die ekelhaften Sprüche und die widerlichen T-Shirts satt?

DIE MOXIE-GIRLS
HABEN DAS AUCH SATT!

Wie würde die
East Rockport High
aussehen, wenn
MOXIE
das Sagen hätte?

Aufgepasst, Grrrls von der East Rockport High!

★ ♥ ★ ♥

Falls ihr mit dem, was ihr gerade gelesen habt, etwas anfangen könnt – dann malt euch nächsten <u>FREITAG</u>, den <u>5. OKTOBER</u> vor der Schule ein paar ♥ und ★ auf die Hände.

Haltet Ausschau nach Mädchen, die so denken wie ihr!

KAPITEL FÜNF

So superfrüh am Morgen fühlt sich die Schule an wie ein Spukhaus. Äußerlich sieht sie gar nicht groß anders aus als sonst, aber ohne Teenager, die sich auf den Korridoren drängen und ihre Spinde zuknallen, wirkt sie wie ein höhlenartiger, unheimlicher Raum am Rande eines Paralleluniversums, erfüllt vom Geist der Teenagerträume, die unter dem Beschuss von Multiple-Choice-Tests und Schulballkatastrophen einen traurigen, tragischen Tod gestorben sind. Als ich einen der Seiteneingänge öffne, versuche ich, diesen unheimlichen Eindruck abzuschütteln, und kann nur hoffen, dass mich drinnen niemand erwischt.

Als Ausgangspunkt für meine Aktion habe ich mir den Sprachentrakt ausgesucht. Ich weiß, dass Mr Casas, der leitende Hausmeister, irre früh hierherkommt, um die Türen aufzuschließen, überall Licht zu machen und die Klimaanlage oder die Heizung hochzudrehen – beide scheinen immer gerade am heißesten beziehungsweise am kältesten Tag des Jahres kaputtzugehen. Theoretisch ist es nicht verboten, an einem Montagmorgen schon um halb sieben hier zu sein, aber wenn mein Plan funktionieren soll, darf mich niemand sehen.

Mit wild klopfendem Herzen schlüpfe ich auf die erste Mädchentoilette. Sobald ich drinnen bin, atme ich tief durch und greife in meinen Rucksack. Ich packe einen Stapel von etwa zwanzig *Moxie*-Zines, doch dann zögere ich. Wenn ich sie heraushole, hier ablege und hinausgehe, gibt es kein Zurück mehr. Schon in einer halben Stunde klingelt es zum ersten Mal.

Das leise *tropf, tropf* eines Wasserhahns liefert das Hintergrundgeräusch.

Lass. Es. Lass. Es.

Ich bin ein Mädchen, das für Tests lernt. Das seine Hausaufgaben pünktlich abgibt. Das seinen Großeltern sagt, es komme in fünf Minuten, und schon nach drei Minuten da ist. Das keinen Aufstand macht. Schon wenn mich ein Lehrer im Unterricht nur aufruft, mache ich mich ganz klein. Ich bin ein Mädchen, das sich lieber in Luft auflösen würde, als Aufmerksamkeit zu erregen, selbst positive.

Tropf. Tropf. Tropf. Tropf. Lass. Es. Lass. Es.

Ganz ehrlich? Manchmal ertappe ich mich dabei, wie ich in meinem Zimmer vor dem Spiegel stehe und stumm Liedtexte singe, und dann ist mir das peinlich, obwohl mich außer meinem Spiegelbild niemand sehen kann.

Tropf, tropf. Tropf, tropf. Tropf, tropf. Lass es. Lass es. Lass es!

Weiß der Himmel, was für eine Strafe Direktor Wilson sich für mich ausdenken würde, wenn man mich beim Verteilen von *Moxie* erwischt. Ein Zine, das seine kostbare Schule kritisiert, würde mir garantiert ziemlichen Ärger einhandeln. Viel schlimmer als alles, was meiner Mutter passiert ist, nachdem sie mit verboten blauem Haar durch die Flure dieses Gebäudes gelaufen war. Ich werfe einen Blick auf die Boxerin auf dem *Moxie*-Cover und versuche, mir ihre megacoole Haltung abzugucken.

Aber verdammt noch mal! Ich bin die brave Vivian, und ich werde auch jetzt brav sein. Schließlich gibt es dieses Zine nur, weil ich es gemacht habe. Es ist real. Ich kann jetzt nicht kneifen.

Und mit angehaltenem Atem schiebe ich den Stapel auf die Fensterbank, gleich unterhalb der schmierigen Fenster hier im ersten Stock, die die Mädchen manchmal einen Spaltbreit öffnen, damit sie rauchen können, ohne erwischt zu werden.

Na bitte. Geschafft. Einen Moment lang betrachte ich die Hefte und versuche, mir vorzustellen, wie sie auf jemanden wirken könnten, der keine Ahnung hat, woher sie kommen. Hoffentlich wie ein Weihnachtsgeschenk. Oder wie ein Hinweis bei einer Schnitzeljagd.

Dann laufe ich durch die Flure und spiele im Kopf Vorwände dafür durch, dass ich so früh hier bin. (*Ich sollte mich mit einem Lehrer treffen, um einen Test nachzuholen. Ich wollte meinen Beratungslehrer sprechen. Ich konnte nicht schlafen, also dachte ich, was solls, gehe ich eben früher zur Schule.*) Bei jeder Mädchentoilette mache ich halt und deponiere einen Stapel *Moxie* im Raum, bis nur noch ein Heft übrig ist. Mr Casas oder andere Erwachsene treffe ich nicht. Schließlich gehe ich zu meinem Spind und schiebe das letzte Heft unter ein paar alte Collegeblöcke.

Es klingelt zum ersten Mal, und bald darauf strömen die Leute ins Gebäude, während draußen die Sonne aufgeht. Unterwegs zu Amerikanischer Geschichte mustere ich die Gesichter meiner Klassenkameraden und frage mich bei jedem Mädchen, das ich sehe, ob es schon auf der Toilette war. Ob sie schon eine Ausgabe von *Moxie* in einem Block versteckt oder zusammengefaltet in der Gesäßtasche ihrer ausgebleichten Jeans bei sich hat. Ich spüre, wie mein Herz höherschlägt, und bin ganz erfüllt von dem Gefühl, etwas Wichtiges getan zu haben.

Als es klingelt, nehme ich meinen Platz in der vorletzten Reihe ein, und eine Sekunde später kommt Claudia hereingerannt und rutscht auf den Platz neben mir. Unsere Lehrerin Mrs Robbins spielt mit irgendwelchen Papieren auf ihrem Schreibtisch herum. Sie blickt nicht einmal hoch, um uns zu begrüßen.

Vor uns sitzt unsere Freundin Sara. Sie nutzt Mrs Robbins' Unaufmerksamkeit aus und dreht sich zu Claudia und mir um, und da sehe ich, dass sie ein Exemplar von *Moxie* in der Hand hält. Ich spüre, wie ich rot werde, und senke den Kopf, damit mir das Haar ins Gesicht fällt.

»Habt ihr das gesehen?«, fragt Sara.

Claudia streckt die Hand aus. »Nein, was ist das?«

Sara reicht das Zine herüber, und ich beobachte, wie Claudia die Worte überfliegt, die ich Freitagabend geschrieben habe, während sie halbherzig die East Rockport Pirates zum Sieg gegen Refugio anfeuerte.

»Wow«, sagt Claudia.

»Was ist das?«, frage ich jetzt auch und hoffe, dass ich ganz normal aussehe, als ich Claudia über die Schulter linse.

»Sieh selbst«, sagt Claudia, und ich beuge mich über das Zine, um meine eigenen Worte zu lesen. Dann mache ich ein hoffentlich überraschtes, neugieriges Gesicht.

»Hm«, bringe ich hervor und fühle mich dabei so gekünstelt, dass ich nicht begreife, wieso mich nicht alle anstarren.

Aber die Blicke meiner Freundinnen ruhen auf dem Zine. »Das stimmt total«, sagt Sara. »Ich meine, das alles trifft total zu. Aber ich frage mich, wer das gemacht hat. Ich meine, wer sind diese Moxie-Girls, von denen da die Rede ist? Sind die so eine Art Club oder so?«

»Hast du das auf der Rückseite gesehen?«, fragt Claudia. »Dass wir am Freitag mit Sternchen und Herzchen auf den Händen zur Schule kommen sollen?« Sie zuckt die Achseln und hebt die Augenbrauen. »Ich meine, was soll das bitte bringen?«

Claudias Worte treffen mich, denn mir geht auf, dass ich überhaupt nicht darüber nachgedacht habe, was das mit den Sternchen und Herzchen überhaupt soll. Die Riot Grrrls haben ähnliche Sachen gemacht, um gleichgesinnten Mädchen und Frauen zu helfen, sich bei Punkkonzerten zu finden. Aber ich weiß nicht, was die Mädchen, die sich am Freitag die Hände bemalen, tun werden. Ich weiß ja nicht mal, ob am Freitag überhaupt Mädchen mit bemalten Händen zur Schule kommen werden.

»Ich finde, es ist zumindest eine coole Aktion«, sage ich in der Hoffnung auf Bestätigung.

»Zu schade, dass Mitchell Wilson und seine Arschlöcher von Freunden gar nichts davon mitbekommen werden. Dabei müssten die das eigentlich lesen.« Claudia wirft *Moxie* über Saras Schulter und lässt sich zurückfallen, als Mrs Robbins ans Pult geht, um mit dem millionsten Vortrag über den Teapot-Dome-Skandal oder etwas ähnlich Todlangweiliges zu beginnen.

Nach der Stunde lässt Sara *Moxie* auf ihrem Tisch liegen wie eine vergessene Hausaufgabe. Ich widerstehe dem Drang, das Heft an mich zu nehmen und wie eine überfürsorgliche Mutter an die Brust zu drücken.

Als ich zum Englischunterricht bei Mr Davies gehe, habe ich das Gefühl, dass die ganze Aktion ein Blindgänger war. Ich habe zwar eine Handvoll Mädchen mit *Moxie*-Heften in den Händen gesehen, aber außer Sara und Claudia in der ersten Stunde habe ich niemanden mehr darüber reden hören. Bei einem Besuch auf der Mädchentoilette sah ich einen halben Stapel *Moxie* traurig auf der Fensterbank verstauben, und ein Heft war zu Boden gefallen und hatte einen schwach sichtbaren Fußabdruck auf dem Cover. Die Leute scheinen lieber über den Sieg der Pirates und das bevorstehende Spiel gegen Port Aransas diese Woche zu reden.

Aber als ich im Englischraum meinen Platz einnehme, entdecke ich in der ersten Reihe Lucy Hernandez mit einem *Moxie*-Heft in den Händen, in dem sie mit zusammengepressten Lippen und gerunzelter Stirn liest. Sie dreht das Zine um und liest die Rückseite. Dann schlägt sie es wieder auf und liest es noch einmal. Und da entdecke ich, dass ein fast unmerkliches Lächeln ihre Lippen umspielt.

Es klingelt, und Mr Davies kommt herein. Ich finde mich schon damit ab, dass jetzt die schlimmste Stunde des Tages beginnt, aber dann sehe ich, dass ihm der Neue folgt. Der Künstlersohn aus Austin. Seth Acosta.

»Ähm, hallo?«, sagt Seth zu Mr Davies' Rücken. Mr Davies dreht sich um und mustert Seth.

»Ja?«

»Ich bin neu hier«, sagt Seth und reicht Mr Davies ein Blatt Papier. »Man hat mich gerade in diesen Kurs eingeteilt.« Seine Stimme ist leise und ein bisschen belegt.

Während Mr Davies Seths Stundenplan überfliegt, höre ich es hinten im Raum kichern. Mitchell und sein Haufen hohlköpfiger Muskelpakete lachen sich schlapp, wahrscheinlich, weil Seth sich kleidet wie jemand aus Austin und nicht wie die Jungs in East Rockport. Aber Mitchell Wilson könnte es in tausend Leben niemals zu der Perfektion bringen, die Seth Acosta in seinem ärmellosen Sonic-Youth-T-Shirt und dem genau richtig zerzausten schwarzen Haar darstellt.

»Nehmen Sie Platz, Seth«, weist Mr Davies ihn an und nickt in Richtung der Tische. Seth setzt sich auf einen freien Platz in einer Ecke ganz in meiner Nähe. Er kaut auf einem Daumennagel und sieht blind zur Tafel, während ich versuche, ihn nicht zu auffällig anzustarren. Ich frage mich, was er zum Frühstück gegessen hat, welchen Sonic-Youth-Song er am liebsten hört und ob er wohl schon mal Sex hatte.

Bei dieser letzten Frage atme ich ein bisschen flacher.

Mr Davies beginnt mit dem Unterricht, der nur unwesentlich weniger langweilig ist als der von Mrs Robbins in der ersten Stunde, und ich schiele die ganze Zeit zwischen meinem Block, auf dem ich versuche, mir Notizen zu machen, und Seth hin und her. Auch er macht sich Notizen, woraus ich schließe, dass er entweder klug oder es ihm zumindest wichtig ist, gut in der Schule zu sein, was ich unwiderstehlich finde, ehrlich, auch wenn ich mir ziemlich sicher bin, dass die East Rockport High keine Schule ist, die irgendjemanden klüger macht.

Da ich so darin vertieft bin, Seth zu beobachten, fällt mir fast nicht auf, dass Lucy ihr *Moxie*-Heft an den Rand ihres Tischs gelegt hat. Aber ungefähr nach der Hälfte der öden Unterrichtsstunde entdecke ich es dort, und es kommt mir vor wie ein Glücksbringer. Lucy lässt es die ganze Stunde über dort liegen, aber sie meldet sich kein einziges Mal zu Wort, nicht einmal als Mr Davies Fragen stellt, weshalb ich glaube, dass sie ihre Lektion gelernt hat. Andererseits habe ich irgendwie den Eindruck, dass sie *Moxie* ganz bewusst sichtbar dort liegen lässt, und das ist irgendwie cool.

Schließlich setzt Mr Davies sich an seinen Tisch, wo er sich mit seinem Computer beschäftigt und abschaltet, während wir »Stillarbeit« machen sollen (und alle in Wirklichkeit so verstohlen wie möglich mit ihren Handys herumspielen). Da steht Mitchell Wilson hinten in der letzten Reihe auf, wo er garantiert bis jetzt geschlafen hat, ohne dass es Konsequenzen gehabt hätte, und spaziert nach vorn, um etwas in den Abfalleimer zu werfen. Auf dem Rückweg nimmt er, ohne anzuhalten, das *Moxie*-Heft von Lucys Tisch und geht damit an seinen Platz. Lucy reißt den Kopf herum, den Mund schon geöffnet, als wollte sie etwas sagen, doch dann klappt sie den Mund einfach wieder zu und dreht sich nach vorn. Ich sehe sie nur im Profil, und ihr Gesicht ist halb hinter ihren Locken verborgen, aber sie sieht eindeutig niedergeschmettert aus.

»O Mann, was soll das denn sein?«, stöhnt Mitchell, während es laut knistert, als er vermutlich das Zine aufschlägt. Ich drehe mich nicht um. Es ist eines, Mitchell auf den Seiten von *Moxie* zu kritisieren. Aber in Reichweite zu sein, während er meine Worte liest, macht mein *Moxie*-Geheimnis nicht mehr aufregend, sondern beängstigend.

»*Die Moxie-Girls haben es satt?*«, fragt er. »Vielleicht sollten sie dann nicht so viel essen.« Die Jungs neben ihm machen im Chor »he, he«.

Ich werfe einen Blick zu Mr Davies, der sich an seinem Tisch nur langsam regt. Er sieht auf die Uhr.

»Okay, Herrschaften ... Sie dürfen sich in den letzten Minuten unterhalten, aber bitte leise.«

Na toll. Jetzt haben sie wirklich freie Bahn.

»Jetzt hört euch das an«, fährt Mitchell fort, und die meisten Leute drehen sich zu ihm um. Sogar Seth mustert die Dumpfbacke in der letzten Reihe mit seinen schwarzen Augen. Jetzt könnte es verdächtig wirken, wenn ich mich nicht auch umdrehe. Also recke ich den Hals und gucke zu, wie Mitchell aus *Moxie* vorliest. Mein Werk.

»Habt ihr es satt, dass eine bestimmte Gruppe männlicher Schüler euch im Unterricht sagt, ihr sollt ihnen ein Sandwich machen, wenn ihr eure Meinung äußert?«, liest er vor, dann blickt er hoch und grinst so breit, als wäre er gerade in die All-America-Auswahl aufgenommen worden. »Hey, die meinen mich!«

»Warte, lies den mal vor«, sagt Alex Adams, ein weiterer Footballspieler in der letzten Reihe. Er deutet mit dem Finger auf das Zine, schlägt einmal, dann noch einmal auf das Papier und findet sich ganz toll. »Lies mal den letzten Teil.«

Ich versuche, ein normales, neutrales Gesicht zu wahren, aber ich stoße die Füße so fest in meine Schuhe, dass eine der Sohlen sogar über den gefliesten Boden quietscht.

»Okay, hört zu«, sagt Mitchell. »Da steht: Habt ihr es satt, dass das Footballteam haufenweise Aufmerksamkeit bekommt und machen kann, was es will?« Mitchell lacht laut auf, als hätte er gerade vorgelesen, die Erde sei eine Scheibe oder es gebe Zeitreisen. (Ehrlich gesagt könnte Mitchell tatsächlich so beschränkt sein, das beides zu glauben.) »Meinen die das ernst? Die sind sauer, weil wir unseren Job machen und Footballspiele gewinnen? Tut mir leid, mir war echt nicht klar, dass ich verlieren soll, bloß damit ein paar Mädchen nicht traurig sind und sich scheiße fühlen.«

Gacker, gacker, he, he, gefolgt von unterschiedlichen Rülpsgeräuschen. Leider nicht nur aus der letzten Reihe: Tatsache ist, dass auch einige der anderen schmunzeln oder laut lachen. Sogar ein paar Mädchen.

Mitchell beugt sich vor und sieht Lucy an, die ihre Sachen in ihren Rucksack packt. Sie starrt auf die Uhr, als wollte sie sie zwingen, sich zu beeilen.

»Hey, du da, Neue«, sagt er zu ihr. »Hey, dreh dich mal um, ich hab eine Frage an dich.«

Lucy lässt kaum merklich die Schultern hängen. Aber sie dreht sich um.

»Ja?«

»Hast du das geschrieben?«, fragt Mitchell und wedelt mit *Moxie*.

Lucy wartet eine Moment länger als nötig, dann sagt sie kühl und kurz angebunden »Nein« und dreht sich wieder um, um weiter einzupacken.

»Heute Morgen waren diese Hefte auf allen Mädchentoiletten«, sagt jemand.

Mitchell zuckt die Achseln. Sein Blick liegt noch immer auf Lucy. Zu lange.

»Ach egal, das ist doch bloß ein Haufen Scheiße«, murmelt er, knüllt *Moxie* in seinen Quarterbackhänden zusammen und wirft es nach vorn, wo es vom Whiteboard abprallt.

»Aber, aber, wir wollen doch den Abfalleimer verwenden«, sagt Mr Davies, der kurz wieder zum Leben erwacht.

Endlich klingelt es, und ich beobachte Seth dabei, wie er sich ohne einen Blick zurück eilig zur Tür absetzt.

Auf dem überfüllten Flur stoße ich versehentlich Lucy an. Sie blickt stur nach vorn, den Mund zu einer schmalen Linie zusammengekniffen.

»Hey«, sage ich leise. »Ich habe noch eins von diesen Heften, falls du möchtest. Mein Spind ist gleich da vorn.«

Überrascht dreht Lucy sich um, und ihre Augenbrauen schießen in die Höhe.

»Echt?«, fragt sie.

»Klar.«

Sie wartet ein Stück abseits, während ich an meinem Zahlenschloss herumfummele. Ich suche meine letzte Kopie von *Moxie* heraus und reiche sie ihr.

»Danke.« Sie grinst. »Das Ding ist so cool.«

»Ja, es ist ziemlich interessant«, antworte ich.

»Ich habe es wirklich nicht gemacht«, sagt sie. »Weißt du, wer das war?«

Ich schüttele den Kopf. Wenn ich jetzt etwas sagte, würde sie wissen, dass ich lüge.

»Dieser Mitchell ist ein totales Arschloch«, verkündet Lucy, und da sehe ich mich unwillkürlich hektisch um und vergewissere mich, dass Mitchell nicht in der Nähe ist. Es kotzt mich an, dass das meine erste Reaktion ist, aber ich will nicht von ihm erwischt und sein nächstes Opfer werden. Er macht mir zu viel Angst.

»Er kann hier so ziemlich tun und lassen, was er will«, sage ich leiser als nötig.

»Hab ich gemerkt«, erwidert Lucy und hebt eine Augenbraue. »Jedenfalls, danke dafür.« Sie steckt das Heft in einen Notizblock. »Hey, wie heißt du noch mal?«

»Vivian. Die meisten nennen mich Viv.«

»Richtig, dachte ich es mir doch. Du sagst nicht viel im Unterricht, deshalb war ich mir nicht sicher.«

Ich zucke die Achseln. Was soll ich darauf sagen? Schließlich verfalle ich auf: »Ich glaube nicht, dass es einen weiterbringt, etwas im Unterricht zu sagen.«

»Da ist was dran«, sagt sie. »Jedenfalls, ich bin Lucy. Und wie dieses Arschloch ganz richtig gesagt hat, bin ich neu hier.«

Ich lächele und nicke. »Ja, ich weiß.«

Dann weiß ich nicht mehr weiter. In East Rockport begegnet man so selten neuen Leuten.

Lucy lächelt zurück, aber als ich nichts weiter sage, winkt sie mir rasch zu und geht durch den Flur davon. Auch ich hebe zum Abschied die Hand. Erst als sie in der Menge verschwunden ist, geht mir auf, dass ich sie hätte fragen können, woher sie kommt oder warum ihre Familie hierhergezogen ist. Ich hätte sie sogar fragen können, ob sie vorhat, dem Aufruf in *Moxie* zu folgen und sich am Freitag Sternchen und Herzchen auf die Hände zu malen.

Dann blicke ich auf meine eigenen Hände und begreife, dass ich diese Frage auch für mich selbst noch beantworten muss.

KAPITEL SECHS

Wenn Mom und ich einkaufen gehen, schiebe ich immer den Wagen, damit Mom sich auf die Einkaufsliste konzentrieren kann. So ist das schon, seit ich auf der Middle School war.

»Schwarze Bohnen oder Bohnenpüree?«, fragt sie mich und mustert die Konservendosen vor sich.

»Püree.«

»Schwarze Bohnen sind gesünder.«

»Püree.«

Meine Mutter sieht mich scharf an, aber sie gibt nach.

Wir gehen fast immer donnerstagabends einkaufen, wenn sie nicht arbeiten muss. Das Gedränge, das am Wochenende im Supermarkt herrscht, kann Mom nicht ertragen, und außerdem ist es ein gemeinsames Ritual. Aber während ich heute den Einkaufswagen schiebe und dabei mit dem schwergängigen linken Hinterrad kämpfe, blicke ich unwillkürlich auf meine Hände, anstatt mich mit Mom zu unterhalten.

Ich habe kein Muttermal und nicht eine einzige Sommersprosse an den Händen. Meine Fingernägel sind nicht lackiert, weil mir das zu viel Aufwand ist. Ich versuche, mir vorzustellen, dass diese Hände morgen mit Sternchen und Herzchen bemalt sind und wie es sich anfühlen mag, damit durch die Flure der East Rockport High zu laufen. Mein Herz schlägt schneller, aber ich weiß nicht, ob vor Aufregung oder vor Angst. Ich male mir aus, alle würden mich ansehen und meine Freundinnen würden mir Fragen stellen. Bei diesem Gedanken balle ich die Fäuste und atme tief durch.

»Okay, lass uns zu den Tiefkühlsachen gehen«, sagt Mom. Sie ist in vielerlei Hinsicht anders als Meemaw und Grandpa – aber nicht, was die Stouffer's-Sucht angeht. Ich folge ihr.

Die ganze Woche überlege ich schon hin und her, was ich tun soll. Tatsache ist, seit Montagmorgen hat sich eigentlich ... genau gar nichts verändert. Die größte Entwicklung bestand vermutlich darin, dass ich Lucy mein letztes Exemplar von *Moxie* gab. Claudia hat es nie wieder erwähnt, und Mitchell hat sich nach dem einen Mal in Mr Davies' Unterricht nicht noch einmal die Mühe gemacht, sich darüber lustig zu machen – jedenfalls nicht, dass ich wüsste. Eigentlich wollte ich es mal beim Mittagessen mit Sara, Claudia und den anderen ansprechen, aber ich fürchte, wenn ich zu viel darüber rede, wirkt das verdächtig. Wobei es in ihren Augen ungefähr genauso wahrscheinlich sein dürfte, dass ich die Schöpferin von *Moxie* bin, wie dass ich die Internationale Weltraumstation besuche oder im Chemieunterricht ein Heilmittel gegen Krebs finde.

Ich weiß nicht genau, ob ich erwartet hatte, dass bei dieser Sache etwas herauskommt. Vielleicht war das auch schon alles. Vielleicht war *Moxie* einfach nur ein Ventil für mich. *Klar, Vivian, aber warum dann die Sache mit den Herzchen und Sternchen, wenn du damit nichts erreichen willst?*

Ich verziehe das Gesicht und versuche, diese Frage zu ignorieren, aber das geht nicht. Denn irgendwo tief im Innern möchte ich mit meinem *Moxie*-Zine durchaus etwas erreichen. Das weiß ich. Ich bin mir bloß nicht sicher, ob ich bereit bin, selbst dafür zu sorgen, dass dieses Etwas erreicht wird. Was das auch sein mag.

Während ich weiter den Einkaufswagen schiebe, starre ich die Dose Bohnenpüree finster an. Es wäre leichter, einfach nur an Seth zu denken, aber den habe ich diese Woche außer in Mr Davies' Unterricht nicht mal gesehen. Er kommt beim Klingeln rein und geht beim Klingeln wieder, und er sagt nie etwas. Macht sich bloß Notizen und sitzt voll mysteriös da. Gestern trug er ein Black-Flag-T-Shirt, woraufhin ich den ganzen Abend lang deren Song »Rise Above« auf meinem Handy gehört habe. Davon krümmten sich meine Zehen, und es tat mir in der Brust weh, aber auf eine gute Art.

Bibbernd laufe ich durch die Tiefkühlabteilung, während meine Mutter ein paar Schachteln Lasagne und Salisbury-Hacksteak in den Wagen wirft. Endlich gehen wir zur Kasse, bezahlen, und ich helfe ihr, die Tüten in unseren Honda zu laden. Als ich gerade den Eierkarton sicher auf dem Rücksitz verstaue, höre ich hinter mir eine Männerstimme.

»Lisa?«

Nach einer kurzen Pause höre ich Mom mit so einer glockenhellen Stimme sagen: »Oh! John, hey. Wie gehts?«

Ich schiebe mich wieder aus dem Auto und sehe, dass Mom einen Mann etwa in ihrem Alter ansieht. Er trägt grüne Krankenhauskleidung und darüber ein weites graues Hoodie, und sein halbes Gesicht ist unter einem struppigen roten Bart versteckt. Moms Augen leuchten richtig auf, so, als würde dieser Typ ihr gerade einen dicken Scheck überreichen, anstatt bloß Hallo zu sagen.

»Bringst du deinen Wocheneinkauf hinter dich?«, fragt der struppige Rotschopf.

»Ich versuchs«, antwortet Mom, und ihre Stimme klingt immer noch ein bisschen schräg.

»Morgen hast du Dienst, oder?«, fragt er.

»Ja«, erwidert meine Mutter und verdreht die Augen.

Diese ganze Unterhaltung kommt mir vor, als könnte sie auch in der Cafeteria der East Rockport High stattfinden, und während ich mich auf dem Parkplatz an den Wagen meiner Mutter lehne, bekommt meine Hoffnung, dass die Welt der Erwachsenen ganz anders ist als die Highschool, einen kleinen Dämpfer. Warum benimmt Mom sich wie ein Teenager? Wer ist dieser komische Typ mit dem roten Bart?

»Das ist übrigens meine Tochter Viv«, sagt meine Mutter, deutet mit dem Kopf auf mich und lächelt. Ich hebe die Hand und lächele matt.

»Freut mich, dich kennenzulernen, Viv«, sagt der Rotschopf. »Ich bin John. Deine Mutter und ich arbeiten zusammen.«

»Freut mich auch, Sie kennenzulernen«, antworte ich automatisch und mustere ihn eingehend. Mom hat noch nie von irgendeinem Typen bei der Arbeit gesprochen.

»Tja, wir müssen los«, sagt Mom, bewegt sich aber nicht groß.

John lächelt und nickt, und es dauert ewig, bis Mom und ich endlich ins Auto steigen und sie den Motor anlässt. Aber als John mit seinem SUV vom Parkplatz fährt, fällt mir ein großer blau-weißer DELOBE-Sticker am Heck auf.

»Bäh, der hat Delobe gewählt«, verkünde ich und rede lauter als normal. Ich weiß, ich benehme mich kindisch, aber dieser John ist mir irgendwie unheimlich.

»Ach, eigentlich war Delobe ja ein Gemäßigter«, antwortet Mom mit einem geistesabwesenden Grinsen im Gesicht.

»Mom, er hat für die Republikaner für den Bürgermeisterposten kandidiert«, sage ich gereizt. »Du hast immer gesagt, du würdest nie einen Republikaner wählen, selbst wenn dein Leben davon abhinge.«

Mom zuckt die Achseln und steuert unseren Wagen vom Parkplatz. »Wir sind hier in Texas, Vivvy. Manchmal ist ein gemäßigter Republikaner das Beste, was wir kriegen können. Wenigstens ist er für die Ehe für alle.«

Ich fasse es nicht: Sie ist voll verträumt und total geistesabwesend – sie hört mir ja nicht mal zu, also halte ich den Mund, lehne den Kopf an die kühle Fensterscheibe und blicke stirnrunzelnd mein Spiegelbild an. Als ich auf der Middle School war, hatte Mom mal was mit einem Typen namens Matt, den sie durch eine Freundin kennengelernt hatte. Es ging so weit, dass Matt zu uns kam, um mit Mom und mir Spielfilme zu gucken, und er Mom zum Essen ausführte, während ich den Abend bei Meemaw und Grandpa verbrachte. Matt mochte orange Tic Tacs und hatte eine Promenadenmischung namens Grover, die nach Hundeshampoo mit Lavendelduft roch.

Er war eigentlich ganz nett, aber wenn er da war, habe ich irgendwie immer nur darauf gewartet, dass er wieder geht. Mir war nicht klar, wozu wir ihn eigentlich brauchten. Schließlich waren wir zu zweit gewesen, solange ich zurückdenken konnte. Mom und ich, wir waren einfach immer ein gutes Team gewesen.

Und dann kam Matt nach ein paar Monaten aus heiterem Himmel einfach nicht mehr zu uns. Mom erklärte mir, es hätte nicht so richtig gepasst. Mehrere Abende hintereinander telefonierte sie mit finsterer Miene und im Flüsterton mit ein, zwei Freundinnen, und da nahm ich an, es sei besser, nicht nachzufragen. Danach tat Mom so, als hätte sie in ihrem Leben keinerlei Verwendung für Männer, bis auf Grandpa.

Und jetzt ist da plötzlich dieser Republikaner-John mit seinem Haar in der Farbe von Navel-Orangen und bringt Mom dazu, albern zu kichern, und ich kann nur denken, wie enttäuscht ich bin, dass meine Mutter so einen Typen mögen kann.

Zu Hause packen wir unsere Einkäufe aus und reden dabei den gleichen Quatsch wie immer.

»Sag nicht, ich hab das Olivenöl vergessen.«

»Wo soll ich die Kartoffeln hintun?«

»Ich falle noch heute Abend über dieses Eis her, jawohl!«

Als wir fertig sind, lässt Mom sich auf die Couch plumpsen, um fernzusehen, während ich duschen gehe und mir den dampfenden Wasserstrahl auf den Kopf prasseln lasse. Hinterher ziehe ich mein altes Runaways-T-Shirt und die Trainingshose an und durchwühle die Stiftesammlung auf meinem Schreibtisch. Ich wähle einen schwarzen Filzstift aus, nehme die Kappe ab und drücke die Spitze ein paarmal an den Zeigefinger, um mich zu vergewissern, dass er schreibt. Die kleinen schwarzen Punkte sehen aus wie abtrünnige Sommersprossen, die aus dem Nichts aufgetaucht sind. Mit wild pochendem Herzen stelle ich mir vor, wie ich morgen zur Schule gehe und das einzige Mädchen mit bemalten Händen bin. Wie schnell könnte ich das wieder abwaschen, um nicht aufzufallen?

Ich schlucke schwer und lege den Stift wie einen Wecker auf meinen Nachttisch. Dann schlüpfe ich ins Bett, greife nach meinen Kopfhörern und lasse Bikini Kill laufen.

In der ersten Stunde – Amerikanische Geschichte – hat kein einziges Mädchen außer mir bemalte Hände. Weder Claudia noch Sara noch sonst jemand. Nur ich. Meine Hände fühlen sich an wie Meemaws feine Porzellanteetassen, die sie in einer Glasvitrine aufbewahrt und nie benutzt. Wie etwas Zerbrechliches, das nicht in eine Highschool gehört und sofort verwahrt werden muss. Der berauschende, schwindelerregende Zustand, in dem ich *Moxie* erschuf, verflüchtigt sich so gründlich, dass es mir vorkommt, als wäre ich nur im Traum zu U COPY IT geradelt.

Claudia fallen meine Hände natürlich auf. Sie ist meine beste Freundin. Ihr fällt sogar auf, wenn ich mir den Pony schneiden lasse.

»Hey, was geht ab?« Sie deutet mit einem Nicken auf meinen Schoß, wo ich die Hände verzweifelt ineinander verschränkt halte, um die Symbole zu verbergen, die ich daraufgemalt habe, als gerade die Sonne aufging. »Du hast diese Sache aus dem Newsletter gemacht?«

Zine, nicht Newsletter, denke ich bei mir, doch ich zucke bloß die Achseln.

»Ich weiß auch nicht. Mir war langweilig.« Was für eine bescheuerte Ausrede. Zum ersten Mal wünschte ich tatsächlich, Mrs Robbins käme pünktlich herein und der Unterricht würde endlich beginnen.

»Ich glaube, ich kapiers einfach nicht«, sagt Sara jetzt. »Ich meine, ich fand, da standen ein paar gute Sachen drin, aber was soll das ändern, wenn man Herzchen und Sternchen an den Händen hat?« Auch sie mustert meine Bemalung, und meine Wangen brennen.

»Ihr habt recht, es war bescheuert«, sage ich verlegen. Plötzlich habe ich einen Kloß im Hals. Wenn ich deswegen jetzt vor meinen Freundinnen in Tränen ausbreche, werden sie wissen, dass irgendwas los ist.

»Nein, so habe ich das nicht gemeint«, erwidert Sara leise. »Ich meinte bloß, also, ich finde ja auch, dass der Laden hier verrückt ist, aber ich glaube einfach nicht, dass das jemals besser wird. Es war eine nette Idee, aber ... weißt du?«

Claudia tätschelt beruhigend meine Schulter. »Das zeigt nur, dass du total idealistisch bist, wie ich mir schon gedacht habe«, sagt sie. Ich versuche, zurückzulächeln und den leisen Groll, der in mir aufsteigt, herunterzuschlucken.

Genau da kommt endlich Mrs Robbins, und bei der ersten Gelegenheit, die sich ergibt, sage ich, ich müsse zur Toilette. Während ich durch die Schulflure gehe, stelle ich mir vor, ich hätte die abgestoßenen Fliesenböden, die Transparente mit der Aufschrift GO PIRATES! und die todlangweiligen Unterrichtsstunden, die mir das Gefühl geben, immer dümmer statt klüger zu werden, endlich hinter mir gelassen. Ich muss einfach durchhalten, bis ich hier wegkann, wie meine Mutter. Wenn ich bloß wüsste, wohin ich dann gehe. Wenn ich nur sicher sein könnte, dass ich niemals zurückkomme.

Als ich die schwere Tür zum Toilettenraum aufstoße, ertönt in einer der Kabinen gerade die Spülung. Ich spritze ein bisschen Seife in meine Hände und schrubbe sie unter warmem Wasser, rubbele mit den Daumen über die Herzchen und Sternchen.

Eine Kabinentür geht auf. Ich blicke mich um. Kiera Daniels geht an eines der Waschbecken. In der Vierten und Fünften waren Kiera und ich Freundinnen, bis zu dieser komischen Zeit auf der Middle School, als die schwarzen Kinder und die weißen Kinder und die Kinder, die untereinander größtenteils Spanisch sprechen, anfingen, in der Cafeteria an getrennten Tischen zu sitzen. Früher haben wir zusammen *Gregs Tagebuch* gelesen, und einmal versuchten wir sogar, selbst eins zu basteln: Ich schrieb die Geschichte, und Kiera zeichnete die Bilder. Jetzt sitzt sie an einem Tisch mit anderen schwarzen Mädchen, und ich sitze an einem Tisch mit meinen Freundinnen, und manchmal nicken wir uns auf dem Flur zu.

»Hey«, sagt sie.

»Hey«, erwidere ich.

Und dann entdecke ich sie. Sternchen und Herzchen. Und zwar große. Dicke, übermütige Herzchen und Sternchen bis hinauf zu den Handgelenken. Ihre Zeichnungen sind detailliert.

Ich erkenne sogar winzige Planeten zwischen den Sternen. Sie konnte schon immer gut zeichnen.

Kieras Herzchen und Sternchen rufen: *Seht mich an.* Meine flüstern bloß: *Ich bin hier.* Trotzdem entdeckt sie sie.

»Du hast diesen Newsletter gelesen?«, fragt sie.

Zine, nicht Newsletter. Aber egal.

»Ja, hab ich«, antworte ich. Und drehe unwillkürlich den Wasserhahn zu, nehme mir ein Papierhandtuch und trockne mir die Hände ab.

»Wer das wohl war?«, fragt sie und hebt eine Augenbraue. Sie ist vorsichtig beim Händewaschen, um ihre Handgraffiti nicht zu verschmieren.

»Keine Ahnung«, erwidere ich und bücke mich, um mich am Knie zu kratzen – in der Hoffnung, dass es als Deckung reicht, während ich lüge. Schon spüre ich, wie meine Wangen heiß werden.

»Er hat mir gefallen«, sagt Kiera. »Da standen eine Menge kluger Sachen drin. Der Laden hier ist völlig daneben. Ich meine, ich bin mit einem Footballspieler zusammen, aber trotzdem. Die sind echt daneben.« Kiera wird ein bisschen leiser. »Wusstest du, dass sie jeden Samstag umsonst bei Giordano's essen können? All you can eat?«

Giordano's ist das leckerste italienische Restaurant in ganz East Rockport, wo ich am liebsten Pizza bestelle, wenn Mom am Ende der Woche sagt, dass noch genug von unserem Essensbudget übrig ist.

»Die Footballspieler?«, frage ich genauso leise wie Kiera. »Und wer bezahlt das? Das müssen doch jede Woche Hunderte von Dollars sein.«

»Wer weiß, wer das bezahlt?«, antwortet Kiera. »Aber ich würde irgendwie auf Mitchells Daddy tippen. Was ich allerdings weiß, ist, dass die Mädchenfußballmannschaft keine neuen Trikots mehr bekommen hat, seit meine Mutter hier zur Schule ging. Und das ist keine Übertreibung.«

»Verdammt.«

»Allerdings.« Behutsam trocknet Kiera sich die Hände ab, und dann stehen wir beide da. Es ist ein bisschen peinlich. Wahrscheinlich haben Kiera und ich seit der Fünften nicht mehr so viel miteinander geredet.

»Ich frage mich, was diese *Moxie*-Leute als Nächstes tun«, sage ich. Ich weiß nicht, ob ich damit nach Ideen frage oder bloß versuche, Kiera von meiner Spur abzubringen. Nicht, dass Kiera irgendeinen Grund hätte, mich zu verdächtigen.

»Du glaubst also, es ist nicht nur ein Mädchen?«, fragt Kiera. »Wer *Moxie* gemacht hat, meine ich.«

»Keine Ahnung ... Bestimmt, oder?«, sage ich. Das ist ein weiterer Brotkrümel, der sie in die falsche Richtung führen soll. Sicherheitshalber. »Ich meine, es klang nach mehr als einer.«

»Tja, egal, was sie als Nächstes machen, es muss größer sein als das hier«, fährt Kiera fort und hebt eine Hand. »Ich meine, das ist cool und alles, aber eigentlich wäre mal ein richtiger Arschtritt für Wilson angesagt. Irgendwas, was auch mehr Mädchen ins Boot holt.«

Kieras Stimme wird immer lauter und selbstsicherer. Eine sprachlose Minute lang glaube ich schon, sie hätte *Moxie* gemacht, nicht ich. Sie ist wahrscheinlich sowieso besser geeignet, es anzuführen, was *es* auch sein mag. Ich würde mich lieber hinten im Klassenraum verstecken, als eine Frage zu beantworten, und gerade eben habe ich versucht, mir bei der erstbesten Gelegenheit meine Herzchen und Sternchen wieder abzuwaschen. Ich wette, wenn ich Kiera die Wahrheit sagte, könnte sie *Moxie* übernehmen und es viel besser machen als ich.

Aber dann fällt mir ein, dass die Riot Grrrls gar keine Anführerin hatten. Sie wollten eine Bewegung, in der jede Stimme gleich wichtig ist. Ein Grund mehr für mich, meine Urheberschaft geheim zu halten.

»Jedenfalls«, fährt Kiera fort, »war das zumindest eine interessante Idee.« Sie geht zur Tür und drückt sie auf. »War cool, mit dir zu reden, Viv.«

»Ja, ich fands auch cool«, erwidere ich. Und es war wirklich cool, mit ihr zu reden. Es war cool, zu sehen, dass zumindest ein anderes Mädchen dem Aufruf in *Moxie* gefolgt ist. Ich wünschte, ich hätte Kiera gefragt, ob sie noch ein Mädchen kennt, das sich die Hände bemalt hat. Aber einfach nur zu wissen, dass Kiera da ist, sorgt dafür, dass ich mich ein klitzekleines bisschen besser fühle. Nicht mehr ganz so allein und freakig. Ich atme tief durch und betrachte mich im Spiegel.

»Geh einfach zurück in den Unterricht«, sage ich laut. Das wiederhole ich so oft, bis ich es endlich mache, die Hände noch immer voller Herzchen und Sternchen.

Vielleicht war die Begegnung mit Kiera ja ein Zeichen, denn nach dem Geschichtsunterricht erspähe ich auf dem Flur ein paar Zwölftklässlerinnen mit bemalten Händen. Sie sind aus der Theater-AG und sitzen bei den Pep Rallys und den Footballspielen auch immer am Rand. Außerdem zwei Neuntklässlerinnen, deren Spinde in der Nähe des Raums sind, wo ich meine zweite Stunde habe. Und hier und da entdecke ich weitere Mädchen mit Herzchen und Sternchen an den Händen – auf der Treppe, in irgendwelchen Ecken und im Hof hinter dem Gebäude, wo die Leute in der Zehnminutenpause zwischen der dritten und vierten Stunde abhängen. Manche der Mädchen kenne ich mit Namen und manche nur vom Sehen, aber wir nehmen einander wahr und nicken und lächeln schüchtern, als hätten wir ein gemeinsames Geheimnis. Als wären wir füreinander das goldene Ei bei einer sehr eigenartigen Ostereiersuche.

Genauso ist es, als ich zum Englischunterricht gehe und feststelle, dass Lucy Hernandez in der ersten Reihe sich mit einem blauen Stift Sternchen und Herzchen in zarten Schnörkeln und Wirbeln auf die Handrücken, die Finger und um die Handgelenke gemalt hat.

»Hey«, sage ich zu ihr, während ich zwischen den Tischen hindurchgehe und hinter mir weitere Schüler hereinströmen, »coole Hände.«

Lucy späht unter ihrem schwarzen Pony hervor, und ein Lächeln breitet sich auf ihrem Gesicht aus. Ich frage mich, ob ich die Erste bin, die heute mit ihr gesprochen hat. Irgendwie befürchte ich, dass es so sein könnte.

»Danke«, sagt Lucy. »Deine aber auch.«

»Deine sind richtig hübsch«, entgegne ich.

Lucy lächelt noch strahlender. »Danke.«

Ich lächele zurück, und dann tritt das gleiche peinliche Schweigen ein wie zwischen Kiera und mir, und ich weiß nicht, was ich als Nächstes sagen soll. Obwohl ich glaube, dass es noch etwas gibt, was ich sagen möchte. Aber dann kommen Mitchell Wilson und seine Bande herein. Sie sind laut und machen sich total breit. Wahrscheinlich laufen sie sich schon für ihren nächsten Mach-mir-ein-Sandwich-Spruch warm, und mich überkommt dasselbe Gefühl wie in der Cafeteria an dem Tag, als ich abends mein erstes *Moxie*-Heft bastelte. Dieses Gefühl, bei dem ich die Fäuste ballen und mir die Fingernägel in die Haut graben und schreien möchte.

Das mache ich natürlich nicht. Vielmehr atme ich tief durch, stecke mir das Haar hinter die Ohren und hole meinen Englischblock und einen Kuli heraus.

»Also gut, Leute«, setzt Mr Davies an, als es klingelt. »Befassen wir uns noch einmal mit dem, was ich Ihnen gestern über die Aufklärung erzählt habe.« Gerade als mein Hirn abschalten will, öffnet sich die Tür, und Seth Acosta kommt herein.

Den Hefter und die Bücher in einer Hand, die neben seinem schlanken Körper herabhängt, geht er an seinen Platz.

Er trägt eine schwarze Jeans.

Er trägt ein schwarzes T-Shirt.

Er trägt schwarze Vans.

Und auf die Hände hat er sich mit großer Sorgfalt in schwarzer Tinte Herzchen und Sternchen gemalt.

Als er auf seinen Stuhl rutscht, explodiert in meinem Bauch ein Feuerwerk, und mein Herz hämmert so laut, dass ich weiß, ich werde nicht ein Wort von dem mitkriegen, was Mr Davies sagt, selbst wenn ich mir die Mühe machte, zuzuhören.

KAPITEL SIEBEN

Claudia verdient eine Beste-Freundin-Medaille und eine Million Gratiscupcakes für die Engelsgeduld, die sie bei der Pep Rally vor dem Mittagessen mit mir hat. Kaum haben wir uns ganz ans obere Ende der Tribüne verzogen, fange ich an, ihr im Flüsterton von Seth Acostas Händen zu erzählen.

»Okay, aber warum flüsterst du?«, schreit Claudia. »Es ist höllisch laut hier, und außerdem ist er nirgends zu sehen.« Wieder spielt sich die Schulkapelle warm, mit denselben fünf, sechs Jubelhymnen, die sie bei den Footballmatches immer spielen, und Claudia hat recht – wir sehen Seth tatsächlich nirgendwo in der Sporthalle. »Niemand wird hören, wie du wegen Mister Magic Hands ausflippst«, fährt sie fort. Dann schießen ihre Augenbrauen in die Höhe. »Jetzt kapiere ich, warum du so auf ihn stehst. *Magic Hands.*« Sie lacht sich schlapp über ihren eigenen Witz.

Ich werde rot. »Herrgott, Claudia.«

»Oh, du meinst, so ist das gar nicht mit dir und ihm, ja?«, fragt sie ungläubig. »Du bist nur in seine schöne Seele verknallt, ja?«

»Das reicht«, bringe ich hervor und stecke den Kopf zwischen die Knie, damit sie endlich aufhört. Die Wahrheit ist, Seths Herzchen und Sternchen haben ihn in meinen Augen noch hundertmal schärfer gemacht. Während Mr Davies monoton über irgendwas dozierte, beobachtete ich unentwegt Seths vorübergehend tätowierte Hände, mit denen er sich sorgfältig Notizen machte, hin und wieder eine Pause einlegte, um sich im Nacken zu kratzen, oder leise mit den Fingern gegen die Tischseite trommelte. Jedes Mal, wenn ich Mitchell oder einen seiner Freunde die große Klappe aufreißen hörte, befürchtete ich, Seth könne zum Ziel irgendeines Witzes werden. Aber nichts dergleichen passierte. Auch wenn Seth total anders als die meisten hier an der Schule aussieht, hält er sich so geschickt am Rand des Geschehens, indem er kaum etwas sagt und weder etwas richtig Gutes noch etwas richtig Schlimmes tut, dass ich ziemlich sicher die Einzige bin, die jede seiner Bewegungen verfolgt.

»Hey, kann ich mich zu euch setzen?«

Ich fahre zusammen und sehe Lucy Hernandez ein paar Schritte entfernt auf die freien Plätze neben uns deuten. Als sie so aufrecht vor uns steht, merke ich erst richtig, wie groß Lucy ist – sogar größer als ich, und das will etwas heißen. Außerdem hat sie breite Hüften, große Augen und volle rote Lippen. Sogar ihr schwarzes Haar ist voluminös und fällt ihr in üppigen Locken über die Schultern. Zuerst wünsche ich mir instinktiv, dass sie wieder weggeht, weil ich mit Claudia über Seth reden will. Aber dann fühle ich mich mies deswegen.

»Klar kannst du dich zu uns setzen«, sage ich. Wir brauchen nicht aufzurücken, so weit hinten ist reichlich Platz. Sara, Kaitlyn und die anderen Mädchen, mit denen wir normalerweise abhängen, sitzen mehrere Reihen vor uns.

»Danke.« Lucy setzt sich neben mich, wodurch ich zwischen den beiden hocke.

»Hi, ich bin Claudia«, schreit Claudia über meinen Schoß hinweg. »Du bist Lucy, oder?«

Lucy nickt, lächelt und zieht die Knie ans Kinn.

»Und du fährst also auf dieses Newsletter-Ding ab, so wie Viv?« Claudia deutet auf Lucys Hände. Am Boden der Halle ziehen die East-Rockport-Cheerleader ihre Show durch, wie immer angeführt von Emma Johnson. Aus den Lautsprechern dröhnt Tanzmusik, während sich die Mädchen in ihren makellosen Kostümen drehen und schütteln. Ihre Bewegungen sind unglaublich präzise und perfekt. Die Cheerleader machen den ganzen Sommer über täglich drei Stunden dieses legendäre Training, und das zahlt sich am Ende wohl aus.

»Du meinst *Moxie*?«, fragt Lucy zurück und hebt die Hände. »Ja, ich fand es cool. Es hat mich an diesen Club erinnert, in dem ich auf meiner alten Schule in Houston war.«

»Da kommst du also her?«, frage ich.

Lucy bejaht und erzählt uns so laut, dass sie trotz des ganzen Getöses zu hören ist, dass ihr Vater im Juni seinen Job verloren hat und ihre Eltern deshalb mit ihr und ihrem kleinen Bruder zu ihrer Großmutter hier in East Rockport gezogen sind. Vor Kurzem hat ihr Vater eine Stelle als leitender Hausmeister im Autumn Leaves, dem einzigen Pflegeheim der Stadt, bekommen, also bleiben sie jetzt hier.

»An meiner alten Schule war ich Vizepräsidentin eines Mädchenclubs namens GRIT«, erzählt Lucy uns. »Das steht für ›Gemeinsam für Respekt, Inspiration und Toleranz‹. Es ist sozusagen ein feministischer Club.«

»Und da sind wirklich Leute hingegangen?«, frage ich. Ich versuche, mir einen solchen Club an der East Rockport High vorzustellen, aber das ist so undenkbar, dass mir ganz schwummerig im Kopf wird.

»Ja, klar«, sagt Lucy. »Es waren sogar ein paar Jungs dabei. Wir haben Geld für das örtliche Frauenhaus gesammelt und über Sachen diskutiert, die uns wichtig waren. Ich hatte gehofft, dass es hier auch so einen Club gibt. Damit ich andere Feministinnen treffen könnte, wisst ihr?« Die Beiläufigkeit, mit der sie das Wort *Feministinnen* ausspricht – so locker –, haut mich irgendwie um. Claudia nickt und lächelt höflich, aber ihre Augenbrauen wandern ein Stückchen in die Höhe.

Ich habe Mom das Wort *Feministin* verwenden hören, wenn sie mit alten Freundinnen telefonierte. (*»Ich meine, ehrlich, Jane, mich als Feministin hat der Film einfach angekotzt.«*) Die Riot Grrrls hatten natürlich mit Feminismus zu tun, aber bis zu diesem Augenblick sah ich sie nicht unbedingt als Feministinnen, sondern eher als supercoole Frauen, die sich nichts gefallen ließen.

»Ich glaube nicht, dass wir hier je einen Club wie GRIT hatten«, sagt Claudia. »Moment, kleine Korrektur. Ich *weiß*, dass wir hier nie so einen Club hatten.«

Lucy nickt wehmütig. Dann wendet sie sich an mich und fragt: »Hast du diesen Typen in Englisch gesehen, der sich die Hände bemalt hat?«

Ich spüre, wie meine Wangen ein klitzekleines bisschen heiß werden, aber Claudias Lippen sind versiegelt, und ihr Blick ist auf die Veranstaltung unten gerichtet. Ich weiß, sie würde Lucy niemals verraten, dass ich in Seth verknallt bin.

»Ja«, antworte ich. »Ich glaube, er ist auch neu. Ich fand es irgendwie cool.«

»War es auch«, sagt Lucy. »Aber ich wundere mich, dass die nicht alle über ihn hergefallen sind.«

»Vielleicht ist es keinem der Jungs aufgefallen«, entgegne ich. »Die waren alle in Gedanken schon hier.« Ich strecke den Arm aus und deute nach unten. Direktor Wilson hält seine übliche Ansprache von wegen, wir sollen unsere Jungs unterstützen und bla, bla, bla. Dann kommen die Footballspieler in ihren Trikots nacheinander herein, und die Schüler in der ersten Reihe brüllen so laut, dass es mir in den Ohren wehtut. Ich sehe mich nach den übrigen Leuten in den letzten Reihen um. Ein Mädchen, das ich nicht kenne, sitzt zusammengesunken ganz allein auf einer Bank und schläft tief und fest, und ein paar magere, pickelige Jungs hocken nebeneinander und starren mit glasigen Augen nach unten.

»Geht ihr eigentlich zu diesen Spielen?«, fragt Lucy mit gerunzelter Stirn.

»Normalerweise schon«, sagt Claudia achselzuckend. »Aber beim letzten Mal hat Viv mich im Stich gelassen.«

»Mir war nicht gut«, erinnere ich sie. »Aber ja«, fahre ich fort, um Lucys Frage zu beantworten, »es gibt hier sonst nicht viel, was man unternehmen kann. Also gehen wir hin.«

Lucy runzelt die Stirn noch stärker und denkt vermutlich an das einzige Kino in unserer Stadt, den rund um die Uhr geöffneten Sonic-Drive-in und die Hauptstraße. Nichts davon ist spannend, wenn man allein ist.

»Hey, willst du heute Abend mitkommen?«, entfährt es mir. Aus dem Augenwinkel sehe ich zu Claudia und hoffe, sie hat nichts dagegen.

Aber Claudia lächelt bloß und sagt: »Ja, komm doch mit. Es ist ein Heimspiel. Da müssen wir nicht mal weit fahren oder so.«

Lucy kaut auf ihrem Daumennagel und beobachtet noch immer das Geschehen unten in der Halle. Mein Herz schlägt ein bisschen schneller, bis sie sich zu uns umdreht und sagt: »Okay, warum nicht? Ich komme mit.« Dann starrt sie wieder auf Mitchell Wilson und Jason Garza, die sich praktisch auf die Brust trommeln, während sie die Leute anfeuern, lauter und lauter zu brüllen. Lucy reißt die Augen auf. »Liebe Güte, das ist wirklich wie eine Gladiatoren-Show oder so was«, sagt sie und bedenkt das Theater mit einem zutiefst geringschätzigen Blick. »Die führen sich auf, als müssten sie mit Tigern oder Löwen oder so ringen.«

»Absolut«, erwidere ich lächelnd. Das ist wirklich die perfekte Beschreibung.

An den Freitagabenden, an denen Mom nicht arbeiten muss und ein Heimspiel stattfindet, fährt sie manchmal mit Meemaw und Grandpa ins Stadion. Ich frage mich zwar, ob es nicht total deprimierend ist, auf derselben Tribüne zu sitzen, die man als Teenager wie die Pest gemieden hat, weil man lieber nach Houston zu Punkkonzerten fuhr. Aber sie sagt immer, jetzt als Erwachsene habe sie Spaß daran, sich einfach zurückzulehnen und sich das Spektakel anzuschauen.

»Es ist zwar eine Zurschaustellung von testosterongesteuerter Hypermaskulinität«, sagte sie einmal zu mir, »aber man kann freitagabends nicht ewig allein Netflix gucken. Irgendwann wird es wirklich traurig.«

Doch als ich an diesem Freitagnachmittag gerade in BH und Jeans vor meinem Schrank stehe und nach etwas suche, was ich zum Spiel anziehen kann, steckt Mom den Kopf in mein Zimmer. Sie hat ein bisschen mehr Rouge als sonst aufgelegt und ihr Lippenstift wirkt frisch aufgetragen.

»Hey, du gehst heute Abend mit Claudia hin, oder?«, fragt sie.

»Ja, sie holt mich ab.«

»Okay«, sagt sie und nickt. Dann kommt sie ganz herein, aber irgendwie zögerlich. Mom und ich haben sonst nie Hemmungen, das Zimmer der anderen zu betreten.

»Hör mal, Vivian, ich fahre heute nicht mit Meemaw und Grandpa zum Spiel«, setzt sie an, und mir fällt auf, dass ihr Lächeln irgendwie angestrengt wirkt.

»Fahren sie denn nicht hin?«, frage ich.

»Doch, es ist nur ...« Sie macht eine so lange Pause, dass ich irgendwann ein T-Shirt anziehe, weil ich den Eindruck habe, dass dies eine Unterhaltung wird, bei der frau nicht bloß in BH und Jeans dastehen sollte.

»Mom, was ist los?«

»Erinnerst du dich an John, neulich beim Einkaufen?«, fragt sie in einem bemüht leichten Ton, und ihr Lächeln kämpft noch immer darum, ein Lächeln zu bleiben. Ich merke, wie meine eigenen Mundwinkel herabsinken.

»Dieser Typ, der den Republikaner gewählt hat?«, frage ich und versuche, eine Augenbraue hochzuziehen. Ich weiß, ich bin gerade echt ein bisschen ätzend.

Meine Mutter verdreht die Augen. Das ist wenigstens endlich ein ehrlicher Gesichtsausdruck. »Ja, Vivvy, dieser Typ.«

»Ja, ich erinnere mich an ihn.«

»Tja, du weißt ja, wir arbeiten zusammen in der Praxis, und wie sich herausgestellt hat, ist er einer der Ärzte, die sich um das Footballteam kümmern. Du weißt schon, er steht bei den Spielen an der Seitenlinie für den Fall, dass etwas passiert. Er hat gerade erst da angefangen.«

Wow, also wählt er die Republikaner und kümmert sich nebenbei um sexistische Neandertaler. Klingt wie ein echter Hauptgewinn. Aber ich sage nur: »Okay?«

»Jedenfalls, er hat mich gefragt, ob ich nach dem Spiel was mit ihm trinken gehe. Vielleicht unten im Cozy Corner.«

Das Cozy Corner ist die einzige Bar in East Rockport, in die Mom geht, wenn sie superselten mal mit den anderen Schwestern aus der Notfallpraxis was trinkt. Sie sagt, es gefällt ihr, dass sie da die Runaways in der Jukebox haben.

»Okay«, sage ich noch einmal, weil mir nichts anderes einfällt. Ich frage mich, ob dieser Republikaner-Typ die Runaways mag. Höchst zweifelhaft.

»Ich wollte dir nur Bescheid geben, dass ich vielleicht ein bisschen später nach Hause komme«, sagt sie, wieder mit diesem unechten Lächeln im Gesicht und in einem halbherzig fröhlichen Ton. »Aber nicht allzu spät.«

»Also fährst du mit ihm zum Spiel?«, frage ich.

»Ja. Er holt mich ab. Du brauchst nicht aus deinem Zimmer zu kommen oder so. Ich habe ihm gesagt, ich komme gleich raus, wenn ich seinen Wagen sehe.«

»Den Wagen mit dem DELOBE-Sticker drauf?«

»Ja, Vivvy.« Tiefer Seufzer. Halb hoffnungsvoller Blick.

»Okay«, sage ich. »Tja ... dann viel Spaß.«

Mom bleibt noch stehen, ein paar Sekunden zu lang, und da weiß ich, sie überlegt, ob sie noch etwas dazu sagen soll. Aber dann umarmt sie mich bloß und gibt mir einen Kuss auf die Stirn. Sie riecht nach dem Vanilleextrakt, den sie gern als Parfüm benutzt, und plötzlich tut mir alles leid.

»Mom«, sage ich, als sie schon aus dem Zimmer geht.

»Ja?«

»Amüsier dich.«

Da leuchten ihre Augen endlich wirklich auf.

Beim Spiel habe ich sogar Spaß. Claudia holt zuerst mich ab, und dann fahren wir zu Lucy, die schon auf der Veranda des kleinen grün-weißen Bungalows wartet. Als Claudia den Tercel in die Einfahrt steuert, springt Lucy auf. Sie trägt Jeans und ein weißes, an den Ärmeln und am Ausschnitt rot abgesetztes

T-Shirt, und an einem Handgelenk baumeln mindestens ein Dutzend rote Plastikarmbänder. Ihre Hände sind noch immer angemalt, und es scheint sogar, als hätte sie die Sternchen und Herzchen ein bisschen aufgefrischt.

»Hey«, sagt sie. »Danke fürs Abholen.« Sie rutscht auf den Rücksitz und streckt sofort den Kopf zwischen den Sitzen nach vorn. »Das ist das erste Mal, dass ich ausgehe oder überhaupt irgendetwas unternehme, seit ich hier wohne.« Sie klingt ein bisschen atemlos, so, als wäre sie nervös.

»War kein Ding, dich abzuholen«, sagt Claudia, und ehrlich gesagt ist Lucy auch unkompliziert. Als wir uns mit Sara, Kaitlyn, Meg und den anderen Mädchen treffen, mit denen wir immer abhängen, fügt Lucy sich mit ihrem ungezwungenen, lebhaften Geplauder mühelos in die Gruppe ein, und ihre Neulingskommentare zum altbekannten Treiben bei den East Rockporter Footballspielen sind megawitzig.

»Moment mal, wie viel haben die für diese Großbildleinwand ausgegeben? Sind unsere Mathebücher nicht noch aus den Siebzigern?«

»Wann kommt Mitchell Wilson in seinem goldenen, von weißen Pferden gezogenen Streitwagen heraus?«

»Wenn die Pirates nicht gewinnen, müssen wir dann alle Harakiri machen oder was?«

Die anderen Mädchen und ich nehmen uns die Zeit, Lucy über all den Kleinstadttratsch aufzuklären, zeigen ihr die sechs, sieben ehemaligen Pirates-Spieler auf den Tribünen, die einmal große NFL-Stars werden sollten, aber dann Verletzungen erlitten oder wegen Trunkenheit am Steuer vom College flogen. Jetzt sind sie alte Männer mit Bierbäuchen, über denen sich ihre orangen East-Rockport-Fantrikots dehnen, und verfolgen mit ausdruckslosen Mienen jeden Spielzug auf dem Feld. Als wir in der Halbzeitpause durch das Gedränge zum Kiosk gehen, um uns Popcorn zu holen, laufen wir Meemaw und Grandpa über den Weg. Lucy stellt sich ihnen lächelnd vor, sieht ihnen dabei in die Augen und schüttelt ihnen die Hand, und da weiß ich, Meemaw wird sie später als »dieses entzückende hispanische Mädchen, das so charmant war«, beschreiben.

Unten am Spielfeldrand, hinter der Mannschaftsbank, entdecke ich Mom. Zwar verfolgt sie das Spiel, aber sie klatscht nicht oder schreit oder irgendwas. Sie sieht mich nicht. Die vielen Männer und Jungs an der East-Rockport-Seitenlinie sehe ich mir ganz bewusst nicht genau an. Ich will John gar nicht entdecken.

Die Pirates gewinnen, also müssen wir uns nicht umbringen. Ich hatte viel Spaß mit Lucy, aber als wir sie absetzen und sie winkt und sich beim Aussteigen circa fünfmal fürs Mitnehmen bedankt, bin ich doch froh, dass jetzt nur noch meine beste Freundin und ich übrig sind.

»Willst du bei mir übernachten?«, frage ich Claudia. Ich bin nicht scharf darauf, in unser leeres Haus zurückzukehren, weil ich dann bloß die ganze Zeit an Mom mit diesem Republikaner-John im Cozy Corner denken müsste.

»Klar, warum nicht?«, antwortet Claudia, und es ist egal, dass sie nichts dabeihat, weil wir so oft beieinander übernachten, dass wir jede eine Zahnbürste und einen Schlafanzug bei der anderen haben.

Später, nachdem wir uns umgezogen, unsere Handys gecheckt, Bretzeln mit Erdnussbutter gegessen und darüber geredet haben, dass John voll der falsche Typ für Mom ist, lassen wir uns in mein Doppelbett fallen. Die phosphoreszierenden Sterne über uns leuchten noch eine Weile, ehe das Zimmer ganz in Dunkelheit versinkt.

»Ich mag Lucy«, sage ich und betrachte die verblassenden Sterne.

»Ja«, stimmt Claudia zu und gähnt. »Sie ist cool.«

»Ich glaube, das Spiel war so was wie ein Kulturschock für sie.«

Claudia dreht sich zu mir um. »Ja, sie wurde schließlich nicht von Geburt an indoktriniert.«

Wir lachen beide.

Im Dunkeln kann ich nicht sehen, ob die Herzchen und Sternchen an meinen Händen noch da sind. Es scheint schon ewig her zu sein, dass ich in der Schule versucht habe, sie abzuwaschen.

»Weißt du«, sage ich, »ich finde es irgendwie cool, dass sie sich Feministin nennt.«

Claudia antwortet nicht sofort. Kurz glaube ich, sie sei schon eingeschlafen.

»Ja, kann sein«, antwortet sie schließlich, und da merke ich, dass sie sich vorher genau überlegt hat, was sie sagen will.

»Du meinst, du bist nicht sicher, ob es cool ist?«, frage ich nach und wäge meine Worte ebenfalls genau ab.

»Ich meine, ich finde einfach, man muss das nicht mit einem Etikett versehen«, sagt Claudia. »Weil das Wort *Feministin* irgendwie ein echt beängstigendes, komisches Wort für viele Leute ist. Die Leute denken dann, man hasst Männer. Ich würde lieber einfach sagen, ich bin für, was weiß ich, Gleichberechtigung.«

»Aber ist das nicht Feminismus?«, frage ich. »Gleichberechtigung? Ich glaube nicht, dass es bedeutet, man darf nicht mit Typen ausgehen wollen. Ich meine, ich will jetzt hier keinen Aufstand machen oder so.« Ehrlich gesagt hasse ich Meinungsverschiedenheiten. Besonders mit Claudia. Weshalb wir uns in unserer langjährigen Freundschaft auch ganz buchstäblich noch nie gestritten haben.

»Nein, nein, schon klar«, sagt Claudia, und ich merke, sie will diese Unterhaltung beenden. »Ich meine nur, ich glaube, man kann es auch Humanismus oder Equalismus oder Menschismus nennen oder sonst wie.« Sie gähnt noch einmal, lauter diesmal. »Ich glaube einfach, Mädchen und Jungen sollten gleich behandelt werden.«

»Ich auch«, sage ich.

»Dann sind wir uns ja einig.«

»Natürlich«, erwidere ich, obwohl ich das eigentlich nicht glaube.

Claudia gähnt ein letztes Mal, und kurz nachdem wir uns eine gute Nacht gewünscht haben, höre ich schon das leise, regelmäßige Atmen meiner besten Freundin, an dem ich erkenne, dass sie eingeschlafen ist. Ich selbst bin mit einem Mal hellwach, obwohl ich dachte, ich sei müde. Im Kopf gehe ich noch einmal meinen Tag durch und muss unwillkürlich an die Herzchen und Sternchen auf Lucys Händen denken. Auf Kieras Händen. Auf Seths Händen.

Ich liege da, blicke an die Decke, höre Claudia atmen und erkenne, dass ich warte. Worauf allerdings, da bin ich mir nicht sicher. Auf das Geräusch von Moms Schlüssel im Schloss vielleicht. Oder vielleicht darauf, dass wirklich etwas Wichtiges beginnt.

KAPITEL ACHT

Während der Oktober sich dahinschleppt, gewöhnt Lucy Hernandez sich an, mit Claudia, mir und unseren anderen Freundinnen zu Mittag zu essen. Manchmal, wenn sie als Erste am Tisch sitzt, klopft sie auf den freien Stuhl neben sich und sagt: »Viv, setz dich zu mir!« Einmal ertappe ich Claudia dabei, dass sie deswegen die Augen verdreht, aber so unauffällig, dass ich glaube, ich bin die Einzige, die es mitbekommt. Mit ihrer offenen, lebhaften Art fügt Lucy sich ziemlich mühelos bei uns ein. Und ich achte darauf, dass ich genauso oft neben Claudia sitze wie neben Lucy.

Ebenso wie Lucy mittlerweile zu unserem Kreis beim Mittagessen gehört, scheint Republikaner-John jetzt zu Moms Leben zu gehören, ob es mir nun gefällt oder nicht. Ein paar Wochen nachdem Mom mit ihm zum Pirates-Spiel ging, wollen sie abends zusammen essen gehen, und Mom warnt mich vor, dass er vorbeikommen wird, um mich offiziell kennenzulernen. (»Er ist nett, Vivvy, und ich glaube, du wirst ihn wirklich mögen!«) Als es an der Tür klingelt, ist Mom in ihrem Zimmer und macht sich fertig, also gehe ich aufmachen. Er trägt so ein langweiliges Button-down-Hemd und eine Kakihose. Wenigstens den struppigen roten Bart hat er sich zur Feier des Tages gestutzt.

»Hey, Viv«, sagt er und lächelt viel zu breit.

»Hey«, antworte ich. Auch ich lächele aus Höflichkeit. Dann

führe ich ihn in die Küche, während Mom aus ihrem Zimmer ruft: »Komme gleich!«

John steht da und begutachtet den Kühlschrank und die Spülmaschine, als wären sie die interessantesten Haushaltsgeräte, die er je gesehen hat. Ich lehne mit ausdruckslosem Gesicht an der Küchentheke. Vielleicht sollte ich ihm höflicherweise ein Glas Wasser anbieten. Aber ich habe ihn schon angelächelt, das sollte doch wohl reichen.

»Und wie läufts in der Schule, Viv?«, fragt er schließlich und bricht das befangene Schweigen.

»Ach«, sage ich und setze ein weiteres Lächeln auf, »ganz okay. Immer dasselbe.«

»Kenne ich.« Er verschränkt die Arme und macht es sofort wieder rückgängig.

Was will John schon über meine Schule wissen? Er ist in Clayton aufgewachsen, nicht in East Rockport, und wenn er Lust hat, das Footballteam ärztlich zu betreuen, dann wette ich, dass seine Highschoolerfahrung völlig anders war als meine. Wahrscheinlich war er Vorsitzender der Jungen Konservativen und saß in der Cafeteria bei den Sportskanonen am Tisch.

Genau dann kommt Mom in die Küche und trägt dieses atemberaubende grüne Kleid und Riemchensandalen. Das wird offenbar kein unverbindliches Abendessen.

»Hey!«, sagt sie mit strahlenden Augen. John lächelt zurück, und ich wünschte, ich könnte einfach abhauen.

»Hey!«, antwortet er. Dann zieht er ein Taschenbuch aus der Hosentasche. »Bevor ich's vergesse, hier ist der Faulkner-Roman, von dem ich dir erzählt habe. Ich meine, falls du es ernst gemeint hast, dass du ihn dir leihen möchtest.«

Wahrscheinlich will er sie mit seinem überragenden Intellekt beeindrucken, aber Mom dankt ihm bloß mit dieser glockenhellen Stimme und sagt: »Wir werden ja sehen, ob es diesem Buch gelingt, meine Meinung über sein Werk zu ändern.«

»Ich verspreche dir, du wirst es lieben«, sagt John. Würg. Warum will er Mom dazu bringen, einen Autor zu mögen, von dem sie ihm gesagt hat, dass er ihr nicht gefallen hat?

Dann verabschieden sie sich von mir, und nachdem Mom mir noch schnell einen Kuss auf die Wange gegeben hat, schließe ich die Tür hinter ihnen und gehe zurück ins Wohnzimmer, um es mir auf der Couch gemütlich zu machen. Jetzt, wo das Haus leer ist, fühlt es sich fast so an, als wäre Mom bei der Arbeit. Fast. Aber das ist sie nicht, und deshalb fühle ich mich einsamer, als ich es wäre, wenn sie jetzt damit beschäftigt wäre, Temperatur und Blutdruck zu messen. Ich sehe fern, wechsele aber bei jeder Kussszene den Sender. Irgendwann gebe ich auf und gehe zu Bett. Als ich Mom später allein nach Hause kommen höre, mache ich rasch das Licht aus und ziehe mir die Bettdecke bis zur Nase hoch, obwohl ich noch wach bin.

Als ich Montagmorgen zur Schule gehe, drehen sich meine Gedanken noch immer um Moms Verabredung mit John. Die Herzchen und Sternchen sind längst von den Händen der wenigen Mädchen, die dem Aufruf in *Moxie* gefolgt waren, verschwunden. Es war cool, dass Lucy und ich uns dadurch kennengelernt und Kiera und ich zum ersten Mal seit Jahren wieder kurz miteinander geredet haben, aber eigentlich hat sich an der East Rockport High nichts geändert. Mitchell und seine Kumpels sind nach wie vor eklig, und es dreht sich noch immer alles um unser Footballteam (obwohl seine Bilanz nur 3 : 2 ist). Während Mom gestern arbeiten war, verbrachte ich den Nachmittag damit, wieder einmal ihren MEINE VERGEUDETE JUGEND-Karton zu durchstöbern, aber diesmal fühlten sich die Zines und Flugblätter wie etwas an, womit ich keine Berührungspunkte hatte, auch als ich sie in Händen hielt.

Sie sind Überbleibsel aus einer anderen Zeit, und ich lebe heute, genau jetzt, in East Rockport, Texas. Am besten, ich akzeptiere das einfach.

Während ich missmutig aufs Hauptgebäude zusteuere, höre ich ein »Hey«, das sich ganz eindeutig an mich richtet. Ein Jungs-Hey, kein Mädchen-Hey. Neugierig blicke ich auf.

Er steht wie eine Art moderner James Dean an der Eingangstür, bloß dass er statt einer Zigarette sein Telefon in der Hand hält.

Der Neue. Der mit den Herzchen und Sternchen. Seth Acosta.

»Oh!« Ich zucke ein bisschen zusammen. »Hey.«

Die übrigen Schüler, die auf dem Weg vor der East Rockport High herumwimmeln, lösen sich in Luft auf. Ich höre und sehe sie einfach nicht mehr.

Seths Augenbrauen schießen in die Höhe und bleiben eine gefühlte Minute lang dort. »Sorry. Ich wollte dich nicht erschrecken.«

Ach, du hast mich nicht erschreckt. Bloß stumm gemacht. Gib mir, sagen wir, fünf Jahre, dann legt sich das wieder.

»Nichts passiert«, bringe ich hervor.

»Dann ist ja gut.«

SCHWEIGEN. Peinliches Schweigen. Bitte, lieber Gott, lass mich nicht diese irren roten Flecken auf der Brust und am Hals bekommen wie manchmal, wenn ich nervös bin.

Ich blicke an mir hinab. Das Stückchen Haut im Ausschnitt meines T-Shirts sieht aus wie ein Erdbeerfeld mit einer Rekordernte. Mist.

»Wir haben doch zusammen Englisch, oder?«, fragt Seth und verlagert sein Gewicht auf den anderen Fuß. Die roten Flecken scheint er nicht zu bemerken. Vielleicht ist er auch einfach zu nett, um etwas dazu zu sagen.

»Ja, glaub schon«, sage ich vage.

»Weißt du noch, was wir aufhatten?« Er bückt sich, blättert in ein paar Heftern und Blöcken und zieht schließlich ein dünnes grünes Aufgabenheft hervor. Das ist so unheimlich banal und normal, dass ich mich endlich ein bisschen entspanne.

»Ähm, er hat uns die Grammatikaufgaben auf Seite 250 und 251 aufgegeben, das Zeug über Relativsätze«, sage ich aus dem Gedächtnis, bevor ich mir Sorgen machen kann, ob meine Fähigkeit, mir Hausaufgaben zu merken, mich zu einem totalen Freak macht.

»Okay, so hatte ich mir das auch aufgeschrieben«, sagt Seth, klappt sein Aufgabenheft zu und steckt es zurück in seinen Rucksack. Da fällt mir ein Runaways-Sticker an der Ecke eines seiner Hefter auf, der aus dem Rucksack guckt, als wollte er Hi sagen.

»Du magst die Runaways?«, frage ich. »Die sind so cool.«

Wieder schießen Seths Augenbrauen in die Höhe, dann sieht er nach unten und bemerkt den Sticker.

»Ach, ja. Der. Meine Mutter hat den dahin geklebt. Sie sind ganz okay, schätze ich.«

»Deine Mutter ist Runaways-Fan?«, mache ich einen neuen Versuch und spüre, dass das Erdbeerfeld in voller Blüte steht. Seth ist wahrscheinlich voll beeindruckt, dass ich dieselbe Musik mag wie seine Mutter.

»Ja«, sagt Seth und lächelt ein bisschen. »Als ich klein war, hat sie sie mir immer vorgespielt. Also, pausenlos.«

Während ich da so stehe und Seth zuhöre, sehe ich schon fast vor mir, wie ich diese Unterhaltung nachher Claudia schildere und dabei Punkt für Punkt darauf eingehe, wie brillant ich das Gespräch am Laufen gehalten habe.

Zum Beispiel: 1) Meine Mutter steht auch auf die Runaways und hat sie mir ebenfalls vorgespielt, als ich klein war. Oder 2) Warum seid ihr hierhergezogen? Oder 3) Und was hörst du so? Oder 4) Hey, hast du Lust, rumzuknutschen?

Na gut, das Letzte vielleicht nicht. Aber die anderen hätten alle funktioniert.

Stattdessen sage ich:

»Wie cool. Tja, bis dann.«

Wie.

Cool.

Tja.

Bis.

Dann.

Und dann drehe ich mich um. Schlendere einfach von dannen, so, als hätte ich null Bock auf diese Unterhaltung. Ich kann mich nicht entscheiden: Bin ich jetzt die größte Idiotin ever, oder war ich einfach so nervös, dass meine Instinkte beschlossen, mir einen Gefallen zu tun und das Gespräch zu beenden, bevor ich mich in einen einzigen riesigen roten Fleck verwandele?

Wie dem auch sei: Als ich das Schulgebäude betrete, brennen mein Hals, meine Brust und sogar meine Wangen noch immer. So geht es mir mit Jungs schon, seit ich auf der Middle School das große Mädchen war, das in der Schuldisco nie von einem Jungen zum Tanzen aufgefordert wurde, sodass ich mich bei langsamen Stücken auf die Toilette verdrückte, wo ich übte, begeistert zu gucken, damit ich nicht eifersüchtig oder unaufrichtig wirkte, wenn Claudia mir hinterher erzählte, wie es gewesen war, mit Scott Schnabel zu tanzen.

Auf dem Hauptflur entdecke ich Claudia an ihrem Spind, und wir gehen zusammen zu unserer ersten Stunde – Amerikanische Geschichte.

»Du glaubst nie, was für ein T-Shirt ich gerade an Jason Garza gesehen habe«, sagt sie. Zum Glück bemerkt sie nicht, dass ich völlig durch den Wind bin, und so muss ich meinen peinlichen Auftritt bei Seth gerade gar nicht erwähnen.

»Wieder das, wo er fragt, wann sie die Beine breit macht?«, rate ich zerstreut.

»Nein. Das heute ist noch schlimmer. Da ist ein großer roter Pfeil, der auf seine Kronjuwelen zeigt, und dazu der Spruch: *Gratisalkoholtest, bitte hier blasen.*«

Ich verziehe das Gesicht. »Iiih! Echt jetzt?«

»Ja«, sagt Claudia.

»Ekelig.«

»Yup.«

Wir schlüpfen in den Klassenraum und nehmen unsere Plätze im hinteren Teil ein. Als es klingelt, kündigt Mrs Robbins einen Test an über das, was wir für heute lesen sollten, und wir stöhnen kollektiv, als wären wir die Darsteller in einer drittklassigen Highschool-Sitcom.

»Wenn ihr die Kapitel gelesen habt, habt ihr nichts zu befürchten.« Auch Mrs Robbins spielt ihre Rolle perfekt.

Als sie anfängt, die Blätter auszuteilen, klopft jemand an die Tür, wartet aber nicht erst auf Mrs Robbins' »Herein«. Die Tür geht auf, und Mr Shelly, einer von Direktor Wilsons Stellvertretern, steht davor. Während Mr Wilson wirklich rechtmäßig Macht an unserer Highschool ausübt – auch wenn es oft absurd ist –, ist Mr Shelly nur so was wie eine Platzhalterameise. Trotzdem stolziert er immer total aufgeplustert herum, als ginge ihm einer ab, weil er die Kontrolle über einen Haufen Heranwachsender hat. Wahrscheinlich ist das auch so.

»Wir nehmen eine Kleiderkontrolle vor, Mrs Robbins«, sagt Mr Shelly und lässt den Blick über uns wandern. Mrs Robbins seufzt, wartet und zuckt dann genau wie wir leicht zusammen, als er sagt: »Die junge Dame ganz hinten. Sind Sie das, Jana Sykes? Stehen Sie mal auf, bitte.« Mr Shelly hat ein kleines Schweinchengesicht und Knopfaugen, und es ist schwer vorstellbar, dass er irgendwann einmal anders ausgesehen hat. Man hat das Gefühl, seine Mutter müsse ihn schon als stellvertretenden Schulleiter von Mitte fünfzig mit Haarausfall und geröteter Haut zur Welt gebracht haben.

Natürlich drehen wir uns alle um und sehen Jana Sykes an, die verunsichert aufsteht und mit den Schultern zuckt. Und ihre Schultern erweisen sich auch als das Problem.

»Jana, diese Spaghettiträger sind ziemlich schmal, meinen Sie nicht?«

Jana ist sehr wahrscheinlich gerade so high, dass sie gar nicht weiß, was sie anhat. Sie blickt an sich hinab auf das schwarze Top, das sie über der tief auf den Hüften hängenden Jungenjeans trägt.

»Ähm, es sind eben ... Spaghettiträger?«, sagt Jana. Leises Lachen läuft wie eine Welle durch den Raum. Ich frage mich, ob Mr Shelly checkt, dass das Pfeifchen, das Jana vor der Schule in ihrem Pick-up durchgezogen hat, mehr Anlass zur Besorgnis gibt als ihr Outfit, aber das tut er nicht.

»Kommen Sie mit, Jana. Sie müssen etwas anderes anziehen.«

»Die Schüler sollen gerade einen Test schreiben«, wendet Mrs Robbins ein.

»Sie ist im Handumdrehen wieder da«, beteuert Mr Shelly und verlässt gleich darauf mit Jana den Klassenraum, und Mrs Robbins teilt den Test aus, den sie ganz eindeutig aus dem Internet und wahrscheinlich auch erst heute Morgen ausgedruckt hat. Wenigstens ist er leicht. Aber Jana kommt nicht zurück.

Den ganzen Vormittag über werden Mädchen von Angehörigen der Schulverwaltung aus dem Unterricht geholt. Manchmal von Mr Shelly, manchmal von anderen stellvertretenden Direktoren und Beratungslehrern. In meiner zweiten Stunde, Mathe, müssen Jasmine Stewart und Kelly Chen den Klassenraum verlassen, weil angeblich ihre Hosen zu eng sind, obwohl sie auf mich gar nicht so megaeng wirken. In Chemie in der vierten Stunde kriegt Carly Sanders zu hören, ihr Oberteil sei unschicklich. Es ist bloß ein T-Shirt mit einem U-Ausschnitt, aber vielleicht hat es etwas damit zu tun, dass Carlys Brüste nicht die kleinsten an der Schule sind.

Ich betrachte meine langweilige Jeans und das schlichte graue T-Shirt. Jedes Mal, wenn eine Schülerin von einem der Kontrolleure aufgerufen wird, muss sie sich wie eine Puppe im Schaufenster hinstellen und sich einer kritischen Musterung unterziehen. Als Kelly Chen in Mathe aufstehen musste, wurden ihre Wangen so schnell rot, dass ich vor lauter Mitgefühl selbst errötete. Ich würde lieber sterben, als über mich ergehen lassen zu müssen, dass die ganze Klasse meine Klamotten und meinen Körper unter die Lupe nimmt.

Als ich den Englischraum betrete, sehe ich in der letzten Reihe zwei Mädchen, die praktisch in übergroßen East-Rockport-High-Sportklamotten versinken. Die knallorange-weißen Trikots gehen ihnen fast bis zu den Knien, und eine von ihnen zerrt am Halsausschnitt, als würde er kratzen. Das müssen die Klamotten sein, die die Mädchen überziehen müssen, wenn sie gegen die Kleiderordnung verstoßen haben.

»Was ist hier eigentlich los?«, fragt Lucy, als ich auf den Platz hinter ihr rutsche.

»Was meinst du?«

»Die beiden Büßerinnen da drüben.« Sie deutet mit dem

Kinn auf die letzte Reihe. »Du weißt schon, diese verrückten Kleiderkontrollen.«

»Keine Ahnung«, erwidere ich. »Hin und wieder kriegt die Schulverwaltung einen Rappel wegen der Kleiderordnung.«

»Es kommt mir total willkürlich vor«, sagt Lucy, aber ich habe keine Gelegenheit mehr, ihr zu antworten, weil es klingelt und Seth Acosta hereinkommt. Ich beobachte, wie er an seinen Platz geht, und frage mich kurz, ob er mich nach unserer Unterhaltung heute Morgen jetzt vielleicht grüßt, aber das tut er nicht. Mitchell Wilson und sein Trupp drängeln ein paar Minuten zu spät herein, doch natürlich sagt Mr Davies nichts dazu.

Dann ertönt an der Tür eine sanfte, wohlklingende Stimme. »Mr Davies, entschuldigen Sie die Störung, aber ich bin in diesen Kurs versetzt worden.«

Emma Johnson schlendert zu Mr Davies und reicht ihm einen rosa Zettel, und die Jungen ganz hinten johlen ein bisschen. Dann gleitet Emma auf einen freien Platz wie ein Vogel in sein Nest, zart und entzückend, jede Bewegung perfekt koordiniert. Das Gejohle in der letzten Reihe ignoriert sie bis zum letzten Augenblick, aber dann wirft sie das honigblonde Haar über die Schulter und schenkt Mitchell und seinen Freunden einen dieser Blicke, die Emma Johnson den Jungen schon zuwirft, seit wir in der Fünften waren. Einen Blick, der verärgert wirkt und zugleich verlockend. Ich habe mich schon immer gefragt, wie sie das hinkriegt.

Emma steht auf der Sonnenseite des Lebens, wie Meemaw es formulieren würde. Sie ist schön, beliebt, eine gute Schülerin, reicher als die meisten, die Anführerin der Cheerleader und sogar ziemlich nett, wenn man mit ihr redet, was ich bisher schätzungsweise fünfmal in meinem ganzen Leben getan habe. Mädchen wie Emma Johnson sind angeblich gemein und blasiert, aber so ist Emma nicht. Nicht wirklich. Sie benimmt sich eigentlich wie eine Politikerin im Wahlkampf, was nur logisch ist, wenn man bedenkt, dass sie stellvertretende Schülersprecherin ist. Sie ist umsichtig. Reif. Zielstrebig. In der Neunten, in Lebenspraxis – das war dieses Fach, in dem wir Sachen wie die Kontrolle der Zahlungsein- und -ausgänge auf dem Bankkonto lernen sollten, aber im Wesentlichen Lehrfilme über die Gefahren von Crystal Meth anschauten –, entdeckte ich einmal, dass Emma ihren Lebenslauf schrieb. In der neunten Klasse.

Während Emma sich an ihrem Tisch einrichtet, schiele ich zu Seth Acosta rüber, weil ich wissen will, ob er sie beobachtet. Ich kann nicht anders. Schließlich ist Emma nach landläufiger Meinung einfach atemberaubend.

Aber Seth sieht zu mir.

Vor Schreck oder Angst oder Entzücken ziehe ich die Augenbrauen ein bisschen hoch, und da blickt Seth wieder auf seinen Tisch.

Herrgott, bin ich eine Idiotin.

Den Rest der Stunde über sieht er mich nicht mehr an.

Nach dem Klingeln gehen Lucy und ich in die Cafeteria, wo wir uns mit Claudia und den anderen treffen. Lucy regt sich immer noch über die Kleiderkontrollen auf.

»Das Ganze ist doch einfach nur ekelhaft und sexistisch«, sagt sie und geht vor Wut so schnell, dass ich trotz meiner langen Beine in Laufschritt verfallen muss. Wir bleiben nur kurz stehen, um unser Mittagessen aus unseren Spinden zu holen. Dann fängt Lucy wieder an. »Ich meine, das ist total willkürlich. Diese Mädchen müssen aufstehen und sich angaffen lassen und diese ... diese öffentliche *Demütigung* über sich ergehen lassen.« Das Wort Demütigung spuckt sie förmlich aus.

»Ja, es ist ekelhaft«, erwidere ich und winke Claudia zu, die am Eingang zur Cafeteria auf uns wartet.

»Und du meintest, das ist schon mal vorgekommen?«, fragt Lucy.

»Ja, ein, zwei Mal letztes Jahr. Immer, wenn die Verwaltung findet, wir halten uns nicht mehr an die Kleiderordnung.«

»Aber dieses Arschloch Jason Sowieso darf ungestraft vulgäre T-Shirts tragen, ja?«

Darauf brauche ich nicht zu antworten, denn sie weiß sowieso, was ich sagen würde.

Als Claudia an der Tür zu uns stößt, beugt sie sich dicht zu uns und guckt ganz bedrückt. »Hey, Sara ist ziemlich durch den Wind.«

»Warum?«, frage ich.

»Mr Klein hat sie wegen ihres Tops rausgeholt«, erklärt Claudia. »Gerade eben in Französisch.«

»Aber sie war doch zusammen mit uns in der ersten Stunde!« Ich bin verwirrt. »Warum haben sie sie da nicht schon rausgeholt?«

»Warum sie überhaupt rausholen?«, fragt Lucy empört.

Wir setzen uns zu Kaitlyn, Meg und ein paar anderen Mädchen, während Claudia erzählt, wie furchtbar es war, als Mr Klein Sara vor versammelter Klasse aufstehen ließ. »Er hat ihr gesagt, ihr Top sei unschicklich und sie hätte es besser wissen müssen. Er hat sie richtig zur Schnecke gemacht.«

»Das liegt daran, dass sie ziemlich große Brüste hat«, sagt Meg leise. »Als könnte man was dafür.«

Da sehen wir Sara auf uns zukommen, in einem potthässlichen East-Rockport-Sporttrikot, das ihr viel zu groß ist. Der orange Stoff ist voller Gras- und Schmutzflecken, die ungefähr so alt wie die Schule sein dürften.

»Hey«, grüßt Sara sehr leise, fast im Flüsterton, und setzt sich zu uns. Niemand weiß etwas zu sagen. Sara legt die Papiertüte mit ihrem Mittagessen auf den Tisch und holt einen Karton Kakao heraus. Dann atmet sie zittrig aus und bekommt feuchte Augen.

»Sorry«, sagt sie. »Ich musste mich umziehen. Mr Klein hat mich total angefahren. Er hat mir vorgeworfen, meine Kleidung würde die Jungs ablenken.« Die Tränen erreichen den Rand ihrer Augen, und es braucht nur ein Blinzeln, dann laufen sie über. Meg, Kaitlyn, Claudia und ich rufen im Chor »Du Arme!«, und Meg drückt Saras Schulter. Aber Lucy knallt einfach die Hände auf den Tisch, so laut, dass wir alle zusammenfahren.

»Das ist doch totaler Bullshit«, sagt sie, aber keine von uns erwidert etwas. Wir starren sie bloß an, während Sara sich mit einer Serviette über die Augen wischt.

»Ist doch wahr«, fährt Lucy fort. »Total. Mädchen sollen ihr Verhalten und ihr Aussehen zensieren, weil die Jungs angeblich unfähig sind, sich zu beherrschen? Das ist einer der ältesten miesen Tricks, die es gibt.« Sie lässt sich nach hinten fallen, als wäre sie erschöpft. Meine Freundinnen starren sie an, fast ein bisschen nervös, aber ich hänge an ihren Lippen. Lucys kleine Ansprache hätte aus einem von Moms Zines stammen können. Das ist so erfrischend.

»An meiner alten Schule in Houston wäre die Verwaltung mit so einem Scheiß niemals ohne Widerstand durchgekommen«, fährt sie fort. »Die Mädchen in meinem GRIT-Club hätten sich was überlegt, wie man sich wehren kann.«

»Schon klar, Lucy, aber wir sind hier nicht in Houston«, erwidert Claudia, und ihre Stimme hat einen eigenartigen Unterton. Verärgerung vielleicht? Frust?

»Glaub mir, ich weiß genau, dass wir nicht in Houston

sind«, entgegnet Lucy. Sie bläst die Wangen auf und atmet laut und wütend aus. Ich versteife mich, weil ich Angst habe, meine beste und meine neue Freundin könnten sich streiten, und ich nicht weiß, was ich dagegen tun soll.

»Okay, hört mal, ich will das bloß vergessen und etwas essen, okay?«, sagt Sara und öffnet ihren Kakaokarton. »Können wir bitte das Thema wechseln?«

»Klar«, sagt Claudia und sieht wachsam zu Lucy.

Danach sagt Lucy nichts mehr. Sie sitzt bloß da, den Kopf in die Hände gestützt, und lässt den Blick durch die Cafeteria und über die diversen Cliquen schweifen. Die Mädchen, die wie Sara leuchtend orange Sporttrikots tragen, betrachtet sie länger. Es sind Mädchen jeder Hautfarbe und aus jeder Gruppe, überall in der Cafeteria verstreut wie Warnschilder, die man nicht übersehen kann. Sara und die anderen schwatzen über harmloses Zeug: wie schwer der Mathetest war, ob der DJ bei der Herbstparty besser sein wird als der beim Homecoming-Ball zu Ehren der Ehemaligen und so weiter. Als es klingelt, hat Lucy das Resteessen in ihrer Tupperdose nicht mal angerührt. Ich betrachte mein eigenes Mittagessen. Auch ich habe kaum etwas zu mir genommen.

»Hast du keinen Hunger?«, frage ich Lucy.

»Nein. Mir ist der Appetit vergangen. Bis später.« Dann schiebt sie geräuschvoll ihren Stuhl zurück, steht auf und geht mit gesenktem Kopf zum Ausgang der Cafeteria. Ich widerstehe dem Impuls, ihr zu folgen. Sie zu fragen, was genau die GRIT-Mädchen in Houston getan hätten, um sich gegen diese Kleiderkontrollen zur Wehr zu setzen. Lucy scheint nicht in der Stimmung zu sein, mit irgendjemandem zu reden, nicht einmal mit mir.

KAPITEL NEUN

Die Kleiderkontrollen gehen die ganze Woche weiter, und ich ertappe mich dabei, dass ich nur meine weitesten, sackartigsten T-Shirts und meine schlabberigsten Jeans anziehe, um nicht vor versammelter Mannschaft aufgerufen zu werden. Jedes Mal, wenn ein Mädchen zur Kleiderkontrolle vor der Klasse aufstehen muss, mache ich mich unwillkürlich ganz klein auf meinem Stuhl. Nachdem wir am Mittwochmorgen den Fahneneid deklamiert haben, schaltet Direktor Wilson sich mit seiner näselnden Stimme in die Bekanntmachungen zu Beginn der zweiten Stunde ein.

»Sie werden bemerkt haben, dass wir diese Woche großen Wert auf die Einhaltung der Kleiderordnung legen, und wir hoffen, Sie werden sich künftig alle an die Regeln und Vorschriften betreffend Sittsamkeit und angemessene Kleidung halten, die im Schülerhandbuch niedergelegt sind.« Während er spricht, fällt mir auf, dass ein paar Mädchen in meiner Nähe sich ansehen und die Augen verdrehen. Ich blicke auf meine Schuhe und grinse. Direktor Wilson redet weiter.

»Wenn Sie sich morgens ankleiden, denken Sie bitte daran, dass Sie sich in eine Bildungseinrichtung begeben, und wir erwarten von Ihnen, dass Sie sich wie Schüler kleiden, nicht wie Ablenkungen. Meine Damen, ich bitte vor allem Sie, auf Ihr Erscheinungsbild zu achten und daran zu denken, dass Sittsamkeit eine Tugend ist, die nie aus der Mode kommt. So, hier kommt mein Stellvertreter Mr Kessler mit dem Rest der Bekanntmachungen des heutigen Morgens.«

Sittsamkeit ist eine Tugend, die nie aus der Mode kommt! Was für ein Mistkerl! Da kann ich einfach nicht anders. Ich blicke hoch, um mich zu vergewissern, dass der Lehrer nicht hersieht, beuge mich zu den Mädchen, die die Augen verdreht haben – Marisela Perez und Julia Rivera –, und flüstere: »Ist euch schon mal aufgefallen, dass die Jungs, die diese ekelhaften T-Shirts mit den vulgären Sprüchen tragen, nie Schwierigkeiten bekommen?«

Marisela nickt wütend. »Eben!« Sie flüstert nicht. Alle können sie hören.

»Meine Damen«, ermahnt der Aufsichtslehrer uns mechanisch, »bitte hören Sie sich die Bekanntmachungen an.«

Marisela wartet eine Sekunde, bis der Lehrer nicht mehr zu uns guckt. »Und ist dir aufgefallen«, fragt sie leiser, »dass die Kleiderordnung nicht mal genau festlegt, wie man sich anziehen soll? Die ist so was von schwammig.«

»Deshalb können sie sie ja auch so auslegen, wie sie wollen«, ergänzt Julia.

Darüber habe ich noch nie nachgedacht. Ich gucke finster, und Marisela guckt finster, und Julia guckt finster, und obwohl ich noch immer wütend bin, gibt dieser kurze Augenblick, den wir drei teilen, mir Auftrieb. Das hält so lange an, bis Mr Shelly an der Tür zu unserem Klassenraum erscheint und Marisela wegen ihrer angeblich zu kurzen Shorts aus dem Unterricht holt.

Als Marisela zur Tür geht, bleibt sie kurz stehen, dreht sich um und blickt in die Klasse.

»Falls ich nicht mehr zurückkehre, sagt meiner Mutter, dass

ich sie liebe.« Dann streckt sie die Hände vor sich, als erwartete sie, dass Mr Shelly ihr Handschellen anlegen will.

Wir lachen uns alle schlapp, bis auf Mr Shelly.

»Das reicht, Miss Perez«, sagt er zu ihr und führt sie hinaus.

Mariselas Akt der Rebellion – wie klein auch immer – löst etwas in mir aus. Es fühlt sich an, als würde jenes kleine Feuer, das beim Basteln der ersten Ausgabe von *Moxie* in mir brannte, neu geschürt. Und als ich in den Englischraum komme, lodert es sogar noch kräftiger, weil Lucy sich die Hände wieder mit Sternchen und Herzchen bemalt hat, sehr kunstvoll und in grüner Tinte.

»Hey«, sage ich und deute mit dem Kinn auf ihre Bemalung. »Was ist los?«

Lucy fährt mit der Fingerspitze über ihr Werk. »Weiß auch nicht. Ich glaube, ich war einfach stinksauer über diesen ganzen Aufstand mit den Kleiderkontrollen und wegen Sara und auf diese Schule ganz allgemein. Ich dachte, vielleicht gibt das denjenigen, die dieses *Moxie*-Heft gemacht haben, ein Zeichen, dass es hier draußen ein paar Leute gibt, die wirklich an das glauben, was sie geschrieben haben. Ich meine, ich weiß nicht, ob wir je wieder was von denen hören, aber ich hatte einfach das Gefühl, ich muss irgendwas tun.« Sie sieht mich an, und ihr Blick ist offen und verletzlich. »Findest du das blöd?«

Ich betrachte Lucys Hände. »Nee, überhaupt nicht. Ich weiß genau, was du meinst.« Das Feuer in mir brennt heißer und heißer und wärmt mich von innen heraus.

»Danke, Viv«, sagt Lucy, und ein Lächeln breitet sich auf ihrem Gesicht aus.

»Und ich finde das richtig cool«, füge ich hinzu.

Wieder lächelt Lucy. Dann reißt sie die Augen auf. »Hey, willst du vielleicht heute Abend zu uns nach Hause zum Essen kommen? Danach könnten wir ein bisschen abhängen. Ich meine, falls du Lust hast.«

Das ist das erste Mal, dass Lucy mich gefragt hat, ob ich nur mit ihr allein abhängen möchte. Mein erster Gedanke gilt Claudia und der Frage, was sie dazu sagen würde. Aber dann fällt mir ein, dass Mom und ich heute Abend bei Meemaw und Grandpa essen.

»Lust hätte ich schon, aber wir sind heute Abend bei meinen Großeltern zum Essen«, sage ich, halb dankbar für diesen Ausweg, halb enttäuscht.

Lucy lässt die Schultern hängen. »Okay, verstehe.«

»Aber ein andermal gern«, füge ich hinzu. Vielleicht muss Claudia ja nicht einmal etwas davon erfahren.

»Cool«, sagt Lucy, und ihre Miene hellt sich auf.

»Cool«, stimme ich ihr zu.

Während des Unterrichts wandert mein Blick immer wieder zu Lucys Händen. Als es klingelt, habe ich lauter Herzchen und Sternchen auf meinen Block gemalt, und in meinem Kopf brodelt es vor Ideen.

Am Abend kommt Mom, kurz bevor es Zeit wird, zu Meemaw und Grandpa rüberzugehen, in mein Zimmer, wo ich auf dem Bett liege und meine Hausaufgaben mache.

»Hey, Vivvy«, sagt sie leise. »Ich wollte dir Bescheid geben, dass ich mich später noch mit John auf einen Drink im Cozy Corner treffen will. Ist das okay?«

»Mitten in der Woche?«, frage ich und schiebe mein Mathebuch beiseite.

Mom steckt sich eine lange dunkle Strähne hinters Ohr und grinst mich verlegen an. »Na ja, wir arbeiten dieses Wochenende zu völlig unterschiedlichen Zeiten und können nicht zusammen sein. Ich meine, du weißt schon, ausgehen. Also wollen wir uns wenigstens heute treffen.«

»Du magst ihn echt, oder?«, frage ich. »Ich meine, wenn du dich schon mitten in der Woche mit ihm triffst.«

Mom macht ein langes Gesicht. Vielleicht klingen meine Worte vorwurfsvoller, als ich sie gemeint habe.

Oder habe ich sie vielleicht genauso gemeint?

Einen Moment lang steht meine Mutter da und sieht mich an, als versuchte sie, eine Matheaufgabe zu lösen. Ich weiß, ich sollte jetzt etwas sagen, ihr versichern, dass es gar kein Problem ist, aber ich kann nicht. Es ist ein Problem für mich, auch wenn ich weiß, dass das nicht fair ist. Ich checke einfach nicht, was sie an ihm findet.

Irgendwann zuckt sie die Achseln und sagt: »Ja, ich mag ihn, Viv. Er ist ein wirklich guter Mensch. Und er arbeitet hart. Er ist eines von zehn Kindern, und seine Eltern haben ihm überhaupt nicht geholfen. Er hat sich ganz allein durchs College und durchs Medizinstudium gebracht.« Ihr Tonfall ist schroff – verärgert sogar.

»Ich habe ja nicht gesagt, dass er kein guter Mensch ist oder nicht hart arbeitet«, erwidere ich, drehe mich auf den Rücken und spreche Richtung Decke. »Ich bin froh, dass er nett ist.« In meinem Magen bildet sich ein kleiner Klumpen.

Schweigen.

Schließlich sagt Mom: »Wir können weiter darüber reden, wenn ich heute Abend nach Hause komme, falls du möchtest.«

»Okay, aber eigentlich gibt es da nichts zu bereden.« Ich wünschte, dieses Gespräch würde gar nicht stattfinden. »Es ist wirklich total in Ordnung.«

Mom atmet hörbar durch. Ich starre auf die phosphoreszierenden Sterne über mir, die im hellen Licht der Lampen im Zimmer ganz schön billig aussehen. Ohne meine Mutter anzusehen, merke ich, dass sie überlegt, was sie als Nächstes sagen soll. Schließlich verkündet sie bloß: »Wir sollten los.«

»Ja, sollten wir.« Ich rutsche vom Bett und gehe zur Haustür, als wäre alles ganz normal und in Ordnung, obwohl sich alles fremd und aus dem Gleichgewicht anfühlt zwischen Mom und mir, und das ist wahrscheinlich meine Schuld, aber ich habe keine Ahnung, wie ich das in Ordnung bringen soll.

Als wir uns mit Meemaw und Grandpa zum Abendessen an den Tisch setzen, fragt Meemaw Mom, wie lange wir bleiben können, und Mom sagt, nicht allzu lang, weil sie noch mit John ausgeht. Meine Großeltern wirken nicht besonders überrascht, also hat Mom sie wohl schon über Johns Existenz informiert.

»Ich hoffe, wir lernen diesen jungen Mann irgendwann mal kennen«, sagt Meemaw und stellt behutsam einen Hackbraten von Stouffer's in die Mitte des Esstischs. Sie zieht die Ofenhandschuhe mit dem Gockelmuster aus, und dann warten wir, während Grandpa den Segen spricht.

»Sicher lernt ihr ihn irgendwann kennen«, sagt meine Mutter danach und reicht Meemaw ihren Teller. »Und Mom, wir sind beide über vierzig. Ich würde ihn oder mich nicht unbedingt als jung bezeichnen.«

»Solange deine Knie nicht wie aufplatzendes Popcorn knacken, wenn du aufstehst, bist du noch jung«, befindet Grandpa, und Mom sieht mich vielsagend an und grinst. Ich lächele zurück. Manches – zum Beispiel uns über Grandpa zu amüsieren – ist Mom und mir so zur Gewohnheit geworden, dass man nicht dagegen ankann. Die Befangenheit zwischen uns legt sich ein bisschen.

»Und wie läufts in der Schule, Vivvy?«, fragt Meemaw und tut mir auf.

Ich runzele die Stirn. »Die wollen gerade auf Teufel komm raus die Kleiderordnung durchsetzen. Aber nur bei den Mädchen.«

Mom isst einen Bissen Hackbraten und guckt verwirrt. »Was meinst du mit ›nur bei den Mädchen‹?«

»Na, sie holen Mädchen aus dem Unterricht, weil ihre Hosen zu eng sind oder weil sie zu viel Haut zeigen. Dann müssen sie den Rest des Tages über hässliche Sporttrikots über ihren Klamotten tragen, also, irgendwie, zur Strafe.« Ich habe Lucys Worte beim Mittagessen am Montag noch im Ohr. »Es ist absurd. Warum sollen die Mädchen für das verantwortlich sein, was die Jungs denken und tun? Sind die Jungs etwa nicht in der Lage, sich zu beherrschen, wenn sie ein bisschen nackte Haut sehen?«

Grandpa und Meemaw schweigen und sehen mich aufmerksam an. Sie sind es wohl nicht gewohnt, dass ihre brave Viv sich so aufregt. Meine Mutter runzelt die Stirn und zögert, aber dann sagt sie: »Ich finde, da hast du völlig recht, Vivvy. Es klingt absurd. Außerdem klingt es schrecklich typisch für die East Rockport High.«

Ihre Bestätigung gibt mir Auftrieb. »Aber echt«, murmele ich. Die Unterhaltung über John ist schon halb vergessen.

»Tja«, sagt Grandpa und wischt sich mit der Serviette die Mundwinkel sauber, »als Einziger hier am Tisch, der mal ein männlicher Teenager war, kann ich euch sagen, sie haben nur eins im Kopf.«

Meemaw gibt Grandpa mit ihrer Serviette einen gutmütigen Klaps auf die Schulter, aber Mom seufzt laut und wirft aus Protest ihre eigene Serviette auf den Tisch.

»Dad, das ist doch absurd«, legt sie los. »Damit stützt du nur das Narrativ, dem zufolge Mädchen ihre Körper und ihr Verhalten unter Kontrolle halten müssen, während Jungs die Erlaubnis und die Freiheit haben, sich wie Tiere zu benehmen. Meinst du nicht, dass das unfair den Mädchen gegenüber ist? Meinst du nicht, dass man den Jungen damit zu wenig zutraut? Das Ganze ist einfach bloß schädlich für alle.« Sie beendet ihre kleine Ansprache mit einem Schnauben, und ich habe das Gefühl, ganz kurz die Frau auf dem alten Foto in ihrem MEINE VERGEUDETE JUGEND-Karton gesehen zu haben. Die Frau mit dem gefärbten Haar und der Freundin mit dem Piercing, die sich den Slogan RIOT STATT DIET auf den Arm gekritzelt hatte. Diese Frau steckt noch in ihr, das spüre ich. Auch wenn ich nicht ganz checke, wie es sein kann, dass genau diese Frau an einem Mittwochabend mit Republikaner-John abhängt.

»Ach Lisa, jetzt fang nicht wieder damit an«, sagt Meemaw, und ihre Hände schweben über dem Esstisch. »Dein Vater wollte nur einen Witz machen.«

Mom atmet tief durch. Ich habe sie schon lange nicht mehr so enttäuscht von Meemaw und Grandpa gesehen. Einen Moment lang ist es völlig still. Ich warte auf Moms Reaktion und frage mich, wie heftig sie ausfallen wird. Irgendwie möchte ich, dass sie heftig reagiert, selbst wenn Grandpa es nicht böse gemeint hat.

»Lassen wir es einfach auf sich beruhen und essen weiter«, sagt meine Mutter schließlich und legt sich die Serviette wieder auf den Schoß. Dann sieht sie mich sanft und mitfühlend an. »Bekomm du einfach weiter gute Noten, komm nicht in Schwierigkeiten und gib mir Zeit, ein bisschen mehr Geld für deine Studiengebühren anzusparen, und dann holen wir dich hier raus, Vivvy. Versprochen.«

»Du tust ja so, als wäre East Rockport ein furchtbarer Ort«, sagt Meemaw besorgt. »Immerhin ist ihre Familie hier.«

»Wenn sie erst weg ist, wirst du noch sehen, wie sehr sie dir fehlt«, sagt Grandpa zu Mom. »Als du an die Westküste gezogen bist, hast du uns das Herz gebrochen.« Das ist Grandpas Version eines Friedensangebots.

»Keine Sorge. Wir haben nicht so viel Geld, als dass sie so weit weg gehen könnte«, entgegnet meine Mutter. »Außerdem wird Viv nicht abhauen, um mit irgendwelchen Bands durchs Land zu touren, oder sonst wie total ausflippen. Sie geht ja bloß aufs College.«

»Hey«, sage ich und lege stirnrunzelnd die Gabel nieder. »Wer sagt denn, dass ich nicht total ausflippen kann?«

Da lachen alle, auch meine Mutter. »Du, Vivvy?«, fragt sie, als hätte ich gerade behauptet, ich wollte durch den Ärmelkanal schwimmen. »Ach, Liebling, du und ausflippen. Unwahrscheinlich. Und dafür bin ich dankbar.«

Ich verdrehe die Augen, mache mich wieder über mein Stück Hackbraten her und schalte ab. Als Meemaw mich später fragt, wie es Claudia geht, lächele ich und antworte ihr, aber ganz tief drin, im tiefsten Inneren, das niemand kennt und das ich selbst gerade erst kennenlerne, lodert das Feuer, das beim Anblick von Lucys Herzchen und Sternchen wieder entfacht wurde, hell auf. Ich denke an Mariselas sarkastische Bemerkung heute Morgen, als Mr Shelly kam, um sie aus dem Unterricht zu holen. Ich denke an die niedergeschmetterte Miene, mit der Sara gedemütigt in die Cafeteria kam. Und ich denke an all die Mädchen in East Rockport, die unter dem gruseligen Blick von Kleiderkontrolleuren leben müssen, die viel zu verbissen nach etwas suchen, was gar nicht da ist.

Später, nachdem meine Mutter sich noch einmal Vanilleextrakt hinter die Ohren getupft, mich zum Abschied geküsst und sich zum Cozy Corner aufgemacht hat, lege ich Bikini Kill auf und drehe die Lautstärke so weit auf, dass Joan Jett in den Wandschrank im Flur flüchtet. Mit rasendem Herzen, brennenden Wangen und Fingern, die im Wettlauf mit der Zeit arbeiten, suche ich zusammen, was ich brauche: Klebstoff, schwarze Stifte, mehrere Blatt weißes Papier.

Und meine Wut, die sich nicht wieder legen will.

Mit alledem richte ich mich mitten auf dem Bett ein und mache mich an die Arbeit. Hin und wieder halte ich inne und ermahne mich, zu atmen.

Vielleicht hat meine Mutter recht. Vielleicht gehe ich eines Tages aus East Rockport weg.

Aber zuerst muss hier endlich mal was passieren.

Moxie

Nummer 2

GRATIS!!

Moxie-Girls schlagen zurück!

Diese Ladys sagen:

„Scheiß auf die Kleiderkontrollen!"

Moxie-Girls reden miteinander.
Hey, Moxie-Girl, hast du diese bescheuersten Kleiderkontrollen auch satt? Oder nerven die nur mich?
Nein, das nervt uns alle. Diese Kontrollen sind totaler Bullshit & wir müssen was unternehmen!

Kleiderkontrollen sind sexistisch, weil …

- sie sich überwiegend auf Mädchen konzentrieren
- sie willkürlich sind – manche Mädchen kriegen Stress, andere nicht – und die Kleiderordnung total schwammig / beliebig auslegbar ist!
- sie von der Annahme ausgehen, dass die <u>Mädchen</u> für das Verhalten der Jungs verantwortlich sind
- sie von der Annahme ausgehen, dass Jungs hilflose Geschöpfe ohne jede Selbstbeherrschung sind
- sie Mädchen <u>demütigen</u>!

Nächste MOXIE-Aktion!

Kommt am Dienstag im Bademantel zur Schule! Lasst uns gegen die sexistischen Kleiderkontrollen an der ERHS protestieren! Wenn euch ein Lehrer fragt warum ihr einen Bademantel tragt, sagt ihm, ihr wollt nur auf Nummer sicher gehen und unsere armen männlichen Mitschüler nicht ablenken!

DIENSTAG ★ BADEMÄNTEL ★ MOXIE

KAPITEL ZEHN

Als ich bei U COPY IT meine Kopien über die Theke schiebe, betrachtet Frank mein Werk. Ich sehe durchs Fenster nach meinem Zehngangrad, das ich draußen vor dem Laden abgestellt habe. In East Rockport weiß man nie, wer einem über den Weg läuft und wann.

»Hey, Moxie-Girl«, sagt Frank und blättert durch meine fertigen Seiten. »Warst du nicht schon vor etwa einem Monat mal hier?«

»Möglich«, erwidere ich und staune selbst darüber, wie gelassen ich bin.

Frank hebt eine Augenbraue und grinst.

»Okay, dann habe ich nichts gesehen.« Er reicht mir mein Wechselgeld und steckt *Moxie* Nummer 2 in eine Papiertüte. »Aber wenn du diejenige triffst, die das erste Heft gemacht hat, dann sag ihr, das hier ist noch besser.«

»Echt?«, entfährt es mir, und ich werde rot. Ich nehme meine Tüte, stecke das Wechselgeld ein und versuche, mich wieder zu fassen. »Okay, ich sags ihr, wenn ich sie sehe.«

Auf der Heimfahrt mit den *Moxie*-Kopien im Rucksack denke ich mir einen Haufen Ausreden dafür aus, dass ich so spät noch draußen war – für den Fall, dass Mom schon von ihrem Date mit John zurück ist.

Pech gehabt. Als ich zu Hause ankomme, steht Johns Wagen

mit dem bescheuerten DELOBE-Sticker mit laufendem Motor in der Einfahrt. Die Straßenlaternen leuchten so hell, dass ich Mom und John vorne im Auto sitzen sehe. Sie küssen sich.

Oh. Mein. Gott. Wie ekelhaft.

Ich fahre ums Haus herum und stelle mein Fahrrad ab, dann husche ich durch die Hintertür hinein und hoffe, dass meine Mutter mich nicht bemerkt hat. Kurz darauf höre ich sie vorn ins Haus kommen.

»Viv, warst das du auf dem Fahrrad?«

Mist.

Wir treffen uns in der Küche; den Rucksack habe ich noch auf. Ihre Wangen sind ganz rot und, Hilfe, ihr schokofarbener Lippenstift ist verschmiert. Sie runzelt die Stirn.

»Wo warst du denn noch so spät?«

Sprachlos stehe ich da. Aber dann fällt mir unsere Unterhaltung beim Abendessen vor ein paar Stunden wieder ein. Als Mom mir sagte, sie würde sich nie Sorgen machen müssen, dass ich mal total ausflippe.

»Ich war bei Claudia, um für einen Geschichtstest zu lernen, und da ist es wohl irgendwie spät geworden.«

Meine Mutter mustert mich aufmerksam, dann legt sie die Handtasche auf die Küchentheke. Ich sehe ihr an, dass sie mir zu 95 Prozent glaubt. Ein braves, unausgeflipptes Mädchen zu sein, hat seine Vorteile.

»Okay«, sagt sie schließlich. »Aber es ist schon ziemlich spät, weißt du?«

»Ja, tut mir leid«, antworte ich und gehe mitsamt Rucksack auf mein Zimmer zu. Ich muss mich mit irgendwas beschäftigen, damit sie mein Gesicht nicht sieht, denn ich bin eine schlechte Lügnerin, aber auch, um nicht über die John-Situation reden zu müssen. Über John will ich jetzt echt nicht reden.

Ich ziehe den Schlafanzug an und gehe ins Bad, um mir die Zähne zu putzen. Mom schlendert in ihr eigenes Zimmer, den Blick auf ihr Telefon gerichtet. Während ich die Zahnbürste durch den Mund schiebe, gehe ich in den Flur und beobachte, wie sie sich auf ihr ungemachtes Bett fallen lässt und irgendwas in ihr Handy tippt. Dann lächelt sie ein bisschen.

Vielleicht will Mom ja gar nicht mehr mit mir reden. Auch wenn sie das vor dem Abendessen noch gesagt hat. Meine Hand mit der Zahnbürste wird langsamer, dann hält sie ganz inne. Moms Lächeln wird breiter und breiter, während sie aufs Display blickt. Wahrscheinlich hat sie eine SMS von John bekommen. Vielleicht hechelt er ja noch mal den Kuss in seiner Republikaner-Liebeskutsche durch.

Ich gehe zurück ins Bad, spucke geräuschvoll ins Waschbecken und warte ab, ob das Mom aus ihrem Liebestaumel reißt. Will sie mich denn nicht fragen, worüber wir den Geschichtstest schreiben oder ob ich immer noch sauer über die Kleiderkontrollen bin? Will sie nicht wie angekündigt mit mir über John sprechen?

Aber als ich schließlich aus dem Bad komme und an ihrer Tür stehen bleibe, um ihr zu sagen, dass ich ins Bett gehe, blickt sie hoch und lächelt bloß.

»Gute Nacht, Schatz«, sagt sie und sieht wieder aufs Handy.

»Gute Nacht, Mom.« Unsere übliche Gute-Nacht-Umarmung lasse ich ausfallen, gehe in mein Zimmer und schließe die Tür.

Ich mache es genauso wie beim ersten Mal. Stehe früh auf und hetze zur Schule, bevor die Sonne an diesem endlich kühlen texanischen Morgen Ende Oktober aufgeht. Mit einem Stapel *Moxie*-Heften in der Hand schlüpfe ich auf die erste Mädchentoilette. Diesmal fühle ich mich weniger wie im Traum, zielstrebiger als beim ersten Mal. Immer wieder sehe ich Saras verletzten Blick an unserem Tisch in der Cafeteria vor mir. Immer wieder male ich mir das nächste ekelhafte T-Shirt aus, mit dem Jason Garza durchkommen wird.

Und immer wieder stelle ich mir vor, wie ich erwischt und vermutlich von Direktor Wilson vom Unterricht ausgeschlossen werde. Male mir aus, wie es ist, wenn die ganze Schule weiß, dass es *Moxie* nur meinetwegen gibt. Ich würde mich von einem total unauffälligen Mädchen in den Schulfreak verwandeln. Nein, das stimmt nicht ganz. Ich würde auch zum *Stadt*freak werden. Meemaw und Grandpa wären schockiert. Claudia würde denken, dass Lucy zu viel Einfluss auf mich hat. Und Mom würde ... tja, vor John hätte Mom *Moxie* cool gefunden, aber neuerdings bin ich mir nicht mehr hundertprozentig sicher, ob sie mir den Rücken stärken würde. Mich in der Schule in massive Schwierigkeiten zu bringen, ist immerhin nicht gerade hilfreich für ihr Ziel, mich aus dieser Stadt raus und auf ein gutes College zu bringen.

Lucy fände es cool, das weiß ich. Und das ist immerhin etwas. Aber im Universum der East Rockport High würde das kaum zählen.

Ich atme tief durch, beiße die Zähne zusammen und mache weiter.

Im Erdgeschoss geht alles glatt. Keine Menschenseele zu sehen. Aber als ich mich mit wild klopfendem Herzen aus dem Sprachenflügel hervorwage und flink um eine Ecke biege, stoße ich mit jemandem zusammen. Und zwar so heftig, dass ich aufschreie und die restlichen *Moxie*-Hefte fallen lasse. Echt, peinlicher gehts kaum.

Während mein erschrockener Aufschrei mir noch in den

Ohren gellt, trete ich einen Schritt zurück, und mein Blick fällt auf Seth Acosta.

»Hey«, sagt er. Und ich kann mich wirklich nicht entscheiden, was zu meiner Todesursache erklärt werden soll: beim Verteilen von *Moxie* erwischt zu werden oder auf dem Schulflur mit Seth Acosta zusammenzustoßen, bevor die Sonne auch nur aufgegangen ist. Wenn man beides zusammennimmt, bin ich vielleicht schon tot, und das ist meine abgefahrene Version des Lebens nach dem Tod.

»Warte, ich helfe dir«, sagt Seth und geht in die Hocke, sodass seine enge schwarze Jeans an den knochigen Jungsknien spannt, während ich wie betäubt danebenstehe und zusehe, wie er mein Geheime-Teen-Lady-Revolution-Zine aufhebt.

Ich kann mich nicht rühren.

Mit seinen kohlschwarzen Augen überfliegt Seth das Cover von *Moxie*, dann steht er auf und gafft mich an.

»Äh – verteilst du die gerade?«

Ich schlucke. Meine Wangen sind heiß. Ich spähe nach links und rechts.

»Ja.« Was soll ich auch sonst sagen?

Er blättert eines der Hefte durch, dann sieht er wieder mich an. Seine Miene ist ernst.

»Hast du ... die gemacht?«, fragt er ein bisschen leiser.

Ich atme tief durch. Mein Zögern hat mich bereits verraten, das weiß ich. Also stehe ich einfach stumm da.

»Das hast du wirklich, stimmts?«, fragt er ganz leise. Wie er dieses *stimmts* ausspricht ... ganz sanft und süß und irgendwie beruhigend. Ich nicke wie hypnotisiert.

»Ja, das habe ich«, flüstere ich. »Aber sags niemandem, okay?«

Seth sieht mich noch einen Augenblick lang an, dann nickt er bedächtig, und ich stehe einfach da, noch immer unter Schock. Nicht Claudia oder Meg oder Sara oder meinetwegen sogar irgendein Lehrer oder Verwaltungsangestellter hat mich erwischt, sondern dieser rätselhafte Typ. Ich kann es kaum fassen.

»Hey, vielleicht könntest du mir auch welche geben? Ich verteile sie auf den Jungentoiletten.«

Offenbar bin ich doch nicht total weggetreten, denn ich lache laut auf.

»Nee, danke. Die Jungs hier interessieren sich ganz sicher nicht dafür. Das kann ich dir versprechen.« Ich starre auf meine Schuhe. »Ich meine, außer dir vielleicht.«

Seth reicht mir den Stapel *Moxie*. »Ja. Also, ich will dir auf keinen Fall in die Quere kommen. Ich meine, wenn es nur für die Mädchen ist.«

Ich drücke die Zines an die Brust für den Fall, dass jemand kommt. Dann zwinge ich mich, ihm zu antworten.

»Ja, das ist wohl nur für die Mädchen.« Ich halte inne. »Aber auch wenn du ein Typ bist, hast du offensichtlich die erste Ausgabe gesehen, richtig?«

Seth hebt eine Augenbraue. »Woher weißt du das?«

»Ich habe deine Hände gesehen«, traue ich mich zu sagen. »Du hattest dir Herzchen und Sternchen draufgemalt.«

»Ja«, gibt Seth zu. »Ich hatte auf dem Flur eines der Hefte gefunden. Hatte wohl jemand fallen gelassen. Ehrlich gesagt fand ich es saucool.«

Saucool. Bedeutet das, er findet *mich* saucool? Mit einem Mal habe ich das Gefühl, mir platzt gleich die Brust. Ich komme zu dem Schluss, dass es sogar noch besser ist, wenn Seth Acosta mich cool findet, als wenn er mich hübsch findet. Eindeutig.

»Ich meine, ich verstehe, warum du vielleicht willst, dass das eine reine Frauensache ist«, sagt Seth und fährt sich mit der Hand durchs Haar. »Was du da schreibst, ist ja einfach total wahr.« Mit großen Augen sieht er sich um und fährt im Flüsterton fort: »Diese Schule ist voll daneben.«

Ich grinse, froh, dass das mal jemand laut ausspricht. »So ziemlich, ja«, sage ich. »In Austin war bestimmt alles ganz anders.«

Seth nickt, dann runzelt er kaum merklich die Stirn. »Woher weißt du, dass ich aus Austin komme?«

»Oh«, stammele ich, »meine Freundin Claudia? Ich glaube, deine Eltern haben euer Haus von ihren Eltern gemietet? Kann sein, dass sie mal so was gesagt hat?« Wenn ich alles wie eine Frage klingen lasse, wirke ich vielleicht nicht, als wäre ich voll die Stalkerin.

Seth nickt noch einmal. »Meine Eltern sind wegen ihrer Kunst hierhergezogen. Sie wollten mal ›eine andere Perspektive‹.« Das Letzte setzt er mit den Fingern in Anführungsstriche und verdreht die Augen.

»Sie wollten die Perspektive einer miefigen Kleinstadt?«, bringe ich hervor.

Seth lacht, und wieder habe ich das Gefühl, dass mir gleich die Brust platzt, bloß bin ich diesmal nicht sicher, ob ich sie je wieder werde zusammensetzen können.

»Offenbar«, sagt Seth. »Jedenfalls, jetzt leben wir hier.« Das klingt ziemlich endgültig. Und resigniert. Aber dann grinst er wieder. Einen Moment lang herrscht peinliche Stille, und ich drücke die *Moxie*-Hefte fester an mich. Meine letzte Bemerkung war relativ geistreich, und wenn ich jetzt noch etwas sage, ruiniere ich den guten Eindruck womöglich wieder. Wobei ich keine Ahnung habe, welchen Eindruck er von mir hat.

»Hey, du solltest vermutlich weitermachen, wenn du den Rest auch noch verteilen willst«, sagt Seth. »Ich muss meinen

Spanischlehrer suchen. Deshalb bin ich so früh hier. Ich muss einen Test nachholen.«

Ich nicke. Aber plötzlich habe ich das Bedürfnis, mich noch einmal abzusichern.

»Bloß … ich meine … du sagst doch niemandem was, oder?«

»Nein, bestimmt nicht.« Seth nickt nachdrücklich. »Aber kann ich wenigstens ein Heft haben?«

Ich ziehe eines aus dem Stapel und reiche es ihm. Dabei berühren sich unsere Daumen. Und mein Herz macht einen Satz.

»Danke«, sagt Seth. »Bis dann.«

»Ja, bis dann«, erwidere ich, und schon ist er halb durch den Flur, und ich schlüpfe auf eine Mädchentoilette nach der anderen und deponiere in jeder einen Stapel *Moxie*, während mein Herz wie wild klopft, meine Gedanken sich überschlagen und in meinem Kopf ein Riot-Grrrl-Soundtrack hämmert.

Neben mir summt mein Handy. Ich drehe mich auf den Bauch, schiebe meine Geschichtshausaufgaben zur Seite, bis sie vom Bett fallen, und sehe aufs Display.

Meinst du, du machst das? Die Moxie-Aktion nächsten Dienstag?

Es ist Lucy. Wir haben erst vor Kurzem angefangen, uns Nachrichten zu schreiben. Nicht so oft wie Claudia und ich natürlich, aber oft genug. Lucys Nachrichten beginnen nie mit *hey* oder *was geht*. Sie kommt immer sofort zur Sache, als hätte sie nichts für Small Talk übrig. Manchmal sehe ich nach gefühlten Minuten auf die Uhr und stelle fest, dass eine ganze Stunde vergangen ist, während wir uns über alles Mögliche ausgetauscht haben, von dem, was an der East Rockport High schiefläuft, bis hin zu meinem Eingeständnis, dass ich Seth Acosta süß finde. Es ist leicht, Lucy in Nachrichten Sachen zu erzählen. So, als würde ich sie schon länger als bloß seit ein paar Monaten kennen.

Aber über *Moxie* zu reden, macht mich nervös, weil es so ein großes Geheimnis ist. Ich spüre diese Last bei jeder Nachricht, die ich abschicke.

Machst du es denn?, frage ich zurück. Sie muss unbedingt Ja sagen.

Auf jeden Fall, schreibt Lucy. *Ich finde die Aktion genial.*

In der Sicherheit meines Zimmers gestatte ich mir ein breites Grinsen.

Wenn du es machst, mache ich es auch ... Ich muss nur meinen Bademantel finden.

Bei Walmart gibt es billige, falls du ihn nicht findest.

Ich kaue auf dem Daumennagel und zähle die Mädchen zusammen, die heute in meinen Kursen wegen Verstoß gegen die Kleiderordnung aus dem Unterricht geholt wurden. Fünf. Direktor Wilson und seine Kumpane lassen nicht locker. Heute sah ich auf einer der Toiletten im ersten Stock eine aus der Neunten in einem riesigen schmutzigen Schäm-dich-Trikot weinen, aber als ich sie trösten wollte, schüttelte sie nur den Kopf und lief an mir vorbei nach draußen.

Ich finde meinen Bademantel oder besorge mir einen, schreibe ich zurück. Ich beobachte Lucys Sprechblase und frage mich, was sie antworten wird.

Ich wünschte, ich wüsste, wer das macht. Ich wäre so gern ihre BFF!

Ich auch, schreibe ich zurück und grinse in mich hinein. Dann schreibe ich Lucy, ich müsse Schluss machen, und erledige den Rest meiner Hausaufgaben.

Die Zines habe ich an einem Donnerstagmorgen verteilt, aber die Bademantelaktion ist für den darauffolgenden Dienstag angesetzt, damit sie nicht in dem Tohuwabohu vor dem Footballspiel am Freitag untergeht. Die Saison nähert sich dem Ende, und ich bin froh, dass es so aussieht, als kämen wir nicht in die Play-offs, weil sie dann noch früher zu Ende ist. Doch selbst ohne die allwöchentliche Pep Rally und das ganze Tamtam vor den Spielen werden Mitchell und seine Freunde die East Rockport High noch den Winter über und bis weit ins Frühjahr beherrschen, das weiß ich. Und im Abschlussjahr wieder. Die zwölfte Klasse wird wahrscheinlich das allerschlimmste Jahr überhaupt.

Seit Seth mein Geheimnis entdeckt hat, habe ich ihn im Unterricht und ein paarmal auf den Fluren getroffen, und wir haben uns zugenickt und uns angelächelt. Heute, am Montag, holt er mich auf dem Weg zum Englischunterricht ein.

»Bereit für morgen?«, fragt er.

»Glaub schon«, antworte ich.

Sein Atem riecht nach Pfefferminz. An seinem Kinn fallen mir ganz kurze Bartstoppeln auf, und ich frage mich, ob er sich jeden Tag rasieren muss oder nur hin und wieder. Dann stelle ich ihn mir beim Rasieren in seinem Badezimmer vor, mit einem Handtuch um die Hüften und nackter Brust, wie ein richtiger Mann es täte, und da werden meine Knie weich.

»Dann viel Glück«, sagt er und geht unvermittelt mit großen Schritten über den Flur davon.

Mom hat heute Spätschicht, und ich lasse das Abendessen bei Meemaw und Grandpa ausfallen. Ich erzähle ihnen, ich hätte viele Hausaufgaben, die ich noch erledigen wolle. Aber stattdessen verbringe ich den Abend auf dem Bett und schreibe mit Claudia, Sara, Meg und Kaitlyn, um herauszufinden, ob sie bei der Bademantelaktion morgen auch mitmachen wollen oder es bei Lucy und mir bleibt.

Ich will keinen Ärger kriegen, schreibt Claudia.

Ich auch nicht, schließt Meg sich ihr an.

Aber es gibt keine Regel, die besagt, dass wir keine Bademäntel tragen dürfen, meldet Sara sich zu Wort. Mir fällt wieder ein, wie aufgelöst sie an dem Tag war, an dem sie wegen ihrer Kleidung aus dem Unterricht geholt wurde.

Ich weiß nicht mal, was das bringen soll, schreibt Kaitlyn. *Aber gleichzeitig habe ich das Gefühl, es könnte cool sein, zu sehen, was passiert.*

Also sind zwei dagegen und zwei dafür. Na ja, mehr oder weniger dafür. Meine Vision, in der sämtliche Mädchen auf der East Rockport High voller Empörung im Bademantel zur Schule kommen, verblasst. Wahrscheinlich kann ich froh sein, falls ein Viertel der Mädchen mitmacht. Mein Magen krampft sich zusammen, und ich frage mich, was die Leadsängerin von Bikini Kill jetzt wohl tun würde. Oder eine jüngere Version meiner Mutter.

Seht mal, schreibe ich, *wenn ihr unsicher seid, nehmt euren Bademantel doch mit und versteckt ihn erst mal in eurem Spind, und falls ihr andere Mädchen seht, die mitmachen, könnt ihr ihn immer noch rausholen, oder? Ich meine, ich will, glaube ich, bloß sagen, dass ich diesen BS mit der Kleiderordnung einfach satthabe, also warum es nicht versuchen?*

Es entsteht eine Pause, und ein paar Sprechblasen poppen auf und verschwinden dann wieder. Endlich antwortet jemand, aber nur mir. Claudia.

Dir ist doch klar, dass die Mädchen in ihren Bademänteln morgen von allen angestarrt werden, oder? Wäre dir das nicht peinlich???

Ich runzele die Stirn. Zum Glück kann Claudia mich nicht sehen.

Vielleicht ... aber wenn es viele Mädchen tun, dann kann man nicht alle anstarren, oder? Außerdem macht Lucy es auf jeden Fall, wir sind also nicht die Einzigen.

Eine weitere Pause. Diesmal dauert sie länger. Dann antwortet Claudia.

Natürlich macht Lucy es ... sie steht ja auf so was.

Auf was?

Du weißt schon ... sie macht ständig einen Wahnsinnsaufstand wegen solcher Sachen ...

Ja, kann sein ... aber das liegt vielleicht daran, dass sie es so von ihrer alten Schule in Houston gewohnt ist? Weißt du?

Und dann löst sich mein Chat mit Claudia in Behauptungen auf, die wie Fragen aussehen? Damit wir ein versöhnliches Ende finden? Und keine schlafenden Hunde wecken? Schließlich loggen wir uns aus, und ich bin mir zu 99 Prozent sicher, dass Claudia morgen nicht im Bademantel zur Schule kommen wird.

Aber was ist mit mir? Ich werfe das Handy beiseite, hole meinen türkisfarbenen Frotteebademantel, der mir bis zum Knie geht, aus dem Schrank und stopfe ihn in meinen Rucksack. Dann putze ich mir die Zähne, wasche mir das Gesicht, ziehe mein Runaways-T-Shirt an, setze den Kopfhörer auf und stelle »Rebel Girl« auf Repeat. Während der Song zum fünften Mal läuft, höre ich trotz Kathleen Hannas kehligem Schrei, wie Mom ins Haus kommt. Ich will den Kopfhörer schon abnehmen, doch dann halte ich inne. Wenn Mom von der Arbeit kommt und ich noch wach bin, gehe ich normalerweise zu ihr ins Wohnzimmer, und wir unterhalten uns zumindest noch ein Weilchen.

Aber heute Abend ist mir nicht danach. Ich lasse den Kopfhörer, wo er ist, und drehe die Musik so laut, dass jeder Gedanke davon übertönt wird.

KAPITEL ELF

Es ist Anfang November und so kühl, dass sich der Bademantel über der Jeans und dem T-Shirt angenehm trägt und nicht zu warm ist. Aber als ich auf den Haupteingang der East Rockport High zugehe, sind meine Wangen trotzdem heiß, so nervös bin ich. Auf meinem morgendlichen Fußweg zur Schule bin ich nach einem halben Block stehen geblieben, um den Bademantel überzuziehen, habe ihn aber sofort wieder ausgezogen – und dann nach ein paar Schritten doch wieder angezogen. Jetzt, wo ich kurz davorstehe, tatsächlich in diesem Aufzug die Schule zu betreten, muss ich gegen den Impuls ankämpfen, mir den Bademantel wieder vom Leib zu reißen.

Ich lasse den Blick über die verschiedenen Grüppchen vor dem Gebäude wandern, um zu sehen, ob ich die Einzige bin, die aussieht, als hätte sie heute Morgen vergessen, sich anzuziehen. Das Herz schlägt mir bis zum Hals. Ich suche von links nach rechts und finde Jeans, Röcke, Jeans, Röcke und dann – Gott sei Dank! – ein paar Mädchen aus der Zehnten, glaube ich, die eng zusammenstehen und alle Bademäntel über ihrer Kleidung tragen. Immer wieder blicken sie sich um, als suchten sie nach anderen, die auch so aussehen wie sie.

Mein Herzschlag beruhigt sich ein wenig. Ich atme aus. Als ich gerade an ihnen vorbeigehen will, damit sie wissen, dass sie nicht allein sind, stößt jemand an meine linke Schulter.

»Du hast es getan!«

Es ist Lucy, und sie trägt nicht nur einen flauschigen rosa Bademantel, in dem sie wie ein Cupcake aussieht, sondern noch dazu puschelige rosa Pantoffeln.

»Wow, du siehst echt krass aus«, sage ich, und Lucy grinst und zuckt die Achseln, von wegen, das sei ihr schon klar.

»Ich habe am Eingang zur Sporthalle noch ein paar andere Mädchen im Bademantel gesehen«, erzählt sie mir. »Das sind diesmal mehr als bei der Aktion mit den Herzchen und Sternchen, du wirst sehen.« Aufmerksam betrachtet sie das Schulgelände. »Ich wünschte, ich wüsste, wer die Moxie-Girls sind. Ich meine, sie müssen hier irgendwo sein.«

Die Ironie der Situation ist zu viel für mich, und mir droht das Gesicht zu entgleisen, also schiebe ich Lucy einfach weiter, damit ich ihr nicht in die Augen sehen muss. Unterwegs zum Gebäude winken wir ein paar anderen Mädchen in Bademänteln zu. Ich entdecke Kiera Daniels, die genau wie Lucy puschelige Pantoffeln trägt, nur ist bei ihr alles in Lila. Wir winken einander zu. Mehr als die Hälfte der Mädchen, bei denen sie steht, tragen Bademäntel.

Drinnen reden alle nur darüber. Ich höre ein paar Typen, die sich gegenseitig fragen, was los sei, und ein paar Leute reden über »diesen Newsletter«. *Es ist ein Zine, aber egal*, denke ich, während ich zu Geschichte gehe. Lucy sagt, wir sähen uns dann in Englisch, und wir trennen uns.

Als ich den Klassenraum betrete, sehe ich Claudia in der letzten Reihe sitzen. Kein Bademantel, nur ein hellrosa Top und Jeans.

»Hey«, sage ich und rutsche auf meinen Platz neben ihr.

»Hey«, erwidert sie, und es ist überdeutlich, dass wir beide bewusst nicht darüber reden. Ich bin enttäuscht, dass sie nicht mitmacht, und sie ist wahrscheinlich aus dem gegenteiligen Grund von mir enttäuscht.

»Ich bin so müde«, sagt sie und tut so, als müsste sie gähnen. Die Stimmung zwischen uns ist gezwungen und befangen.

»Ja, ich bin auch müde«, erwidere ich. »Ich habe heute Nacht nicht besonders gut geschlafen.« Das stimmt sogar. Ich habe den Großteil der Nacht in einer Art Halbschlaf verbracht, hatte Bikini Kill-Songs im Ohr und stellte mir eine Armee aus Mädchen in Bademänteln vor, mit Lockenwicklern im Haar und Föhnen als Waffen in den Händen.

Da kommt Sara herein, und als ich sehe, dass sie den dunkelblauen Bademantel mit den Gänseblümchen trägt, den sie schon seit der Middle School hat, macht mein Herz einen Satz.

»Du hast es getan!«, sage ich grinsend und brauche Claudia nicht anzusehen, um zu spüren, dass die Kluft zwischen uns jetzt fast mit Händen greifbar ist.

»Ich habe mich erst in letzter Minute entschieden«, erzählt Sara. »Kaitlyn macht auch mit. Aber Meg nicht.«

Claudia hüstelt leise, und dann klingelt es. Mrs Robbins kommt mit einem Stapel Papieren herein – zweifellos irgendwelche todlangweiligen »Arbeitsblätter zur visuellen Darstellung«, die wir mithilfe unseres Lehrbuchs ausfüllen müssen, während sie auf ihren Computerbildschirm starrt. Sie legt die Papiere auf ihren Tisch und sieht uns zum ersten Mal an, und da fallen ihr fast die Augen aus dem Kopf, so, als wäre sie jetzt endlich wach.

»Was ist denn hier los?« Mindestens fünf weitere Mädchen außer Sara und mir tragen Bademäntel. Es wird gekichert, aber niemand antwortet Mrs Robbins. Ich blicke auf meinen Block, froh, dass ich so weit hinten sitze.

Als Mrs Robbins merkt, dass sie keine Antwort bekommt,

tut sie einen Schritt auf uns zu und mustert uns genau. »Sind das etwa ... Bademäntel? Haben Sie sich heute Morgen alle nicht angezogen?«

Wieder wird gekichert. Kate McGowan in der ersten Reihe grinst von einem Ohr zum anderen. Sie trägt ein grottenhässliches kariertes Teil, das garantiert ihrem Vater oder ihrem Opa gehört.

»Finden Sie das lustig, Miss McGowan?«, fragt Mrs Robbins. »Ziehen Sie sofort diesen absurden Bademantel aus.«

»Klar, kein Problem«, sagt Kate.

Kate war schon immer ziemlich aufmüpfig und diskutiert mit den Lehrern, wenn die sie nicht zur Toilette gehen oder sich etwas zu trinken holen lassen. Ich bin mir nicht sicher, ob sie den Bademantel angezogen hat, um Stunk zu machen, oder ob sie die Kleiderordnung wirklich für totalen Quatsch hält. Aber dann lässt sie ihren Bademantel bis zur Taille herabrutschen.

Und darunter trägt sie obenherum nur ein leuchtend rotes Bikinioberteil.

»Miss McGowan!«, schreit Mrs Robbins, ist aber bei dem Gejohle und dem Nach-Luft-Schnappen, das durch den Raum geht, kaum zu hören.

»Sehen Sie, Mrs Robbins«, sagt Kate so liebenswürdig, als könnte sie keiner Fliege was zuleide tun, »ich war unsicher, ob ich mich an die Kleiderordnung auf der East Rockport High halte, weil sie so komisch und unklar ist, wissen Sie? Also habe ich beschlossen, auf Nummer sicher zu gehen und mich mit diesem Bademantel zu verhüllen, damit ich nicht unsere kostbaren männlichen Schüler ablenke.«

Die Leute johlen und lachen noch lauter, und natürlich hat Mrs Robbins keine andere Wahl, als Kate zu sagen, sie solle den Bademantel wieder anziehen. Als wir uns endlich alle wieder beruhigt haben, ist Mrs Robbins' Gesicht so rot wie Kates Bikinioberteil. Sie presst die Lippen aufeinander und teilt die Arbeitsblätter aus. Das für Kate knallt sie ihr regelrecht auf den Tisch, und dann fordert sie uns auf, still zu sein und jeder für sich zu arbeiten.

Während ich die sinn- und zwecklose Übung mache, denke ich an das Manifest der Riot Grrrls in Moms Zine. Darin hieß es, Mädchen haben eine revolutionäre Kraft, die die Welt verändern kann. Mich überkommt ein ganz starkes Gefühl, das zugleich beängstigend und gut ist. Ich male mir aus, wie ich nach der Stunde zu Kate McGowan gehe und ihr sage, wie cool sie ist. Der Drang ist so stark, dass ich es vielleicht wirklich mache.

Aber eines kann ich auf jeden Fall jetzt schon tun. Mit Bleistift schreibe ich auf die rechte untere Ecke meines Tischs: MOXIE-GIRLS SCHLAGEN ZURÜCK. Die Buchstaben sind nur etwa einen Zentimeter hoch, aber ich male sie so lange nach, bis mein Bleistift stumpf ist. Als ich mein Kunstwerk lächelnd betrachte, klingelt es.

Hoffentlich sitzt in der nächsten Stunde auch ein Mädchen auf diesem Platz.

Den ganzen Tag lang laufen Mädchen in Bademänteln durch die East Rockport High. Es geht das Gerücht, ein paar von ihnen seien gezwungen worden, sie im Unterricht auszuziehen, hätten sie aber wieder angezogen, sobald sie draußen auf dem Flur waren. Als wir im Englischraum unsere Plätze einnehmen, erzählt Lucy mir, ihr Chemielehrer habe sie darauf angesprochen und da sei sie der Anleitung in *Moxie* gefolgt.

»Ich habe einfach gesagt, ich wolle bloß sichergehen, dass ich nicht gegen die Kleiderordnung verstoße, und ich wolle keine Jungs in Versuchung führen«, sagt Lucy mit triumphierendem

Blick. »Mr Carlson war total verwirrt. Es war köstlich.« Sie beugt sich über die Stuhllehne zu mir. »Und weißt du, was? Ich bin mir ziemlich sicher, dass ein paar Mädchen Bademäntel mit in die Schule gebracht und in ihren Spinden versteckt haben, bis sie sicher waren, dass sie nicht allein sind. Wir sind jetzt bestimmt doppelt so viele wie heute Morgen.«

Ich glaube, Lucy hat recht damit, dass einige Mädchen erst später mitgemacht haben, aber ich weiß nicht, ob es *so* viele sind. Die Mädchen im Bademantel sind immer noch in der Minderheit. Allerdings ist es keine verschwindende Minderheit. Es könnten bis zu 30 oder 40 Prozent der Schülerinnen sein. Und es ist auch nicht nur ein Typ Mädchen, sondern eine kunterbunte Mischung: Sportcracks und Mädchen, die beim Jahrbuch mitarbeiten, laute Mädchen und stille Mädchen, schwarze, weiße und braune Mädchen.

Emma Johnson macht nicht mit. Die nicht. Sie kommt etwa eine Minute vor dem Klingeln herein, setzt sich auf ihren Platz, wirft auf ihre unübertroffene Art die Haare nach hinten und legt ihre Stifte und Schreibblöcke in Reih und Glied auf den Tisch. Sie trägt ein blendend weißes Hoodie, das auf dem Rücken in leuchtendem Orange den Aufdruck EAST ROCKPORT CHEER trägt. Als Mitchell hereinkommt, bleibt er an ihrem Tisch stehen und stützt sich mit seinen großen Händen, die mich an Schinken erinnern, darauf ab.

»Du hast dich der Bademantel-Brigade nicht angeschlossen?«, fragt er. *Wow, Mitchell weiß, wie man das Wort* Brigade *korrekt verwendet. Verblüffend.*

»Nein, habe ich nicht«, sagt Emma und sieht mit ihren perfekt geschminkten Augen zu Mitchell hoch. »Ich weiß ehrlich gesagt nicht, was das soll.«

Natürlich nicht. Du würdest ja auch niemals wegen Verstoß

gegen die Kleiderordnung aus dem Unterricht geholt werden, weil Direktor Wilson genau weiß, dass sein Sohn scharf auf dich ist, also genießt du quasi Personenschutz.

Sofort habe ich ein schlechtes Gewissen. Emma ist total hübsch und maßvoll und alles Mögliche andere, was ich nicht bin, aber sie ist immer nett zu allen. Wenn überhaupt, hat man bei ihr das Gefühl, sie sei keine von uns, sondern in Wirklichkeit eine fünfundzwanzigjährige Schauspielerin, die in einer Fernsehsendung über die Highschool eine Sechzehnjährige spielt.

»Tja, ich bin froh, dass du keinen Bademantel trägst«, sagt Mitchell und hebt eine Augenbraue, »wäre doch schade, wenn du dich verhüllen würdest.«

Würg.

Emma errötet ein bisschen, lächelt aber zurückhaltend und wirft wieder das Haar nach hinten. Dann klingelt es, und Seth Acosta kommt hereingerannt, gleich hinter Mr Davies, der sofort zu einem Vortrag über Pünktlichkeit im Unterricht ansetzt.

»Entschuldigung«, sagt Seth und nimmt Platz, und meine Trommelfelle schmelzen ein bisschen dahin, als ich seine Stimme höre.

Schließlich teilt Mr Davies uns in mehrere Gruppen auf, in denen wir Verständnisfragen zu der Kurzgeschichte, die wir für heute lesen mussten, beantworten sollen. Durch irgendein Wunder lande ich in derselben Gruppe wie Seth, und als wir uns daranmachen, ungeschickt unsere Tische in einen Kreis zu zerren, fängt er meinen Blick auf.

»Cooler Bademantel«, sagt er zu mir.

»Danke.« Ich zwinge mich, nicht zu erröten.

Während wir die Fragen abarbeiten, die Mr Davies ans Whiteboard geschrieben hat, geht mir auf, dass Seth ziemlich klug ist. Die Erzählung ist »Die Lotterie« von Shirley Jackson, die ich früher schon einmal gelesen habe, weil Mom erwähnte, es sei ihre Lieblingskurzgeschichte. Alle in der Gruppe finden die Geschichte total krank, aber Seth sagt, genau das sei der springende Punkt.

»Es geht, irgendwie, darum, zu erkennen, dass etwas noch lange nicht gut sein muss, bloß weil es eine Tradition ist«, erklärt er.

Ich beiße mir auf die Unterlippe. In diesen Kleingruppen sage ich normalerweise gar nichts. Aber ich will Seth zeigen, dass ich auch klug bin.

»Manche Leute würden allerdings behaupten, dass Tradition etwas Gutes ist«, werfe ich ein, ohne aufzublicken, und male einen kleinen Kreis in einer Ecke meines Blattes immer wieder nach. »Manche Leute würden argumentieren, dass Traditionen zu dem gehören, was uns zusammenhält, also, als Gemeinschaft.«

Einen Sekundenbruchteil lang schweigen alle in unserer Gruppe, und dann rutscht einer der Jungen, dieser Peter Pratt, halb vom Stuhl.

»Wen interessiert der Scheiß?«, fragt er. »Ich warte bloß aufs Klingeln, damit ich endlich zum Mittagessen gehen kann.«

Sofort werde ich rot und starre auf meinen türkisfarbenen Bademantel. »Ich schätze, mich interessiert das«, sage ich. »Die Geschichte regt einen zum Nachdenken an, das ist der Punkt.« Halb befürchte ich, ich könnte vor lauter Verlegenheit über dieses Eingeständnis spontan in Flammen aufgehen, aber irgendwie überlebe ich es doch.

Als ich hochblicke, zuckt Peter Pratt die Achseln und gähnt. Aber Seth sieht mich an und lächelt. Ich lächele zurück. Meine Wangen sind noch immer heiß, aber jetzt aus einem anderen Grund.

Beim Mittagessen reden meine Freundinnen und ich darüber, wie viele Mädchen Bademäntel tragen. Nur Claudia sagt kaum etwas, sondern trinkt bloß ihre Cola light und hört mit ausdrucksloser Miene zu, während Lucy pausenlos über Mädchen schwatzt, die sie kennt und die heute im Bademantel zur Schule gekommen sind.

Nach der Schule finde ich Claudia an ihrem Spind, wo sie ihre Hefter durchsucht und die herausnimmt, die sie mit nach Hause nehmen muss.

»Gehen wir zusammen nach Hause?«, frage ich.

»Klar«, antwortet Claudia und schließt behutsam ihren Spind.

Ich möchte, dass zwischen uns alles wieder gut wird. Als Friedensangebot ziehe ich den Bademantel aus und stopfe ihn in meinen Rucksack. Der Schultag ist jetzt schließlich vorbei. Dann verlassen Claudia und ich das Gebäude durch den Seiteneingang und machen uns auf den Heimweg.

»Voll schönes Wetter«, sagt sie.

»Ja«, stimme ich zu. Und das ist es auch. Es ist ein herrlicher Frühnovembernachmittag; die texanische Sommerhitze ist endlich unwiderruflich vorbei. Die Herbstsonne – soweit wir in diesem Bundesstaat von Herbst sprechen können – fühlt sich gut an im Nacken und auf den Armen, während Claudia und ich den Bürgersteig entlangschlendern.

»Weißt du, was?«, fragt Claudia.

»Was?«

»Bei mir wurde heute kein einziges Mädchen aus dem Unterricht geholt. Bei dir?«

Mir geht auf, dass Claudia recht hat. Nicht zu fassen, dass mir das gar nicht aufgefallen ist. Aber es stimmt.

»Nein«, sage ich lächelnd. »Bei mir auch nicht.«

»Also hat es vielleicht funktioniert. Vielleicht hattest du recht, und ich war bloß zu feige.«

»Nein«, erwidere ich und schüttele den Kopf. »Nein, das stimmt nicht.« Aber insgeheim denke ich, vielleicht doch. Ein bisschen.

»Ich weiß auch nicht«, sagt Claudia. »Vielleicht hatte ich bloß Angst, dass ich Schwierigkeiten bekomme.«

»Vielleicht gibt es Sachen, die es wert sind, dass man deswegen in Schwierigkeiten kommt«, sage ich vorsichtig.

»Vielleicht«, erwidert Claudia. Ich merke, dass sie noch etwas anderes sagen will, aber nach den richtigen Worten sucht. Schließlich platzt es aus ihr heraus: »Ich weiß nicht, ob du diese Bademantel-Sache gemacht hättest, bevor Lucy da war.«

Ganz kurz bin ich versucht, ihr zu erzählen, dass ich *Moxie* gemacht habe, so gekränkt bin ich. Aber ich zucke bloß die Achseln.

»Ehrlich gesagt glaube ich, ich hätte es so oder so gemacht. Aber denk, was du willst.« Kaum ist das heraus, kommt es mir sehr schroff vor. Ich bin es nicht gewohnt, so mit meiner besten Freundin zu reden.

»Vergiss es«, sagt Claudia. »Vergiss, was ich gesagt habe.«

»Okay, machen wir uns darüber keine Gedanken mehr, es ist sowieso vorbei«, antworte ich. Jetzt ist Claudias Haus links von uns zu sehen. *Sei lieb, sei lieb, sei lieb.* Um die Stimmung aufzulockern, bevor wir uns verabschieden müssen, plappere ich ein bisschen über irgendwelche bescheuerten Hausaufgaben. Als wir an ihrer Einfahrt sind, legt sie den Kopf an meine Schulter. Ich lehne den Kopf an ihren Kopf und erhasche einen Hauch ihres Erdbeershampoos.

»Schreiben wir nachher?«, fragt sie.

»Klar«, antworte ich. Doch als ich davongehe und Claudias

Haus hinter mir zurücklasse, ziehe ich unwillkürlich das Handy hervor, um Lucy zu schreiben. *Wurden bei dir Mädchen wegen der Kleiderordnung aus dem Unterricht geholt?*, tippe ich.

Sie antwortet schon nach wenigen Augenblicken.

Nein!!!!!! Kein einziges!

Ich fasse es nicht, dass es funktioniert hat ...

Ja, nicht wahr? Der Hammer!

Unter einem großen Pekannussbaum bleibe ich stehen, grinse mein Handy an und tippe noch eine Nachricht.

MOXIE-GIRLS SCHLAGEN ZURÜCK!!!!!! Sicherheitshalber füge ich noch ein paar Emojis hinzu.

Lucy schreibt sofort zurück.

MOXIE-GIRLS ROCKEN DIE ERHS!!!!!

Ich lese ihre Nachricht und muss laut lachen, obwohl ich völlig allein mitten auf dem Bürgersteig stehe.

KAPITEL ZWÖLF

Die Bademantelaktion ist drei Tage her, und seitdem wurde nicht ein einziges Mädchen wegen Verstoß gegen die Kleiderordnung aus dem Unterricht geholt. So ist das früher auch schon gelaufen – die Schulverwaltung zieht diese krassen, selbstherrlichen Kleider-»Kontrollen« bei den Mädchen durch, und nach wenigen Tagen ist einfach wieder alles wie immer –, aber ich möchte gerne glauben, dass diesmal Moxie etwas damit zu tun hatte. Und das bedeutet, dass *ich* etwas damit zu tun hatte, weil ich Moxie ins Leben gerufen habe. Nachdem ich mir gestern Abend die Zähne geputzt und das Gesicht gewaschen hatte, ertappte ich mich dabei, dass ich volle zwei Minuten vor dem Spiegel gestanden und mir in die dunklen Augen gesehen hatte. Ich packte meine Haare und hielt sie zu einem hoch angesetzten Pferdeschwanz, kniff die Augen zusammen und fand, dass ich Kathleen Hanna von Bikini Kill ein bisschen ähnelte.

Aber als heute die übliche freitägliche Pep Rally vor dem Footballspiel über die Bühne geht, habe ich schon das Gefühl, alles sei nur ein bizarrer Traum gewesen. Die Band spielt dieselben Songs wie immer. Die Cheerleader machen die gleichen Salti wie immer. Der einzige Unterschied besteht darin, dass die Pirates aus den Play-offs fliegen, wenn sie heute Abend verlieren.

»Moment mal, ist das echt eine Nebelmaschine?«, fragt Sara, als wir uns wie üblich ganz weit oben und fernab der Action hinsetzen. Alle starren wir auf die wogenden Rauchwolken, die den Eingang verhüllen, aus dem die Footballspieler kommen werden.

»O mein Gott, ja«, sagt Claudia und verdreht die Augen. Außerdem steckt das Pirates-Maskottchen in einem schicken neuen Kostüm, und sie haben sogar jemanden da, der sich als Rotluchs verkleidet hat und das Maskottchen des gegnerischen Teams darstellt. Der Pirat tut so, als schnitte er dem Rotluchs mit einem Degen die Kehle durch, während der Rotluchs sich in gespieltem Entsetzen windet. Und das sind auch keine billigen Halloweenkostüme, sondern richtige Maskottchenmonturen auf College-Niveau.

»Wie viel kostet der ganze Scheiß?«, fragt Lucy laut. »Habt ihr da mal drüber nachgedacht?« Sie verzieht das Gesicht. »Ich meine, der Bunsenbrenner im Chemielabor wird wahrscheinlich noch mit Kohlen betrieben, so uralt ist der.«

»Aber das Footballteam kriegt einfach alles in den Arsch geschoben«, sagt Claudia. »Das ist so bescheuert.«

»Aber echt«, stimmt Lucy zu, und ich genieße diesen Augenblick der Eintracht zwischen meiner besten und meiner neuen Freundin. Seit dem Bademanteltag bemühe ich mich, Claudia besonders viel Aufmerksamkeit zu schenken – setze mich beim Mittagessen neben sie, warte morgens vor Geschichte an ihrem Spind auf sie –, auch wenn sich bei mir die Gewohnheit eingeschlichen hat, nach der Schule mit Lucy lange und über alles Mögliche zu schreiben, angefangen bei dem, was *Moxie* als Nächstes tun könnte, bis hin zu der Musik, die wir miteinander teilen wollen. (Lucy hat noch nie von Bikini Kill oder irgendeiner anderen Riot-Grrrl-Band gehört, was ich unglaublich finde, aber nachdem ich ihr eine Playlist zusammengestellt habe, ist sie total begeistert.)

Nach der Pep Rally ist Mittagspause, doch diesmal beeile ich mich mit dem Essen, damit ich ein paar Minuten früher gehen und im Hauptbüro die Einverständniserklärung zu den Fahrstunden im nächsten Halbjahr abgeben kann. Als ich über den beinahe verlassenen Flur gehe, marschiert Direktor Wilson aus der entgegengesetzten Richtung auf das Büro zu und blafft in sein Handy. Obwohl ich die einzige andere Person auf dem Korridor bin, lächelt er weder, noch nickt er mir zu. Ich bin eine Schülerin an seiner Schule und ich hatte vor langer Zeit mal todlangweiligen Geschichtsunterricht bei ihm, bevor er Mr Hohes Tier an der East Rockport High wurde. Aber ich bin weder sein Sohn noch ein Cheerleader wie Emma Johnson oder auch nur eine Angehörige der Schulband. Er hat mich nicht auf dem Radar. Seine Wangen beben ein bisschen, während er mit seinem breiten texanischen Akzent spricht, und als er das Büro betritt, fegt er einfach an mir vorbei, als wäre ich eine Mücke oder eine Fliege.

Ich ziehe hinter seinem Rücken eine Grimasse und genieße das flüchtige Hochgefühl, das mich dabei überkommt. Er setzt seinen Weg durch das labyrinthartige Büro mit den Sekretärinnen und Stellvertretern fort und steuert vermutlich auf seinen Bau zu.

Nachdem ich die Einverständniserklärung einer der Sekretärinnen gegeben habe, gehe ich zurück zu meinem Spind, um die Bücher für die nächste Stunde zu holen. An einem Ende des Flurs entdecke ich Seth Acosta, der an der Wand lehnt und etwas auf seinem Handy liest. Mein Herz macht einen Satz.

»Hey«, bringe ich hervor, als ich an ihm vorbeigehe. Ich würde gern stehen bleiben, weiß aber nicht, ob ich kann oder sollte. Also werde ich bloß ein bisschen langsamer.

Er blickt hoch. Erst ganz hinten am anderen Ende des Korridors stehen weitere Schüler. Die Mittagspause dauert noch ein paar Minuten.

»Auch hey«, antwortet er, steckt das Handy in die Gesäßtasche und richtet sich auf. Alles Anzeichen, die mich denken lassen, dass er es cool findet, wenn ich stehen bleibe. Dass er tatsächlich mit mir reden will.

»Also ...«, setze ich an – denn jetzt bin ich wohl an der Reihe damit, etwas zu sagen –, »... danke, dass du nichts verraten hast. Über ... *du weißt schon.*« Ich hebe die Augenbrauen, als spielten wir in einem Film über die Mafia oder eine Regierungsverschwörung, und komme mir sofort wie eine Vollidiotin vor. Aber Seth nickt nur und grinst. Es gefällt mir total, dass er größer als ich ist, wenn auch nur ein bisschen. Seit jenen verschwitzten, peinlichen Middle-School-Discos, bei denen ich sämtliche Typen überragte und mich nie jemand zum Tanzen aufforderte, ist mir meine Körpergröße immer unangenehm bewusst.

»Ich hätte nie etwas verraten«, sagt Seth. »Nicht mal, wenn du mir Feuerameisen auf den Körper gesetzt oder mich gezwungen hättest, ich weiß auch nicht ... Smooth Jazz anzuhören.«

Ich grinse. »Was ist Smooth Jazz?«

»Müll«, antwortet Seth, ohne mit der Wimper zu zucken.

Einen verlegenen Augenblick lang stehen wir da, und als Seth wieder etwas sagt, blickt er auf meine Füße.

»Hey, hast du Lust ... weiß auch nicht ... heute Abend zusammen abzuhängen oder so?«

Das Herz schlägt mir bis zum Hals, und ich kann nur hoffen, dass Seth weiter auf meine Füße starrt, denn sonst würde er es unter meinem Kinn wie wild pochen sehen.

»Du ... gehst nicht zum Spiel?«, bringe ich schließlich hervor. Na toll. Jetzt klinge ich wie Tina Teamspirit.

Seth runzelt die Stirn. »Nein. Aber ... du gehst wahrscheinlich hin, oder?«

»Nein!«, antworte ich lauter als beabsichtigt. Natürlich hatte ich vor, zum Spiel zu gehen. Was soll man hier sonst unternehmen? Sogar Lucy will mitkommen. Aber das war, bevor Seth Acosta mein Leben in eine Episode aus einer Fernsehserie verwandelt hat, die ich bis zum Abwinken gucken würde.

»Dann gehst du also *nicht* hin?«, fragt er verwirrt und streicht sich die Haare aus den Augen.

»Ich war – äh ... noch nicht sicher. Aber wenn du Lust hast, zusammen abzuhängen, cool.«

Ich habe noch nie mit einem Jungen abgehangen, bin noch nie mit einem ausgegangen, wurde noch nie von einem zum Tanzen aufgefordert oder gar geküsst. Da war nichts mit Jungen. Noch nie. Und jetzt das. Es ist zu verblüffend, um wahr zu sein.

Aber es muss wohl wahr sein, denn jetzt sagt Seth so was wie gegen 19 Uhr bei mir vorbeikommen und vielleicht was zu essen besorgen, und dann speichert er meine Telefonnummer in seinem Handy ab und sagt, er werde mir später schreiben.

»Cool«, sage ich, als passierte mir so was tagtäglich seit der sechsten Klasse.

Genau dann klingelt es. Ich murmele einen Abschiedsgruß, und Seth verabschiedet sich auch, und als ich weiter zu meinem Spind gehe, bin ich mir total sicher, dass ich ein paar Zentimeter über dem Boden schwebe.

Claudia muss als Erste davon erfahren, von meinem ... ist es ein Treffen? Ein Date? Ein ... *was*? Als ich sie nach Schulschluss an ihrem Spind finde und ihr die Neuigkeit erzähle, quiekt sie, packt meinen Arm und hüpft buchstäblich vor Aufregung auf und ab.

»Ich hoffe, es macht dir nichts aus, dass ich deswegen nicht mit dir zum Spiel gehe«, sage ich.

»Scheiß auf das Spiel!«, antwortet Claudia und zieht mich hinter sich her. Auf dem Heimweg hilft sie mir, zu planen, was ich anziehen, was ich mit meinem Haar machen, ob ich Lippenstift tragen soll. (Normalerweise mache ich das *nicht*, aber diesmal könnte es Spaß machen. Vielleicht.) Claudia hat mehr Erfahrung mit Jungen als ich. Sie hat auf der Middle School ein paar geküsst – ich glaube, Claudia mit ihrer zierlichen Figur und der niedlichen Stupsnase stellte für die Jungs zu Beginn der Pubertät keine Bedrohung dar – und sie war letztes Jahr ein paar Monate mit Colin O'Malley zusammen, bevor er nach San Antonio zog, weil sein Vater versetzt wurde. Bei spätabendlichen Telefonaten und in Nachrichtenmarathons erzählte sie mir, dass sie ihm erlaubt hatte, sie unter ihrem BH anzufassen, und dass es sich nicht so toll angefühlt hatte – eher als hätte er die Luft aus einem Geburtstagsluftballon herausquetschen wollen.

Der Unterschied ist, dass Colin O'Malley nur ein unspektakulärer Typ war. Selbst für Claudia.

Seth Acosta ist allerdings nicht unspektakulär. Er ist der Hammer.

»Was ist mit deiner Mutter?«, fragt Claudia, als wir uns meinem Haus nähern. »Hey, ist das nicht ihr Auto da in der Einfahrt?«

Ich runzele die Stirn. »Ich dachte, sie wäre bei der Arbeit.« An Mom hatte ich gar nicht gedacht, bevor Claudia sie erwähnte. Da bisher noch nie ein Typ an mir interessiert war, mussten Mom und ich uns mit diesem Thema auch noch nie auseinandersetzen.

»Bestimmt bleibt sie cool«, sagt Claudia, und ich hoffe, sie hat recht. Ich meine, ist meine Mutter das etwa nicht? Die coole Mom? Nachdem Claudia mich umarmt und mir praktisch einen heiligen Schwur abgenommen hat, dass ich ihr hinterher sofort haarklein erzähle, was passiert ist, gehe ich ins Haus und finde Mom in der Küche, wo sie ein Sandwich macht.

»Du bist früh zu Hause«, sage ich und stelle meinen Rucksack auf dem Küchentisch ab. Ich dachte, ich würde mindestens noch ein, zwei Stunden Vorbereitungszeit haben, um vor dem Badspiegel Gesichtsausdrücke und schlagfertige Antworten zu üben, während im Hintergrund meine Musik dröhnt.

»Hey, Liebes.« Mom kommt zu mir und küsst mich auf die Wange. »Stromausfall bei der Arbeit. Irgendwas mit einer vermurksten Steckdose. Also habe ich den Nachmittag frei.« Sie geht zurück an die Küchentheke und streicht Senf auf eine Scheibe Vollkorntoast.

»Also«, setze ich mit wild klopfendem Herzen an. Genau genommen ist es mir peinlich, mit meiner Mutter über Seth zu reden. Ich meine, versteht mich nicht falsch. Mom war immer hundertprozentig, total erstaunlich ehrlich, was Sex und Pubertät und den ganzen Hormonscheiß angeht, aber es ist viel einfacher, solche Gespräche zu führen, wenn alles nur rein theoretisch ist. Ich meine, nicht dass ich es heute Abend mit Seth tun werde oder so. Ich weiß nicht mal, ob er mich *so* gernhat. Obwohl ich total hoffe, dass er das tut.

»Also ... was?«, fragt Mom. Sie lässt ihr Sandwich liegen und hört sich meine Pläne für heute Abend an. Als ich fertig bin, lächelt sie ein bisschen, aber vor Überraschung sind ihre Augen ganz groß.

»Also, ich darf doch, oder?« Ich glaube nicht, dass sie Nein sagen wird, aber ich merke, dass ich den Atem anhalte.

Mom presst die Lippen aufeinander und denkt kurz nach.

»Ach ... klar. Ja, natürlich darfst du. Ich meine, ich würde diesen Typen natürlich gern zuerst kennenlernen.« Sie hält inne, dann lacht sie und schüttelt den Kopf. »Jetzt hör dir mich an. Ich klinge wie eine Mutter in einem John-Hughes-Film.«

Ich atme aus. »Er holt mich gegen sieben ab.«

»Also gehst du nicht zum Spiel?«

»Nein ... ich denke, wir besorgen uns bloß was zu essen. Aber du gehst, oder?«

»Ich wollte mit John hingehen, aber ich kann mich auch später dort mit ihm treffen.«

Sie wirft einen Blick auf ihr halb fertiges Sandwich, als fiele es ihr gerade erst wieder ein. Ich stehe mitten in der Küche. Wir befinden uns auf unbekanntem Terrain, und alles fühlt sich ein bisschen schräg an.

»Du musst nicht warten oder so«, sage ich.

»Doch, ich möchte aber«, beharrt sie. »Und was die Uhrzeit angeht, zu der du wieder zu Hause sein sollst ... habe ich dir überhaupt schon mal eine Sperrstunde gesetzt, meine gehorsame, gut erzogene Tochter?« Wieder lacht sie, aber es klingt fast nervös.

Ich schüttele den Kopf und bin ein bisschen empört über diese Beschreibung von mir. Es stimmt: Wenn ich abends nicht zu Hause bin, dann übernachte ich bei meinen Freundinnen. Oder manchmal cruise ich samstagabends das Sonic oder das Dairy Queen. Meine Mutter musste ihrer braven Viv noch nie eine Sperrstunde setzen. Voll die Langweilerin.

»Sagen wir gegen zehn, okay? Bis dahin bin ich auch vom Spiel zurück.«

Ich nicke. Ob ich genug Gesprächsstoff finde, um drei Stunden mit Seth zu füllen, ohne vor Aufregung ohnmächtig zu werden, weiß ich sowieso nicht.

»Dann wünsche ich dir einen schönen Abend«, sagt Mom, und diesmal wirkt ihre Fröhlichkeit aufrichtiger. Ich gehe in mein Zimmer, um über mein Outfit nachzudenken, und versuche, die Befangenheit zwischen uns abzuschütteln.

Das Wort *Schmetterlinge* reicht bei Weitem nicht aus, um zu beschreiben, was in meinem Bauch abgeht, als Seth um fünf nach sieben bei uns vorfährt. Mit wild hämmerndem Herzen spähe ich aus dem Fenster meines Zimmers und sehe ihn aussteigen, die Tür des roten Honda, den er fährt, zuschlagen und die Stufen zur Haustür heraufkommen. Ich blinzele und schlucke. Wie kann es sein, dass er bei mir zu Hause auftaucht? Um mich zu treffen?

»Viv!«, ruft Mom aus der Küche. »Dein Freund ist hier.«

Freund?

Ich komme aus meinem Zimmer und hoffe, meine schwarze Jeans und Moms altes Houston-Oilers-T-Shirt sind cool, aber nicht zu bemüht.

»Hey«, sage ich.

»Hey«, antwortet Seth und nickt.

»Mom, das ist Seth aus der Schule.« *Was für ein lächerlicher Spruch ist das denn? Wo soll er denn sonst her sein? Von der Bushaltestelle? Aus der Meth-Küche?*

»Hi«, sagt Seth zu meiner Mutter. Sie und Seth schütteln sich die Hände. Mom ist sogar ziemlich normal und fragt ihn bloß, wann seine Familie in unsere Stadt gezogen ist. Er antwortet in ganzen Sätzen, aber nicht speichelleckerisch, und das ist auch gut so, denn Mom hätte das im Nu durchschaut.

»Tja«, sagt Mom, als Seth und ich uns davonmachen wollen, »viel Spaß, und wir sehen uns um zehn.« Als sie uns zur Tür bringt, drückt sie mir etwas in die Hand. Sobald wir draußen stehen, sehe ich nach: Es ist ein Zwanziger. Ich schiebe ihn in die Jeanstasche und fange Moms Blick auf. Sie lächelt mich an, und ich lächele zurück.

»Also, wenn ich das richtig sehe, wird die Stadt ausgestorben sein, was?«, sagt Seth und fährt los. »Wegen des Spiels. Daran hatte ich gar nicht gedacht.«

»Ja. Sämtliche Fast-Food-Läden sind zu. Die meisten Restaurants auch.«

Seth verlässt mein Viertel und fährt Richtung Innenstadt. Er kann seinen Führerschein noch nicht allzu lange haben, aber er fährt irgendwie cool, hat den Kopf angelehnt und die Hände lässig unten aufs Lenkrad gelegt. Dann macht er die Musik lauter, und irgendeine Band, die ich nicht kenne, mir aber sofort ins Ohr geht, schallt blechern aus den Lautsprechern.

»Hast du Hunger?«, fragt er.

»Eigentlich nicht.« In Wirklichkeit bin ich zu nervös, um zu essen, aber bevor er kam, habe ich einen Müsliriegel heruntergewürgt, damit mir nicht der Magen knurrt. »Vielleicht können wir später das Sonic cruisen, wenn es wieder aufmacht.«

»Warte mal.« Seth hält an einer Ampel und sieht mich an. »Was bitte bedeutet ›das Sonic cruisen‹?«

Ich grinse, und meine Augenbrauen gehen in die Höhe. »Das Sonic oder das Dairy Queen cruisen ... das ist, na ja ..., das ist halt das, was wir hier am Wochenende so machen. Es bedeutet einfach, ziellos um diese Lokale herumzufahren, um zu sehen, wer da abhängt und mit wem man reden kann oder so.«

»Echt?«

»Ja. In Austin hast du wohl nicht das Sonic gecruist.«

Seth lacht. »Nein. Bestimmt nicht.« Er blickt aus dem Fahrerfenster auf die menschenleeren Ladenzeilen, Kirchen und Wohltätigkeitsläden. »Ich habe mich noch nicht so richtig an diese Stadt gewöhnt.«

Es kommt mir irgendwie einfacher vor, mich in einem fahrenden Auto mit ihm zu unterhalten. Ich muss Seth dabei nicht in die Augen sehen, sondern kann stattdessen aus dem Fenster schauen.

»Du vermisst es bestimmt, oder?«, frage ich. »Austin meine ich.«

»Das ist noch untertrieben.« Seth verzieht ein bisschen den Mund, als überlegte er, was er als Nächstes sagen soll. »Es ist halt so: Meine Eltern sind Künstler. Ich meine, ehrlich, so können sie sich nennen, weil Mom aus einem stinkreichen Elternhaus kommt, wenn ich offen sein darf. Meine Großeltern sind schwer betucht, und Mom lebt von so einem Fonds. Also verbringen sie und Dad ihre ganze Zeit damit, ihre Kunst für unterschiedliche Ausstellungen in Galerien aufzubereiten. Sie machen Sachen mit Textilien. Mom hat gesagt, sie wollte aus Austin weg, weil es so schnell wächst und nicht mehr so ist wie früher in den 80ern oder so. Von wegen, sie bräuchte irgend so eine authentische Kleinstadterfahrung, um eine echte Künstlerin zu sein.«

»Und da haben sie sich ausgerechnet die hier ausgesucht?«, frage ich ungläubig. »Von allen Kleinstädten Amerikas?«

»Ja«, sagt Seth bedrückt. »Ich glaube, sie sind gar nicht auf die Idee gekommen, dass es sie nicht umgebracht hätte, wenn sie noch die zwei Jahre, bis ich mit der Highschool fertig bin, gewartet hätten.« Kurz verzieht er das Gesicht. »Aber egal.«

»Gefällt dir ihre Kunst wenigstens?«, frage ich und sehe ihn jetzt doch an.

»Glaub schon«, sagt er. »Ich meine, die Sachen werden ausgestellt und alles. In der Welt der abstrakten Textilkunst haben sie, glaube ich, einen ziemlich guten Namen, und das ist tatsächlich eine Welt für sich, unglaublich, aber wahr. Die Leute bezahlen eine Menge Geld dafür. Aber um ehrlich zu sein, in meinen Augen ist das bloß ein Haufen komisch gefalteter Bettlaken.«

Ich lache laut auf, und Seth lacht mit. Gerade kommen wir an U COPY IT mit seinem blinkenden OPEN-Schild vorbei, und ich muss an Frank denken, der in seiner roten Weste bestimmt wieder ein Taschenbuch liest.

»Hey«, sage ich und deute aus dem Beifahrerfenster. »Da mache ich die Kopien für *Moxie.*«

Seth sieht aus dem Fenster. »Cool. Diese Bademantelaktion scheint funktioniert zu haben.«

»Ja.« Es fühlt sich so merkwürdig an, jemanden zu haben, mit dem ich offen über das Zine sprechen kann. Aber auch richtig gut. »Ich weiß nicht, ob ich noch eine Ausgabe mache. Aber irgendwie hätte ich Lust.«

»Das solltest du unbedingt«, sagt Seth.

Während wir ziellos durch die Stadt fahren und um uns herum die Sonne untergeht, erzähle ich Seth von Moms Riot-Grrrl-Vergangenheit und dass sie mich zu *Moxie* inspiriert habe. Dann reden wir über Bands. Den Namen Bikini Kill kennt er, aber er hat noch nie Musik von ihnen gehört, also spiele ich auf Seths Wunsch »Rebel Girl« auf meinem Handy ab. Es gefällt ihm von den ersten Takten an, das merke ich.

»Diese Leadsängerin klingt, als könnte sie einen mit ihrer Stimme töten«, sagt er und trommelt aufs Lenkrad. »Aber, irgendwie, auf eine gute Art.«

»Total«, stimme ich ihm zu, und mir geht das Herz auf.

Eine Zeit lang reden wir über alle möglichen Bands, und Seth erzählt von ein paar Livekonzerten, die er in Austin gesehen hat. Außer unserer Schulband habe ich noch nie eine Band live gesehen und ich bin total fasziniert, als er erzählt, dass seine Ohren noch Tage danach geklingelt hätten und wie cool es gewesen sei, mit den Bandmitgliedern reden zu können, als sie nach den Konzerten selbst ihre Merchandisingartikel (Seth sagt nur *Merch* dazu) verkauften. Ich merke mir eine ganze Liste von Bands, die ich mir später mal anhören möchte, und dann kommen wir am Beerdigungsinstitut Eternal Rest auf der Front Street vorbei. Auf dem Rasen vor dem Gebäude steht ein angeleuchtetes kleines Schild mit der Aufschrift: KEINE SMS AM STEUER! WIR KÖNNEN WARTEN!

»Moment mal, meinen die das ernst?« Seth deutet mit einem Nicken auf das Schild.

»Ja. Das ist ihre Masche. Von Zeit zu Zeit tauschen sie das Schild aus. Einmal hatten sie eines, auf dem stand: Es ist ein wunderschöner Tag – verschlafen Sie ihn nicht am Steuer!«

»Willst du mich verarschen?«, fragt er. »Und die Leute beauftragen sie trotzdem?«

Ich zucke die Achseln. »Sie sind die Einzigen in der Stadt, also ja.«

Da biegt Seth abrupt rechts ab auf den Parkplatz des Bestattungsinstituts. Er dreht die Musik ein bisschen lauter, nickt im Takt und fährt im Kreis über den Platz.

»Ähm«, setze ich an und wende mich ihm völlig verdutzt zu, »was machst du da?«

Seth guckt mich an. »Ich cruise das Bestattungsinstitut.«

Ich muss laut lachen. »Du cruist das Bestattungsinstitut? Im Ernst?«

»Klar«, beteuert Seth. Er winkt imaginären Autos zu und grüßt unsichtbare Leute. »Das ist der Hammer«, sagt er. »Ich glaube, ich habe endlich kapiert, wie East Rockport tickt. Voll die coole Szene, Alter.«

Die Nervosität von vorhin ist völlig verschwunden. Stattdessen tun mir vom vielen Lächeln die Wangen weh.

Nachdem wir eine Weile das Bestattungsinstitut gecruist haben, sagt Seth, er bekomme langsam Hunger, und am Stadtrand finden wir eine Filiale des Drive-thru Jack in the Box, die geöffnet hat. Als wir an den Schalter fahren, will ich Seth Geld geben, aber er sagt, »diesmal« übernehme er. (Heißt das, es gibt ein »nächstes Mal«?) Ich bestelle einen Milchshake und Pommes.

»Wolltet ihr euch das Spiel nicht zu Ende ansehen?«, fragt die magere rothaarige Kassiererin, als sie uns unser Essen reicht. Sie sieht aus, als hätte sie vor zwanzig Jahren die East Rockport High abgeschlossen und arbeite seitdem bei Jack in the Box. Auf ihrem Namensschild steht SHAWNA.

»Wir sind gar nicht hingegangen«, sagt Seth.

»Dann verpasst ihr etwas sehr Schlimmes«, bemerkt Shawna. »Ich verfolge das Spiel im Radio, und sie liegen nach der Hälfte 7:35 zurück.«

»Mist«, bemerke ich, als sich meine Kleinstädterinneninstinkte durchsetzen – stets bereit, Bedauern auszudrücken, sobald unser Team verliert. »Das ist eine schwere Schlappe.«

»Ich vertraue darauf, dass sie das aufholen«, sagt Shawna mit einem missbilligenden Stirnrunzeln. »Go, Pirates.«

»Go, Pirates«, erwidert Seth und hebt zum Abschied seine Cola.

Er fährt auf den Parkplatz hinter dem Drive-thru, trinkt von seiner Cola, isst einen Bissen und fragt dann: »Ist Football jedes Jahr so ein großes Ding hier oder ist gerade irgendwas Besonderes?«

Ich schnaube in meinen Milchshake. »Man merkt, dass du neu bist. Die Antwort lautet: jedes Jahr. Jedes verdammte Jahr.«

»Weißt du, zu Hause habe ich auch gespielt«, erzählt er mir.

Mit weit aufgerissenen Augen drehe ich mich zu ihm um. »Jetzt willst du mich verarschen.« Genauso gut hätte er mir sagen können, er wolle aufs Priesterseminar.

»Nein«, beteuert er. »Ich verarsche dich nicht. Ich meine, ich war der Kicker. Für alle anderen Positionen bin ich zu mager. Aber ich war Kicker in der zweiten Mannschaft, und dieses Jahr wollte ich in die erste Mannschaft, aber dann mussten wir ja umziehen.«

Ich schlage aufs Armaturenbrett, um zu zeigen, wie geschockt ich bin. »Du warst Footballspieler? Und du hörst Black Flag?«

Seth grinst von einem Ohr zum anderen. »Ja! Nach dem Essen kann ich dir Fotos zeigen.«

Ich versuche, mir Seth mit diesen lächerlichen knielangen Hosen und den breiten Schulterpolstern vorzustellen, die die Footballer tragen, und mein Verstand setzt kurz aus. Niemals hätte ich gedacht, dass ich mich in einen Footballspieler verknallen könnte. Einen Sekundenbruchteil lang komme ich mir ein bisschen so vor wie Mom bei einem Date mit Republikaner-John. *Falls das hier überhaupt ein Date ist*, rufe ich mir in Erinnerung.

»Entschuldige, ich glaube, das ist bloß ... ich weiß nicht, ob es dir aufgefallen ist, aber hier ... hier sind die Footballspieler ... irgendwie ...«

»Voll die Arschlöcher?«, schlägt Seth vor und hebt eine Augenbraue. »Ja, das ist mir aufgefallen. Aber bloß weil ein Typ Football spielt, ist er noch kein Arschloch. Außer du hältst mich für ein Arschloch und hängst nur mit mir ab, weil du Mitleid mit dem armen Neuen an der Schule hast.«

Ich starre in meinen Milchshake und murmele: »Du bist kein Arschloch«, dann sauge ich geräuschvoll am Strohhalm.

Du bist bloß ein witziger und total gut aussehender Typ, der coole Bands hört und mein Zine mag, und das macht dich im Grunde zum Jungen meiner Träume, aber egal, weißt du?

»Gut zu wissen«, sagt Seth grinsend. »Dass ich kein Arschloch bin. Zu Hause war Football einfach ein beliebter Sport und so, aber er war nicht das Einzige, was die Leute interessiert hat, deshalb waren die Spieler gechillter, schätze ich.«

»Tja, hier ist leider niemand gechillt, wenn es um Football geht«, entgegne ich. »Diese Spieler sind die Daseinsberechtigung für die Schule und ungefähr die gesamte Stadt. Ich meine, sie sind das, wofür die Leute hier in der Gegend sich begeistern. Für manche sind sie das, wofür es sich lohnt, in East Rockport zu leben. Die Chance, dass wir dieses Jahr in die Play-off-Runde kommen, weißt du? Die *Hoffnung*. Du wirst sehen. Ab nächster Woche werden sie schon alle über die kommende Saison reden und darüber, dass *das* das Jahr wird, in dem wir texanischer Meister werden.«

»Verdammt«, sagt Seth und trinkt einen großen Schluck von seiner Cola. Wir unterhalten uns noch eine ganze Weile da auf dem Parkplatz – ich erzähle ihm, dass Dad starb, als ich noch ein Baby war, und dass Mom und ich allein leben, mit meinen Großeltern gleich nebenan. Er erzählt mir, seine Eltern seien durchaus nett, bloß eben sehr mit ihrer Kunst beschäftigt, und dass er an seiner alten Highschool, außer Football zu spielen, auch eine Musikkolumne für die Schülerzeitung schrieb. Die Unterhaltung mit ihm ist mühelos; beide knüpfen wir an die Sätze des anderen an, wollen uns einschalten oder etwas ergänzen oder zustimmen. Ich bin wie elektrisiert, weil ich das sichere Gefühl habe, dass ich das coolste Mädchen auf der Welt bin. Hier in seinem Auto, während das Neonlicht der Lampen auf dem Parkplatz des Jack in the Box auf uns herabscheint wie ein mit Steroiden vollgepumpter Mond, kann ich kaum noch nachvollziehen, dass ich Seth erst heute Nachmittag vor Nervosität kaum in die Augen sehen konnte, als er mich auf dem Flur fragte, ob ich mit ihm abhängen wolle.

Nach einer Weile nimmt er meine Pommestüte und den leeren Becher und steigt aus, um den Müll wegzuwerfen. Während er zurück zum Auto kommt, lecke ich mir die salzigen Fingerspitzen ab und merke, dass der Abend sich dem Ende nähert. Es ist halb zehn.

Seth schlägt vor, nach Hause zu fahren, und während der Parkplatz des Jack in the Box hinter uns zurückbleibt, atme ich flacher, und mein Herz schlägt wieder wie wild.

Seth Acosta wird mich küssen. Ich weiß es.

Als er in meine Straße einbiegt, sehe ich in den Rückspiegel und tue so, als hätte ich etwas im Auge. Mein Lippenstift hält noch. Ist das jetzt gut oder schlecht, wenn man jemanden küsst?

Seth steuert in die Einfahrt. Hier, in seinem Auto, wo es stockfinster ist, wird er mich küssen. *Erinnere dich daran, Vivian. Erinnere dich an jede Einzelheit.*

Ich warte darauf, dass er in den Parken-Gang schaltet. Wie soll man sich denn küssen, wenn die Gangschaltung immer noch auf Fahren steht?

Aber das tut er nicht. Er dreht sich nur zu mir um und sagt: »Hat total Spaß gemacht, heute Abend mit dir abzuhängen, Vivian.«

So, wie er das sagt, ist es endgültig. Dies ist fraglos das Ende des Abends.

»Mir hats auch Spaß gemacht«, sage ich und zwinge mich, zu lächeln, obwohl ich innerlich sterbe. »Cooler Vorschlag von dir.«

»Ehrlich gesagt«, fügt er hinzu, »habe ich noch nicht so viele Leute kennengelernt, seit ich hier bin, weißt du, also, du weißt schon ... das war wirklich cool. Ich werde mir ein paar von diesen Bands anhören, von denen du mir erzählt hast. Vor allem Bikini Kill.« Während er das sagt, sieht er sozusagen über meine Schulter. Irgendwie, als könnte er es vielleicht nicht abwarten, bis ich weg bin.

»Cool«, sage ich, die Hand am Türgriff, und mein wild klopfendes Herz krampft sich zusammen.

Ich habe noch nicht so viele Leute kennengelernt, seit ich hier bin.

LEUTE.

»Dann bis Montag?«, fragt er.

»Ja, bis dann«, antworte ich und will nur noch raus aus dem Honda und in die Geborgenheit meines Zimmers.

»Und ich verspreche, ich sage kein Wort über *Moxie*. Ehrlich.«

»Danke. Das weiß ich echt zu schätzen.« Ich steige aus, knalle die Tür zu, renne ins Haus und bin froh, dass Mom noch beim Spiel ist. Seth wartet, bis ich drinnen bin, und fährt dann davon, und als ich die Haustür hinter mir schließe und ins Wohnzimmer gehe, da kann ich nicht anders. Ich weine. Keine heftigen Schluchzer oder so. Bloß ein paar heiße Tränen, die mir aus den Augen schlüpfen und über die Wangen laufen.

»Sei nicht blöd, Viv«, sage ich laut. »Du hattest trotzdem einen tollen Abend heute, oder?« Als Joan Jett meine Stimme hört, kommt sie zu mir und schmiegt sich schnurrend an meine Beine. Ich hebe sie hoch und vergrabe das Gesicht in ihrem Fell. Dann setze ich sie wieder ab und mache mich fertig zum Schlafengehen. So schnell wie möglich schlüpfe ich ins Bett, hülle mich in meine Decke und zugleich in Selbstmitleid.

Tatsache ist, ich hatte wirklich viel Spaß mit Seth. Und vielleicht wiederholen wir das irgendwann. Aber ich will nicht bloß mit Seth abhängen. Ich will wissen, wie sich seine Lippen auf meinen anfühlen. Ich will mich mit dem ganzen Körper an ihn drücken und ihn küssen. Ich will einen scharfen, coolen, klugen festen Freund, nicht einen scharfen, coolen, klugen Kumpel.

Kaum liege ich im Bett, summt mein Telefon auf dem Nachttisch. Ich schnappe es mir und hoffe kurz, es sei Seth.

Es ist Claudia.

Wir haben heute Abend eine ABREIBUNG verpasst bekommen – 7:42 verloren ... aber wen interessierts – WIE WAR DEIN DATE?!?!?!?

Claudia wird stinksauer sein, wenn ich ihr nicht sofort antworte, das weiß ich, aber ich werfe das Telefon auf den Teppich und rutsche noch tiefer unter die Decke in der Hoffnung, dass ich schon schlafe, wenn Mom nach Hause kommt. Ich glaube, ich ertrage es nicht, wenn mich noch jemand fragt, wie der Abend gelaufen ist.

KAPITEL DREIZEHN

Claudia und ich liegen in ihrem Bett und sehen an die Decke. Ich habe wieder einmal von Samstag auf Sonntag bei ihr übernachtet, und jetzt hört sie mir zu, während ich zum zehnmillionsten Mal mein »Date« mit Seth durchhechele. Es ist schon ein paar Wochen her, dass ich in seinem Auto kusslos blieb, aber das hält mich nicht davon ab, den Abend immer wieder zu analysieren. Immerhin erträgt Claudia es geduldig. Ein Weilchen.

»Vielleicht war er nur eingeschüchtert von dir«, sagt sie jetzt, rekelt sich und gähnt.

»Das sagst du doch nur, damit ich mich nicht mies fühle, weil ich zurückgewiesen wurde.«

»Ach komm, Vivian.«

»Na ja, jetzt mal im Ernst. Ich habe ihm Signale gesendet. Ich habe ihn auf meine Lippen aufmerksam gemacht. Also was war das Problem?«

Claudia verdreht die Augen und gähnt wieder. Ein Summen unterbricht uns.

»Hey.« Sie stupst mich an. »Dein Telefon.«

Ich nehme mein Handy von Claudias Nachttisch. Es ist Mom.

»Hey, Mom.«

»Hey, Liebes«, sagt sie. Sie klingt irgendwie komisch. Gekünstelt.

»Ist alles in Ordnung?«

»O ja, alles in Ordnung.«

»Gut.« Ich sehe zu Claudia, die an ihren Nagelhäuten zupft.

»Warum ich anrufe ... tja, das ist mir ein bisschen unangenehm, aber ich weiß, ich kann ganz offen mit dir reden, Viv«, setzt meine Mutter an.

»Ja?«

»Na ja, also – John ist hier.«

Mehr muss nicht gesagt werden. Meine Mutter weiß, ich bin alt genug, um zu begreifen, dass John nicht einfach um neun Uhr morgens bei uns auf der Matte stand, um über alte Zeiten zu plaudern. Und ich weiß, dass sie das weiß. Die Vorstellung, dass meine Mutter und John Geschlechtsverkehr hatten, macht sich unaufhaltsam in meinem Kopf breit, und ich kneife die Augen zusammen.

»Äh, okay?«, sage ich matt. Was soll ich auch sonst sagen?

»Jedenfalls, wir machen uns gerade fertig, um einen Happen essen zu gehen, aber ich wusste nicht, wann du nach Hause kommst, und wollte nicht, dass du ... überrascht bist. Tut mir leid, Vivvy, als ich anrief, wusste ich nicht, ob du noch schläfst oder vielleicht schon auf dem Heimweg bist oder so.«

»Nein, schon gut«, sage ich. »Wir schlafen nicht mehr, wir sind wach. Dann bis später.«

Und danach mache ich etwas, was ich im ganzen Leben noch nicht getan habe. Ich lege auf, ohne Moms Antwort abzuwarten.

Als ich Claudia berichte, erschauert sie, wie es sich gehört, bei der Vorstellung, dass meine Mutter und John *es tun*. »Das ist einfach voll eklig«, sage ich. »Und ich finde, sie könnte jemand viel Besseres finden.«

»Ist dieser Typ denn so schlimm?«, fragt Claudia.

Ich will meine Einschätzung Claudia gegenüber nicht verteidigen müssen. Sie sollte automatisch auf meiner Seite sein. Also seufze ich nur theatralisch und verkünde: »Ich möchte nicht darüber reden.«

»Okay«, sagt sie leise. »Sorry.«

»Nein, schon gut.« Ich mache ein übertrieben trauriges Gesicht, damit sie auch kapiert, dass es überhaupt nicht gut ist. »Tut mir leid, ich wollte dich nicht anfahren.«

»Nein, kein Ding.« Dann wirft sie die Bettdecke zurück und springt aus dem Bett, das Signal, dass diese Unterhaltung beendet ist. »Aber ich habe Hunger. Lass uns Pfannkuchen machen, ja?«

»Habt ihr Schokostückchen?«, frage ich und verfalle sofort in unsere vertraute Routine.

»Logo«, sagt Claudia.

Ich frühstücke bei Claudia, trödele noch ein bisschen herum und schleiche dann im Schneckentempo nach Hause. Als ich dort ankomme, ist von John nichts mehr zu sehen. Mom liest im Wohnzimmer.

»Hey«, sagt sie, als ich hereinkomme. Ein bisschen zu bemüht.

»Hey«, antworte ich und schlendere zum Kühlschrank, obwohl ich gerade erst gegessen habe.

»Viv, können wir reden?«

Diese einfache Frage irritiert mich. Meine Mutter und ich haben immer miteinander geredet, ohne dass eine von uns zuerst »Können wir reden?« gesagt hätte. Wir reden einfach. Da gibt es nie einen Prolog.

»Was gibt's?«, frage ich, schließe den Kühlschrank und lehne mich dagegen.

»Na, komm her. Du bist zu weit weg.« Sie klopft neben sich auf die Couch.

Ich gebe nach, setze mich zu ihr und versuche, das Bild von

ihr mit John, das sich immer wieder bedrohlich vor mein geistiges Auge schiebt, zu ignorieren.

»Viv, das heute Morgen tut mir leid«, sagt sie leise. »Ich hätte dich damit nicht so überfallen dürfen. Es ist bloß ... die Situation war ... unerwartet.« Sie will mich am Arm berühren, aber ich zucke zurück.

»Schon gut, Mom«, sage ich. »Alles in Ordnung.«

»Aber stimmt das auch?«, fragt sie sanft.

»Ich meine ... es ist ...« Ich zögere. *Was soll ich dazu sagen? Wie widerlich? Was siehst du in ihm? Wie konntest du es bei uns zu Hause tun?* Aber sie sieht mich so aufrichtig besorgt an – da kann ich mich nicht wie eine Zicke aufführen und Mom unglücklich machen. »Es ist komisch, ein bisschen. Aber wenn er dich glücklich macht ...«

»Er ist ein wirklich netter Mann, Viv«, sagt Mom. »Ich wünschte, du würdest ihm eine Chance geben.«

Ich kann nett sein, aber ich kann nicht ihre BFF sein, die wegen John ganz aus dem Häuschen gerät. »Ich gebe ihm ja eine Chance«, sage ich.

»Wirklich?« Ihre Stimme klingt hoffnungsvoll, aber ihr Blick sieht skeptisch aus.

»Ja«, sage ich. »Aber jetzt ich bin hundemüde, weil Claudia und ich zu lange auf waren – ich lege mich noch mal hin, okay?«

Mom nickt, aber sie lächelt nicht. Rutscht bloß ein Stück zur Seite, als ich aufstehe und in mein Zimmer gehe.

»Hey«, sagt sie, als ich an meiner Zimmertür bin, »wir haben gar nicht über diesen Seth gesprochen. Er war doch vor ein paar Wochen hier, aber ich habe ihn nie wiedergesehen.«

O Gott, jetzt? Im Ernst?

»Wir sind nur Freunde, Mom«, sage ich und lege die Hand auf den Türknauf. »Keine große Sache.«

Mom reißt die Augen auf. Ich weiß, meine Stimme klang unnötig schroff, aber das ist mir egal. Sie sagt nichts weiter. Ich werfe mich aufs Bett, versuche, ihren verletzten Blick auszublenden, und hole mein Handy hervor.

Ohne mich bewusst dafür zu entscheiden, schreibe ich Lucy.

Ich hab so beschissene Laune.

Sie antwortet sofort.

Warum?

Mom hat ihren Freund gestern hier übernachten lassen – ich war nicht hier oder so ... aber sie hat mir davon erzählt und das ist einfach ekelhaft.

Ist das dieser superkonservative Typ, von dem du beim Mittagessen erzählt hast? Der deiner Mutter empfohlen hat, was sie lesen soll?

Ja.

Kraaassss.

Jaaaa.

Ich lächele und schreibe weiter.

Und dann hat sie mich auch noch nach Seth gefragt ... also zwei Wochen nach unserem »Date« oder was das war ...

Mist ... Messerstich ins Herz.

Aber echt.

Tut mir leid, dass nichts daraus geworden ist ...

Ich kicke die Schuhe von den Füßen, mache es mir bequem und stelle mich auf einen hübschen langen Chat mit Lucy ein.

Ich meine ... er hat sich mir gegenüber jetzt nicht wie ein Arsch verhalten oder so ... seit wir das eine Mal abgehangen haben, sagt er auf dem Flur Hi, und manchmal reden wir in Englisch über Musik ...

Pft. Schwacher Trost.

Aber echt. Ich wollte doch keinen Kumpel ... ich wollte mehr.

Gegen den verdammten Ruf des Herzens kommt man nicht an.

Fast denke ich, es wäre besser, wenn er mich von Anfang an ignoriert hätte ...

Wir schreiben noch ein Weilchen über Seth, und dann schreibt Lucy: *Ich kann dich aufheitern ... Ich habe ein Geheimnis.*

Meine Augenbrauen schießen in die Höhe.

Was??? Geht es um einen Jungen?

Quatsch. Nein. In East Rockport ist mir noch kein Typ aufgefallen ... aber es ist ziemlich der Hammer.

Zum ersten Mal heute Morgen ist mein Lächeln aufrichtig.

WAS IST ES?

WARTE BIS MORGEN, DANN WIRST DU ES SEHEN.

Ich versuche noch ein paar Minuten lang, es aus ihr herauszukitzeln, aber Lucy bleibt standhaft und schreibt irgendwann, sie müsse Schluss machen. Nach der letzten Nachricht werfe ich das Telefon zur Seite und grinse die Decke an. Zum ersten Mal seit Ewigkeiten freue ich mich auf Montag.

Als der Montag endlich da ist, bringt er Kälte und Nässe mit. Noch immer grübele ich, was Lucys Geheimnis sein könnte, und zähle zugleich die Tage bis zu den Weihnachtsferien. Da entdecke ich es. Es klebt an einem der Seiteneingänge des Schulgebäudes.

Ich lese es einmal. Dann lese ich es noch einmal. Zuerst bin ich verwirrt – flüchtig frage ich mich, ob ich so was wie einen kurzzeitigen Gedächtnisverlust hatte und irgendwie in Trance ein *Moxie*-Flugblatt gebastelt und aufgehängt habe –, aber als ich es mir genauer ansehe und es mir mehrfach durchlese, jubele ich innerlich.

MOXIE-KUCHEN-BASAR
Diesen Freitag in der Cafeteria! Bringt Geld und Appetit mit!
Gebäckspenden willkommen!
Der Erlös kommt der Mädchenfußballmannschaft zugute!

Denn ich bin mir ziemlich sicher, dass ich weiß, was los ist.

Drinnen entdecke ich noch mehr Flugblätter an Spinden oder mit bunten Reißzwecken an schwarze Bretter geheftet. Als ich zu meinem Spind komme, klebt eines an der Tür.

Da summt mein Handy.

Ich sehe aufs Display. Es ist eine Nachricht von Lucy.

Okay, eigentlich wollte ich bis Englisch warten, aber was hältst du von den Flugblättern?!

Meine Finger zucken schon über der Tastatur, aber dann bin ich so vorausschauend, zuerst die Gelegenheit zu nutzen, um weiter von mir selbst abzulenken.

MOMENT – DU hast Moxie ins Leben gerufen?!?!?

Grinsend drücke ich auf Senden.

Nein! Ich weiß immer noch nicht, wer die Newsletter gemacht hat ... aber ich dachte, die haben bestimmt nichts dagegen, wenn ich mitmache ... also irgendwie die Marke übernehme, oder?

Schüler drängen unterwegs zur ersten Stunde an mir vorbei. Schuhe quietschen auf nassen Fliesen, und Leute brüllen von einem Flurende zum anderen, fragen nach den Lösungen ihrer Hausaufgaben oder verabreden sich für nach der Stunde. Während ich da stehe und Lucys Nachricht betrachte, wird mir klar, dass Moxie nicht mehr mir gehört. Es gehört jetzt jedem Mädchen an der East Rockport High, das mitmachen will. Ich antworte Lucy.

Ich finds voll gut, und die Leute, die mit Moxie angefangen haben, bestimmt auch.

Aber falls Lucy mit ihrer Kuchenbasaridee zugunsten der Mädchenfußballmannschaft anonym bleiben will, packt sie es völlig falsch an. In Englisch erzählt sie mir, dass sie das Flugblatt gestern Abend zu Hause gebastelt hat und dann früher zur

Schule kam, um es in der Bibliothek zu kopieren, aber sie flüstert so laut, dass sie genauso gut normal reden könnte, und ich bin mir ziemlich sicher, dass die Leute in ihrer Nähe sie hören. Und als beim Mittagessen in der Cafeteria die Rede auf das Flugblatt kommt, plappert sie weiter drauflos.

»Okay, also, Viv weiß es schon, aber ... das war ich!« Sie quiekt ein bisschen und schlägt die Hände vors Gesicht, dann späht sie zwischen den Fingern hindurch. »Ich habs wirklich getan.«

»Warte mal«, sagt Sara und reißt die Augen auf, »du meinst, du hast die Newsletter gemacht? Und die Bademantelaktion organisiert?«

»Nein, ich schwöre, das war ich nicht«, beteuert Lucy. »Aber ich wollte einfach, ich weiß auch nicht, mich irgendwie an diese Moxie-Stimmung dranhängen.«

Claudia trinkt ihre Cola light und mustert Lucy, als wüsste sie nicht, ob sie ihr glauben soll. Aber sie sagt nichts.

»Und warum die Fußballmannschaft?«, fragt Meg. »Du bist doch gar nicht in der Mannschaft.«

»Nein, aber sie sollen doch so gut sein, oder? Und sie bekommen irgendwie null Aufmerksamkeit. Soweit ich gehört habe, fallen ihre Trikots praktisch auseinander.«

Ich nicke. »Kiera Daniels hat mir erzählt, dass sie noch dieselben Trikots tragen wie ihre Mutter in den 90ern.«

»Das kann nicht sein«, wendet Kaitlyn ein.

»Na ja, vielleicht nicht genau dieselben Trikots, aber sie sind wirklich alt«, fahre ich fort. »Und wir tun überhaupt nichts für sie, obwohl sie so toll sind. Marisela Perez ist letztes Jahr in die texanische Auswahl gekommen, und das weiß ich nur deshalb, weil Mom eine winzige Meldung in der Zeitung entdeckt hatte.«

»Das ist echt absurd«, stimmt Sara zu.

Claudia zuckt die Achseln. »Ich will ja hier nicht die Spielverderberin geben oder so, aber wie viel Geld kann bei einem einzelnen Kuchenbasar schon zusammenkommen?« Sie schüttelt ihre Coladose, als wollte sie herausfinden, wie viel noch drin ist. Einen Moment lang schweigen wir betreten. Lucys überschwängliche Begeisterung verebbt ein bisschen.

»Na ja, ich dachte, wir könnten immer wieder Geld für sie sammeln«, sagt sie, ohne Claudia anzusehen. »Wir würden nicht nur einen Kuchenbasar veranstalten. Ich meine, wir könnten sie die ganze Saison über unterstützen. So ähnlich wie es die Mädchen bei den Pep Rallys und die Cheerleader für das Footballteam machen.«

Claudia nickt, wirkt aber nicht richtig überzeugt. Doch als ich schon kurz davorstehe, richtig sauer auf sie zu werden, sagt sie: »Na ja, ich kann Lemon Bars machen. Die sind richtig lecker. Viv kennt sie.«

Ich nicke enthusiastisch. »Die sind lecker. Megalecker. Wir könnten mindestens fünfzig Cent pro Stück nehmen. Vielleicht sogar einen Dollar.« O Mann, ich klinge ja, als würde ich regelrecht ausflippen wegen dieser blöden Lemon Bars.

»Okay, jetzt übertreibs nicht, Viv«, sagt Claudia und sieht mich an. Aber sie lächelt.

Am Donnerstag suche ich gleich nach der Schule das Rezept für Meemaws Magic Squares heraus, einen Blechkuchen aus Kekskrümeln, Kokosflocken, Schokostückchen, Nüssen und Kondensmilch, der in Quadrate geschnitten wird. Ich tue mich schwer mit dem Entziffern ihrer schrägen altmodischen Schreibschrift und rufe sie an, um sie zu fragen, wie viel Butter ich brauche. Meemaw schreit mir vor Begeisterung praktisch ins Ohr.

»Wie ganz und gar damenhaft von dir, Vivvy! Deine Mutter hat nie gern gebacken, weißt du?« Meemaw mag die Königin der Tiefkühlkost sein, aber man gebe der Frau ein Kuchenrezept, und sie wird etwas so Leckeres daraus machen, dass man dafür jemanden erschlagen möchte.

»Na ja, es ist für einen Kuchenbasar in der Schule«, erzähle ich ihr. »Zugunsten der Mädchenfußballmannschaft.«

Meemaw zögert. »Ach so. Na, das ist aber ... nett. Ich wusste gar nicht, dass es eine Mädchenfußballmannschaft gibt.«

»Sie wären letztes Jahr fast texanischer Meister geworden«, sage ich. Irgendwie macht es Spaß, Meemaw zu verblüffen.

»Wie schön«, sagt sie. »Willst du später zum Essen kommen? Oder soll ich zu dir kommen und dir beim Backen helfen?«

»Schon gut, Meemaw«, sage ich, reiße eine Tüte Schokostückchen auf und stecke mir ein paar in den Mund. »Aber danke.«

Als Mom später von der Arbeit nach Hause kommt, kühlen die Magic Squares schon auf der Arbeitsfläche ab. Sie riechen ziemlich köstlich, wenn ich das sagen darf. Meine Mutter jubelt leise und läuft hin, um sich eines zu schnappen.

»Aber nur eins!«, schreie ich von der Couch aus, wo ich meine Hausaufgaben mache, und schrecke Joan Jett auf, die in den Flur flüchtet. »Die sind für einen Kuchenbasar in der Schule.«

Mom beißt schon hinein und lässt sich dann auf die Couch sinken, als würde sie gleich ohnmächtig, weil meine Magic Squares so lecker sind.

»Köööööstlich, Vivvy. Ehrlich.«

Ich lächele. Seit dem peinlichen Gespräch an dem Morgen, nachdem John hier übernachtet hat, schleichen wir umeinander herum wie Eltern um ein schlafendes Baby. Aber jetzt gerade fühlt es sich wieder an wie in alten Zeiten.

»Wofür ist der Kuchenbasar?«, fragt sie. Als ich ihr von der Mädchenfußballmannschaft erzähle und dass niemand sie unterstützt, leuchtet Moms Gesicht auf.

»Das ist eine richtig gute Idee, Viv«, sagt sie, beugt sich zu mir und streicht mir eine Strähne aus dem Gesicht. »Hast du dir das überlegt?«

Nicht direkt, aber in gewisser Weise schon, wenn man es recht bedenkt.

»Nein, meine Freundin Lucy.«

»Ich finde es toll, dass ihr das macht.«

Zuerst ist mir Moms Kompliment ein bisschen unangenehm, aber dann schlüpfe ich unter ihren Arm und kuschele mich an sie wie damals, als ich noch klein war. Sie küsst mich auf den Scheitel.

»Tut mir leid, dass ich nach Streptokokkenangina rieche«, sagt sie.

»Nur nach Desinfektionsmittel«, beruhige ich sie.

»John sagt, diesen Geruch wird man einfach nicht los, selbst wenn man hinterher zu Hause zweimal duscht.«

Ich will jetzt nicht über John reden. Und ich will *wirklich* nicht an John unter der Dusche denken. Mom streicht mir die Haare aus der Stirn. Ich versuche, mich darauf zu konzentrieren, wie kuschelig das ist, aber mit einem Mal habe ich das Gefühl, unter Moms Arm keine Luft zu bekommen.

»Weißt du, ich glaube, ich gehe schlafen«, sage ich und tue so, als müsste ich gähnen. »Das Backen hat mich völlig fertiggemacht.«

Mom lacht und merkt nicht, dass es plötzlich wieder komisch ist zwischen uns.

»Okay«, sagt sie und lässt mich los. »Und ich finde wirklich, dass euer Kuchenbasar eine coole Aktion ist.« Sie lächelt und ich lächele zurück, aber die alten Zeiten haben sich verflüchtigt.

Ich putze mir die Zähne und mache mich bettfertig.

Lucy hat die ganze Woche über weitere Moxie-Kuchenbasar-Flugblätter aufgehängt, und ich habe auch geholfen. Ich glaube, Sara hat ebenfalls ein paar aufgehängt. Aber ich weiß noch immer nicht, wie viele Mädchen Kuchen mitbringen werden. Lucy und ich sorgen dafür, dass wir gleich zu Beginn der Mittagspause in der Cafeteria sind, um uns den Tisch in der Ecke zu sichern, der oft für solche Aktionen benutzt wird.

»Ich habe sogar dieses blöde Formular für Schülerspendensammlungen im Sekretariat ausgefüllt, ist also alles ganz offiziell«, erzählt Lucy.

»Was?«, frage ich und nehme die Aluminiumfolie von meinen Magic Squares ab. »Hast du da eingetragen, dass Moxie ein Club ist?«

»Klar.« Lucy zuckt die Achseln. »Na ja, ich meine, ich habe einfach meinen Namen eingetragen, weil man nur eine Person als Vertreterin des Clubs braucht. Aber glaubst du etwa, Direktor Wilson oder sonst jemand in der Schulverwaltung hätte den Newsletter auch nur bemerkt oder die Bademantelaktion damit in Verbindung gebracht? Ich bitte dich.«

»Mag sein«, sage ich und bekomme ein bisschen Nervenflattern. Es macht mir Sorgen, dass Moxie jetzt irgendwie offiziell ist – und sei es auch nur in einem Antragsformular für eine Spendensammlung, das im Sekretariat archiviert wird. Aber daran kann ich jetzt nichts ändern.

Wenigstens um unseren Kuchenbasar brauche ich mir keine Sorgen zu machen. Claudia bringt ihre Lemon Bars mit, Sara

Banana Bread und eine Menge Mädchen aus der Fußballmannschaft tauchen mit Tellern voller Cookies und Brownies auf. Dann eröffnen wir den Basar. Lucy grinst bei jedem Verkauf und schiebt die Dollarscheine und Münzen in einen Briefumschlag.

Nach der Hälfte der Mittagspause kommt Kiera Daniels mit ihrer Freundin Amaya zu uns an den Tisch.

»Hey«, sagt Kiera. Beide Mädchen begutachten das Angebot.

»Hey, Kiera«, sage ich. »Hey, Amaya.«

Kiera möchte zwei Lemon Bars. Sie bezahlt mit einem Fünfdollarschein, und Lucy gibt ihr heraus, während ich die Schnitten auf eine rosa Papierserviette lege.

»Also wartet mal«, sagt Kiera, »seid ihr die Mädchen, die diesen Newsletter gemacht haben? Mit den Bademänteln und den Herzchen und Sternchen?« Verwirrt mustert sie mich. Wahrscheinlich denkt sie an unsere Unterhaltung auf der Toilette an dem Tag, an dem wir uns die Hände angemalt hatten. Als ich so tat, als wüsste ich nichts darüber.

»Nein«, antworte ich, vielleicht zu hastig. »Das waren wir nicht. Aber Lucy kam auf die Idee, diesen Kuchenbasar zu veranstalten, und hat eben einfach, irgendwie, den Namen übernommen.«

Amaya nimmt Kiera die Serviette aus der Hand, beißt von einem Lemon Bar ab und lächelt. »Die sind total lecker«, sagt sie mit vollem Mund. Puderzucker rieselt an ihrem Kinn herab. Kiera sieht Amaya an und verdreht die Augen. »Du kannst nicht mal warten, bis wir wieder an unserem Tisch sitzen, was?«

Amaya wirft Kiera nur einen scharfen Blick zu, aber Lucy schnaubt über Kieras Bemerkung.

»Habt ihr vor, noch einen zu machen?«, fragt Kiera. »Ich meine, noch einen Kuchenbasar?«

»Ja, ich denke schon«, sage ich. »Ich meine, ihr braucht ja wohl neue Trikots, oder?«

Amaya nickt energisch, den Mund noch immer voller Kuchen. Kiera nickt ebenfalls. Sie öffnet den Mund, klappt ihn wieder zu und setzt noch einmal an. »Ich frage mich irgendwie, ob dieser Club ... also ... ob er wohl offen für neue Mitglieder ist.«

»Sie meint, ist der nur für weiße Mädchen?«, erklärt Amaya und isst ihren Lemon Bar auf.

Mir ist sofort unbehaglich zumute, und ich weiß nicht, was ich antworten soll, aber Lucy sagt, ohne mit der Wimper zu zucken: »Also, mein Vater ist Mexikaner, falls dir das weiterhilft.«

Kiera grinst.

»Ich finde, jede sollte das machen können«, sage ich. »Ich meine, das ist für alle. Ich kann mir nicht vorstellen, dass diejenigen, die mit den Moxie-Aktionen angefangen haben, irgendeine Anführerin wollen. Wenn jemand noch einen Kuchenbasar veranstalten will oder was Ähnliches, dann kann sie es ... einfach tun.«

»Unter dem Namen Moxie?«, fragt Kiera und zieht eine Augenbraue hoch.

»Klar, wieso nicht?«, gibt Lucy zurück. Ein paar Neuntklässler versammeln sich um unseren Tisch, um zu kaufen, was von meinen Magic Squares noch übrig ist, und Lucy kümmert sich um sie.

»Tja, das ist cool«, sagt Kiera. »Okay.«

»Okay«, sage ich.

Kiera winkt kurz, und sie und Amaya gehen zurück an ihren Tisch.

Als die Jungen aus der Neunten wieder gehen, flüstere ich Lucy zu: »Das war irgendwie peinlich.«

»Peinlich ist bloß, wie verkorkst diese Schule in Sachen Hautfarbe wie auch in allem anderen ist«, entgegnet sie, befingert die Scheine und Münzen im Geldumschlag und überschlägt, wie viel wir zusammen bekommen haben. »Ich meine, sieh dir diese Cafeteria an.« Sie deutet auf die Tische vor uns. Die Latina-Mädchen, die hauptsächlich Spanisch sprechen, kleben zusammen und haben nicht viel mit Latina-Mädchen wie Claudia und Lucy zu tun, die hauptsächlich Englisch sprechen. Die schwarzen Mädchen haben wiederum ihre eigenen Cliquen, bei denen ich nicht ganz durchsteige. Und die wenigen Leute mit asiatischer oder gemischter Herkunft und diejenigen, die in keine Schublade passen, außer sie treiben irgendeinen Sport oder so, hängen einfach mit jedem rum, der sich mit ihnen abgibt. Das ist schon alles ziemlich verkorkst.

»An meiner alten Schule haben die Lehrer Rassismus wenigstens manchmal im Unterricht angesprochen«, fährt Lucy fort.

Ich bin froh, dass Claudia nicht in der Nähe ist und nicht mitbekommt, dass Lucy uns wieder einmal erzählt, wie fortschrittlich das Leben in der Großstadt ist.

Zum ersten Mal macht Lucy auch mich ein bisschen gereizt. An der East Rockport High sprechen wir kaum jemals über Rassismus. Hey, wir sprechen ja selbst zu Hause kaum darüber. An dem Abend, an dem wir diese Doku über Kathleen Hanna ansahen, erzählte Mom mir, die Riot-Grrrl-Bewegung habe hauptsächlich aus weißen Frauen bestanden und sie bedauere, dass sie nicht offener für andere Frauen gewesen seien. Das sei einer der wenigen Punkte, die sie an der ganzen Sache bereue. Aber mehr sagte sie dazu nicht. Die East Rockport High besteht jedenfalls nicht nur aus weißen Mädchen. Ich sehe hinüber zu Kiera und Amaya und denke unwillkürlich, dass Moxie in dieser einen Hinsicht sogar noch besser als die Riot Grrrls sein könnte. Und stärker.

Als es zum Ende der Mittagspause klingelt, helfe ich Lucy, die Abfälle vom Basar wegzuwerfen.

»Wir haben über hundert Dollar eingenommen«, erzählt sie mir.

Ich runzele die Stirn. »Mehr nicht? Das reicht doch gerade mal für ein Trikot oder so.«

»Okay, Miss Negativ«, sagt Lucy. »Irgendwo muss man ja anfangen.«

»Ja, stimmt«, antworte ich, und meine Gereiztheit verfliegt ein bisschen. »Du hast recht.«

Lucy wirkt ihrer selbst so sicher. So selbstbewusst. In diesem Augenblick kann ich mir wirklich fast einreden, dass sie es war, die sich Moxie ausgedacht hat, nicht ich.

KAPITEL VIERZEHN

Die wenigen Wochen zwischen Thanksgiving und den Weihnachtsferien sind einfach, ich weiß auch nicht, ein Paradebeispiel für Sinnlosigkeit. Niemand will in der Schule sein, nicht mal die Lehrer. Es ist ein dreiwöchiger Countdown bis zu einer köstlichen, glückseligen Pause, in der wir ausschlafen, stumpf fernsehen und Arbeitsblätter, Grammatikübungen und Chemielabore vergessen können.

Für uns Mädchen stellen die Weihnachtsferien außerdem eine Atempause im allgemeinen Schubs-und-grapsch-Terror dar.

Das Ganze ging kurz nach dem langen Thanksgiving-Wochenende los. Genau wie bei »Mach mir ein Sandwich« fing die Sache klein an. Zuerst taten es nur ein paar Jungs – solche wie Mitchell, Jason und ihre Kumpel –, aber dann griff es um sich wie ein Lauffeuer, und mittlerweile kommt einem ein Gang über den Flur vor, als müsste man ein Minenfeld überwinden, so viele Jungen machen dabei mit.

Der Schubs-und-grapsch-Terror ist genau das, wonach es klingt. Ein Junge schubst einen auf dem Korridor. Vielleicht fast sanft mit der Hüfte. Vielleicht auch kräftiger, als machte es ihm ein bisschen zu viel Spaß.

Wenn man dann stolpert, wird gegrapscht. Manchmal wird man in die Taille gekniffen. Manchmal in den Po. Und so schnell, wie es losgeht, ist es auch wieder vorbei, und der Junge ist längst am anderen Ende des Flurs und kräht vielleicht noch, es täte ihm leid. Oder er lacht schallend. Das Ganze bringt einen wirklich in Weihnachtsstimmung.

Ha, ha, ha.

Als ich heute Morgen zum Englischunterricht gehe, passiert es mir. Ich erkenne nicht mal, wer es ist, so schnell ist er, aber seine Finger schaffen es gerade so eben unter mein T-Shirt und berühren mich kalt und rau an der Taille.

Ich möchte laut brüllen, ihm hinterherjagen, kreischen. Aber ich bin vor Schreck wie erstarrt und bleibe wie angewurzelt stehen, sodass ein paar Leute hinter mir nörgeln, ich würde den Flur blockieren.

Mit brennenden Wangen gehe ich schließlich in den Klassenraum. Da es nur noch wenige Tage bis zu den Ferien sind, hat Mr Davies beschlossen, eine Verfilmung von *Romeo und Julia* zu zeigen (obwohl wir das Stück gar nicht gelesen haben), und ich lasse mich auf meinen Platz fallen, froh, dass es kühl und dunkel im Klassenraum ist. Lucy lehnt sich zu mir nach hinten.

»Alles okay? Du bist ganz rot im Gesicht.«

Mr Davies sitzt vor der Klasse und wirkt erfreulich weggetreten, daher beuge ich mich zu Lucy vor und erzähle ihr ganz leise, was passiert ist. Sie hört zu, runzelt die Stirn und murmelt dann: »Arschloch!«, ein bisschen zu laut. Ein paar Leute in der Nähe lachen.

»Pst ...«, mache ich. Doch zugleich möchte auch ich ganz laut *Arschloch!* brüllen.

»Ich kapiers nicht«, sinniert Lucy. »Soll das so eine Art Spiel sein?«

Die schmalzige Filmmusik dröhnt durch den Raum. Mehrere

Leute um uns herum nicken langsam ein, und Mr Davies' Kinn ruht auf seiner Brust. In ein paar Minuten schnarcht er wahrscheinlich hörbar. Ich nehme das als Erlaubnis zum Schwatzen und erkläre Lucy, dass der Schubs-und-grapsch-Terror eines der vielen Spielchen ist, die die Jungs an der East Rockport High so gern treiben.

»Letztes Jahr hatten sie diese Masche, wo sie versuchten, Mädchen unterm Rock zu fotografieren, und die Fotos dann online stellten«, erzähle ich. »Und dazu gab es sogar ein Punktesystem.«

Lucy tut so, als bräche sie ohnmächtig über dem Tisch zusammen. Dann setzt sie sich wieder auf.

»Wenn nur schon Freitag wäre. Ich brauche echt eine Pause von diesem Retroalbtraum.«

»Ich auch.«

»Vielleicht unternehmen ja die Mädchen vom *Moxie*-Newsletter was dagegen.«

»Aber was?«, frage ich und merke, dass ich für Vorschläge offen bin.

»Dazu aufrufen, ihnen das Knie in die Eier zu rammen«, sagt Lucy kategorisch. »Sie könnten es das Knie-in-die-Klöten-Spiel nennen.«

Ich grinse zurück und stelle es mir bildlich vor. Mitchell Wilson würde es so schlimm erwischen, dass er keine Kinder zeugen könnte. Also, das wäre mal ein Gewinn für die Evolution des Menschen.

Nach weiteren vierzig Minuten *Romeo und Julia* klingelt es. Als wir den Klassenraum verlassen, tippt mir jemand auf die Schulter. Ich fürchte, ich bin ein bisschen schreckhaft nach meinem Schubs-und-grapsch-Erlebnis eben, denn ich fahre mit wütender Miene herum.

Es ist Seth. Er blinzelt ein bisschen im hellen Licht auf dem Flur.

»Hey«, sagt er und weicht zurück. »Tut mir leid, wenn ich dich erschreckt habe.«

»Oh«, sage ich und senke verlegen den Blick. »Mir tuts leid. Ich dachte, du wärst ... ich weiß auch nicht.«

»Alles gut.«

Lucy winkt und wirft mir einen vielsagenden Blick zu, bevor sie zwischen den Leuten auf dem Korridor verschwindet, und ich stelle fest, dass ich neben Seth gehe und mein Herz doppelt so schnell wie sonst schlägt. Einmal werden wir gegeneinandergedrängt, Schulter an Schulter, aber er lässt sich nicht zurückfallen oder geht einen Schritt vor. Seine Schulter ist warm. Robust. Ich wusste gar nicht, dass Schultern so sexy sein können.

»Ich hab mir das Album angehört, von dem du erzählt hattest«, sagt er.

»Hat es dir gefallen?«

»Unbedingt. Besonders die Leadgitarristin.«

»Ja, die ist toll.«

»Fährst du in den Ferien weg?«, fragt er.

»Nein, ich bleib hier. Hänge mit meinen Großeltern ab.«

»Und cruist das Sonic?«, fragt er.

»Und das Bestattungsinstitut natürlich«, antworte ich, ohne mit der Wimper zu zucken, und freue mich über meine Schlagfertigkeit.

»Sehr witzig«, sagt Seth, und wir sehen uns in die Augen und grinsen. Seth ist kaum größer als ich, aber irgendwie gefällt es mir, dass ich nicht wie ein kleines Mädchen zu ihm hochsehen muss.

Wir kommen zu meinem Spind, und ich sage ihm, dass ich eben mein Mittagessen da rausholen muss, aber er geht nicht weiter, sondern lehnt sich mit einer seiner unglaublich schönen Schultern an den Spind neben meinem. Ich fummele am Zahlenschloss herum und bekomme den Spind erst beim zweiten Versuch auf.

»Also ... wie wärs mit, also, in den Ferien?«, höre ich Seth fragen, während ich nach meinem Mittagessen suche. »Was hältst du davon, wenn ich dich zum Essen einlade? Also, ein echtes Date? Bei dem wir, zum Beispiel, zusammen richtig gut essen gehen oder so. Nicht bloß ins Drive-thru.«

Das Blut rauscht in meinen Ohren. Ich umklammere die braune Papiertüte mit meinem Essen, als wäre sie das Einzige, was mich aufrecht hält. Es gelingt mir, mich umzudrehen und Seth in die Augen zu sehen, aber sobald ich das tue, blickt er kurz an mir vorbei und dann wieder kurz zu mir und dann auf seine Schuhe.

»Ähm, also ... okay?«, sage ich. »Das wäre irgendwie ... cool.«

»Cool«, sagt Seth, sieht mich an und lächelt.

Ich umklammere noch immer mein verdammtes Essen und versuche, mich wieder zu fassen.

»Ich schreibe dir. Oder ich rufe an. Okay?«

»Okay«, sage ich.

»Okay«, sagt er.

Als ich mich gerade frage, ob ich auch noch einmal »okay« sagen sollte, grinst Seth und geht davon. Mir ist schwindelig, und zugleich fühle ich mich leicht benommen und bin sicher, dass ich gleich ohnmächtig werde. Ich schließe den Spind und sehe mich nach Claudia oder Lucy um.

Schubs.

Ich schnappe nach Luft, dann stockt mir der Atem. Der Schubs kam von hinten, und als ich gerade versuche, das

Gleichgewicht zurückzuerlangen, spüre ich eine Hand auf meinem Rücken. *Klatsch*. Mein BH-Träger schnappt schmerzhaft zurück auf meine Haut.

»Was …«, setze ich an und erhasche einen Blick auf – da bin ich mir ziemlich sicher – Jason Garzas spitzen Hinterkopf mit dem Erbsenhirn, während er längst davonrennt.

»Sorry!«, brüllt er.

Ein stinkwütendes *Arschloch!!* bleibt mir in der Kehle stecken, und ich schaffe es nur noch, auf die nächste Toilette zu rennen. Aus dem Augenwinkel sehe ich ein paar Mädchen, die sich an den Waschbecken zurechtmachen. Ich schlüpfe mit gesenktem Blick in eine Kabine und schließe hinter mir ab. Vor Empörung über das, was Jason getan hat, könnte ich schreien. Außerdem möchte ich vielleicht auch weinen, aber es kommen keine Tränen. Da ist nur diese wilde, brodelnde Wut in mir. Das Glücksgefühl, das mich erfüllte, nachdem Seth mich gefragt hatte, ob ich mit ihm ausgehe, ist mir vergangen. Noch immer spüre ich Jasons Hand auf meinem Rücken. Noch immer spüre ich, wie der BH-Träger mir auf die Haut klatscht. Noch immer habe ich seine verlogene Entschuldigung im Ohr.

Die Stimmen der Mädchen an den Waschbecken klingen sorglos und ausgelassen. Sie plaudern über Weihnachten und die bevorstehenden Ferien. Ich will sicher sein, dass ich mich wieder unter Kontrolle habe, bevor ich die Kabine verlasse, drehe mich ein kleines Stückchen zur Seite und atme tief durch. Da entdecke ich den Spruch. Mit schwarzem Edding an die Wand geschrieben. Gleich über der Toilette.

MOXIE-GIRLS SCHLAGEN ZURÜCK!

Die Handschrift erkenne ich nicht. Keine Ahnung, wer das war. Ich jedenfalls nicht, und Lucy hätte es nicht für sich behalten können. Das bedeutet, irgendein anderes Mädchen –

ein Mädchen, das ich vielleicht nicht einmal kenne – hat diese Worte geschrieben.

MOXIE-GIRLS SCHLAGEN ZURÜCK!

Ich atme tief durch und lächele das Graffito an, als könnte es zurücklächeln.

Als ich abends vor dem Fernseher abhänge, summt mein Handy auf dem Couchtisch. Ich greife danach.

Hey – was machst du so?

Es ist Seth. Ich grinse.

Hey – nichts Besonderes, bloß fernsehen.

Ich beobachte die Sprechblase, die aufpoppt, und atme vor Vorfreude ein bisschen schneller.

Also, von wegen Ausgehen ... was hältst du von Freitag?

Ich reiße die Augen auf. Das ist der allererste Abend in den Ferien.

Ja, gerne.

Vielleicht zu diesem Mexikaner ... Los Tios? War da ein paarmal mit meinen Eltern, gleich nachdem wir hergezogen waren.

Ja, der ist ziemlich gut.

Ich beiße mir auf die Lippe. Joan Jett hüpft neben mich auf die Couch und bearbeitet mich mit den Tatzen, damit ich sie kraule. Zerstreut streichele ich sie mit einer Hand, während mein Blick am Telefon klebt.

Hör mal, wahrscheinlich hältst du mich für einen Arsch ...

»Häh?«, frage ich laut. Joan Jett schnurrt zustimmend. *Ähm ... nein ... sollte ich?*, schreibe ich zurück.

Es entsteht eine lange Pause, bis eine Nachricht auftaucht. Ich versuche, alles auf einmal zu erfassen, und muss mich bremsen, um sie gründlich zu lesen.

Also, weil … ich habe dich das eine Mal gefragt, ob du mit mir abhängst, und dann nie wieder … Ich war da in Austin mit diesem Mädchen zusammen und kam mir irgendwie mies vor, weil ich mit dir ausgegangen bin, obwohl ich die Sache mit ihr noch nicht richtig beendet hatte … was ich btw mittlerweile getan habe.

»Oh«, sage ich laut, als könnte Seth mich hören. Mein Verstand versucht fieberhaft, diese Information zu verarbeiten. Schon male ich mir aus, wie ich seine Nachricht Silbe für Silbe mit Claudia durchhechele, wenn ich sie nachher anrufe. Vielleicht auch mit Lucy. Ich atme tief durch und überlege, was ich antworten soll.

Ich fand nicht, dass du ein mieser Typ bist …

Seth antwortet postwendend.

Echt? Btw, ich fürchte, diese letzte Nachricht klingt, als wäre ich voll der Aufreißer … und das bin ich gar nicht.

Darüber muss ich lächeln. Ich antworte: *Nein, alles gut … Aber ich hab mich schon gefragt, was los war.*

Pause.

Muss ich es echt sagen?

Abrupt setze ich mich auf und schubse dabei versehentlich Joan Jett von der Couch. Genervt flitzt sie davon.

Was sagen?, schreibe ich zurück. Mein Herz setzt kurz aus.

Pause.

Immer noch Pause.

Dass ich finde, dass du ein ziemlich cooles Mädchen bist.

Ich blinzele. Das kann nicht mir passieren. Ich bin kein Mädchen, dem so etwas passiert.

Und trotzdem passiert es. Mir.

Ich finde dich auch ziemlich cool …, schreibe ich zurück und grinse so breit, dass mir die Wangen wehtun.

Ja?

Ja.

Dann ... Freitagabend?

Ja ... Freitagabend.

Okay ... cool ... gute Nacht, Vivian.

Nacht, Seth.

Als ich den Schlüssel meiner Mutter im Schloss höre, starre ich immer noch aufs Handy. Sie kommt herein, wirft die Handtasche auf die Küchentheke und öffnet den Kühlschrank, wo sie garantiert nach einer eiskalten Cola sucht.

»Hey, Vivvy«, sagt sie mit dem Rücken zu mir.

Ich glaube, ich atme, aber sicher bin ich mir da nicht. Zum Glück sieht Mom mich nicht an, sonst würde sie sich fragen, warum ich zur Salzsäule erstarrt bin.

»Hey, Mom«, bringe ich irgendwann hervor.

Ganz hinten im Kühlschrank findet sie eine Cola, dreht sich um und lächelt mich an.

»Wie war dein Tag?«, fragt sie.

Zwei Arschlöcher haben Schubs-und-grapsch mit mir gespielt, und ein Nicht-Arschloch findet, ich sei ein ziemlich cooles Mädchen. Man könnte also wohl sagen, es war ein Tag der Extreme.

»Ganz gut.«

»Das ist schön«, sagt Mom. Dann summt ihr Handy. Lächelnd sieht sie aufs Display, und da weiß ich, dass es John ist. Sie geht ran.

»Ich mache mich bettfertig«, flüstere ich ihr stumm zu, während sie schon das Handy ans Ohr drückt und sich meldet.

»Nacht, Liebes«, flüstert sie stumm zurück und gibt mir eine Gute-Nacht-Umarmung.

Als ich später unter die Decke schlüpfe, denke ich über Jungs nach. Hauptsächlich über Seth natürlich, aber auch über Jason Garza und Mitchell Wilson, und sogar über John. Manche Jungen kotzen mich an, manche ärgern mich, und einer sorgt gerade dafür, dass mein ganzer Körper wie elektrisiert ist, auf die bestmögliche Weise. Ich werfe mich noch eine Weile im Bett hin und her, und als ich endlich einschlafe, träume ich davon, dass ich mit John, meiner Mutter und Seth im Auto das Bestattungsinstitut cruise, bis Mom sagt, es sei Zeit für mein Date mit Seth, aber als wir bei Los Tios vor der Tür stehen, verwandelt Seth sich in Mitchell Wilson, und als ich den sehe, boxe ich ihn sofort ins Gesicht.

KAPITEL FÜNFZEHN

Ich möchte eine Million Dinge über Seth Acosta wissen, und während wir im dämmrigen Los Tios, in dem die Fenster mit weißen Lichterketten geschmückt sind, in einer Nische im hinteren Teil bei Tacos mit köstlichem scharfen Käsedip sitzen, entdecke ich immer wieder etwas Neues, wie lauter kleine Schätze.

Zum Beispiel ist er Linkshänder.

Zum Beispiel spricht sein Vater Spanisch und Deutsch.

Zum Beispiel heißt sein Hund Max, nach diesem alten Jazzschlagzeuger, den seine Mutter so mag: Max Roach.

Ich finde es beängstigend, ein richtiges Date mit Seth Acosta zu haben. Und zuerst bin ich natürlich ein bisschen nervös. Aber bald ist es so mühelos wie beim letzten Mal, als wir zusammen das Bestattungsinstitut cruisten und auf einem verlassenen Parkplatz Fast Food von Jack in the Box aßen.

Von dem Augenblick an, als wir uns setzen, führen wir eine dieser Unterhaltungen, bei denen man immer wieder sofort an das, was der andere gesagt hat, anknüpfen will.

»Und hast du ... gelesen?«

»Und hast du ... gehört?«

»Und hast du schon mal ... gesehen?«

Und manchmal stoßen unsere Knie unter dem Tisch zusammen. Und einmal berühren unsere Finger sich im Korb mit den Nachos.

Und die ganze Zeit frage ich mich, ob Seth mich am Ende dieses Abends küssen wird und hoffe/wünsche/bete, dass es passieren möge.

Bitte, lieber Gott, an den ich glauben will, bitte lass mich meinen ersten Kuss von Seth Acosta bekommen.

Als wir mit dem Essen fertig sind, ist es noch früh – nicht einmal neun Uhr.

»Was können wir sonst noch unternehmen?«, fragt Seth, als wir uns in sein Auto setzen und vom Parkplatz des Los Tios fahren.

»Es gibt eine Party bei einem Mädchen zu Hause. Aber ehrlich gesagt habe ich gar keine Lust auf Party.«

»Ich auch nicht«, sagt Seth. »Wie wäre es mit Strand? Zu kalt?«

»Ich hab meine Jacke dabei.«

Wir fahren zum öffentlichen Strand an der Bucht, gleich beim Holiday Inn und beim Museum für Schifffahrt, Fisch und Meeresfrüchte der Golfküste. Es klingt voll romantisch und toll, in Strandnähe zu leben, aber die Golfküste ist nicht gerade die erste Anlaufstelle für Mondscheinspaziergänge auf weißem Sand. Seth parkt den Wagen, und dann setzen wir uns auf einen angeranzten alten Picknicktisch am Rand des schmalen Sandstreifens und blicken hinaus auf das verdreckte texanische Meerwasser, in dem Seetanghaufen und ein paar leere Plastikflaschen dümpeln. Wenigstens sind wir allein hier.

»Irgendwie traurig, dass hier so viel Müll ist«, sagt Seth und blickt aufs Ufer.

»In der Sechsten waren wir einmal mit der ganzen Klasse hier, um im Rahmen eines gemeinnützigen Projekts den Strand zu säubern«, erzähle ich, ziehe die Knie an die Brust und unterdrücke einen Schauder. Es ist wirklich kalt. »Und meine Freundin Claudia fand ein Kondom, aber sie wusste nicht, was das war, also hat sie unseren Naturwissenschaftslehrer gefragt, und der war so verlegen, dass er die Aktion beendet hat und wir früher zurück in die Schule gingen.«

Seth lacht laut auf. Ich weiß nicht, ob es ein bisschen krass ist, Seth eine Geschichte über ein Kondom zu erzählen, aber irgendwie komme ich mir dabei mutig und witzig vor.

»Also, willst du aus East Rockport weg oder hierbleiben?«, fragt Seth. »Ich meine, nach der Schule?«

»Ehrlich gesagt, ich weiß es nicht«, antworte ich. »Ich meine, ich glaube schon, dass ich aufs College will. Macht man schließlich so, oder? Aber Mom kann sich wahrscheinlich nur die Studiengebühren an einer Uni in Texas leisten, insofern weiß ich nicht ... egal, wohin ich gehe, es wird bestimmt nicht weit weg sein. Was ist mit dir? Was möchtest du nach der Schule machen?«

Seth steckt sich eine schwarze Haarsträhne hinters Ohr und kratzt sich mit dem Daumen am Kinn, und das ist einfach so sexy.

»Ganz ehrlich? Ich habe keine Ahnung. Buchstäblich null.«

»O Gott, es tut so gut, das zu hören«, sage ich. »Ich meine ... ich bin sechzehn, oder? Woher soll ich das jetzt schon wissen?«

»Absolut«, stimmt Seth zu.

Wir schweigen eine Weile, und dann nehme ich meinen ganzen Mut zusammen, um ihm die Fragen zu stellen, die mir auf dem Herzen liegen, seit wir gechattet haben.

»Dieses Mädchen, mit dem du in Austin zusammen warst. War sie ... wütend? Weil du Schluss gemacht hast?«

Seth blickt auf seine Knie. »Ich glaube nicht. Ich meine, sie war schon sehr nett und alles, und wir kannten uns seit ... schon ewig, bevor wir letztes Frühjahr zusammenkamen. Es hat Spaß gemacht, mit ihr abzuhängen, aber es war eher so, als wären wir zusammen, weil wir dachten, das sollte so sein, glaube ich.«

»Oh«, sage ich. »Wie heißt sie?«

»Samantha«, antwortet Seth. »Sie war meine erste feste Freundin, könnte man wohl sagen.«

Ich nicke und überlege nicht zum ersten Mal, ob das bedeutet, dass er *es* getan hat, aber danach kann ich ihn schlecht fragen. Stattdessen sage ich nur, dass ich den Namen Samantha hübsch finde.

»Ja, er ist okay, aber nicht so cool wie Vivian«, antwortet Seth und stößt mich leicht an, irgendwie mit dem ganzen Körper, und ich grinse, blicke auf meinen Schoß und sage mir zum zehnten Mal an diesem Abend, dass das alles wirklich passiert und nicht Track Nummer sieben auf meinem mentalen Album mit dem Titel *Mein Fantasieboyfriend – Greatest Hits!* ist.

»Was ist mit dir?«, fragt Seth. »Du bist nicht mit jemandem zusammen?«

»Nö«, antworte ich und starre aufs schwarze Wasser. »War ich noch nie.«

Seth lehnt sich zurück, und seine Augenbrauen gehen in die Höhe. »Was? Aber du bist doch das Moxie-Girl!«

Ich werde rot. »Ja, schon, aber denk dran, du bist der Einzige, der davon weiß. Und außerdem ist das hier in der Gegend nicht unbedingt ein Pluspunkt. Die meisten Jungs auf der East Rockport High würden so jemanden nicht für eine brauchbare Freundin halten.«

Seth schüttelt den Kopf. »Zeigt nur, dass die Kerle hier in der Gegend Idioten sind.«

»Außerdem sind sie ekelhaft«, gebe ich zurück und erzähle ihm vom Schubs-und-grapsch-Terror.

»Das *ist* ekelhaft«, sagt er. »Aber es machen doch nicht alle Jungen mit, oder? Ich meine, ich habe ein paar Jungs gefunden, die nicht totale Arschlöcher sind. Zum Beispiel die Typen, die vor dem Unterricht auf dem Hof abhängen. Die unterhalten sich über obskure Baseballstatistiken, und ich kapiere nicht ein Wort von dem, was sie sagen, aber sie sind jedenfalls keine Schwachköpfe.«

»Kann schon sein, aber diese Jungs könnten an der East Rockport High genauso gut nicht existieren«, erwidere ich und mache mich ganz klein, als eine kühle Brise aufkommt. »Mitchell Wilson, Jason Garza, diese Kerle. Das sind die, die zählen. Die geben den Ton an.«

»Also hast du deshalb mit *Moxie* angefangen.«

»Ja«, sage ich. »Glaub schon. Es kam mir vor wie eine Möglichkeit, sich zu wehren, aber im Stillen. Die einzige Möglichkeit, die mir einfiel.«

»Na ja«, sagt Seth, »Hauptsache, du vergisst nicht, dass nicht alle Kerle wie Mitchell Wilson sind. Nicht alle Kerle sind Schwachköpfe.«

Ich nicke, aber ich bin gereizt und verziehe ein bisschen den Mund.

»Hey.« Seth stupst mich an. »Alles okay?«

Ich sehe ihn an. Er ist der Hammer, aber er ist kein Mädchen. Ich atme tief durch. »Ich weiß, dass nicht alle Kerle Schwachköpfe sind«, sage ich. »Aber die Sache ist die: Wenn man von so vielen widerlichen Kerlen umgeben ist, fällt es manchmal schwer, sich daran zu erinnern, verstehst du?«

Seth nickt bedächtig, als grübelte er über meine Worte nach. »Ja«, sagt er schließlich, »ich verstehe dich.«

»Aber du bist kein Schwachkopf«, entfährt es mir.

Er sieht mich an, grinst von einem Ohr zum anderen und

breitet die Arme aus. »Danke! Ich nehme die Ehrung, kein Schwachkopf zu sein, mit Freuden an.« Unvermittelt hüpft er vom Tisch und läuft ein paar Schritte auf den Strand. »Ladys und Gentlemen von East Rockport, ich nehme diese Kein-Schwachkopf-Auszeichnung im Namen aller Jungen da draußen an, die erkennen, wie ekelhaft der Schubs-und-grapsch-Terror ist«, schreit er. »Ich danke meiner Mutter, weil sie mir beigebracht hat, dass sie mich verstoßen würde, wenn ich so etwas täte, und ich danke meinem Vater dafür, dass er sie darin unterstützt hat.«

Er verbeugt sich ein paarmal, während ich frenetisch applaudiere und dann rufe: »Du solltest dich beeilen, gleich spielt dich das Orchester von der Bühne.«

»Nur noch eine Danksagung«, sagt Seth und tut so, als versuchte er, einen imaginären Preisverleihungsmoderator, der ihn von der Bühne scheuchen möchte, abzuwehren. »Ich möchte Vivian Carter danken, weil sie so ein cooles Mädchen ist und Lust hatte, mit mir auszugehen, auf die geringe Chance hin, dass ich in einer Stadt voller Schwachköpfe vielleicht kein Schwachkopf bin.«

»Oh, keine Ursache«, sage ich und winke mit gespielt bescheidener Miene ab. Dann muss ich lachen, und zwar schallend.

Seth kommt zu mir gerannt, und im Licht des Mondes und der Neonbeleuchtung des nahen Holiday Inn sehe ich, dass seine Wangen gerötet sind. Er atmet schneller. Und er sieht mich auf eine Weise an wie den ganzen Abend noch nicht. Es ist der Blick, vor dem Meemaw mich seit der Siebten warnt.

Ein Blick voller Begehren.

»Hey.« Er nimmt meine Hand, und seine Stimme ist ganz rau. »Komm.« Er zieht an mir, ich stehe auf, und wir gehen zurück zu seinem Honda, und ich bin mir nicht sicher, ob ich es bis dorthin schaffe, ohne ohnmächtig zu werden. Aber dann sind wir da, steigen ein, und gleich nachdem wir die Türen zugeknallt haben, dreht Seth sich zu mir um und sagt: »Vivian, ich möchte dich küssen.«

Der kleine Teil meines Verstandes, der noch funktioniert, registriert kurz, dass ich immer dachte, bei meinem ersten Kuss würde ich stehen. Doch wir sitzen in einem Auto, was mir aus irgendeinem Grund erwachsener vorkommt.

»Also ...«, sagt Seth, beugt sich zu mir und sieht mich mit seinen dunklen Augen an. »Darf ich dich küssen?« Seine Stimme ist sanft, und dadurch klingt alles, was er sagt, erst recht traumhaft und süß, falls das überhaupt möglich ist. Ich präge mir seine Worte ein. Schon jetzt habe ich sie in Endlosschleife im Ohr.

»Ja«, antworte ich, und mir geht das Herz auf, während mein Gesicht sich ganz taub anfühlt.

Und Seth beugt sich zu mir. Seine Hand gleitet in meinen Nacken, und dann liegt sein Mund auf meinem. Zuerst denke ich unwillkürlich über die Technik nach. Darüber, wie seine Zunge sich an meiner Zunge anfühlt, weich und sanft und lebendig. Darüber, dass es ein leises schmatzendes Geräusch gibt, als unsere Lippen sich voneinander lösen, bevor sie gleich wieder zusammenfinden.

Aber es dauert nur ein paar Millisekunden, bis diese Gedanken sich verflüchtigen und ich Seth Acosta küsse – warum küssen sich zwei Leute, die sich mögen, eigentlich nicht pausenlos? Wie kann man das tun und wieder aufhören? Jemals?

Und die Antwort lautet: Wir hören nicht auf. Jedenfalls nicht gleich. Hier in seinem Honda am ersten Abend der Weihnachtsferien auf dem Parkplatz des öffentlichen Strandes von

East Rockport küssen Seth Acosta und ich uns, und wir küssen und küssen uns immer weiter.

Lucy schickt mir Nachrichten voller Explosionen, Knallfrösche und kleiner Smileys, denen die Augen aus dem Kopf fallen.

Sara schreibt ein einziges *OMG!!!!!!!!!!!!!!!!!!!!!!!!!!!*.

Meg will sämtliche Einzelheiten wissen, einschließlich der Farbe von Seths Auto (als ob das wichtig wäre).

Kaitlyn schickt ein Selfie, auf dem sie vor Freude kreischt.

Aber Claudia?

Nichts.

Volle zwei Stunden nachdem ich von meinem Date mit Seth nach Hause gekommen bin, hat meine älteste, beste Freundin im ganzen Universum noch immer nicht auf meine aufgeregten, überschwänglichen Nachrichten reagiert. Irgendwann rufe ich sie an, lande aber direkt bei der gruseligen Frauenstimme, die mir sagt, diese Nummer sei zurzeit nicht zu erreichen.

Um Mitternacht gebe ich auf und werfe das Telefon zur Seite. Dann rutsche ich tief unter die Bettdecke und lasse das ganze Küssen noch mal Revue passieren – zuerst am Strand, dann im Auto auf der Heimfahrt an jeder roten Ampel und schließlich an der Haustür, wo wir uns im Stehen küssten. Aber im Hinterkopf fragt ein kleines Stimmchen, wo Claudia sein könnte oder ob sie vielleicht aus irgendeinem Grund sauer auf mich ist.

Ich verstehe es einfach nicht. In letzter Zeit scheint sie sich über alles, was mit Moxie zu tun hat, zu ärgern, aber das hier hat damit doch nichts zu tun. Es hat auch nichts mit Lucy zu tun. Und als Seth und ich zum ersten Mal zusammen abhingen, hat sie sich für mich gefreut, und über die Neuigkeit, dass Seth und ich heute wieder verabredet waren, auch.

Dann geht mir auf, dass ich Claudia nach dem Mittagessen

gar nicht mehr gesehen habe. Ich war so aus dem Häuschen wegen meines bevorstehenden Abends mit Seth, dass es mir bis jetzt gar nicht aufgefallen war.

Im Dunkeln taste ich den Boden ab, bis ich mein Handy finde.

Gib doch mal Bescheid, ob es dir gut geht ... Ich mache mir Sorgen, dass was passiert ist ... tut mir leid, dass ich dich so vollgetextet habe.

Ich warte und warte, aber nichts, und während ich abwechselnd an Seth denke und mir Sorgen um Claudia mache, schlafe ich irgendwann mit dem Handy in der Hand ein.

Gefühlt gleich darauf spüre ich eine Hand an der Schulter, die mich sanft wach rüttelt.

»Vivvy, hey. Viv.«

Ich blinzele und versuche, zu begreifen, was los ist. Durch die Jalousie sickert Sonnenlicht ins Zimmer.

»Habe ich verschlafen?«

Jetzt merke ich, dass Mom neben mir auf der Bettkante sitzt.

»Nein, Liebes, es ist Samstag. Es sind Weihnachtsferien.«

Ich reibe mir die Augen und versuche, wach zu werden. »Ach, richtig.«

»Aber Claudia ist hier und möchte dich sehen.« Besorgt sieht Mom mich an. Da erst gucke ich an meiner Mutter vorbei und entdecke meine allerbeste Freundin an der Zimmertür. Sie trägt schwarze Leggings und ein weites East-Rockport-Leichtathletik-Sweatshirt. Ihre Augen sind gerötet. Ihr Mund ist fest zusammengepresst.

»Claudia?« Jetzt bin ich hellwach. Claudia schnieft leise und winkt matt, und es zerreißt mir das Herz, ohne auch nur zu wissen, warum.

»Ich lasse euch zwei allein«, sagt Mom, steht auf und drückt kurz Claudias Schultern, bevor sie hinausgeht und die Zimmertür schließt.

»Komm her«, sage ich und krabbele unter meiner Decke hervor. Ich klopfe aufs Bett, und gleich darauf liegt sie neben mir, das Gesicht in meinem rosa Cowgirlbettzeug vergraben. Sie fängt an zu schluchzen.

»Hey, hey«, sage ich und schmiege mich an sie. »Was ist passiert, Claudia? Bitte sag mir, was passiert ist.« Aber offensichtlich muss ich sie zuerst weinen lassen – muss sie ausweinen lassen –, und so sitze ich da und gehe im Kopf eine Liste mit furchtbaren, schrecklichen Sachen durch, die an diesem Zusammenbruch meiner besten Freundin schuld sein könnten.

Ist jemand gestorben? Nein, das hätte Mom schon von Claudias Mutter oder von Meemaw oder von irgendjemand anderem in der Gerüchteküche von East Rockport gehört.

Haben ihre Eltern sich getrennt? Nein, die sind schon seit einer Milliarde Jahren zusammen, und Claudia beklagt sich immer darüber, dass sie sich vor ihr und ihren Brüdern Zungenküsse geben.

Hat sie Ärger in der Schule? Nein, Claudia ist zwar keine Streberin, aber auch keine Troublemakerin.

Irgendwann setzt sie sich auf und atmet zittrig durch, dann wischt sie sich die letzten Tränen von den Wangen.

»Tut mir leid ... dass ich dir gestern Abend nicht zurückgeschrieben habe.«

Ich runzele die Stirn. »Claudia, scheiß drauf! Das ist doch egal. Du brauchst dich nicht zu entschuldigen. Ich will wissen, was dir passiert ist!« Ich drücke ihr die Hände und dann nehme ich sie in die Arme. Da ich so viel größer als Claudia bin, kann ich sie immer gut festhalten, wenn wir uns umarmen, und im Moment bin ich dafür besonders dankbar.

Dann warte ich darauf, dass sie reden möchte.

»Okay, also gestern ist mir was passiert. Nach dem Mittagessen.«

Sie senkt den Blick auf die Hände. Ihre Wangen sind gerötet, und an ihrem Hals und auf ihrer Brust erscheinen rote Flecken.

»Was denn?« Mein Herz hämmert.

»Ich bin doch ein bisschen früher aus der Cafeteria gegangen, weißt du noch? Weil ich meine Sachen aus meinem Sportspind holen wollte, um sie mit nach Hause zu nehmen und in den Ferien zu waschen?«

»Ja«, sage ich und nicke. »Ich erinnere mich.«

»Tja, als ich aus dem Raum mit den Mädchenspinden kam, bin ich Mitchell Wilson in die Arme gelaufen.« Sie spuckt seinen Namen regelrecht aus – alle vier Silben einzeln. Dann schließt sie die Augen und schüttelt den Kopf. Ein Gewicht legt sich auf meine Schultern, und ich weiß, ich könnte ein echter Riese sein und hätte trotzdem das Gefühl, zermalmt zu werden.

»Du kennst doch diesen Flur, gleich vor den Räumen mit den Spinden?«

Den Flur, der nicht gut beleuchtet ist. Den Flur, der normalerweise menschenleer ist. Den Flur ohne Klassenräume oder Büros, wo keine Lehrer in den Ecken abhängen und miteinander tratschen.

Ich nicke und mir wird ein bisschen übel.

»Tja, Mitchell kommt auf mich zu, kommt, irgendwie, direkt auf mich zu und macht diesen Schubs-und-grapsch-Scheiß mit mir«, erzählt sie. »Bloß ... drückt er mich einfach so gegen die Wand und schiebt wirklich die Hand unter mein T-Shirt. Und dann, also ...« Sie verzieht das Gesicht und zuckt zusammen. »Er hat mich, irgendwie, richtig begrapscht. Hat eine meiner Brüste gepackt und zugedrückt.«

Dieses scheißverdammte Arschloch.

»O Claudia«, sage ich sanft. »Claudia, das tut mir so leid.«

Sie weint wieder, und dann merke ich, dass ich auch weine.

»Es wird noch schlimmer«, sagt sie und wischt sich immer wieder die Tränen ab, die ihr über die Wangen laufen, bis sie irgendwann aufgibt und sie laufen lässt. »Ich habe ihm gesagt, er soll das lassen. Dass er mir wehtut. Und er hat einfach nur gelacht, weißt du? Er hat mich da eine gefühlte Ewigkeit festgehalten und mich einfach weiter betatscht. Ich konnte seinen heißen Atem am Hals spüren. Und es hat wehgetan. Es hat richtig wehgetan.«

Meine Claudia. Das Mädchen, das einer Schwester für mich am nächsten kommt. Die Freundin, mit der zusammen ich unzählige Stunden gekichert und mich kaputtgelacht habe, der ich im Flüsterton meine Hoffnungen und Träume und meine schlimmsten Ängste anvertraut habe, und sie mir ihre.

»Wie bist du ihm entkommen?«, frage ich.

Claudia schließt die Augen. »Bin ich nicht. Er hat einfach aufgehört, irgendwann. Und dann ist er, irgendwie, einfach weggegangen.« Ihre braunen Augen öffnen sich, und sie sieht mich wieder an. »Und weißt du, was besonders gruselig war? Als er an mir rumgemacht hat, hatte er so einen leeren Blick. Wie tot. Irgendwie, als hätte ich auch jemand anders sein können. Oder irgend*was* anderes.«

Wieder nehme ich Claudias Hände und drücke sie.

»Das war noch nicht mal alles«, sagt Claudia und schnieft.

Entsetzt starre ich sie an. »O mein Gott, ist er zurückgekommen?«

»Nein, das nicht«, sagt sie. »Aber ich bin zu Mr Shelly gegangen.«

Mr Shelly, einer der stellvertretenden Direktoren. Der, der

Jana Sykes wegen Verstoß gegen die Kleiderordnung fertiggemacht hat. Direktor Wilsons rechte Hand.

»Und was ist passiert?« Ich ahne schon, was jetzt kommt.

»Tja, ich bin in sein Büro gegangen«, erzählt Claudia. »Ich fasse es immer noch nicht, dass ich das wirklich getan habe. Vielleicht war ich da auf Autopilot, ich weiß nicht. Aber ich bin zu ihm gegangen und habe es ihm erzählt, na ja ... nicht unbedingt in allen Einzelheiten. Ich habe ihm einfach erzählt, dass Mitchell dieses Schubs-und-grapsch-Spiel mit mir gemacht hat und wie schlimm das für mich war.«

»Hast du es so genannt? Ich meine, also, hast du es echt so genannt? Schubs-und-grapsch-Spiel?«

Claudia nickt.

»Und er, also, wusste er, was das bedeutet?«

Wieder nickt Claudia. »O ja, man konnte genau sehen, dass er wusste, was es bedeutet. Ich glaube, alle wissen das. Ich glaube, sie wissen, was da passiert und dass die Jungen das so nennen, aber es interessiert niemanden.« Ihre Stimme ist ausdruckslos.

»Und dann?«, frage ich Claudia. Sie verzieht den Mund.

»Er hat mich angesehen und mir gesagt, Mitchell hätte bestimmt nur herumgealbert und ich soll die Ferien nutzen, um mich zu entspannen und die Sache zu vergessen«, antwortet Claudia. Jetzt weint sie nicht mehr. Sie sitzt bloß ganz still. Ist stinkwütend. »Und dann hat er gesagt, wahrscheinlich sollte ich das als Kompliment auffassen.«

»Ach du Scheiße.«

Einen Moment lang sitzen wir schweigend da. Unwillkürlich gehen mir wieder Erinnerungen an gestern Abend durch den Kopf – an das Küssen mit Seth, an unsere Gespräche und einfach daran, wie sehr ich das Zusammensein mit ihm genossen habe. Und jetzt das. Von himmelhochjauchzend zu todbetrübt in weniger als zwölf Stunden. Gestern Abend noch hingerissen von einem Traumtypen, und jetzt vor Wut schäumend über dieses Arschloch von einem Kerl.

»Hast du es deinen Eltern erzählt?«, frage ich.

Claudia schüttelt den Kopf. »Nein. Dass ich gestern Abend so fertig war, habe ich damit erklärt, dass ich mich nicht gut fühle. Mom würde ausflippen, und Dad würde ... Ehrlich gesagt weiß ich nicht, was er tun würde.«

»Glaubst du nicht, dass er Mitchell würde ermorden wollen?«

Verunsichert zuckt Claudia die Achseln. »Weiß nicht. Er liebt die East Rockport Pirates. Er hat früher Defensive End gespielt.«

Ich würde Claudia gern sagen, dass sie sich bestimmt irrt, dass ihr Vater niemals eher zu einem Kleinstadt-Footballteam als zu seiner eigenen Tochter halten würde. Aber woher soll ich wissen, dass das stimmt?

»Ich mag nicht mehr darüber reden«, sagt Claudia plötzlich. »Ich will bloß hier liegen und an gar nichts denken.« Sie lässt sich wieder aufs Bett fallen und starrt an die Decke. »Aber ich habe ein schlechtes Gewissen. Ich sollte dich nach deinem Date fragen.«

Sanft stupse ich sie an. »Hör auf, dich zu entschuldigen. Davon kann ich dir später erzählen.«

Claudia sieht mich an und lächelt matt. Zum ersten Mal, seit sie zur Tür herein ist.

»Erzähl mir einfach, ob er dich geküsst hat. Und ob er nett war.«

Ich grinse. »Ja«, sage ich. »Und ja.«

Jetzt lächelt Claudia ein bisschen strahlender. »Gut. Das hilft.«

Ich krabbele vom Bett, um Claudia einen Song vorzuspielen. Er ist auch von Bikini Kill, aber es ist einer von ihren wenigen langsamen Songs. Er heißt »Feels Blind«, und jedes Mal, wenn ich höre, wie Kathleen Hanna schreit – wie sie sich Gehör verschafft, während sie von Frauen und Verletzungen, von Hunger und Schmerzen singt –, könnte ich weinen. Aber so, dass es mir hinterher besser geht, so, als würde ich ein beängstigendes Geheimnis beichten. Oder eine sehr schwere Last von mir werfen.

Während der Song läuft, spüre ich das Schlagzeug in meiner Brust wummern und lege mich wieder aufs Bett neben Claudia. Sie starrt immer noch an die Decke, aber ich merke, dass sie zuhört.

»Dieser Song«, sagt sie, »ist richtig gut.«

»Ja, das ist er«, bestätige ich und rücke noch näher an sie heran. Ich verschränke die Finger mit ihren, drücke ganz fest ihre Hand, um ihr zu zeigen, dass ich immer für sie da sein werde. Immer. Und hoffe, dass sie es in ihrem Herzen spürt.

Moxie

Nummer 3

GRATIS!!

Moxie-Girls schlagen zurück!

Hey ihr alle!
Habt Ihr das
Schubs-und-grapsch-
Spiel satt?

Die Mädchen von Moxie
haben es auch satt!!!
Nehmt einen der beigefügten
Sticker (oder auch fünf!) und
markiert damit das Eigentum
der Axxxxlöcher, die glauben,
unsere Körper seien Ihr Eigentum!

Also...
habt ihr das gewusst?

* 56 % der Mädchen sagten, sie seien im vergangenen Jahr mindestens ein Mal belästigt worden.
* 1/3 der Mädchen sagten, sie seien Ziel unerwünschter anzüglicher Bemerkungen oder Witze geworden.
* 13% sagten, sie seien unerwünscht berührt worden.
* 81% sagten, die Belästigungen hätten psychische Folgen gehabt.

- Daten der American Association of University Women

Wenn ein Junge dich schubst und begrapscht – MARKIERE SEINEN SPIND mit einem Moxie-Sticker.

★ ★ ★

Wenn ein Junge dich auf dem Flur betatscht – MARKIERE SEINEN SPIND mit einem Moxie-Sticker.

★ ★ ★

Wenn ein Junge meint, er könne dich wie ein Objekt behandeln – MARKIERE SEINEN SPIND, MARKIERE SEIN AUTO, MARKIERE SEINEN RUCKSACK !!!!

★

Moxie-Girls schlagen zurück!

KAPITEL SECHZEHN

Ich streiche die neueste *Moxie*-Ausgabe auf der Couch glatt. Der Weihnachtsbaum in einer Ecke unseres Wohnzimmers wirft ein weiches goldenes Licht auf das Papier.

»Sieht cool aus«, sagt Seth.

»Habe ich dir schon gezeigt, was ich in jedes Heft legen werde?«, frage ich und reiche ihm einen Stapel der runden, handtellergroßen Sticker.

»Krass«, sagt Seth und dreht einen in seinen Händen. »Hauptsache, es landet keiner auf meinem Spind.«

Ich hebe eine Augenbraue, und mein Herz beginnt zu rasen. »Garantiert nicht.«

»G*arantiert* nicht?« Seth beugt sich zu mir vor, und sein Grinsen wird breiter. Er küsst mich auf den Hals, gleich unterm Ohr, und ich halte den Atem an, weil es sich so gut anfühlt. Dann küsst er mich auf den Mund und drückt sich an mich, sodass ich seine warme Brust an meiner spüre. Er riecht nach Pfefferminz. Ich spüre, wie wir allmählich hinab auf die weichen Kissen sinken.

»Warte«, sage ich und schiebe ihn ein Stück von mir, »zerdrück *Moxie* nicht.« Ich nehme das Heft und werfe es auf den Couchtisch. »Es ist bis jetzt meine Lieblingsausgabe.«

»Meine auch«, sagt Seth.

»Ja?«

»Ja.« Er grinst. »Also, wo waren wir?«, fragt er dann wie ein Typ in einem kitschigen Spielfilm, und wir müssen beide lachen, bevor wir uns wieder küssen und uns auf die Couch sinken lassen.

Aber schon bald erinnert uns das Hu-huuu unserer eulenförmigen Küchenuhr daran, dass Seth gehen muss. Mom wird bald von der Arbeit kommen, und auch wenn sie weiß, dass Seth und ich in den Ferien fast jeden Tag zusammen abgehangen haben, glaube ich nicht, dass sie so richtig happy wäre, wenn sie uns hier auf der Couch sitzen und uns küssen sähe.

Oder ist das, was wir hier getan haben, schon Knutschen?

So oder so, es ist am besten, wenn meine Mutter es nicht sieht.

»Ich wünschte, du müsstest nicht schon gehen«, sage ich. Meine Lippen brennen, aber auf eine gute Art.

»Ich auch, aber wir sehen uns ja morgen in der Schule«, erwidert Seth, und irgendwie stehen wir auf und schaffen es bis zur Hintertür. Seth küsst mich ein letztes Mal, dann schlüpft er hinaus und geht zu seinem Auto, das außer Sicht- und Hörweite von Meemaw und Grandpa parkt. Während ich ihm hinterhersehe, berühre ich meine Lippen, als könnte ich damit das, was gerade geschehen ist, noch realer machen.

Ich habe einen Freund. Einen festen Freund.

Grinsend gehe ich zurück ins Wohnzimmer und sammele alle *Moxie*-Hefte und die Sticker ein, die ich online mit meiner Visa-Gutscheinkarte bestellt habe, einem Weihnachtsgeschenk von Meemaw und Grandpa (neben Socken, einem Satz schöner Stifte und einem Backbuch – Meemaw interpretiert viel hinein in die Episode mit den Magic Squares).

Als ich die Zines und die Sticker gerade in meinen Rucksack stecke, kommt Mom herein.

»Hallo, Liebes«, sagt sie.

»Hallo«, erwidere ich und küsse sie auf die Wange.

»Alles in Ordnung? Bereit, dich morgen wieder in die Schule zu wagen?«

Ich verdrehe die Augen. »So bereit wie möglich. Bei dir alles okay?«

Mom seufzt, greift sich mit beiden Händen ins Haar und fasst es auf dem Kopf zusammen. So sieht sie viel jünger aus. Gleich darauf lässt sie es los und ist wieder Mom.

»Ich hatte bloß gerade eine kleine, ich weiß auch nicht ... eine Auseinandersetzung, schätze ich ... mit John. Er ist mir einfach ein bisschen auf die Nerven gegangen, das war alles.« Sie holt eine Packung Schokoladeneis mit Nüssen und Marshmallowstückchen aus dem Gefrierschrank, und mein Herz setzt kurz aus. Ich dürfte mich nicht freuen, dass Mom sauer auf John ist, aber ich kann nicht anders.

»Was ist denn passiert?«, frage ich und hoffe, dass ich den richtigen Tonfall treffe und aufrichtig besorgt klinge.

Sie zuckt die Achseln und zieht behutsam den Deckel der Eispackung ab. »Bloß eine Auseinandersetzung über Politik. Er hat gesagt, seiner Meinung nach war Ann Richards keine besonders gute Gouverneurin.«

Verwirrt sehe ich sie an.

»Ann Richards, Liebes. Ich habe dir mal von ihr erzählt. Sie war in den 90ern Gouverneurin von Texas und sie war richtig tough und richtig klug.« Sie klopft auf den leuchtend rosa Kühlschrankmagneten, auf dem steht: »Alles, was Fred Astaire tat, tat Ginger Rogers auch – bloß rückwärts und in High Heels.«

»Ann hat diesen Spruch gern zitiert«, erzählt meine Mutter lächelnd.

»Ach, richtig«, sage ich. Ich höre gern Anekdoten über toughe Ladys, aber im Moment will ich meine Mutter unbedingt dazu bringen, dass sie diesen negativen Vorfall zwischen ihr und John noch einmal durchlebt. »Und was hat John gesagt?«

»Dass sie als Gouverneurin in der Finanzpolitik nicht sonderlich verantwortungsbewusst gewesen sei, was wirklich totaler Quatsch ist.« Sie isst einen weiteren Löffel Eis, stellt die Packung zurück in den Gefrierschrank und lässt den Löffel in die Spüle fallen, ohne ihn abzuwaschen. Dann blickt sie an die Decke und seufzt.

»Tja, wie auch immer, er liegt falsch«, sage ich. »Ann Richards war genial.«

»Allerdings, mein Schatz«, stimmt Mom mir zu.

»Und was bedeutet das jetzt für dich und John?« Meine Stimme hat einen hoffnungsvollen Unterton, und ich frage mich, ob er Mom auffällt.

Aber meine Mutter lacht mich nur aus, als wäre ich ein kleines Kind, was mich ein bisschen wurmt. »Ach, Liebes, zwischen John und mir ist alles gut«, sagt sie. »Erwachsene können in der Politik manchmal unterschiedlicher Meinung sein. Ich meine, er hat ja nicht gesagt, sie gehöre barfuß und schwanger in die Küche oder so was.«

Ich zucke die Achseln. »Mag sein. Aber verrät die politische Einstellung nicht irgendwie eine Menge über jemanden?«

Meine Mutter grinst. »Ja, klar. Das habe ich dir beigebracht. Aber vernünftige Erwachsene können auch mal verschiedener Meinung sein. John ist in einem sehr konservativen Haushalt aufgewachsen. Bis er ein Teenager war, ist er nicht einmal auf eine öffentliche Schule gegangen, deshalb hat er in seinem Leben ganz andere Erfahrungen gemacht, und das hat Einfluss auf seine Ansichten. Aber bloß weil ihm Ann Richards Finanzpolitik nicht gefallen hat, ist er doch kein schlechter Mensch.«

»Okay«, sage ich. »Hauptsache, du vergisst nicht, was richtig und was falsch ist.«

Meine Mutter lächelt. »Das vergesse ich nicht. Und jetzt ab ins Bett. Es ist schon spät.«

Als ich unter die Decke schlüpfe, denke ich an die *Moxie*-Hefte in meinem Rucksack und an Seths Mund auf meinem und daran, wie cool Seth mit *Moxie* umgeht. Falls er weiß, wer Ann Richards ist, findet er sie bestimmt toll. Und falls er es nicht weiß, bin ich davon überzeugt, dass er sie toll finden würde, sobald ich ihm von ihr erzählte.

Es tut so gut, Mitchells Spind als ersten zu markieren. Zehn Sticker. Bei jedem einzelnen, den ich an den Spind klatsche, denke ich an Claudia. Denke daran, wie gedemütigt und wütend sie war und wie sehr sie auf diesem verlassenen Flur verletzt wurde. Denke an Mr Shelly, der ihr riet, es einfach zu vergessen. Denke an Mitchells gerötetes Gesicht und seine toten Augen. Denke an seinen Daddy, der ihm alles durchgehen lässt.

Peng, peng, peng. Mir gefällt dieses laute Klatschen bei jedem Sticker, das den ganzen Spind erschüttert. Schließlich trete ich zurück und bewundere mein Werk mit einem breiten Grinsen.

Mitchell Wilson darf heute zehnmal lesen, dass er ein Arschloch ist. Hoffentlich noch öfter.

Als die Sonne allmählich durch die Flurfenster hereinscheint, markiere ich noch die Spinde einiger anderer Jungen, von denen ich weiß, dass auch sie beim Schubs-und-grapsch-Spiel mitmachen. Einmal höre ich einen Hausmeister um die Ecke kommen. Ich husche in einen leeren Klassenraum und warte mit angehaltenem Atem, während er mit klirrendem Schlüsselbund vorübergeht. Seine schweren Schritte tragen ihn nur wenige Zentimeter entfernt an mir vorbei, aber er entdeckt mich nicht. Sonst würde ich mir eben schnell eine Entschuldigung ausdenken. Ich würde lächeln, und irgendwas würde mir schon einfallen. Denn heute kann mich nichts aufhalten. Schon gar nicht irgend so ein Kerl.

Zu Beginn der ersten Stunde liegen auf sämtlichen Mädchentoiletten im Erdgeschoss und auf den meisten im ersten Stock Zines mit Stickern. Als ich zum Geschichtsunterricht gehe, tuscheln alle nur darüber. Ich entdecke Jason Garza dabei, wie er mit finsterer Miene versucht, den Sticker von seinem Spind zu pulen, aber so einfach ist das nicht.

Beim Bestellen der Sticker habe ich darauf geachtet, die mit der »starken Klebekraft« zu wählen.

Ich grinse in mich hinein.

»Hast du die schon gesehen?«, fragt Sara, als ich den Klassenraum betrete. »Bitte sag Ja.« Claudia liest gerade im neuen Heft und hält ein paar Sticker in der Hand.

»Ja, voll cool, oder?«, antworte ich.

Sara nickt, und ein Lächeln breitet sich auf ihrem Gesicht aus. »Es ist genial.«

»Hey, Claudia«, sage ich, und als sie mich ansieht, erzähle ich ihr, dass Mitchell Wilsons Spind schon mit Stickern gepflastert ist.

»Echt?«, fragt sie, und ihre Augen leuchten auf.

»Echt«, bekräftige ich. »Aber das heißt nicht, dass du nicht noch einen dazukleben kannst. Sag im Unterricht, du musst aufs Klo, und dann mach es.«

Claudia hebt die Augenbrauen, als sie mich so verwegen daherreden hört. »Mal sehen«, sagt sie.

Dann steckt sie das Zine und die Sticker in ihren Rucksack, aber nach der Hälfte von Mrs Robbins' langweiligem Vortrag über irgendein langweiliges Thema hebt Claudia die Hand und bittet um Erlaubnis, zur Toilette gehen zu dürfen. Als sie zurückkommt, zwinkert sie mir zu.

Für dieses Augenzwinkern hat sich alles gelohnt. Die Zeit, die ich in *Moxie* gesteckt habe. Mein Weihnachtsgeld von Meemaw und Grandpa, das vollständig für die Sticker draufgegangen ist. Für Claudias Augenzwinkern hat sich das alles gelohnt. Mindestens.

Den ganzen Tag über tauchen weitere Sticker auf, die sich ausbreiten wie ein ansteckender Ausschlag mit schwarzen Pusteln. Nach jeder Unterrichtsstunde sind es mehr. Die Mädchen gehen clever vor, und die Lehrer sind zu beschränkt, um es zu bemerken. Toilettengänge, Besuche auf der Krankenstation, Ausflüge zum Wasserspender – sie alle bieten Gelegenheit, den Klassenraum zu verlassen und den Spind irgendeines Jungen zu markieren, während niemand hinsieht. Nach jedem Klingeln kommt es mir vor, als hätten die Sticker Nachwuchs bekommen, denn jedes Mal begrüßen uns weitere Exemplare.

Moxie siegt.

Und ich habe Moxie ins Leben gerufen.

Und dann macht Marisela Perez etwas ganz Großartiges. Ich beobachte es, als ich gerade mit glühendem Gesicht und vor Stolz wild pochendem Herzen zum Englischunterricht gehe.

Tim Fitzpatrick – ein echtes Arschloch von einem Zehntklässler, der sich für was ganz Besonderes hält, weil er in der ersten Mannschaft Basketball spielt – kommt auf die Idee, das Schubs-und-grapsch-Ding bei Marisela zu machen, und kneift sie mit seinen dicken, plumpen Fingern in die Taille.

»Warte mal«, sagt Marisela in zuckersüßem Ton und packt Tim an der Schulter. »Ich hab was für dich.« Trottel Tim fällt darauf herein. Er hält still und sieht Marisela erwartungsvoll an, als rechnete er hier, mitten auf dem Schulflur, mit einem Blowjob.

Aber Marisela greift bloß in die Hosentasche, zieht einen Sticker heraus und pappt ihn Tim feierlich mitten auf die Brust. Sie drückt so fest zu, dass Tim tatsächlich »Aua!« murrt, woraufhin Marisela die Augen verdreht und Tim stehen lässt. Er glotzt runter auf seine Brust und versucht wütend, den Sticker abzureißen, aber der klebt fest.

Lucy, die neben mir steht und es auch mitbekommen hat, packt mich am Arm und quiekt, als wäre sie dreizehn und ihr Boygroup-Schwarm käme gerade vorbeigeschlendert.

»Ich komme mir vor wie in einem feministischen Traum«, sagt sie. »Aber es kann nicht nur ein Traum sein, sonst wäre Roxane Gay auch hier.«

Ich grinse und nehme mir vor, später zu recherchieren, wer Roxane Gay ist. Als wir beim Klassenraum ankommen, steht Seth an der Tür. Lucy wirft mir einen vielsagenden Blick zu und geht schon mal vor.

»Hey«, sagt er und gibt mir ein Küsschen auf den Mund. Mein Freund und ich begrüßen uns vor aller Augen auf dem Schulflur mit einem Kuss. Da fühle ich mich gleich, ungefähr, wie fünfundzwanzig.

»Hey«, antworte ich.

»Die Sticker kleben überall«, sagt er leise. »Das ist so cool.«

»Danke.« Ich grinse ihn an. »Es kommt noch besser an, als ich gedacht hatte.«

»Du bist voll die Rebellin, Vivian Carter.« Seth hebt eine Augenbraue, und in mir kribbelt alles.

In Englisch schmollen Mitchell Wilson und sein Trupp mit finsteren Mienen in der hintersten Reihe, und als Mr Davies am Ende der Stunde Lucy beauftragt, den letzten Grammatiktest zurückzugeben, wittert Mitchell die perfekte Gelegenheit, um ein noch größeres Arschloch als sonst schon zu sein.

»Hey«, sagt er und mustert Lucy, als sie ihm sein Blatt auf den Tisch legt. Sein Test ist mit 75 Punkten bewertet, rot umrandet. Wahrscheinlich war er schlechter, aber Mr Davies mag Footballspieler.

»Was?«, fragt Lucy schroff.

»Du bist doch in diesem Moxie-Club, oder?« Mit seinen Knopfaugen versucht er, sie niederzustarren, fordert sie heraus, Ja zu sagen. Ich stelle mir vor, wie er Claudia auf dem verlassenen Flur am Spindraum betatscht hat, und habe das Gefühl, ich könnte meinen Tisch über den Kopf heben und auf Mitchell schleudern, so viel Wut ist in mir.

»Es gibt keinen Moxie-Club«, erwidert Lucy und wendet ihm den Rücken zu, verteilt die letzten Blätter und setzt sich.

»Ja, verdammt richtig, es gibt keinen Moxie-Club«, sagt Mitchell laut.

»Keine Kraftausdrücke, Herrschaften«, murmelt Mr Davies an seinem Schreibtisch, so, als hätten wir alle ohne Punkt und Komma geflucht, nicht nur Mitchell. Dann schiebt er weiter Papiere im Kreis über seinen Tisch.

Lucy dreht sich nicht um, aber gleich darauf kriecht Mitchells verschlagene Stimme erneut durch den Raum und droht alle mit seiner ganz speziellen Gehässigkeit zu vergiften.

»Du hast doch diesen Kuchenbasar für die Mädchenfußballmannschaft veranstaltet«, sagt er.

Aus dem Augenwinkel sehe ich, dass Seth den Wortwechsel verfolgt. Lucy zieht die Schultern hoch, wie um sich zu schützen. Mein Herz schlägt wie wild, und ich überlege, was ich tun kann. Ich sehe zur Uhr. Noch fünf Minuten.

»Du und dein kleiner Männer hassender Lesbenbackclub«, fährt Mitchell leise fort.

Mein Magen krampft sich zusammen. Ich möchte Mitchell Wilson schlagen. Ihn mitten ins Gesicht boxen.

Ich balle die Fäuste. Schließe kurz die Augen.

Und plötzlich geht meine Hand in die Höhe, ragt gefühlt bis zum Himmel.

»Ähm, Mr Davies?« Ich sage nie etwas im Unterricht. Nie. Es ist genauso, wie wenn man eine Tonaufzeichnung der eigenen Stimme hört. Sie klingt total komisch und man denkt: Das kann nicht ich sein. So ist das, als ich jetzt meine Stimme laut im Klassenraum höre.

»Ja, Vivian?«, fragt Mr Davies und sieht mich überrascht an.

»Ich wollte fragen, ob Sie vielleicht noch mal diese letzte grammatische Konstruktion erklären könnten«, setze ich an, und es ist mir egal, dass ich rot geworden bin. Im Moment geht es mir nur darum, dass Mitchell den Mund hält. »Ich war ein bisschen unsicher bei den ... wie heißt das noch mal? Bei den Gerundialkonstruktionen.«

Und dann ertönt auf der anderen Seite des Raums Seths Stimme.

»Ja, ich auch, Mr Davies. Ich hab das auch nicht ganz verstanden, und wir haben immerhin fünf Seiten Hausaufgaben dazu auf.«

Ich werfe Seth einen dankbaren Blick zu.

Mr Davies fährt sich mit der Hand über die ratzekurzen Haare und stöhnt, als hätte er keine Lust dazu, aber er steht auf und fängt noch mal an, zu dozieren, und dass er da vorn vor der Klasse steht, genügt, um Mitchell zum Schweigen zu bringen. Als es klingelt, dreht Lucy sich zu mir um.

»Danke«, flüstert sie.

Am Ende des Schultags kleben überall Moxie-Sticker, und als ich zu meinem Spind gehe, um meine Sachen zu holen, bin ich mehr als stolz auf mich. Da sehe ich Claudia zielstrebig auf mich zurennen.

»Viv, hast du schon gehört?«, fragt sie außer Atem.

»Was?« Ich knalle den Spind zu.

»Also …«, sagt sie, aber dann schüttelt sie den Kopf. Ich kann nicht einschätzen, ob sie glücklich oder erschrocken ist – oder beides. »Komm mit, das musst du dir ansehen.«

Sie packt mein Handgelenk, zieht mich zum Seiteneingang und dann hinaus auf den Lehrerparkplatz. Sofort höre ich Stimmengewirr, das unverkennbar von anderen Schülern stammt und immer lauter wird. Gesprächsfetzen wie »Echt jetzt?« und ausgelassene Rufe, wie wenn man richtig guten Klatsch hört. Voller Aufregung, dass *endlich mal etwas passiert.* Und da steht dieses Etwas auch schon, in der ersten Reihe auf dem Lehrerparkplatz. Gleich unter dem Schild RESERVIERT FÜR DEN DIREKTOR.

Auf der Stoßstange von Direktor Wilsons leuchtend rotem neuen Ford-Pick-up mit der extragroßen Kabine prangen vier Moxie-Sticker, einer hinter dem anderen wie Festwagen bei einer Parade.

DU BIST EIN ARSCHLOCH xoxo MOXIE

DU BIST EIN ARSCHLOCH xoxo MOXIE

DU BIST EIN ARSCHLOCH xoxo MOXIE

DU BIST EIN ARSCHLOCH xoxo MOXIE

KAPITEL SIEBZEHN

Die Versammlung ist Pflicht. Und nur für Mädchen.

Als wir am Dienstag in der ersten Stunde in die Aula strömen, geht mir auf, dass ich noch nie mit so vielen Mädchen und ohne einen einzigen Jungen in einem Raum war. Obwohl ich mir sicher bin, dass wir gleich bestraft werden, empfinde ich es irgendwie als etwas Besonderes – sogar richtig beflügelnd. Nur wir. Nur Mädchen. Ich erinnere mich an ein paar von Moms alten Riot-Grrrl-Zines und -Flugblättern – sie warben darin für Räume und Veranstaltungen nur für Frauen und Mädchen und ließen bei ihren Konzerten Jungs und Männer nicht bis ganz nach vorn an die Bühne, sondern reservierten diesen Bereich für weibliche Fans, damit sie sich alle sicher fühlen konnten.

Aber die Aula der Highschool von East Rockport fühlt sich im Moment nicht sicher an, zumal mit Direktor Wilson, der mit verschränkten Armen und zusammengepressten Lippen vorn auf der Bühne steht.

»Tempo jetzt, nicht so langsam«, kommandiert er über Mikrofon.

»Und was passiert jetzt mit uns?«, fragt Lucy und hakt sich bei mir unter. »Wird man uns mit dem Galgen drohen? Oder mit dem Scheiterhaufen? Das erinnert doch alles verdammt an die Hexenprozesse von Salem.«

Claudia, die vor uns geht, dreht sich mit besorgter Miene

um. »Er wirkt echt sauer, oder? Du glaubst doch nicht, dass er weiß, wer die Sticker gemacht hat, oder?«

»Nicht mal *wir* wissen, wer die Sticker gemacht hat, schon vergessen?«, erwidert Lucy. »Keine Sorge, Claudia.«

»Aber ich …« Claudia wird noch leiser, bis sie kaum noch zu hören ist. »Ich habe einen auf einen Spind geklebt.«

Während wir uns weiter durch den Mittelgang der Aula schieben lassen, legt Lucy den Arm um Claudia. »Claudia, ich wette, die Hälfte der Mädchen hier im Saal haben einen Sticker auf einen Spind geklebt. Hast du gesehen, wie die Schule gestern aussah? Direktor Wilson will bestimmt nur Dampf ablassen und uns alle verwarnen.«

»Aber was ist, wenn sie Kameras haben?«, wendet Sara ein.

»Haben sie nicht, also keine Angst«, sage ich. Das habe ich überprüft, bevor ich mein erstes *Moxie*-Heft verteilte. Die East Rockport High gibt lieber Geld für Football als für Security aus.

Trotzdem ist die Nervosität meiner Freundinnen ansteckend. Vielleicht hat ja doch irgendjemand was gesehen. Vielleicht ist irgendwas irgendwie zu jemandem zurückverfolgt worden, sprich: zu mir. Vielleicht arbeitet Frank bei U COPY IT als Undercoveragent für Direktor Wilson.

Hör auf, Viv, das ist ja lächerlich.

Als wir uns setzen, sehe ich, wie Emma Johnson über die Bühne geht und sich auf den einen freien Stuhl neben Direktor Wilson setzt, der am Rednerpult steht. Sie faltet die Hände im Schoß und hält mehrere Karteikarten in den schlanken Fingern. Dann überkreuzt sie die Beine an den Knöcheln und blickt uns alle an wie eine Wärterin im Frauengefängnis.

»Was macht sie da oben?«, frage ich, aber niemand hat mehr Gelegenheit, mir zu antworten, denn jetzt hebt Direktor Wilson die Hände, um uns zur Ruhe zu bringen.

»Junge Damen von der East Rockport High School, aufgepasst jetzt«, blafft er, und als ich seinen Tonfall höre, krampft sich mein Magen zusammen. Seine Knopfaugen erinnern mich an die einer Schlange. Und an die seines Sohns.

Wir zappeln auf unseren Plätzen, während Direktor Wilson abwartet, bis es völlig still wird. Dann wartet er noch ein paar Sekunden länger und verzieht ein bisschen den Mund. Schließlich ergreift er wieder das Wort.

»Mädchen, zu sagen, dass ich wütend bin, wäre untertrieben. Ich bin fuchsteufelswild. Überall kleben Sticker an den Spinden der Jungen, und mir wurde berichtet, dass manchen sogar Sticker auf die Kleidung geklebt wurden.« Ich wundere mich, dass er seinen Pick-up nicht erwähnt. Hoffentlich liegt es daran, dass es ihm zu peinlich ist. »Diese Beschädigung von Schuleigentum muss aufhören. Diese Ungezogenheiten müssen aufhören. Sofort. Die Kosten für die Entfernung der Sticker werden die Finanzen der Schule belasten, also schaden Sie letztlich sich selbst.« Ich vermute, das Footballbudget wird nicht angetastet werden, aber Direktor Wilson guckt so wütend und seine Stimme klingt so streng, dass ich mich fast nicht traue, auch nur etwas Aufmüpfiges zu denken aus Angst, er könne meine Gedanken lesen.

»Nun veranstaltet dieser Moxie-Club nach meinen Informationen in der Cafeteria Kuchenbasare zugunsten der Mädchenfußballmannschaft«, fährt er fort, und meine Wangen werden heiß. Ich nehme allen Mut zusammen und sehe Lucy an. Ihr Name steht auf dem Formular im Sekretariat. Aber sie blickt mit eisiger Miene stur nach vorn.

»Geld für eine Sportmannschaft zu sammeln, ist eine gute Sache und auf dem Schulgelände erlaubt, aber jetzt, da diese Verschandelungen zu einem solchen Problem an unserer schönen Schule geworden sind, bleibt mir nichts anderes übrig, als dem Moxie-Club alle zukünftigen Aktionen zu untersagen«, fährt Direktor Wilson fort. »Jede von Ihnen, die dabei erwischt wird, Schuleigentum zu beschädigen oder den Namen ›Moxie‹ zu verwenden, wird unverzüglich vom Unterricht ausgeschlossen, und ich werde veranlassen, dass sie der Schule verwiesen wird.«

Geflüster erhebt sich.

»Kann er das wirklich tun?«, murmelt Sara.

Aber das braucht ihr niemand zu beantworten. Wir alle wissen, dass Direktor Wilson tun und lassen kann, was er will.

»Denjenigen von Ihnen, die sich an Colleges bewerben, muss ich eigentlich nicht erklären, wie das in Ihrem Abschlusszeugnis aussehen würde, aber lassen Sie es mich trotzdem klar und deutlich sagen«, fügt er hinzu. »Keine Hochschule würde Sie annehmen.«

Ich muss an das Geld denken, das Mom für meine Studiengebühren anspart, seit ich auf der Vorschule war, an die Jahre, in denen sie an Heiligabend arbeitete, und wie oft sie Doppelschichten übernahm, um ein bisschen Geld zusätzlich auf die Seite legen zu können.

»Zum Schluss nun bitte ich Ihre stellvertretende Schülersprecherin Emma Johnson, ein paar Worte an Sie zu richten«, sagt Direktor Wilson.

Emma steht auf, wirft die Haare zurück und tritt ans Mikrofon. Sie sieht kurz auf ihre Kärtchen, aber als sie spricht, braucht sie sie nicht. Stattdessen blickt sie in unsere Richtung, allerdings merke ich, dass sie diesen Rednertrick anwendet und über unsere Köpfe hinwegsieht. Sie nimmt gar keinen Blickkontakt mit einer von uns auf.

»Liebe Mitschülerinnen, Direktor Wilson hat mich gebeten,

heute mit euch darüber zu reden, was es bedeutet, eine junge Frau, eine junge Dame zu sein«, beginnt sie mit sanfter, ruhiger Stimme. Sie hält inne und lässt den Blick über uns wandern, dann holt sie Luft und spricht weiter. »Eine junge Dame zu sein, bedeutet, anderen Menschen mit Respekt zu begegnen, aber auch Orten. Orten, die euch wichtig sein sollten so wie unsere Schule. Die East Rockport High ist unser zweites Zuhause, und so müssen wir sie auch behandeln, wenn wir hier sind. Also bitte ich euch, von Schülerin zu Schülerin, bitte hört mit diesem Unsinn mit den Stickern auf und denkt daran, euch wie texanische junge Damen zu benehmen.« Sie nickt knapp, um ihre Worte zu unterstreichen, dann tritt sie zurück und setzt sich wieder.

Eine Handvoll Mädchen in der ersten Reihe applaudiert – Emmas Freundinnen. Aber ich krümme mich innerlich zusammen. Eine von uns – selbst eine, der immer alles zuzufallen scheint – dabei zu beobachten, wie sie Werbung für die Schulleitung macht, ist megaekelhaft und gruselig. Das ist so erbärmlich, dass Emma mir fast leidtut. Aber nur fast.

Dann tritt Direktor Wilson wieder ans Mikrofon.

»Mädchen, ich hoffe, Sie beherzigen, was Emma gesagt hat, und nehmen meine Warnung sehr, sehr ernst«, sagt er. »Sie können jetzt gehen. Bitte begeben Sie sich unverzüglich zum Unterricht.«

Stumm trotten wir über den abgetretenen roten Teppich im Mittelgang Richtung Ausgang. Manche Mädchen sehen einander mit großen Augen und offenen Mündern an. Die Hochstimmung, die ich gestern wahrnahm, das Gefühl, alles sei möglich, das ist alles zu Angst verpufft. Ich bin entmutigt.

Vorn am Hauptausgang der Aula steht Mr Shelly und überwacht unseren Auszug.

Als meine Freundinnen und ich uns ihm nähern, fragt er: »Lucy Hernandez?«

»Yep?«, antwortet Lucy. Nicht ja, sondern yep.

»Versuchen Sie es beim nächsten Mal mit ›Ja, Sir‹«, sagt Mr Shelly mit finsterer Miene. Andere Mädchen werfen uns im Vorbeigehen neugierige Blicke zu und tuscheln dann miteinander. Claudia steht mit Sara und den anderen gleich hinter uns, und als ich mich nach ihr umdrehe, ist ihre Miene angespannt.

»Sie kommen mit mir.« Mr Shelly krümmt den Zeigefinger so, dass er auf ihn selbst zeigt, als wäre Lucy ein ungezogenes Kleinkind, das er gleich in die Ecke stellen wird.

»Weswegen?«, fragt Lucy, und das kaum merkliche Beben in ihrer Stimme zeigt mir, dass die draufgängerische Art, die sie bisher an den Tag gelegt hat, ein bisschen angekratzt ist.

»Das besprechen wir in meinem Büro«, sagt er. Und schon ist er mit Lucy in den überfüllten Fluren der East Rockport High verschwunden.

»Scheiße«, sage ich, sobald sie außer Hörweite sind, und drehe mich zu Claudia, Sara und den anderen um.

»Ich frage mich, wer diese Sticker wohl gemacht hat«, sagt Claudia mit gerunzelter Stirn.

»Ich glaube wirklich nicht, dass sie es war«, sage ich und drehe mich wieder dorthin um, wo Mr Shelly mit Lucy verschwunden ist. Ich sollte ihnen hinterhergehen und Mr Shelly zumindest sagen, dass ich bei der Planung des Kuchenbasars geholfen habe. Aber meine Füße rühren sich nicht vom Fleck. Scham erfüllt mich.

»Was glaubt ihr, was sie mit ihr machen werden?«, fragt Sara.

»Ich weiß nicht«, antworte ich.

Claudia beißt sich auf die Unterlippe. »Selbst wenn sie diese Sticker gemacht hätte, hat sie es nicht verdient, deswegen

Stress zu bekommen«, sagt sie dann. »Ich glaube, die Mädchen haben sie aus gutem Grund benutzt. Nicht bloß, um Schuleigentum zu beschädigen.«

»Genau«, sage ich und als ich Claudias Blick begegne, weiß ich, dass sie jetzt auch ein Moxie-Girl ist. Aber angesichts von Direktor Wilsons Drohungen kann es nur Gefahr bedeuten, ein Moxie-Girl zu sein.

Wir sehen Lucy weder im Unterricht noch beim Mittagessen. Auf die Nachricht, die ich ihr schicke, antwortet sie nicht. Ich bin den ganzen Tag zappelig, checke ständig mein Handy und wünsche mir inbrünstig, es möge summen, weil eine Nachricht von Lucy da ist, in der sie mir schreibt, dass alles in Ordnung ist. Mein schlechtes Gewissen wächst immer weiter, bis mir halb übel ist.

»Ich mache mir Sorgen«, erzähle ich Seth, als wir uns bei Schulschluss an meinem Spind treffen. »Sie werden sie für alles büßen lassen, weil sie ihren Namen in diesem Formular für den Kuchenbasar eingetragen hat.«

Seth kratzt sich im Nacken und runzelt die Stirn. »Aber sie können doch nichts beweisen, oder?«

»Das spielt hier keine Rolle«, flüstere ich. »Wenn sie es ihr anhängen wollen, werden sie das tun.«

Seth schüttelt den Kopf. »Du sagst das so, als würde dieser Laden von der Russenmafia geleitet oder so.«

Ich merke, dass er es einfach nicht kapiert. »Manchmal fühlt es sich so an«, sage ich in angespanntem Ton.

Genau da bekomme ich – endlich – eine Nachricht.

Kannst du bitte bitte bitte vorbeikommen? Zu mir? Ich bin jetzt zu Hause. Weißt du noch, wo ich wohne? 9762 Memorial? Ich muss wirklich reden.

»Oh, gut, das ist Lucy«, sage ich und halte zum Beweis das Telefon hoch. »Sie ist zu Hause. Vielleicht haben sie sie früher nach Hause geschickt? O Gott, hoffentlich haben sie sie nicht vom Unterricht ausgeschlossen.« Ehe Seth antworten kann, schreibe ich Lucy, ich sei schon unterwegs.

»Ich muss zu ihr. Kannst du mich vielleicht hinfahren?«, frage ich und hänge mir den Rucksack über die Schulter.

»Klar, kein Problem«, sagt Seth, aber er klingt so, als wäre es doch ein Problem.

Wir gehen zum Parkplatz, weichen anderen Schülern aus und sind ungewöhnlich schweigsam. »Danke noch mal«, sage ich, um die Stille zu füllen. »Ich will bloß wissen, ob alles in Ordnung ist.«

»Klar, verstehe schon«, sagt Seth und schließt seinen Honda auf. »Wann sollen wir uns denn dann diese Doku ansehen, die wir für heute Nachmittag geplant hatten?«

»Ach die, stimmt ja.« Ich setze mich auf den Beifahrersitz. Plötzlich komme ich mir vor wie bei einem dieser bescheuerten Psychotests in den Teeniezeitschriften, die ich früher auf der Middle School las (»Bist du eine echte BFF oder eine Schön-Wetter-Freundin?«, »Ist es Liebe oder Lust?«, »Kommt bei dir die Beziehung an erster Stelle oder deine Kumpel?«). Lucy braucht mich. Ich war mit Seth verabredet. Keiner von beiden soll enttäuscht von mir sein. Ich will Lucy sehen und herausfinden, was sie heute mit ihr gemacht haben. Und ich will Seth wieder küssen. Ich will Seth *wirklich* wieder küssen.

Aber ich will auch, dass er kapiert, in welchen Schwierigkeiten Lucy womöglich steckt und wie wichtig mir das ist. Und ich weiß nicht, ob er es wirklich kapiert hat.

»Tut mir leid, ich hab einfach das Gefühl, dass alles, was Lucy passiert ist, meine Schuld ist ... und das stimmt ja auch.«

»Nein, nein, ich war ein Arsch«, beteuert Seth. »Du musst dich nicht entschuldigen. Du solltest bei deiner Freundin sein.« Er nickt, als wollte er mir beweisen, wie er das Ganze wirklich sieht. Und sich selbst vielleicht auch.

»Wir können morgen zusammen abhängen? Und jeden Tag diese Woche? Und vielleicht am Wochenende?« Warum klingt alles, was ich sage, wie eine verzweifelte Frage? Ein echter fester Freund ist viel komplizierter als ein Fantasiefreund.

»Alles cool, Vivian«, sagt Seth. »Wahrscheinlich sollte ich mir endlich ein paar Freunde unter den Jungen hier suchen. Vielleicht sollte ich mich endlich mal über diese obskuren Baseballstatistiken schlaumachen, damit ich mitreden kann, wenn ich mittags mit diesen Nerds esse.« Liebevoll lächelt er mich an. Es ist die Art Lächeln, bei dem ich zu einer schnulzigen, verliebten Pfütze von einem Mädchen dahinschmelzen könnte. Dann fragt er nach dem Weg, und bald darauf halten wir vor dem Haus von Lucys Großmutter.

»Danke fürs Bringen«, sage ich und wende mich ihm zu. »Und es tut mir wirklich leid, dass ich dir für heute absagen muss.«

Aber Seth sagt gar nichts. Er beugt sich einfach zu mir und küsst mich, ganz sanft und warm und perfekt, und als ich zur Haustür gehe, ist mir ein bisschen schwindelig.

Als ich gerade klopfen will, öffnet Lucy mir schon die Tür und sagt: »Hey. Ich hab nach dir Ausschau gehalten. Danke, dass du gekommen bist.« Sie ist ein bisschen blass und lächelt nicht.

Als ich hineingehe, wird mir klar, wie wenig ich über Lucys Leben außerhalb der Schule weiß und wie viel man erfährt, wenn man sieht, wo jemand wohnt. Das Haus von Lucys Großmutter ist vollgestopft mit großen dunklen Holzmöbeln und tonnenweise Zierkram, zum Beispiel einer Sammlung von Keramikfingerhüten auf dem Couchtisch und einem Regal voller Trompetenmuscheln. Die Wände sind mit golden-weiß gestreifter Tapete geschmückt, und überall sind gerahmte Fotos: Die lächelnden Augen von Menschen, die vermutlich Verwandte von Lucy sind, folgen mir auf Schritt und Tritt. Ein paar Fotos, die wohl Lucy zeigen, als kleines Mädchen mit ansteckendem Grinsen und lächelnden Augen, sehe ich mir genauer an.

»Bist du allein?«, frage ich.

»Nein. Meine Großmutter und mein kleiner Bruder sehen im Wohnzimmer fern. Magst du Hallo sagen?« Sie wartet meine Antwort gar nicht ab, sondern führt mich in den hinteren Teil des Hauses, wo eine Frau mit grau meliertem Haar auf der Couch mit einem kleinen Jungen kuschelt. Sie schauen den Kinderkanal PBS Kids. Lucys kleiner Bruder wendet den Blick nicht eine Sekunde vom Bildschirm ab.

»Hey, Abuelita«, sagt Lucy und winkt. »Das ist Vivian, meine Freundin aus der Schule, ja?«

»Hallo, meine Liebe«, sagt die Frau zu mir und nickt. »Bist du hier, um zu helfen, meine Kleine aus Schwierigkeiten rauszuhalten? Sie ist noch nie früher aus der Schule gekommen.« Sie zieht eine Augenbraue ganz hoch, und Lucy seufzt bloß und verdreht die Augen.

»Abuelita, ich habe dir doch gesagt, so ist es nicht«, sagt sie und zieht mich an der Hand aus dem Wohnzimmer und die Treppe hinauf.

»Himmel, ich habe sie echt lieb, aber ich wünsche mir wirklich, wirklich, dass wir endlich ein eigenes Haus bekommen«, sagt Lucy und führt mich in ein Zimmer, das so groß wie ein begehbarer Schrank ist. Sie schließt die Tür hinter mir, und ich lasse meinen Rucksack zu Boden rutschen. Lucy zieht die Schuhe aus, also mache ich das auch.

»Hier schlafe ich«, sagt sie und breitet einen Arm aus. »Immerhin habe ich ein eigenes Zimmer. Mein armer Bruder schläft unten auf der Couch, und seine ganzen Sachen sind im Schlafzimmer meiner Eltern.« Lucy setzt sich auf das schmale ungemachte Bett und winkt mich zu sich. Es ist tatsächlich der einzige Sitzplatz hier, denn der gesamte Boden ist von Büchern, Zetteln und Heften bedeckt. Auch an den Wänden findet sich kein freies Fleckchen mehr: Jeder Zentimeter ist mit Postkarten, Musikpostern und herausgerissenen Magazinseiten gepflastert. Am Rahmen des winzigen Fensters neben Lucys Bett kleben leuchtend gelbe Post-its in einer Reihe untereinander. Auf jedem steht ein Wort, und zusammen ergeben sie den Spruch: EUER SCHWEIGEN SCHÜTZT EUCH NICHT. Als Lucy auffällt, dass ich mir das ansehe, erzählt sie mir, es sei ein Zitat einer Dichterin namens Audre Lorde.

»Cool«, sage ich. »Gefällt mir.«

»Ja, sie war der Wahnsinn. Aber sie ist schon lange tot.«

»Wann bekommt deine Familie denn ein eigenes Haus?«, frage ich.

»Na ja, Mom hat gerade erst einen Job in der Buchhaltung im selben Altenheim bekommen, in dem mein Vater auch arbeitet«, sagt sie. »Es geht also aufwärts. Vielleicht Ende nächsten Monats.«

»Das ist gut«, sage ich und nicke. Ich will ihr vermitteln, dass ich für sie da bin, ohne die Sache aufzublasen, aber mit einem Mal ist mir zum Heulen. Immer wieder sehe ich vor mir, wie Mr Shelly Lucy durch den Flur abführt. Immer wieder male ich mir aus, wie sie mit ihm allein ist.

»Also«, setzt sie an, nimmt ihr langes Haar und dreht es geschickt zu einem Knoten auf ihrem Kopf, »willst du die schaurigen Details hören?«

»Bitte sag, dass du nicht in großen Schwierigkeiten steckst.«

»Na ja, ich werde in absehbarer Zeit nicht zur Schülerin der Woche ernannt werden, so viel ist sicher«, sagt Lucy, und ihre Stimme wird leiser. »Mr Shelly hat mich in sein Büro geschleppt und mich nach dem Moxie-Club ausgefragt. Er sagte, alles, was ich ihm erzähle, würde Direktor Wilson erfahren und sie würden mich von jetzt an alle im Auge behalten.« Jetzt wird Lucy rot und blickt auf ihr Bettzeug. »Ich habe ihm gesagt, dass ich mit den Stickern nichts zu tun hatte. Dass ich natürlich auch Sticker auf die Spinde geklebt habe, habe ich weggelassen, logisch. Aber ich habe sie nicht gemacht.«

»Hat er dir geglaubt?«, frage ich mit pochendem Herzen.

»Vielleicht«, sagt Lucy und hält den Blick immer noch gesenkt. »Schwer zu sagen. Aber ich habe nicht gelogen, Viv. Ich habe sie wirklich nicht gemacht. Du glaubst mir doch, oder?« Endlich blickt sie hoch.

Aus der leichten Übelkeit von vorhin ist ein ausgewachsener Brechreiz geworden.

»Ich glaube dir«, beteuere ich. Mein Gott, bin ich ein Arsch.

»Mr Shelly hat gesagt, wenn ich irgendwas mache, was mit Moxie zu tun hat, werde ich vom Unterricht ausgeschlossen und fliege wahrscheinlich von der Schule«, fährt Lucy fort.

»Und dann?«, frage ich.

»Dann hat er mich nach Hause geschickt«, sagt Lucy achselzuckend. »Er hat gesagt, diesmal würde das in meiner Schülerakte noch nicht als Ausschluss vom Unterricht zählen, aber ich soll es trotzdem als ernste Verwarnung betrachten.« Sie guckt finster, doch dann werden ihre Augen aus heiterem Himmel feucht, und ein, zwei Tränen purzeln ihr auf die Wange.

»Scheiße!«, sagt sie und wischt sich die Tränen ab. »Tut mir leid, ich hasse es, vor anderen zu weinen.«

»Nein, schon gut.« Ich sehe mich nach einem Taschentuch um, mit dem sie sich die Augen trocknen kann.

»Mach dir keine Sorgen«, sagt sie, schüttelt den Kopf und schnieft. »Mir gehts gut. Mir gehts ... gut.«

Ich weiß nicht mehr, wann ich Claudia zum ersten Mal weinen sah oder sie mich. Wir wussten einfach immer, dass wir in Gegenwart der anderen weinen können, aber die Freundschaft mit Lucy fühlt sich noch so neu an. Zerbrechlich sogar. Ich weiß nicht recht, ob ich sie in die Arme nehmen soll wie Claudia an dem Morgen, als sie mir von Mitchell erzählte. Da es Lucy so unangenehm ist, vor mir zu weinen, wäre ihr das vielleicht nicht recht, also rutsche ich nur ein bisschen näher an sie heran und reibe ihr kurz die Schulter.

»Es tut mir leid, Lucy«, sage ich. »Tut mir leid, dass das passiert ist.« *Meinetwegen.*

Lucy wischt sich mit dem Saum ihres schwarzen T-Shirts über die Augen. »Weißt du, was mich am meisten ankotzt?«, fragt sie und fährt fort, ohne meine Antwort abzuwarten: »In Houston bin ich nie in Schwierigkeiten gekommen. Nie. Ich war, irgendwie, voll die Musterschülerin. Ich war richtig gut in der Schule und Mitglied in circa zwanzig Clubs. Ich war sogar im Schülerbeirat. Die Lehrer mochten mich. Der Direktor fand mich toll, verdammt noch mal!« Lucy unterstreicht ihre kleine Ansprache mit ausladenden Gesten.

»Es gab da einen Schülerbeirat?«, frage ich mit großen Augen.

»Ja«, bestätigt Lucy halb wehmütig, halb wütend. Gleich darauf lässt sie sich zurückfallen und rollt sich in einer Ecke ihres Betts zusammen. »Ich weiß, ich komme hier total tough rüber, weil mir soziale Fragen und so was wirklich wichtig sind«, fährt sie fort, »aber ganz ehrlich, eigentlich will ich nur gut in der

Schule sein und aufs College gehen. Ich darf nicht in ernsthafte Schwierigkeiten kommen, weil sich das auf Sachen wie Studienplätze, Stipendien und alles auswirken würde.«

»Ich weiß«, sage ich und nicke. »Ich weiß es wirklich. Und es tut mir echt leid, dass du deswegen so viel Stress hattest.« Zaghaft strecke ich die Hand aus und streiche Lucy über die dunklen Locken. Sie blickt hoch und bringt ein mattes Lächeln zustande. Dann sitzen wir da und sind bis auf Lucys gelegentliches Schniefen völlig still. Ich lehne den Kopf an die kühle Scheibe ihres winzigen Fensters und sehe hinab in den Vorgarten. Auf dem Bürgersteig saust Lucys kleiner Bruder mit fliegenden dunklen Haaren auf seinem Roller hin und her, total sorglos. Irgendwann sagt Lucy: »Du bist eine gute Freundin, Viv. Ich bin wirklich froh, dass ich dich kennengelernt habe.«

»Ich bin auch wirklich froh, dass ich dich kennengelernt habe«, beteuere ich. Aber dabei dreht sich mir der Magen um. Eine gute Freundin würde Lucy jetzt sofort die Wahrheit sagen. Und eine gute Freundin würde nicht zulassen, dass sie allein zur Verantwortung gezogen wird.

Ich öffne den Mund. Dann klappe ich ihn zu.

Vielleicht bin ich doch keine gute Freundin. Bloß ein Angsthase.

»Weißt du, die Moxie-Aktionen haben mich mit dieser Schule echt versöhnt«, sagt Lucy und atmet tief durch. »Aber irgendwie hoffe ich, dass die Macherinnen eine Weile pausieren. Bis die da oben sich wieder abgeregt haben.«

Das gibt mir einen Stich, und es macht mich traurig, Lucy so niedergeschlagen zu sehen. Wenn ich den Mut hätte, zuzugeben, dass ich Moxie ins Leben gerufen habe, würde Lucy vielleicht wollen, dass ich weiterkämpfe. Bloß glaube ich irgendwie, der Erfolg der Moxie-Aktionen beruht teilweise genau darauf, *dass* keiner weiß, wer dahintersteckt. Wäre Moxie genauso erfolgreich, wenn alle wüssten, dass es meine Idee war?

»Ich frage mich, ob diejenigen, die damit angefangen haben, sich von Direktor Wilson so einschüchtern lassen, dass sie aufhören«, sage ich, um zu sehen, wie Lucy darüber denkt.

»Ich glaube nicht, dass die *Moxie*-Macherinnen sich so leicht mundtot machen lassen«, antwortet sie. »Aber ich habe Angst. Ich glaube wirklich, dass die Schulverwaltung uns Mädchen jetzt alle genau im Auge behalten wird. Ich weiß nicht. Auch wenn ich es nicht gern sage, aber ich glaube wirklich, Moxie sollte eine Pause einlegen.« Sie runzelt die Stirn.

»Ja, wahrscheinlich«, sage ich und versuche, das leere Gefühl, das mich dabei überkommt, abzuschütteln. Habe ich wirklich gerade beschlossen, keine weiteren Moxie-Aktionen mehr zu starten?

Genau da summt mein Handy, und ich ziehe es aus der Tasche.

Hey, wie gehts Lucy?

»Ooh, ist das dein Typ?«, fragt Lucy und tritt mich sanft ans Schienbein.

Ich sehe auf. »Vielleicht.«

»Tja, wenn nicht, dann erfährt er hoffentlich nie, dass es da jemanden gibt, bei dem du so ein dümmliches Grinsen im Gesicht hast, wenn er dir schreibt.«

»Er will nur wissen, wie es dir geht«, sage ich und zeige ihr das Display.

»Wow, ein Typ in East Rockport, der kein Hohlkopf ist«, sagt Lucy. »Den müsste man in Bronze gießen oder so was.«

Ich lache laut auf und schreibe Seth zurück.

Alles in allem ganz gut, aber ich bin noch bei ihr ... kann ich dich später anrufen?

Seth antwortet postwendend.

Ja, klar ... Hauptsache, du vergisst nicht deinen armen einsamen Freund hier drüben, der sich nach dir sehnt.

Ich werde kurz rot. Mein Freund, der sich nach mir sehnt. Das ist das erste Mal, dass Seth so etwas zu mir sagt.

Ich vergesse dich nicht ... Versprochen.

»Okay, das reicht, du verliebtes Huhn«, sagt Lucy. »Lass uns nach unten gehen, mal sehen, ob wir die Eisvorräte meiner Großmutter plündern können.« Sie steht auf und geht zur Tür. Ich stecke mein Telefon wieder in die Tasche. Einerseits schwebe ich auf Wolke sieben, wenn ich daran denke, dass sich ein total süßer Junge gerade als mein Freund bezeichnet hat, doch zugleich zerreißt es mir das Herz, wenn ich mir klarmache, dass Moxie sich ab jetzt zurückhält. Ich weiß nicht, wie ich beides miteinander in Einklang bringen soll, aber vermutlich ist es zu viel verlangt, dass mein Leben immer von vorne bis hinten perfekt ist.

KAPITEL ACHTZEHN

Ich knutsche mit meinem Freund.

Obwohl Seth und ich jetzt seit fast zwei Monaten zusammen sind – im Prinzip seit Weihnachten –, muss ich manchmal (kurz) mitten in einer Knutsch-Session innehalten und mir ganz bewusst vor Augen führen, dass Seth Acosta tatsächlich mein fester Freund ist. Und dass ich mit ihm knutschen kann, wann ich will.

Wie er mich an dieser Stelle gleich hinterm Ohr küsst!

Wie er gar nicht aufhören kann, mein Haar zu berühren, und immer wieder die Finger hindurchgleiten lässt, bis ich eine Gänsehaut bekomme.

Wie er mich mit seinen dunklen Augen und geröteten Wangen ansieht, bevor er sich an mich lehnt, und wir uns weiter küssen.

Bloß passiert das alles normalerweise in seinem Auto oder am Strand oder in unserem Wohnzimmer, wenn meine Mutter bei der Arbeit ist. Aber heute Abend sind wir bei ihm zu Hause, in einem Haus, das mit lauter seltsamen Gemälden und eleganten, glänzenden Möbeln ausgestattet ist – genau das Gegenteil von Meemaws rustikalem Stil. (Jedenfalls ist nicht ein einziger verdammter Ziergockel zu sehen.) Bei ihm zu Hause zu knutschen, lässt die Sache irgendwie erwachsener erscheinen. Irgendwie ernsthafter.

Irgendwann lösen wir uns atemlos voneinander.

»Meine Eltern kommen bald nach Hause«, sagt Seth und blinzelt. Versucht, sich wieder zu fangen.

Ich betrachte ihn von meinem Ende der Couch aus und möchte mich am liebsten gleich wieder auf ihn stürzen.

»Okay«, sage ich. »Ich will ja nicht, dass mein Gesicht, irgendwie, voll verknutscht aussieht, wenn sie kommen.«

»Ich wusste gar nicht, dass es das Wort *verknutscht* gibt.« Seth grinst.

»Doch, das gibts.« Auch ich lächele, beuge mich zu ihm und küsse ihn noch einmal.

Daran, dass ich überhaupt riskiert habe, so kurz vor der Heimkehr seiner Eltern bei Seth zu Hause mit ihm zu knutschen, sieht man, wie megaverknallt ich bin. Ich kenne seine Eltern bis jetzt nicht mal, aber seine Mutter hat darauf bestanden, dass ich heute – am Freitag des Wochenendes vor dem Valentinstag – zu Besuch komme, damit wir uns kennenlernen.

»Seit wir uns treffen, will sie einfach unbedingt wissen, wer du bist«, erklärte Seth mir vor ein paar Tagen, als er mich fragte, ob ich Lust hätte, zu ihm nach Hause zu kommen.

»Wirst du gerade rot?«, fragte ich ihn.

»Nein«, antwortete Seth, obwohl er total rot geworden war.

Schließlich gelingt es uns, mit dem Knutschen aufzuhören, und das ist auch gut so, denn gleich darauf kommen seine Eltern zur Tür herein. Sie haben weiße Plastiktüten voller Leckereien vom House of Beijing dabei, dem einzigen Chinesen in der ganzen Umgebung von East Rockport. Köstliche Düfte schweben mit ihnen herein, und mein Magen knurrt ganz leise.

»Vivvy?«, fragt eine Frau. Ich stehe auf und erblicke Seths Mom. Langes ergrauendes Haar in einem straffen Pferdeschwanz. Ein schönes Gesicht mit rot geschminkten Lippen.

Schwarze Jeans und ein schwarzes T-Shirt mit einem silbernen Schriftzug in der Mitte. Diverse Silberarmreife mit Türkisen an beiden Handgelenken. Mrs Acosta kommt direkt auf mich zu und umarmt mich ohne Vorwarnung. Sie riecht nach Babypuder.

»Ich habe mich *so* darauf gefreut, dich kennenzulernen, Liebes!«

»Hi«, antworte ich. Ich möchte unbedingt, dass diese Frau mich mag, und frage mich, was ich am besten sage. Wie sich herausstellt, brauche ich gar nichts zu sagen. Seths Mutter stellt sich vor (»Bitte nenn mich Zoe. Und bitte nenne Seths Vater Alejandro, okay?«) und hört dann gar nicht mehr auf zu reden. Also, überhaupt nicht. Nicht, während sie das leuchtend grüne Fiesta-Porzellan aus den Schränken holt und den Tisch deckt. Nicht, während sie ihr Telefon hervorholt und kurz etwas darauf eintippt. Nicht, als sie den Arm um Alejandro legt und ihn auf eine Weise auf die Wange küsst, die ein bisschen intimer wirkt, als man es von Leuten erwarten würde, die seit hundert Jahren verheiratet sind.

Sie spricht über Austin und East Rockport, über Kunst und Politik, über das Wetter und den Mangel an gutem Ethnofood hier in der Gegend, über Soul-Musik und Maniküre und darüber, wie sehr ihr meine Stiefel gefallen. Sie erzählt, sie habe gerade online einen alten italienischen Sonnenschirm gefunden und bestellt, den sie wirklich unglaublich fände, und sie glaube, sie habe bei ihrer aktuellen Auftragsarbeit gerade einen Durchbruch erzielt (»Es spricht zu mir, ich muss nur weiter zuhören, weißt du?«). Ihre Stimme ist melodisch, ihr Tonfall wissend und selbstbewusst, und als wir uns alle an den schicken, modernen weißen Küchentisch mit den dazu passenden Stühlen setzen, weiß ich nicht, soll ich lächeln oder bloß nicken oder über alles lachen, was Zoe Acosta sagt. Aber eins weiß ich: Ich bin jetzt schon erschöpft.

Dann bietet Alejandro mir ein Glas Wein an.

»Rot oder weiß, Viv?«, fragt er, in jeder Hand eine Flasche. Er ist jünger als Zoe. So gut aussehend wie Seth. Ein Schlangentattoo windet sich an seinem linken Arm hinab und ums Handgelenk herum.

Ich dachte, Mom sei cool, aber neben Seths Eltern wirkt sie ehrlich gesagt wie die Vorsitzende des Elternbeirats.

»Oh.« Ich sehe Seth an, der mir gegenübersitzt und, ohne aufzusehen, *Moo goo gai pan*, ein Pfannengericht mit Hühnchen und Pilzen, auf seinen leuchtend grünen Teller löffelt.

»Du musst keinen Wein trinken, Liebes, aber wir finden es okay, wenn Seth zum Abendessen einen Schluck trinkt«, erklärt Zoe.

»Ich möchte keinen«, sagt Seth, ohne aufzublicken. Er wirkt irgendwie angespannt, aber vielleicht bilde ich mir das auch nur ein.

»Ich ... auch nicht«, sage ich. Mom hat mich mal an ihrem Wein nippen lassen, als ich neugierig war (»Aber sags nicht Meemaw, okay?«), und ich habe schon reichlich mieses lauwarmes Dosenbier auf irgendwelchen Partys getrunken, wenn die Eltern der Leute nicht in der Stadt waren, aber noch nie wurde mir von einem Erwachsenen so beiläufig Alkohol angeboten.

Alejandro wiederholt sein Angebot nicht, und den Rest des Essens über plaudern er und Zoe miteinander. Hin und wieder wirft Zoe eine direkte Frage an mich ein, zum Beispiel, ob ich in East Rockport geboren sei und was ich später studieren möchte und so weiter. Ich bringe einfache, präzise Antworten zustande, dann lehne ich mich zurück und höre Zoe zu, die den Gesprächsfaden genau da wieder aufnimmt, wo sie vor der Frage an mich stehen geblieben war, und weiter über ihr Lieblingsthema redet: sich selbst.

Als Alejandro beginnt, den Tisch abzuräumen, und Zoe Kaffee kocht, wirft Seth mir einen Blick zu, der eindeutig verzweifelt ist. Mit erhobenen Augenbrauen flüstert er mir lautlos zu: »Lass uns gehen.« Ich zucke die Achseln, denn ich möchte nicht unhöflich sein. Aber Seth steht einfach auf, räumt sein und mein Geschirr ab und sagt: »Also, hört mal, ich glaube, ich muss Vivian jetzt nach Hause fahren.«

»Aber du bist doch gerade erst gekommen!«, ruft Zoe, dreht sich um, kommt zu mir und nimmt meine Hände, als befürchtete sie, ich könnte in den tiefen Wald ziehen und nie wieder zurückkehren.

»Sie und ihre Mutter haben heute noch was vor«, lügt Seth dreist.

Zoe zieht einen übertriebenen Schmollmund, der wie ein auf den Kopf gestelltes U aussieht.

»Tja, wir lassen dich aber nur gehen, wenn ihr demnächst mal zum Abendessen zu uns kommt, du und deine Mutter, okay, *preciosa*?« Ihr Spanisch hat einen fürchterlichen amerikanischen Akzent. Sie stemmt die Hände in die Hüften, und Alejandro kommt von der Spüle zu uns, legt ihr die Arme um die Taille und küsst sie in den Nacken.

»Ja, das müsst ihr unbedingt«, sagt er und lächelt mich an. Mir fällt auf, dass er winzige Diamantohrringe trägt – einen in jedem Ohr.

»Fertig, Vivian?«, fragt Seth, nimmt seine Schlüssel von der Küchentheke und steckt sie ein.

»Klar.« Ich stehe auf und schenke Zoe und Alejandro mein höflichstes Lächeln. »Es hat mich sehr gefreut, euch kennenzulernen. Danke für das köstliche Essen.«

»Danke dafür, dass du so ein entzückendes Ding bist«, sagt Zoe, löst sich von Alejandro und verpasst mir eine letzte erstickende Umarmung.

Draußen im Auto steckt Seth den Schlüssel ins Zündschloss, aber anstatt den Motor anzulassen, sieht er mich bloß an und lässt sich nach hinten sinken.

»Und das waren meine Eltern«, sagt er und klingt wie der Ansager einer zweitklassigen Varietéveranstaltung, der seit Jahren immer wieder dieselbe Nummer ankündigen muss.

Ich lächele und überlege, was ich darauf sagen möchte.

»Sie sind ... nett. Wirklich.«

»Sie machen mich wahnsinnig.« Seth lässt den Motor an. »Sollen wir an den Strand fahren? Es ist nicht zu kalt.«

»Ja, klar.« Ich wähle einen Song von dieser Frauenband aus Louisiana aus, die ich gerade erst entdeckt habe, und Seth nickt beifällig, aber ich merke, dass er noch immer genervt vom Abendessen ist.

»Deine Eltern sind echt nett, sie sind nur ...« Ich suche nach dem passenden Wort. »Sie sind ziemlich krass.«

»Sie sind schon in Ordnung«, sagt Seth. »Ich kann mich eigentlich nicht beklagen. Sie haben mir ein Auto geschenkt. Sie lassen mich mehr oder weniger tun, was ich will. Sie sind keine Arschlöcher oder so. Ich meine, ich glaube, im Grunde sind sie schon irgendwie nette Leute. Es ist bloß, dass sie so unglaublich selbstverliebt sind. Vor allem Mom.«

Ich nicke, sehe aus dem Fenster, wo das nächtliche East Rockport vorbeizieht, und denke an Mom, die nach Dads Tod in ihre Heimatstadt zurückgezogen ist. Die hart arbeiten musste, um ihre Ausbildung abzuschließen. Die mich als alleinstehende Mutter aufzog und mir mit großen und kleinen Dingen immer wieder zeigt, wie wichtig ich ihr bin. Für sie kam ich immer an erster Stelle, und zwar so sehr, dass sie vielleicht vergaß, ein eigenes Leben zu haben, fürchte ich.

»Ich frage mich, ob meine Mutter vielleicht nicht selbstverliebt genug ist«, sage ich schließlich.

»Wie meinst du das?«

Ich komme ja selbst gerade erst dahinter, und so erkläre ich bedächtig: »Na ja, als Teenager hat sie das Leben hier im Grunde gehasst, und sie hatte diesen großen Plan, aus East Rockport wegzugehen, und das hat sie ja auch getan. Aber dann musste sie meinetwegen zurückkommen und wohnt jetzt Tür an Tür mit ihren Eltern. Sie macht Überstunden, damit wir über die Runden kommen, und sie schafft das alles ganz allein. Dieser John, der Typ, mit dem sie zusammen ist, er ist erst der zweite Mann in ihrem Leben seit Dads Tod.«

Seth fährt auf den Parkplatz des öffentlichen Strandes. Ein Stück weiter stehen schon ein paar Autos. Heute Abend ist das hier ein begehrter Platz zum Knutschen und Rummachen.

»Hast du Lust, ein bisschen spazieren zu gehen?«, fragt Seth.

»Klar.«

Wir weichen ein paar leeren Bierdosen und einem vergessenen grün-gelben Strandlaken aus, und Seth nimmt meine Hand. Die Lichter von East Rockport zwinkern uns von der anderen Seite der Bucht aus zu. Wenn man den Geruch nach verdorbenem Fisch ignoriert, ist es fast romantisch hier.

»Also, glaubst du, deine Mutter geht je von hier weg?«, fragt Seth. »Wenn du erst weg bist?«

Ich zucke die Achseln. »Wer weiß? Ich glaube, mittlerweile hat sie sich wohl an das Leben hier gewöhnt. Und ehrlich gesagt scheint die Sache mit John ziemlich ernst zu sein.« Ich halte inne, und Seth wartet, während ich nachdenke. »Klar, ich beklage mich über ihn, weil er die Republikaner gewählt hat, aber sie scheint ihn nun mal wirklich gernzuhaben, und er scheint sogar ganz okay zu sein. Es ist bestimmt gut für Mom, mal was zu tun, was sie glücklich macht.«

»Ich bin mir ziemlich sicher, dass meine Eltern zurück nach Austin ziehen, wenn ihr verrücktes Kleinstadt-Experiment abgeschlossen ist. Sie folgen immer nur ihren Launen.«

Mir kommt ein schrecklicher Gedanke. »Aber doch nicht jetzt bald, oder? Ich meine, du glaubst doch nicht, dass sie East Rockport so schnell schon satthaben?«, frage ich und bemühe mich um einen beiläufigen Ton.

Aber Seth grinst. »Warum? Würdest du mich etwa vermissen oder so was?«

»Wie kommst du denn darauf?«

»Ich glaube, ihr East-Rockport-Performance-Kunstwerk wird sie mindestens noch so lange beschäftigen, bis ich die Highschool abgeschlossen habe. Ich bleibe also hier.«

Da muss ich auch grinsen. Wir gehen zu den Picknicktischen und setzen uns nebeneinander. Seth drückt meine Hand. Ich lehne den Kopf an seine Schulter.

»Ich fand es nett, deine Eltern kennenzulernen«, sage ich.

»Tja, ich bin froh, dass sie dich nicht total verschreckt haben. Sie sind einfach komisch. Mein Gott, einmal hat meine Mutter ...« Seth bricht ab, als hätte sein Verstand gerade sein Mundwerk eingeholt. »Vergiss es.«

»Jetzt musst du es mir auch erzählen.«

»Es ist peinlich.«

»Was denn?« Ich stupse ihn sanft mit dem Ellbogen an.

Während Seth mir antwortet, blickt er hinaus auf die Bucht. »Nachdem ich mit Samantha zusammengekommen war, hat Mom mir zu meinem sechzehnten Geburtstag allen Ernstes eine Schachtel Kondome geschenkt. Sie hat sie in hübsches Geschenkpapier eingewickelt, mit Schleife und allem Drum und Dran.«

Seth, der Kondome besitzt. Seth, der Sex mit Samantha hat. Seth, der Sex mit mir haben möchte. Seth und ich, die miteinander schlafen. Kondome, Sex, Seth, Sex, Sex und Sex. Das ist in etwa das, was mir in den Sekunden, nachdem Seth von dem Kondomgeschenk erzählt hat, durch den Kopf schießt.

»Musstest du das Geschenk vor ihren Augen auspacken?«

»Ja!«, schreit Seth und lacht zugleich. »Sie hat mir die Schachtel zum Abendessen auf den Teller gelegt. Dad hat ein Foto gemacht. Ich kann nur hoffen, dass es nicht irgendwo online ist.«

»Das ist nicht dein Ernst.«

»Leider doch.«

»Ach du Scheiße.«

»Eben. Mom hat mir erzählt, dass die Niederländer das so machen, und sie fand es, ich weiß auch nicht, fortschrittlich oder so.«

»Wow«, sage ich, aber das Herz schlägt mir bis zum Hals. Ich nehme allen Mut zusammen und frage: »Also hast du mit Samantha ...?«

Seth schüttelt kaum merklich den Kopf.

»Nein. Ich weiß auch nicht ... Ich meine, ich war schon ... *interessiert*, das will ich gar nicht abstreiten. Aber sie war sich nicht sicher. Also ist es einfach, irgendwie, nicht dazu gekommen.«

Ich stecke mir eine Haarsträhne hinters Ohr und fühle mich plötzlich sehr kühn.

»Also hast du es noch nie getan?«

»Nein.« Dann flüstert er: »Du?«

»Nein!«, sage ich empört. »Ich habe dir doch gesagt, dass ich noch nie mit jemandem zusammen war.«

»Okay, schon gut.« Er drückt meine Hand und lacht leise. »Ich war nur neugierig.«

Mit dem Daumen reibe ich über Seths Knöchel. Atme seinen leckeren Minzgeruch ein.

»Ich finde, wenn man jemanden sehr gernhat, also irgendwie *richtig* gern, und wenn einem jemand wirklich wichtig ist und man schon eine Weile zusammen ist, ist es aber okay«, flüstere ich, und mein Körper summt förmlich. Das habe ich schon immer geglaubt. Noch bevor ich Seth kennenlernte.

»Ja«, sagt Seth. »Ich auch.« Meine Haut prickelt, als würden lauter kleine Bläschen darunter platzen, meine Wangen sind heiß, und mir ist ein bisschen schwindelig. Ich beuge mich zu Seth, und wir küssen uns, aber irgendwie ist es eine andere Art von Küssen. Ein Küssen, das neue Möglichkeiten birgt, was beängstigend und zugleich sehr aufregend ist.

Schließlich wird es Zeit für mich, also reißen wir uns nach einem letzten Kuss voneinander los und gehen zum Auto. Während Seth mich nach Hause fährt, sagt er: »Demnächst ist Valentinstag.«

»Okay«, sage ich und sehe ihn scharf an, »aber ich schlafe deswegen nicht nächste Woche mit dir.«

Seth lacht schallend. »Ich weiß! Ich wollte nur darauf hinweisen. Also darauf, dass diese Sache, dieser gesellschaftlich anerkannte Tag der romantischen Liebe, nächste Woche ist.«

»Ja, am Mittwoch. Bitte schenk mir keinen Teddybären von Walgreens.«

»Was?«, fragt Seth und hebt eine Augenbraue. »Ach, haben wir uns gerade erst kennengelernt? Hi, ich bin Seth.«

»Die Pärchen an der East Rockport High fahren voll auf diesen ganzen Valentinstagskitsch ab«, erzähle ich. »Jede Menge Teddys mit ›I wuff u‹ auf dem Bauch. Jede Menge billige Pralinen und Rosen aus dem Supermarkt.«

»Das könnte ich einem Moxie-Girl niemals antun«, sagt Seth und biegt in mein Viertel ein.

»Argh, sprich nicht von Moxie, das deprimiert mich.« Ich werfe meinem Spiegelbild im Beifahrerfenster einen finsteren Blick zu.

»Sorry, so war das nicht gemeint.«

»Schon gut. Ich bin einfach genervt von der ganzen Situation.« Der berauschende Tag, an dem die Mädchen die Schule mit Moxie-Stickern gepflastert haben, scheint schon eine Million Jahre her zu sein. Seit Direktor Wilsons Drohungen bei der Versammlung und den Schwierigkeiten, die Lucy hinterher bekam, ist auf der East Rockport High wieder alles beim Alten. Mitchell und seine Freunde fordern immer noch Mädchen auf, ihnen ein Sandwich zu machen. Ende Januar gab es eine kurze, aber fiese Serie von Kleiderkontrollen. Und wir haben nicht einmal versucht, noch einen Kuchenbasar zugunsten der Mädchenfußballmannschaft zu veranstalten, weil es einfach nicht so viel Spaß gemacht hätte, es unter einem anderen Namen zu tun.

»Es ist cool, dass ihr das versucht habt, aber man kann sich irgendwie kaum vorstellen, dass sich an dieser Schule jemals dauerhaft was verändert«, sagt Seth, während meine Straße im Scheinwerferlicht seines Autos auftaucht. »Wenigstens weißt du, dass du nur noch ein Jahr vor dir hast, und dann bist du da weg.«

Ein wenig verärgert runzele ich die Stirn. »Kann sein, aber es ist ja nicht so, als wären keine Mädchen mehr da, wenn ich weg bin. Ich habe *Moxie* ja nicht für mich gemacht. Ich habe es für alle Mädchen gemacht.« Ich schüttele den Kopf. »Ach, vergiss es. Das klingt, als hätte ich ein total aufgeblasenes Ego oder so.«

»Nein, ich weiß schon, was du meinst«, sagt Seth und fährt in unsere Einfahrt. Ich blicke hoch und sehe, dass die Lichter an sind. Mom ist zu Hause.

»Ich weiß nicht, ob du das wirklich verstehen kannst.« Ich seufze. »Nicht bevor mal jemand das Schubs-und-grapsch-Spiel mit dir gemacht hat.«

»Du darfst jederzeit das Schubs-und-grapsch-Spiel mit mir machen, falls das hilft«, erwidert Seth, und das leise Stimmchen in mir, das wünschte, er würde sich nicht darüber lustig machen, verstummt, sobald wir unsere Lippen aufeinanderpressen.

»Bis dann«, sagt er grinsend, und ich schmelze zum millionsten Mal heute Abend dahin.

Als ich ins Haus komme, sitzt Mom auf dem Sofa und sieht fern.

»Wie war das Abendessen?«, fragt sie.

»Ganz okay. Seths Eltern sind ein bisschen ... krass, könnte man wohl sagen.«

»O Mann, ich kenne diesen Künstler-aus-Austin-Typ.«

»Ich hole mir ein bisschen Eis. Möchtest du auch was?«

»Klar, gern.« Sie wirkt erfreut. Vielleicht, weil wir schon lange nicht mehr zusammengesessen haben.

Während ich uns zwei Schälchen mit Schokoladeneis fertig mache und mich zu ihr auf die Couch setze, erzähle ich ihr von Zoe und Alejandro und ahme Zoe sogar nach, einschließlich ihres breiten Akzents im Spanischen. Meine Mutter lacht schallend.

»Lach nicht. Sie wollen, dass wir beide demnächst mal zum Abendessen zu ihnen kommen.«

Mom verdreht die Augen, aber sie lacht weiter, und darüber

bin ich froh. Es ist zu lange her, dass wir zusammen gelacht, uns von unserem Tag erzählt oder zusammen auf der Couch gekuschelt haben. Ich frage mich, ob John sie genauso viel zum Lachen bringt wie ich manchmal. Hoffentlich.

Wir essen beide ein paar Löffel Eis, und dann sagt Mom: »Also, offenbar ist das zwischen dir und Seth – sagen Leute in deinem Alter eigentlich noch ›was Ernstes‹?«

»Mom, bitte.«

»Ich meine ja nur, ihr verbringt viel Zeit miteinander. Da möchte ich mich vergewissern, dass du keine Fragen hast.«

Ich muss an das Kondomgeschenk von Seths Mutter denken und werde ein bisschen rot.

»Mom, ich verspreche dir, wenn ich Fragen habe, komme ich damit zu dir. Aber nein, alles gut.«

»Gut?«

Ich sehe sie an. »Ich mag ihn wirklich. Sehr.«

Mom isst ein paar Löffel Eis und lächelt. »Ich frag ja nur. Fall nicht gleich über mich her.«

Ich komme zu dem Schluss, dass ich das Thema wechseln muss.

»Wo ist John? Ich hätte gedacht, ihr geht heute aus?«

»Er hatte Spätschicht. Vielleicht treffe ich mich morgen zum Frühstück mit ihm. Willst du mitkommen?«

Ich zucke die Achseln. »Hm. Möchtest du das?«

»Das wäre schön.«

»Klar«, sage ich. »Okay.«

Mom stellt ihr Eisschälchen auf den Couchtisch und beugt sich so dicht zu mir, dass ihr langes Haar mich an der Wange kitzelt.

»Danke. Ich weiß ja, dass du kein Fan von John bist«, sagt sie sanft. Ein bisschen traurig.

»Nein, das ist es nicht, Mom …« Ich denke an Seths Mutter, in deren Leben sich alles nur um sie selbst dreht, während sich im Leben meiner Mutter so vieles um mich dreht, schiebe mein eigenes Eisschälchen neben das meiner Mutter auf den Couchtisch und kuschele mich unter ihren Arm. »Mom, hast du es je bereut, dass du meinetwegen hier in East Rockport festsitzt?« Da ich ihr nicht in die Augen sehe, fällt es mir leichter, ihr diese Frage zu stellen.

»Ach, Quatsch«, antwortet meine Mutter. »Ich bin ja ein Weilchen hier rausgekommen. Ich habe was von der Welt gesehen. Und ich hatte jede Menge Spaß.«

Ich muss an den MEINE VERGEUDETE JUGEND-Karton denken.

»Fragst du dich manchmal, was passiert wäre, wenn Dad nicht gestorben wäre?«

Sie zögert, und ich spüre, wie sich ihre Brust sehr langsam hebt und senkt. »Natürlich«, sagt sie dann, und ihre Stimme bricht fast unmerklich. »Aber man muss sich im Leben nun mal mit dem auseinandersetzen, was einem begegnet. Man muss die Dinge so nehmen, wie sie kommen. Und hierher zurückzukehren hatte viel Gutes … Ich konnte meine Ausbildung beenden. Ich habe mich mit Meemaw und Grandpa ausgesöhnt. Sie konnten ihre Enkelin aufwachsen sehen. Das alles ist sehr gut.«

»Ja, das stimmt.«

»Ich weiß, du hättest nicht gedacht, dass ich mal bei jemandem wie John lande – falls du überhaupt gedacht hast, dass ich noch mal jemanden finde«, sagt meine Mutter und fährt sanft mit den Fingern durch mein Haar. »Ehrlich gesagt, in deinem Alter hätte ich selbst nicht gedacht, dass ich bei jemandem wie ihm lande. Aber ich mag ihn wirklich, Viv. Ich bin sehr gern mit ihm zusammen.«

Ich blicke hoch zu Mom, damit sie meine Augen sehen kann. Sie soll wissen, dass ich ernst meine, was ich sage. »Ich freue mich für dich, Mom. Ehrlich. Du verdienst jemand Nettes.«

Da leuchtet Moms Gesicht richtig auf, und sie küsst mich auf die Stirn.

»Du bist das Beste, was ich habe.« Das sagt sie gern zu mir. Als ich noch klein war, tat sie das immer, wenn sie mich kitzelte, mir die Haare flocht oder mich in ihren Armen herumwirbelte.

»Ich habe dich lieb, Mom«, sage ich und kuschele mich noch enger an sie.

»Ich habe dich auch lieb, mein Mäuschen.«

»So hast du mich schon ewig nicht mehr genannt.«

»Ich weiß. Das ist ja auch ein Kosename für ein kleines Mädchen. Und du bist eigentlich nicht mehr mein kleines Mädchen.«

»Ach komm, Mom, jetzt werde nicht rührselig.« Aber trotzdem überkommt mich ein ganz warmes Gefühl, wie damals, als ich noch ganz klein war und Mom mich nach dem Baden in ein flauschiges Handtuch wickelte und sich an mich schmiegte.

»Och, nie darf ich rührselig sein.«

»Na gut, okay«, sage ich großzügig. »Aber nur heute Abend.«

»Okay. Was immer du sagst, Mäuschen.«

Und dann kuscheln wir noch eine Weile und haben nicht mal das Bedürfnis zu reden.

Als ich am Mittwoch, dem Valentinstag, zur Schule komme, sehe ich überall Mädchen mit rosa-roten Süßigkeiten, die sie ihren Freunden schenken wollen, und Jungen mit Teddybären von Walgreens und traurigen Nelken, die schon ein bisschen verwelkt sind. Natürlich ist mir klar, dass es nur ein kommerzialisierter Pseudofeiertag ist, aber unwillkürlich frage ich mich trotzdem, ob Seth irgendwas machen wird. In meinem Rucksack steckt ein Buch mit Kurzgeschichten von Shirley Jackson, da wir ja das eine Mal im Unterricht über »Die Lotterie« gesprochen haben und Seth die Erzählung anscheinend gefallen hatte. Ich gestehe, ich komme mir ziemlich cool vor, weil ich Seth zum Valentinstag ein Buch mit Erzählungen einer Horrorautorin schenke. Es ist so un-East-Rockport-mäßig.

Aber ich kann Seth den ganzen Morgen nicht finden. In oder an meinem Spind ist nichts. Allerdings bekomme ich eine Nachricht von ihm, in der steht: *Alles Gute zum Walgreens-Teddybär-Tag*, gefolgt von einem Haufen roter Herz-Emojis, und frage mich unwillkürlich, ob Seth einfach zu cool für den Valentinstag ist. Nicht nur Shirley-Jackson-cool, sondern cool auf einer ganz anderen Ebene, auf der dieser Feiertag nicht mal existiert.

Ich bin ein bisschen enttäuscht. Und komme mir blöd vor deswegen.

Doch dann ist es Zeit für Englisch. Als ich den Klassenraum betrete, krampft sich mein Magen vor Nervosität zusammen, weil ich weiß, dass ich ihn gleich sehe. Ein paar Mädchen in meiner Nähe drücken die im Drugstore gekauften Trophäen ihrer Teenagerliebe an sich, und einige von ihnen vergleichen ihre Geschenke.

Dann klingelt es, und Seth kommt in einer schwarzen Kapuzenjacke über einem schwarzen T-Shirt herein. Er rutscht auf seinen Platz und sieht lächelnd zu mir herüber.

Er ist so süß, dass es mir manchmal wirklich den Atem verschlägt.

Mit einem geschmeidigen Schulterzucken zieht er die Jacke aus und lässt sie hinter sich auf den Stuhl fallen. Das T-Shirt darunter ist ärmellos, und auf den linken Arm hat er sich mit schwarzem Filzstift sorgfältig ein Herz gemalt, so groß, dass ich es von meinem Platz an der anderen Seite des Klassenraums aus gut erkennen kann.

Und im Innern des Herzens steht in pechschwarzen, sichtlich mit größter Sorgfalt gemalten Buchstaben VIVIAN.

Während sich allgemeines Getuschel erhebt, dreht Lucy sich zu mir um und sagt: »O mein Gott«, aber ihren Blick kann ich nicht sehen, weil ich Seth von einem Ohr zum anderen grinsend in die lachenden dunklen Augen schaue und mir ganz sicher bin, dass ich der erste Mensch auf Erden bin, der sich je so wach und lebendig gefühlt hat.

KAPITEL NEUNZEHN

Es ist Claudias Idee, eine Übernachtungsparty zu veranstalten und alle einzuladen, auch Lucy. Sie erzählt mir auf dem Heimweg von der Schule davon. Es ist Anfang März, und in der Luft liegt ein erster Anflug der texanischen Schwüle, ein Vorzeichen dessen, was noch kommt.

»Wie damals auf der Middle School. Wir können uns ein paar Horrorfilme ansehen, uns Eisbecher machen …« Sie lächelt mich an.

»Na, so was, voll die Nostalgikerin!« Ich lächele zurück.

»Ich dachte einfach, das könnte Spaß machen«, erwidert Claudia. »Es sei denn, du bist zu sehr mit deinem Mann beschäftigt.«

»Nein, nicht zu sehr.« Ich werde rot, aber nur ein bisschen. Allmählich fällt es mir leichter, mit meinen Freundinnen über Seth zu reden. Seit er seine Zuneigung am Valentinstag öffentlich demonstriert hat, sind wir an der East Rockport High definitiv als Paar bekannt. Und die Kicks, die unsere Beziehung mir verschafft (knutschen, zusammen abhängen, knutschen, zusammen abhängen, knutschen), dämpfen die Mischung aus Wut und Traurigkeit, die mich überkommt, wenn ich daran denke, wie es Direktor Wilson mit einer einzigen Versammlung voller Drohungen gelungen ist, Moxie in Grund und Boden zu stampfen.

Also hocken Lucy, Sara, Meg, Kaitlyn und ich am ersten Freitag im März alle bei Claudia in ihrem Zimmer, hören Musik und essen Schokolade oder Knabberzeug, während Lucy uns abwaschbare Tattoos auf die Hände klebt und wir den neuesten Klatsch durchhecheln.

»Leute, das macht voll Spaß.« Meg bewundert ihr Wonder-Woman-Tattoo. »So was haben wir schon ewig nicht mehr gemacht.«

»Das erinnert mich an diese Szene mit der Übernachtungsparty in *Grease*«, sagt Kaitlyn. »Wir könnten uns Schlammmasken machen.«

»Wir könnten es aber auch lassen«, murmelt Lucy, und wir lachen alle, Claudia am lautesten. In diesem Moment sind wir einfach nur fröhliche Mädchen, und diese Fröhlichkeit umgibt uns wie ein Kokon, dem niemand etwas anhaben kann.

Bis Sara, die gerade ihr Telefon checkt, ziemlich drastisch sagt: »Ach du Scheiße. March Madness.«

March Madness. Wie konnte ich das vergessen?

»Lass mal sehen«, sagt Kaitlyn, krabbelt rüber zu Sara und blickt ihr über die Schulter.

»Was ist March Madness?«, fragt Lucy. »Meint ihr dieses College-Basketball-Ding?«

»Nein, nicht das College-Basketball-Ding«, sagt Sara seufzend.

Und dann sitzen wir in einem lockeren Kreis da und erklären Lucy abwechselnd, worum es sich handelt. March Madness, der März-Wahnsinn an der East Rockport High, ist tatsächlich von der College-Basketball-Meisterschaft inspiriert, denn es gibt einen Wettbewerb und es gibt Paarungen, aber das sind auch die einzigen Gemeinsamkeiten. Es ist so ekelhaft, dass ich mich nicht wundern würde, wenn Lucy ein Fenster einschlagen oder vor Wut schreien würde. Aber sie hört sich ganz ruhig an, was wir ihr über diese charmante Tradition an der East Rockport High erzählen.

Normalerweise bedeutet Tradition ja wohl, dass da etwas Wertvolles ist, was bewahrt und weitergegeben wird, aber dieses March Madness an der East Rockport High hat mit Werten – jedenfalls im positiven Sinn – überhaupt nichts zu tun.

Es ist ein Wettbewerb, bei dem vierundsechzig Mädchen aus der elften und zwölften Klasse – etwa ein Viertel der Mädchen in jeder Stufe – paarweise miteinander verglichen werden. Alle anderen bleiben außen vor, weil sie nicht als würdige Kandidatinnen gelten. Die Kandidatinnen werden von denselben Kerlen aus der Elften und Zwölften ausgesucht, die an der Schule sowieso das Sagen haben – von den Sportskanonen und beliebtesten Typen. Die Mitchell Wilsons unserer Welt. Zwei Wochen lang vergleichen sie die Mädchen in Onlinevotings und bewerten sie nach einem komplizierten System aus abgegebenen Stimmen und persönlichen Aussagen, und wie bei einem Sportturnier bleibt am Ende ein Mädchen übrig. Dieses Mädchen bekommt dann den Titel »Miss Geilomat an der East Rockport High« und wird beiläufig und ziemlich häufig so genannt.

Und die Jungen stellen alles online. Jede Wertung, sämtliche Namen.

Lucy sieht auf Saras Telefon. Ich rechne damit, dass sie lostobt, wie nur Lucy es kann, aber sie zuckt bloß die Achseln.

»Was kann man von dieser Schule schon erwarten?«, fragt sie. »Ich brauche mehr Nachos.« Sie krabbelt ein Stück weg und steckt die Hand in eine blaue Tupperdose. Als ich höre, wie resigniert Lucy klingt, ist mir halb zum Heulen zumute und halb danach, selbst mal zu toben.

»Claudia, guck mal, du bist dabei!«, stößt Sara hervor und vergrößert das Bild mit den Fingern.

»Was?«, fragt Claudia, aber wir sehen alle, dass es stimmt. Claudia hat es in die erste Runde geschafft. Als Einzige von uns allen. Sie wird rot, und ich frage mich, ob sie jetzt an Mitchell auf jenem Flur vor Weihnachten denken muss. Und inwiefern dieser ekelhafte Vorfall Einfluss auf ihre Nominierung hatte.

»Wisst ihr noch, damals in der Neunten?«, fragt Meg. »Damals wollten wir unbedingt reingewählt werden. Und wir waren neidisch auf die älteren Mädchen, die drin waren.«

»Ja«, sagt Claudia, als könnte sie sich kaum daran erinnern.

»Und jetzt?«, frage ich und mustere Claudia eingehend.

Sie zuckt die Achseln. »Es ist ekelhaft. Aber ich will nicht lügen. Jetzt ist es so, dass ich, irgendwie, versucht bin, das Ganze zu verfolgen. Um zu sehen, ob ich weiterkomme oder nicht.«

»Das ist doch total krank«, sagt Lucy, die noch immer abseits bei den Nachos sitzt. Sofort versteife ich mich, aber Claudia sieht sie nur an und nickt.

»Ja, das ist es«, bestätigt sie.

»Wir könnten einen Pakt schließen«, schlage ich vor. »Dass wir das von jetzt an ignorieren?«

Kaitlyn schüttelt den Kopf. »Das würde nur funktionieren, wenn wir uns darauf verständigen würden, dass wir unsere Handys alle bei Claudia im Garten vergraben und den nächsten Monat über nicht ins Internet gehen. Man kann dem nicht entfliehen.« Ich weiß, dass Kaitlyn recht hat, deshalb antworte ich nichts darauf. Alle sind still, nur Lucy kaut ihre Nachos.

»Hey«, bricht Claudia schließlich das Schweigen. »Ich glaube, meine Mutter hat noch eine alte Flasche Rotwein in der Küche versteckt, die sie längst vergessen hat. Alle schlafen. Soll ich mal nachsehen, ob ich sie finde?«

»Au ja«, sagt Lucy. »Rotwein passt gut zu Käseersatz. Habe ich jedenfalls gehört.«

Im Nu trinken wir alle Wein aus geblümten Saftgläsern, lachen über unsere rot befleckten Lippen und Zähne, und die Welt scheint wieder in Ordnung zu sein, aber in Wirklichkeit bekomme ich den March-Madness-Wettbewerb nicht aus dem Kopf, nicht richtig jedenfalls. Das Bild auf dem Display von Saras Telefon hat sich in mein Gedächtnis eingebrannt, und die Vorstellung, dass die Mädchen an der East Rockport High lediglich auf der Grundlage ihrer Hintern, Brüste und Gesichter taxiert, bewertet und verglichen werden, hält mich wach, noch lange nachdem die anderen um mich herum friedlich schlafen und nur ihr leises Schnarchen die Stille unterbricht.

Als ich ein paar Tage später auf dem Weg zur Schule im Kopf die Formeln durchgehe, die ich für einen bevorstehenden Mathetest wissen muss, sehe ich Kiera Daniels auf der Treppe vor dem Seiteneingang sitzen und auf ihrem Telefon herumscrollen. Weil es noch ziemlich früh ist, sind noch nicht viele andere Schüler da. Der Himmel ist bedeckt, und kühl ist es auch.

»Hey«, sage ich.

»Hey«, erwidert sie und blickt zu mir hoch. »Was geht ab?«

Ich zucke die Achseln. »Nicht viel. Und bei dir?«

Kiera schüttelt den Kopf. »Ich sehe mir nur dieses March-Madness-Ding an.«

Ich atme aus. »Klar.«

»Ich bin dabei«, sagt Kiera ausdruckslos und hält mir das Telefon hin, als bräuchte ich einen Beweis.

Ich habe den Eindruck, dass es vielleicht okay ist, wenn ich mich neben sie setze, also tue ich das, und sofort dringt die Kälte des Betons durch meine Jeans.

»Sollte ich … dir gratulieren?«, frage ich unsicher.

Aber Kiera guckt nur finster.

»Es ist bescheuert«, verkündet sie. »Es ist aus diversen Gründen total krank.«

»Ja«, sage ich, froh, dass ich mal darüber reden kann. »Aber es … passiert einfach irgendwie. Und keiner stellt es infrage.«

Kiera antwortet nicht. Beißt sich bloß auf die Unterlippe und starrt auf ihr Telefon. Dann klickt sie die Seite weg und wirft das Handy in ihren Rucksack.

»Weißt du, was mich daran so wütend macht?«, fragt Kiera dann. »Mein Freund findet es allen Ernstes cool, dass ich ausgewählt wurde. Als würde er dadurch selbst cooler, was einfach nur ekelhaft ist. Und ekelhaft ist auch, dass sowieso immer ein weißes Mädchen gewinnt. Und alle nicht weißen Mädchen sind stinksauer darüber und es ist irgendwie … warte mal, ist es nicht voll krank, dass überhaupt jemand bei diesem Scheiß *gewinnt*?«

Ich runzele die Stirn. »Darüber habe ich noch nie nachgedacht. Dass immer ein weißes Mädchen gewinnt.«

»Tja, nichts für ungut«, sagt Kiera und mustert mich, »aber du bist weiß – natürlich hast du nicht drüber nachgedacht.« Doch dann lächelt sie schief, also ist sie wohl nicht sauer. Ich lächele zurück.

Eine Weile sitzen Kiera und ich schweigend da. Vor uns erstrecken sich die unkrautüberwucherten Grasflecken, die den kläglichen Schulrasen der East Rockport High bilden. Es ist ein frostiger grauer Morgen, besonders für Texas im März, und meine Stimmung ist grottig.

»Ich wünschte, wir könnten noch mehr Kuchenbasare veranstalten. Vielleicht einfach unter einem anderen Namen als Moxie«, sagt Kiera schließlich. »Die Fußballsaison geht bald los, und mein Trikot wird nicht neuer, weißt du?« Sie verzieht das

Gesicht. »Aber vielleicht ist sogar das nicht ungefährlich, wenn Wilson uns im Auge behält.«

»Ja, daran habe ich auch schon gedacht. Es wäre toll, noch einen Kuchenbasar zu veranstalten, aber meine Freundin Lucy, die den ersten geplant hat, wurde am Tag der Versammlung früher nach Hause geschickt. Dabei war sie nicht mal die, die die Sticker gemacht hat, aber sie haben sie trotzdem zur Verantwortung gezogen. Es scheint einfach zu riskant zu sein. Selbst wenn wir es nicht Moxie nennen.«

Kiera nickt. »Das verstehe ich. Es kotzt mich bloß so an, dass die Mädchen, die diesen Newsletter gemacht haben, ganz aufgehört haben.«

»Ja«, sage ich frustriert. Es ist fast, als hätte ein anderes Mädchen die *Moxie*-Zines gemacht, und das existiert nicht mehr, seit es durch eines ersetzt wurde, das einen supersüßen, netten Freund hat und seine gesamte Freizeit damit verbringt, am Strand herumzuknutschen und darüber nachzudenken, wann sie zum ersten Mal Sex haben sollte.

Dieses Mädchen ist auch toll.

Aber sie vermisst Moxie.

Eine leichte Brise kommt auf und wirbelt ein paar Kippen und tote Blätter in die Luft.

Irgendwann sagt Kiera: »Vielleicht könnte man was außerhalb des Schulgeländes machen. Also, irgendwo, wo Wilson nicht drankommt.«

Das ist eine echte Idee, und zwar eine, auf die ich nicht gekommen bin. Aber wo und wie sollte das gehen? Es scheint mit so viel Mühe und einem so hohen Risiko verbunden, dass es mich nicht so richtig anmacht.

»Ja, vielleicht«, sage ich. Aber weil ich Kiera nicht kränken will, füge ich rasch hinzu: »Das ist eine gute Idee.«

Kiera nickt bedächtig, dann deutet sie über den Rasen.

»Da kommt dein Typ«, sagt sie, und ich sehe Seth auf uns zukommen.

»Yep.« Aber sosehr ich mich freue, ihn zu sehen – ich freue mich immer, wenn ich ihn sehe –, möchte ich doch zugleich hier sitzen bleiben und weiter mit Kiera reden. Um gemeinsam zu überlegen, wie man Moxie weiterführen kann, auch wenn ich ihr nicht sagen kann, dass ich es war, die damit angefangen hat.

Aber Kiera steht schon auf und klopft sich den Po ab. »Ich bin dann mal weg.«

»Okay«, sage ich, während Seth näher kommt.

»War cool, mit dir zu reden.« Und schon geht sie davon.

»Ich fands auch cool«, sage ich. Aber bevor sie zu weit weg ist, rufe ich ihr hinterher: »Kiera!«

»Ja?« Sie dreht sich zu mir um.

»Scheiß auf March Madness«, sage ich.

Kiera grinst breit.

»Scheiß drauf!«, schreit sie und hält obendrein beide Mittelfinger in die Höhe.

Als Seth bei mir ist, stehe ich auf, und wir küssen uns rasch.

»Worüber habt ihr geredet?«, will er wissen.

Ich erzähle ihm vom March Madness und dass Kiera in die erste Runde gekommen ist.

»Oh, dazu habe ich online was gesehen. Es ist so bescheuert.«

»Ja, voll bescheuert«, bestätige ich. »Aber ich fürchte, es deprimiert mich trotzdem.«

»Tja, denk einfach daran«, sagt Seth, schlingt mir verstohlen den Arm um die Taille und zieht mich an sich, um mich noch einmal zu küssen, »nicht alle Kerle sind so.«

Unwillkürlich versteife ich mich und weiche ein Stück zurück.

»Was ist los?«, fragt Seth mit gerunzelter Stirn.

»Ich ...« Ich sehe mich um. Immer mehr Leute kommen aufs Schulgebäude zu.

»Ich vermisse Moxie, das ist alles«, flüstere ich. »Ich vermisse es, eine Möglichkeit zu haben, mich gegen diesen ganzen Scheiß an dieser Schule zur Wehr zu setzen. Und wenn du dazu bloß sagst, dass nicht alle Kerle so sind, dann hilft mir das auch nicht weiter. Weil nämlich manche Kerle *doch* so sind. Ziemlich viele sogar.«

Seth bekommt große Augen. Ich kann nicht beurteilen, ob er gekränkt oder nur erstaunt ist.

»Aber Vivian, es gibt an dieser Schule Jungen, die bei March Madness nicht mitmachen. Die Typen, mit denen ich manchmal mittags esse ... die Typen, die auf Baseballstatistiken und solchen Kram stehen. Die sind nicht so. *Ich* bin nicht so. Es ist doch nicht alles nur furchtbar hier. Ich meine, wir haben doch uns, oder? Und außerdem machst du irgendwann deinen Abschluss und kannst hier weg. Es tut mir einfach leid, wenn dich das alles so mitnimmt.«

Ich atme tief durch. Wie kann ich es ihm nur begreiflich machen? Er versteht nicht, dass Moxie nicht bloß ein großer Spaß ist – war –, etwas, das ich nur gemacht habe, um cool oder anders zu sein wie seine hippen alten Freunde in Austin. Ich wollte wirklich etwas verändern an der East Rockport High. Vielleicht war es naiv von mir, aber im tiefsten Inneren habe ich geglaubt, dass es möglich ist.

»Was?«, fragt Seth.

»Was was?«, frage ich zurück.

»Bist du ... irgendwie ... was ist denn los?« Er tritt zurück und runzelt verwirrt die Stirn.

»Nichts«, sage ich und schüttele den Kopf. »Vergiss es

einfach.« Ich bin enttäuscht von ihm, aber auch von mir selbst. Weil ich nicht die richtigen Worte finde, um es ihm zu erklären. Ich bin mir total sicher, dass er es nicht absichtlich macht, aber Seth ist nun mal ein Kerl und kann gar nicht ermessen, was es für ein Gefühl ist, über einen Flur zu gehen und zu wissen, dass du von einem Haufen Kerle gescannt und nach der Größe deines Hinterns oder deiner Titten beurteilt wirst. Er wird niemals verstehen, wie es ist, wenn man sich immer genau überlegt, was man anziehen oder wie man sitzen, gehen und stehen soll, um die richtige Art von Aufmerksamkeit zu erregen oder um zu vermeiden, dass man, was noch schlimmer ist, die falsche Art von Aufmerksamkeit erregt. Und er wird niemals kapieren, wie beängstigend und verunsichernd es ist, wenn man das Gefühl hat, man sei das Eigentum von so was wie einem schulumspannenden Jungenmonster, das meint, es könne dich begrapschen und betatschen oder dich bewerten, wann und wie es will.

Es klingelt zum ersten Mal, lange und durchdringend. Mittlerweile strömen überall um uns herum die Leute zur Schule und rempeln Seth und mich an, während wir da stehen, uns ansehen und es zum ersten Mal, seit wir zusammen sind, krampfig zwischen uns ist.

»Darf ich dich reinbegleiten oder ist das nicht okay?«, fragt Seth und klingt eine Spur gereizt.

»Ich will mich nicht streiten«, murmele ich und sehe auf meine Füße.

»Ich auch nicht. Ich hab dich wirklich gern, Vivian. Also, sehr gern.«

Ich nicke. »Ich hab dich auch gern.«

»Sollen wir dann reingehen? Und vielleicht später weiter darüber reden?«

Wieder nicke ich, und wir gehen die drei Stufen zum Hauptgebäude hinauf. Drinnen schlägt mir der Gestank von scharfen Reinigungsmitteln, vermischt mit Axe-Bodyspray, entgegen. Um mich herum ertönt Geschrei – größtenteils von Jungen, denn nette Mädchen schreien nicht –, und ich schnappe Satzfetzen auf wie *March Madness*, *dumme Schlampe* und *die ist so scharf*.

Ich balle die Fäuste. Fühle mich wie ein Streichholz, das gleich in Flammen aufgeht. Oder wie der erste Donnerschlag vor einem Gewitter. Als Seth sich zu mir umdreht, um sich von mir zu verabschieden und zu seiner ersten Stunde zu gehen, zucke ich regelrecht zusammen, beinahe so, als hätte ich ganz vergessen, dass er da ist.

Moxie
Nummer 4
GRATIS!!
Moxie-Girls schlagen zurück!
... und bringen dich zur Strecke!
... und erinnern sich an dein Gesicht!
... und merken sich deinen Namen!

Moxie wirft Licht auf den
sexistischen Scheiß
an der ERHS.
Moxie gibt nicht auf!
Moxie WIRD SIEGEN!

Hast du mal darüber nachgedacht..

dass March Madness für die Jungen der ERHS nur eine weitere Gelegenheit ist, Mädchen als Objekte zu behandeln? UND es spielt uns Mädchen gegeneinander aus. Es schafft Konkurrenz, wo Einigkeit herrschen sollte. Es idealisiert einen Typ von Schönheit (weiß & dünn) gegenüber allen anderen Typen. Es erniedrigt und demütigt uns. Es ist krank, ekelhaft und wird im Prinzip von der Schule und der Gemeinschaft geduldet.

MARCH MADNESS IST TOTAL KRANK!

VERGESST DAS NICHT!

Denkt daran …

MOXIE

sieht

ALLES

KAPITEL ZWANZIG

»Sie sind wieder da!«, ruft Lucy an dem Morgen, nachdem die vierte Ausgabe von *Moxie* das Licht der Welt erblickt hat. Sie wirkt erwartungsvoll und gelöst, hat eines der Zines in der Hand und fällt mir fast um den Hals.

Ich gähne und blinzele. Diese vierte Ausgabe habe ich gestern Abend in einem regelrechten Wutrausch gebastelt. Als ich fertig war und zu U COPY IT radelte, war es fast halb elf. Mom hatte Nachtschicht, sodass ich mir keine Sorgen machen musste, ob ich vor ihr zu Hause sein würde. Frank, der Copyshop-Mann, beteuerte, diese sei »die bisher coolste Ausgabe«, und als ich wieder nach Hause fuhr, war ich in Hochstimmung, so nervös und überdreht, dass ich noch bis fast ein Uhr morgens wach blieb, auf YouTube alte Bikini Kill-Videos anschaute und mir das Heft immer wieder ansah. Jedes Mal, wenn die Drohungen, die Direktor Wilson auf der Versammlung ausgestoßen hatte, sich in meine Gedanken schleichen wollten, spielte ich das nächste Video noch lauter ab. Die Risiken, die ich mit dieser Ausgabe eingehe – die Gefahr, dass ich damit Lucy schade, die Gefahr, dass ich erwischt werde und von der Schule fliege –, hatte ich die ganze Zeit im Hinterkopf, während ich schnitt und klebte und faltete. Aber ich bin fertig mit Direktor Wilson. Ich bin fertig mit dem ganzen Scheiß an der East Rockport High. Spaß und Spiele, das hat sich erledigt.

»Ja, ich habe es auch gesehen«, antworte ich.

Lucy dreht das Zine um und sieht auf die Rückseite, dann klappt sie es auf und überfliegt die Worte und Bilder, die ich zum Sound von *Bratmobile* und *Team Dresch* sorgfältig ausgewählt habe.

»Diese Ausgabe ist ... ich weiß gar nicht, wie ich das nennen soll. Ich glaube, sie ist krasser als die anderen.«

»Meinst du?«, frage ich und blicke Lucy über die Schulter, als sähe ich das Zine zum ersten Mal.

Aber Lucy hat recht. Als ich diese Ausgabe von *Moxie* machte, war in mir eine Wut, die sich wie Dampf unter Druck anfühlte. Wie eine Giftschlange. Und als ich heute Morgen mein Hoodie anzog, bevor ich die Hefte verteilte, fühlte ich mich wie eine Kriegerin in gefährlicher Mission, finster entschlossen, um jeden Preis Erfolg zu haben. Meine Wut ließ mich beinahe vergessen, in was für eine heikle Lage ich mich bringe. Und Lucy auch.

»Es ist viel aggressiver, finde ich«, sagt sie jetzt, den Blick immer noch auf das Heft gerichtet. »Bloß gibt es keinen Aufruf zu irgendeiner Aktion. Keine Sticker oder Bademäntel oder was auch immer. Es ist nur ... wütend.«

»Na ja«, sage ich und knalle den Spind zu, »es gibt ja auch eine Menge, worüber man wütend sein kann.«

»Ja, allerdings«, antwortet Lucy, und wir schließen uns dem Strom der Schüler an, die in ihre Klassenräume gehen, während ihre Stimmen von den Wänden widerhallen und ihre Schuhe auf dem gefliesten Boden quietschen. »Weißt du, ich frage mich, ob diese Marisela Perez es gemacht hat.«

Meine Augenbrauen schießen in die Höhe, und hastig versuche ich, meine Überraschung zu überspielen.

»Wie kommst du denn darauf?«, frage ich.

»Weißt du noch, wie sie Tim Fitzpatrick ihren Arschloch-Sticker auf die Brust geklebt hat? Sie scheint einfach den Mut für so was zu haben.«

»Hm«, mache ich. »Könnte natürlich sein.«

»Ich hoffe bloß, ich muss deswegen nicht zum Direktor«, sagt Lucy, und mein Magen krampft sich zusammen.

»Er kann unmöglich wissen, wer das war«, sage ich.

»Ja.« Lucy zuckt die Achseln. »Du hast recht.« Aber ich merke ihr an, dass sie sich ein bisschen Sorgen macht.

Dann verabschieden wir uns bis später in Englisch, und ich suche die Flure nach Seths Gesicht ab. Nach unserer Unterhaltung vor der Schule gestern Morgen fand ich es ein bisschen komisch zwischen uns. Sicher bin ich nicht. Von dieser neuesten *Moxie*-Ausgabe habe ich ihm nicht einmal erzählt. Jetzt frage ich mich besorgt, was es zu bedeuten hat, dass ich nicht das Bedürfnis hatte, ihn einzuweihen.

Am Nachmittag gehe ich zum Abendessen rüber zu Meemaw und Grandpa. Nach Käse-Makkaroni von Stouffer's und einem Berg in Ranch Dressing ertränktem Eisbergsalat setze ich mich zu ihnen ins Fernsehzimmer, wo ich meine Hausaufgaben mache und sie *Glücksrad* anschauen. Während ich Meemaw zuhöre, die ihre abwegigen Antworten ruft (»Der Nil!«, *»Die Brücke am Kwai!«*, »›Old Man River‹!«), wandern meine Gedanken zurück zum letzten Herbst, zu der Zeit vor Moxie. Als ich mit dem Zine begann, hatte ich das Gefühl, etwas aufzudecken. Ein Geheimnis offenzulegen, das offengelegt werden musste. Und eine Zeit lang war es toll. Und dann kam Seth, der klug und cool und nett war – *ist*. Das war auch toll. Aber dabei ist Moxie auf der Strecke geblieben.

Doch seit dem Beginn von March Madness hat sich wieder

etwas verändert. Bei diesem vierten *Moxie*-Heft sehne ich mich nach etwas, aber ich weiß nicht, wonach.

»Alles in Ordnung, Schätzchen?«, fragt Meemaw in einer Werbepause und legt besorgt den Kopf schräg.

»Wieso fragst du?«

»Nun, du hast die ganze letzte Runde von *Glücksrad* reglos dagesessen und die Wand angestarrt«, sagt Grandpa. »Du guckst so verdutzt wie eine Ziege auf Kunstrasen.«

Ich werde ein bisschen rot und senke den Blick auf meinen Matheblock. Zwar halte ich einen Bleistift in der Hand, aber ich habe erst eine Aufgabe gelöst.

»Mir geht nur was durch den Kopf«, sage ich. »Nichts Ernstes.«

»Möchtest du darüber reden?«, fragt Meemaw. Ich stelle mir vor, wie ich versuche, meiner Großmutter Moxie und Seth und March Madness zu erklären. Sosehr ich sie liebe, weiß ich doch, sie würde es nicht kapieren. Meemaw und Grandpa haben eine klare Weltsicht. Sonntags geht man in die Kirche, nach dem Labor Day trägt man kein Weiß, und man sagt immer »Frohe Weihnachten« und nicht »Schöne Feiertage«.

»Alles in Ordnung, wirklich.« Ich setze ein Lächeln auf. »Bin wohl bloß müde.«

Meemaw lächelt zurück. Das ist eine Antwort, mit der sie etwas anfangen kann, und sie scheint sie und Grandpa zu beruhigen. Die beiden wenden sich wieder dem Fernseher zu, und ich versuche weiter, mich auf Mathe zu konzentrieren, bis kurz darauf mein Handy summt.

Hey, was dagegen, wenn ich nachher rüberkomme? Ist deine Mutter zu Hause?

Seth. Heute in der Schule habe ich kaum mit ihm geredet. Ich weiß, dass er das Zine gesehen hat, weil er es mir nach Englisch erzählt hat. Er sagte, es sei »cool«, und es sei »cool«, dass ich mit *Moxie* weitermache. Aber es war keine sehr lange Unterhaltung.

Ich schreibe ihm zurück, dass ich bei meinen Großeltern bin, aber in ein paar Minuten nach Hause gehe.

Cool, antwortet er.

Mein Herz beginnt zu rasen. Ist das Seths Version des »Wir müssen reden«, das man in kitschigen romantischen Komödien und Sitcoms immer vor Trennungen hört?

Ich sage Meemaw und Grandpa, ich müsse nach Hause, und gebe ihnen beiden einen Kuss auf die Wange. Grandpa bringt mich zur Tür und sieht mir hinterher, bis ich zu Hause bin.

»Hab dich lieb!«, ruft er.

»Hab dich auch lieb, Grandpa!«

Ich setze mich ins Wohnzimmer, damit ich die Straße vor unserem Haus im Blick habe. Seth parkt immer ein Stück entfernt, damit meine Großeltern ihn nicht sehen. Als ich ihn mit gesenktem Kopf und den Händen in den Taschen auf dem Bürgersteig entdecke, ist mein erster Gedanke: *Er ist so irre süß*. Ich beobachte, wie er in den Durchgang zwischen unserem Haus und dem unserer anderen Nachbarn schlüpft, ehe er durch die Hintertür hereinkommt, die ich bereits aufgeschlossen habe.

»Hey«, sagt er und zieht sein Hoodie aus. »Wenn ich mich so bei euch reinschleiche, komme ich mir immer vor wie ein Geheimagent.«

Ich grinse. In Wirklichkeit weiß meine Mutter garantiert längst, dass Seth vorbeikommt, wenn sie nicht da ist. Doch es macht alles ein bisschen einfacher, wenn wir Meemaw und Grandpa da heraushalten können.

»Tut mir leid. Aber du willst wirklich nicht, dass meine Großeltern dich sehen. Grandpa besitzt ein Gewehr.«

»Logisch«, sagt Seth.

Das wäre normalerweise der Augenblick, wo Seth mich küsst, wir auf die Couch fallen und anfangen zu knutschen, und allmählich frage ich mich, ob und wann wir weiter gehen werden als beim letzten Mal. Aber diesmal steht er bloß da, und unwillkürlich platzt es aus mir heraus: »Ist es aus zwischen uns?«

Seth reißt ehrlich überrascht die Augen auf. »Nein! Was?« Er blinzelt, dann noch einmal. »Es sei denn, du möchtest mit mir Schluss machen.«

Vor Verlegenheit werde ich rot. Ich habe das Gefühl, ich spiele hier die Rolle der klammernden Freundin, und das finde ich furchtbar. Stumm schüttele ich den Kopf und sehe auf meine Füße.

»Es ist bescheuert«, sage ich dann. »Aber ich habe einfach das Gefühl ... seit gestern Morgen ... ist es irgendwie komisch zwischen uns.«

»Möchtest du darüber reden?«, fragt Seth.

Ich nicke, und wir landen nebeneinander auf der Couch.

Seth macht den Anfang. »Also, was ist los?«

Ich beiße mir auf die Lippe und suche nach den richtigen Worten. »Ich weiß auch nicht ... Ich weiß nicht mal, was ich sagen will. Ich hatte einfach das Gefühl, dass du ... mir einreden wolltest, es sei alles gar nicht so schlimm. Mit dieser March-Madness-Sache. Weil du nicht so ein Typ bist. Und ich war enttäuscht, weil ich, also, natürlich weiß ich, dass du nicht so ein Typ bist. Aber es *gibt* diese Typen an der East Rockport High. Es gibt ... so viele von ihnen.«

Seth nickt und kratzt sich am Hinterkopf.

»Ja, das ist nicht zu übersehen.«

»Ich rege mich nicht auf, weil es keine netten Jungs an der East Rockport High gäbe. Ich rege mich auf, weil es so viele

Arschlöcher gibt. Wenn ich mich über March Madness aufrege, geht das doch nicht gegen dich.«

»Klar«, antwortet er und atmet aus. »Ich fürchte, ich hab mich ein bisschen wie ein Schwachkopf benommen.«

»Nein, nicht wie ein Schwachkopf. Es war dir bloß ... nicht bewusst. Du warst sogar ein bisschen ... abwehrend?«

»Ich habe das Gefühl, ich kann hier gar nicht das Richtige sagen.«

»Nein, du sagst schon das Richtige. Alles gut.«

Seth grinst zaghaft. »Ich verspreche, ich versuche ... sensibler für diese Dinge zu sein.«

Wie er sich das vorstellt, ist mir nicht so recht klar. Ich fürchte, womöglich sagt er das nur, weil er glaubt, dass es das Richtige ist. Ehrlich gesagt weiß ich nicht mal genau, was ich von Seth erwarte. Vielleicht gibt es das Richtige gar nicht.

»Die neue Ausgabe von *Moxie* gefällt mir wirklich«, sagt er. »Das habe ich vorhin nicht nur so dahingesagt. Diese Ausgabe ist anders.«

Ich zupfe an einem losen Faden an meiner Jeans und denke an das, was Lucy über das Heft sagte. »Inwiefern anders?« Dann wage ich es, Seth anzusehen.

»Vielleicht ein bisschen krasser. Nicht, dass das unbedingt schlecht wäre oder so. Die Bilder, die du ausgesucht hast, gefallen mir. Ich finde es einfach cool, dass du das wieder machst. Außerdem macht es dich glücklich, oder?«

Ich weiß nicht, ob ich sagen würde, dass ich *Moxie* mache, weil es mich glücklich macht. Weil ich es wichtig finde vielleicht. Notwendig? Auf jeden Fall. Aber ich lächele nur und nicke. Da streckt Seth die Hand aus und reibt mein Knie, und ein elektrisierender Schauder durchfährt mich. Ich sehe ihn vielsagend an.

»Ach, willst du rummachen oder so?«, frage ich gespielt überrascht.

»Weiß nicht – willst du?«, fragt Seth in beiläufigem Ton zurück, so, als redeten wir darüber, was wir auf Netflix gucken wollen.

Ich werfe ihm ein Sofakissen an den Kopf.

»Wann kommt deine Mutter nach Hause?«, fragt Seth ein bisschen leiser. Voll flüsterig. Ich atme ein klein wenig schneller.

»In einer Stunde oder so«, murmele ich.

»Okay.« Seth nickt und sieht mich mit seinen dunklen Augen an. Er ist mir jetzt sehr nahe, und ich rieche seine Seife, sein Aftershave, die Tic Tacs mit Minzgeschmack, die er gelutscht haben muss, bevor er hierherkam.

Ich würde am liebsten sofort über ihn herfallen. Also mache ich das auch. Ich küsse ihn und lasse mich gegen ihn sinken, vergesse all meine gemischten Gefühle und ignoriere die Befürchtung, dass unsere Unterhaltung gerade eben überhaupt nichts geändert hat. Dass er nur das gesagt hat, was ich seiner Meinung nach hören wollte.

Doch dann erreichen Seths Hände schon meinen Rücken, und seine Lippen wandern zu dieser bestimmten Stelle an meinem Hals, und da rede ich mir ein, dass es nicht so schlimm ist.

Nicht lange nachdem ich die vierte Ausgabe von *Moxie* verteilt habe – vielleicht eine Woche später –, wartet zu meiner Überraschung eines Morgens Kiera Daniels an meinem Spind auf mich. Als sie mich kommen sieht, nickt sie mir zu.

»Hey«, sage ich.

»Hey«, grüßt Kiera zurück. Sie blickt sich um und sagt dann

mit gedämpfter Stimme: »Auch wenn nach diesem letzten Newsletter nichts Schlimmes passiert ist, müssen wir das an der Schule geheim halten.« Sie drückt mir einen Zettel in die Hand, und ich komme mir vor wie eine Spionin in einem alten Spielfilm.

Ich blicke nach unten auf den Zettel und falte ihn auseinander.

Dann blicke ich wieder hoch und lächele Kiera an.

»War das deine Idee?«

Kiera grinst. »Ja, meine und Amayas. Nachdem wir miteinander gesprochen hatten, du und ich ... und nach dieser letzten Ausgabe von *Moxie* – da dachte ich, dass ich wirklich etwas unternehmen möchte. Ich weiß, wir müssen vorsichtig sein. Aber das scheint es einfach ... wert zu sein.«

»Das ist so cool.« Ich merke, dass mir die Wangen ein bisschen wehtun, so breit grinse ich. »Wie hast du den Saal bekommen?«

»Mein Großvater ist ein Vietnamveteran«, erzählt Kiera. »Ich habe ihm gesagt, wir seien ein Mädchenclub und wollten darüber reden, wie man die Fußballmannschaft unterstützen kann.« Sie grinst süffisant.

»Das hast du nicht!«

»Doch.« Jetzt lacht sie laut, und ich auch. Blitzartig erinnere ich mich an unsere Grundschulzeit, als Kiera und ich versuchten, unsere eigenen *Gregs Tagebuch*-Bände zu machen. Ich übernachtete sogar ein paarmal bei ihr, wenn Mom Nachtschicht hatte. Jetzt, wo wir hier auf dem Flur stehen und uns unterhalten, kommt es mir verrückt vor, dass wir nicht befreundet geblieben sind.

»Weißt du, was?«, fragt Kiera. »Ich habe mit Marcus Schluss gemacht.«

Ich reiße die Augen auf. Kiera war seit Beginn der Highschool mit Marcus Tucker – dem Center der East Rockport Pirates – zusammen. Sie waren ein ernst zu nehmendes Paar.

»Tut mir leid«, sage ich.

»Braucht es nicht«, sagt Kiera. »Es war nicht cool, wie er mich behandelt hat.

Dass er sich aufgeführt hat, als wäre er ein Gottesgeschenk, bloß weil er Football spielt. Als er es toll fand, dass ich bei March Madness dabei bin, ist mir klar geworden, dass ich mit ihm fertig bin.«

Ich nicke. »Dann gratuliere.«

»Genau«, sagt Kiera. »Es fällt mir nicht direkt leicht, aber ich habe einfach beschlossen, mich voll in die Orga dafür zu stürzen« – sie deutet auf den Flyer –, »und das hilft.«

»Kann ich irgendwas tun?«

»Erzähl es einfach allen Mädchen weiter, von denen du glaubst, dass sie es cool finden.«

»Sehr gerne.« Ich grinse. »Das ist ideal, um den üblen Nachgeschmack von March Madness loszuwerden.«

Kiera verdreht die Augen. »Hast du gesehen, dass Emma Johnson gewonnen hat?«

»Ehrlich gesagt habe ich versucht, diesen ganzen Scheiß zu ignorieren, aber ja, hab ich gesehen. Wundert mich nicht, dass sie gewählt wurde.«

»Mich auch nicht«, sagt Kiera. »Okay, ich muss zu Spanisch. Aber wir sehen uns Samstag?«

»Auf jeden Fall«, sage ich, und beim Gedanken daran schlägt mein Herz vor Aufregung schneller. »Wir sehen uns Samstag.«

Als ich Emma Johnson in Englisch an ihrem Tisch sitzen und sich Notizen machen sehe, während Mr Davies doziert, denke ich noch immer daran, dass sie den Titel Miss Geilomat gewonnen hat. Ich überlege, ob ich sie zu Kieras Aktion einladen soll, aber das wäre, als wollte man eine Debütantin zum Vorglühen vor dem Footballspiel einladen. Emma hängt mit der Elite ab, mit den coolsten Footballspielern und den beliebtesten Cheerleadern. Außerdem war sie diejenige, die sich bei der Versammlung gegen Moxie aussprach.

Die Gründe, die dagegensprechen, Emma einzuladen, sind gut. Aber es gibt da eine Passage im Begleitheft zu einem der Alben von Bikini Kill, die mir im Gedächtnis geblieben ist, und zwar, dass alle Mädchen auf ihre eigene Weise Kriegerinnen seien, sogar die Mädchen mit den toupierten Haaren, die mit Sportcracks zusammen sind. Wieder falte ich Kieras Flyer auseinander und lese: ALLE MÄDCHEN SIND WILLKOMMEN. Als es klingelt, überlege ich, ob ich Emma auf die Schulter klopfen und ihr sagen soll: »Hey, ich weiß, wir reden nie miteinander und du weißt kaum, dass es mich gibt, aber ich wollte trotzdem fragen, ob du Lust hast, zu dieser Aktion für Mädchen zu kommen, die sauer sind über den ganzen Scheiß an der East Rockport High, der sich offenbar sogar zu deinem Vorteil auswirkt.«

Doch ich sage nichts. Ich sehe ihr bloß hinterher, als sie ihr honigblondes Haar nach hinten wirft und den Klassenraum verlässt.

KAPITEL EINUNDZWANZIG

Als ich die schwere Tür zur VFW Hall, dem Versammlungsraum der Kriegsveteranen, aufziehe, steigt mir sofort der Gestank von abgestandenem Zigarettenrauch in die Nase.

»Puh, hier riecht es wie in unserem Wohnzimmer, bevor Dad aufgehört hat«, sagt Claudia und rümpft die Nase.

Lucy, Sara, Kaitlyn und Meg sind auch bei uns. Wir blinzeln, während unsere Augen sich an das dämmrige Licht in diesem holzgetäfelten Raum gewöhnen, der mindestens seit den 1970ern nicht mehr renoviert wurde. In der Ecke neben einer verlassenen Bar hängen alte Schilder mit Bierwerbung.

»Hey.« Amaya kommt zu uns. Ich sehe mich um. Es sind nur rund zwanzig Mädchen hier, und ich bin ein bisschen enttäuscht. Das sind wirklich wenige Mädchen im Verhältnis zur Größe der East Rockport High. Aber ich sage mir, dass es ja noch früh ist.

»Fünf Dollar«, sagt Amaya und öffnet einen Schuhkarton. Wir holen alle unsere zerknitterten Geldscheine hervor, und Amaya dankt uns fürs Kommen und sagt uns, dass wir unser Gebäck auf den Kuchenbasartisch stellen können.

Die meisten Mädchen hier sind in der Fußballmannschaft. Musik dröhnt aus den Boxen, und meine Freundinnen und ich gehen, ein bisschen unentspannt, zusammen durch den Saal.

»Hey, da seid ihr ja.« Kiera kommt zu uns. Sie trägt dunkle

Jeans, ein leuchtend pinkfarbenes Top und einen dazu passenden Lippenstift. »Schön, dass ihr kommen konntet.«

»Voll cool hier«, sagt Lucy, obwohl eigentlich gar nichts los ist. Ich weiß, sie möchte, dass Kiera sie mag. Sie soll sich darüber freuen, dass sie hier ist.

»Danke«, sagt Kiera und sieht auf ihr Handy. »Ich hoffe, es kommen noch mehr Mädchen. Gerade habe ich von meinen Freundinnen Maci und Charity gehört, dass sie unterwegs sind.«

»Cool«, sage ich und nicke.

Kiera lächelt und geht davon, und meine Freundinnen und ich schlendern weiter und halten uns an unseren Papptellern mit den Lemon Bars und den Chocolate Cookies fest.

Überall im Saal bieten Mädchen etwas zum Verkauf an. Ihre Waren haben sie auf Klapptischen ausgebreitet. Vor Marisela Perez liegen Dutzende von schmalen Armbändern, die sie selbst gemacht hat und für fünf Dollar das Stück verkauft. Es sind fragile Dinger mit kleinen bunten Kunststoffperlen, die wie Fruchtgummi aussehen.

»Die sind ja hübsch«, sagt Claudia und berührt eines.

»Danke.« Marisela nimmt eines ihrer Werke in die Hand. »Ich mache sie bloß zum Zeitvertreib und verkaufe sie an meine Cousinen. Das ist das erste Mal, dass ich versuche, sie anderen Leuten zu verkaufen. Aber es hilft ja auch mir, weil ich selbst in der Fußballmannschaft bin.«

»Ich kaufe später eines«, sagt Claudia, und Marisela grinst.

Nachdem wir unser Gebäck am Kuchenbasartisch abgegeben haben, schauen wir uns weiter um. Wir sehen Schmuck, Magneten und Sticker. Als ich einen Stapel *Moxie*-Zines entdecke – bis zurück zur ersten Ausgabe –, die in ordentlichen Reihen auf einem Tisch liegen und kostenlos mitgenommen werden können, wird mir ganz warm ums Herz. Kiera hat wohl Kopien von den Originalen gemacht, denn die Bilder sind ein bisschen unschärfer, als sie bei mir waren.

Kieras Tisch erkenne ich sofort, weil lauter Zeichnungen darauf ausgebreitet sind: eine Reihe kahler Bäume im Winter, die sich bis zum Horizont erstreckt; zwei miteinander verschränkte Hände; ein einzelner Augapfel, der den Betrachter gelassen ansieht. Ihre Zeichnungen sind alle in Schwarz-Weiß und echt beeindruckend. Seit unseren *Gregs Tagebuch*-Zeiten hat sich viel getan bei ihr.

»Das ist ... so *cool*«, sagt Lucy, die kaum an sich halten kann. »Es erinnert mich an unseren GRIT-Club in Houston.«

Claudias Begeisterung und die der anderen scheint sich in Grenzen zu halten, aber wir beschließen, uns noch ein Weilchen umzuschauen – Claudia möchte sich ja eines von Mariselas Armbändern kaufen –, und so schlendern wir, noch immer dicht zusammengedrängt, weiter. Als wir einmal herum sind, sind wieder ein paar Mädchen dazugekommen. Sie sehen aus, als könnten sie aus der Neunten oder Zehnten sein, und wirken verunsichert und nervös. Ich hebe die Hand und lächele ihnen zu, und sie lächeln zurück.

Immer wieder geht die Tür auf, und weitere Mädchen kommen herein. Mittlerweile ist der Geräuschpegel so hoch, dass wir schreien müssen. Allmählich wird es auch heiß und stickig hier drin, und Kiera und Amaya öffnen die Fenster, weil die Klimaanlage nicht richtig funktioniert. Trotzdem schwitzen wir alle leicht und glühen ein bisschen. Meine Freundinnen und ich beschließen, uns Limonade zu besorgen.

»Wollt ihr normale oder ... mit Schuss?«, fragt das Mädchen hinter dem Tisch und sieht uns an.

»Mit Schuss?«, fragt Claudia laut, und das Mädchen wirft

ihr einen warnenden Blick zu. Ich erkenne sie als eine der Fußballspielerinnen. Sie heißt Jane, glaube ich.

Lucy stupst Claudia mit dem Ellbogen an, und jetzt fällt auch uns anderen die braune Papiertüte mit der schlanken Flasche darin auf, die auf dem Boden steht.

»Wodka«, flüstert Jane und zwinkert uns zu.

»Mit Schuss, bitte«, sagt Lucy ohne zu zögern und kramt ihr Geld hervor. Bald halten wir fast alle Becher mit Speziallimonade in der Hand, und es dauert nicht lange, bis Claudia zur Musik tanzt und sich ein verschmitztes Lächeln auf ihrem Gesicht ausbreitet.

»Claudia hat voll den Schuss«, verkündet sie, und wir lachen. Mittlerweile hat der Saal sich gefüllt. Mädchen aus beinahe allen Grüppchen an der East Rockport High laufen kreuz und quer durch den Saal und geben ihre als Babysitter oder Bedienung im Sonic-Drive-in verdienten Dollars oder ihr Taschengeld für Mariselas Armbänder, Kieras Zeichnungen oder für Sticker mit dem Aufdruck BOSS BITCH aus.

Wir rufen uns Hey und Hi und »Cool, dass du hier bist« zu, wir umarmen und küssen uns auf die Wange, wir erzählen uns, was wir so getrieben haben, und ignorieren dabei ausnahmsweise mal die unausgesprochenen Trennungslinien von Hautfarbe, Gesellschaftsschicht und Beliebtheit, nach denen wir uns sonst sortieren. Ein paar Mädchen tanzen am Rand des Saals und bewegen sich ganz gelöst, weil kein Junge sie beobachtet. Die Atmosphäre ist lebendig und schwindelerregend, verschwitzt und mega-, megafröhlich. Ich glaube, noch nie habe ich mich so sehr wie ein Riot Grrrl gefühlt, als würde ich in Moms Fußstapfen treten, wobei das hier keine Kopie ist, sondern mein komplett eigenes Ding. Es ist *unser* eigenes Ding. Das Ding der Mädchen von der East Rockport High. Das ist Moxie, und in diesem Moment fühlt es sich ganz real, lebendig und richtig an.

Nach etwa einer Stunde steigt Kiera auf eine kleine Bühne ganz hinten im Saal, geht ans Mikrofon und klopft dagegen.

»Ähm, könnte ich bitte eure Aufmerksamkeit haben?«, fragt sie. Sie lächelt träge, und da bin ich mir ziemlich sicher, dass sie ein, zwei Limos mit Schuss hatte. Ich trinke einen Schluck von meiner zweiten. Meine Lippen fühlen sich halb taub an.

Es wird ruhig im Saal und alle wenden wir uns Kiera zu. Als sie unsere volle Aufmerksamkeit hat, beugt sie sich zum Mikro vor.

»Ähm, als Erstes ...« – sie macht eine dramatische Pause – »Moxie-Girls schlagen zurück!«

Zu meinem Entzücken und meiner Überraschung jubeln und schreien die Mädchen um mich herum, und ein paar heben ihre roten Plastikbecher. Kiera fährt fort. »Das ist hier ein megacooles Ladys-Event, und wir haben jede Menge Geld für das Mädchenfußballteam eingenommen, so viel, dass wir Trikots aus diesem Jahrhundert kaufen können, glaube ich. Also danke fürs Kommen. Das wars auch schon. Dreht die Mucke wieder auf.«

Wieder jubeln alle, und bald darauf tanzen wir – eine große Menge Mädchen, die sich zur Musik bewegen und einfach Spaß haben. Als ich beobachte, wie Lucy sich dreht und die schwarzen Locken hin und her wirft, und als ich Claudia lachen und (schief) mitsingen höre, kommt mir ein Gedanke: Dies bedeutet es, Feministin zu sein. Nicht Humanistin oder Equalistin oder so. Sondern Feministin. Es ist gar kein schlechtes Wort. Von nun an ist es vielleicht sogar mein Lieblingswort. Denn Feminismus bedeutet eigentlich nur, dass Frauen und Mädchen einander unterstützen und wie Menschen behandelt werden wollen in einer Welt, die immer neue Wege findet, ihnen zu sagen, dass sie das nicht sind.

Nach etwa einer weiteren Stunde wird es draußen langsam dunkel, und Kiera tritt noch einmal ans Mikro, um zu verkünden, dass sie den Saal bald abschließen müssen. Buhrufe ertönen, bis Kiera verspricht, demnächst ein weiteres Moxie-Treffen zu veranstalten, was ihr wieder Jubelrufe einträgt. Sie ermahnt alle, die zu viel »Erwachsenen-Limonade« getrunken haben, zu Fuß nach Hause zu gehen, und zwar in Gruppen.

»Ich kann fahren«, sagt Sara. »Ich habe nichts getrunken.«

Kaitlyn und Meg fahren mit ihr, aber Claudia und ich kommen überein, Lucy nach Hause zu bringen, die nicht weit von der VFW Hall wohnt und zu Fuß gekommen ist.

»Vielleicht sollten wir zuerst noch ein bisschen beim Aufräumen helfen?«, schlägt Claudia vor und deutet auf Kiera, Amaya und ein paar weitere Mädchen, die die Tische zusammenklappen und Plastikbecher in große schwarze Müllsäcke werfen.

»Ja, gute Idee«, stimmt Lucy zu. Während sie und Claudia beim Zusammenräumen helfen, biete ich an, ein paar der Müllsäcke zum Container zu schleppen.

Als ich die Hintertür aufstoße, hüllt mich sofort schwül-heiße Abendluft ein wie eine zu enge Umarmung. Die Tür scharrt geräuschvoll über den Kies auf dem Parkplatz.

»Oh, hey«, ruft eine weibliche Stimme ganz in der Nähe. Blinzelnd hebe ich den Kopf, und als meine Augen sich an die Dunkelheit gewöhnt haben, entdecke ich Marisela und Jane, die sich aus einer allem Anschein nach mehr als nur freundschaftlichen Umarmung lösen. Jane zieht ihr T-Shirt herunter. Marisela hüstelt. Ich bin über ein Geheimnis gestolpert, und wenn es nicht so dunkel wäre, könnten die beiden sehen, dass ich knallrot geworden bin.

»Ich wollte nur die hier wegwerfen«, sage ich und deute matt auf die Müllsäcke zu meinen Füßen. »Sorry, dass ich euch gestört habe.« Ich hoffe, meine Stimme klingt nach: *Alles cool.* An der East Rockport High gibt es zwei Jungs aus der Zwölften, die beide in der Theater-AG sind. Sie hängen immer zusammen ab, und ich glaube zwar nicht, dass sie wirklich *zusammen* sind, aber alle denken genau das. Die zwei werden regelmäßig zur Zielscheibe blöder Witze und Sprüche und zählen garantiert schon die Tage, bis sie endlich von hier wegkönnen.

Aber in meiner ganzen Zeit an der East Rockport High habe ich von keinem einzigen Mädchen gehört, das sich geoutet hätte. Ich meine, es gab natürlich immer mal Gerüchte. Aber das war auch alles. Gerüchte.

»Du erzählst es niemandem, oder?«, fragt Marisela und lässt das, was ich nicht erzählen soll, unausgesprochen, aber es ist ja offensichtlich. Ich schüttele den Kopf und sage mit Nachdruck: »Nein, niemandem. Versprochen.« Und das werde ich auch nicht tun. Nicht einmal Lucy oder Claudia. Denn von dem, was Marisela und Jane da laufen haben, dürfen in einer Kleinstadt wie East Rockport nicht zu viele Leute wissen.

»Danke«, sagt Jane. Sie verschränkt die Arme vor der Brust und weicht meinem Blick aus, und da tut sie mir ein bisschen leid, und Marisela auch.

»Warte, ich helfe dir«, sagt Marisela. Sie schnappt sich einen der Müllsäcke, und wir hieven sie in den großen blauen Container hinter dem Gebäude.

»Okay«, sage ich. »Ich gehe wieder rein.«

»Alles klar«, sagt Marisela. Dann fügt sie nach kurzem Zögern hinzu: »Das heute Abend hat Spaß gemacht. Ich glaube, das könnte der schönste Abend gewesen sein, den ich im ganzen Leben hatte.« Sie spricht leise und schleppend, so, als hätte sie reichlich Limo getrunken. Doch Jane sieht ihr in die Augen und lächelt so strahlend, dass man ihr Zahnfleisch sehen kann.

»Es war ein ziemlich cooler Abend«, sage ich und grinse auch.

Als Claudia und ich Lucy nach Hause bringen, gähnen wir alle und schleppen uns dahin. Es fühlt sich später an, als es ist.

»Ihr könnt bei mir übernachten, oder ich kann euch auch nach Hause fahren«, bietet Lucy an. »Ich hatte nur einen Becher von dieser Speziallimo, und das ist schon Stunden her.« Wir lassen uns von ihr nach Hause fahren, denn unsere Eltern warten auf uns und wir haben nichts zum Übernachten dabei. Ich schreibe Mom, dass ich unterwegs bin. Als Lucy bei uns in der Einfahrt hält, schläft Claudia auf dem Rücksitz schon halb.

»Nacht, Claud«, murmele ich nach hinten.

»Hmmmph.«

»Ich bin so froh, dass Kiera das organisiert hat«, sagt Lucy. »Wenn ich damit nicht deine Mutter und deine Großeltern erschrecken würde, würde ich vor Glück hupen.«

Ich greife über sie hinweg und drücke zweimal auf die Hupe – *tuut, tuut*.

»Was'n los?«, fragt Claudia und setzt sich abrupt auf, blinzelt und reibt sich die Augen. Lucy und ich lachen.

»Moxie!«, schreie ich und steige aus.

»Moxie!«, schreit Lucy zurück. Sie hupt noch einmal, dann setzt sie zurück aus der Einfahrt.

Mom empfängt mich an der Tür.

»Viv, was ist los? Alles in Ordnung?«

Ich lächele sie an und lege die verschwitzten Arme um sie. »Tut mir leid, wir sind nur albern.«

»Du stinkst!«

»Na, danke auch.« Ich öffne den Kühlschrank, um mir etwas Kaltes zu trinken zu nehmen, und gieße mir ein Glas Orangensaft ein.

»Und? Wie wars?«, fragt Mom. Ich hatte ihr erzählt, dass ich zu einer Benefizveranstaltung nur für Mädchen zugunsten der Fußballmannschaft gehen wolle, war aber nicht weiter ins Detail gegangen.

»Es hat Megaspaß gemacht, Mom«, sage ich, »aber ich bin total müde.« Ich möchte ins Bett, solange die Erinnerung an diesen Abend frisch ist, damit ich im Kopf alles noch einmal Revue passieren lassen kann, bis ich einschlafe.

»Sind viele Mädchen gekommen?« Mom lehnt sich an die Küchentheke und sieht zu, wie ich das ganze Glas mit wenigen Schlucken austrinke. Ich hatte gar nicht gemerkt, wie durstig ich war.

»Ja«, sage ich und stelle das Glas in die Spüle. »Jede Menge.«

»Das ist doch schön«, sagt Mom. »Ich finds toll, dass die Mädchen so was machen. Wer genau hat das organisiert?«

Allmählich bekomme ich Kopfschmerzen. Vielleicht von der Limo. Ich reibe mir die Schläfen und schließe die Augen.

»Die Mädchen aus der Fußballmannschaft plus ein paar andere Mädchen«, sage ich und verdrücke mich in den Flur.

»Ich habe Claudias Mutter getroffen, und sie sagte, es sei irgendeine Gruppe namens Moxie gewesen? Sie hat den Flyer bei Claudia gesehen.«

Ich bleibe an meiner Zimmertür stehen, mit dem Rücken zu Mom. »Oh, ja«, sage ich und wundere mich, dass Claudia den Flyer nicht besser versteckt hat. Mein Herz beginnt zu rasen. Soll ich Mom von Moxie erzählen? Sie würde es wahrscheinlich cool finden und hätte vielleicht sogar einen guten Rat, wie ich es am Laufen halten kann.

Aber plötzlich geht mir auf, dass es bei Moxie nicht nur um

mich geht. Und um Mom schon gar nicht. Moxie gehört allen Mädchen an der East Rockport High. Die Power, die die VFW Hall erfüllte, gehört uns, allein uns.

»Machst du da mit?« Mom lässt nicht locker. »Bei Moxie, meine ich. Cooler Name übrigens.«

»Na ja, ich war bei dieser Veranstaltung heute Abend, also ja, irgendwie schon.« Ich ziehe die verschwitzten Klamotten aus und suche nach meinem Schlafanzug. »Mom, ich gehe ins Bett, okay? Ich bin einfach hundemüde. Wir haben getanzt und so, und mir tut alles weh. Können wir morgen weiterreden?« Endlich bringe ich den Mut auf, mich umzudrehen und sie anzusehen.

»Ja, klar, wir reden morgen«, sagt Mom, aber sie guckt irgendwie traurig, und ihre Stimme klingt ein klitzekleines bisschen wehmütig. »Du siehst aus, als hättest du viel Spaß gehabt, weißt du?«

»Ich hatte ja auch Spaß, Mom, wirklich.« Ich gebe ihr einen Kuss auf die Wange. Nachdem sie gegangen ist, checke ich mein Telefon, während ich mich schon ins Bett fallen lasse. Ich habe ein paar Nachrichten von Seth. Die letzte lautet:

Wie wars? Hoffentlich hats Spaß gemacht.

Ich tippe rasch eine Antwort.

Totaaaaal – danke, dass du fragst – morgen mehr, bin müde! xo

Dann werfe ich das Handy auf den Boden, und während ich eindöse, habe ich den Kopf voller Bilder von Mädchen, die zusammen tanzen und lachen, sich an den Händen halten und sich so viel Raum nehmen, wie sie wollen.

Die Veranstaltung in der VFW Hall hat die Energie an der Schule verändert – und zwar positiv. Mädchen, die normalerweise nicht viel miteinander zu tun haben, grüßen sich jetzt auf dem Flur und lächeln sich an, wenn sie einander begegnen. Ich meine, vieles ist natürlich so wie immer – ich höre Typen darüber diskutieren, ob Emma Johnson den Sieg beim March Madness verdient hat, obwohl sie erst in der Elften ist, und Mitchell und seine Freunde sagen noch immer Mädchen, sie sollten ihnen ein Sandwich machen, und versuchen das Schubs-und-grapsch-Spiel –, aber trotzdem fühlen sich diese ersten Tage nach Kieras Aktion anders an. So, als wären wir alle ein bisschen bewusster. Wacher.

»Ich frage mich, ob diejenigen, die den *Moxie*-Newsletter machen, in der Zwölften sind«, sagt Claudia, als wir uns vor dem ersten Klingeln draußen vor der Schule mit Lucy treffen. »Dann hört es vielleicht auf, wenn sie mit der Schule fertig sind.«

»Schon, aber selbst wenn«, sagt Lucy und fasst ihre Locken zu einem Pferdeschwanz zusammen, »spielt es eigentlich keine große Rolle. Kommt es euch seit Samstag nicht auch so vor, als könnte Moxie einfach immer weiterlaufen, egal, was passiert?«

»Also glaubst du nicht, dass Kiera damit angefangen hat?«, fragt Claudia.

Lucy schüttelt den Kopf. »Nein. Kieras Flyer hatte einen ganz anderen Stil als die Newsletter. Genauso wie mein Flyer für den Kuchenbasar völlig anders aussah. Weil ich die Newsletter auch nicht gemacht habe.«

»Ich glaube, Lucy hat recht«, werfe ich ein.

»Damit, dass Kiera die Newsletter nicht gemacht hat?«, fragt Claudia.

»Na ja, klar«, antworte ich, »aber auch damit, dass es egal ist, wer sie gemacht hat, sogar falls die Macherinnen jetzt mit der Schule fertig werden. Weil Moxie eine Bewegung ist, die allen gehört.« Ich sehe Claudia an und füge nach kurzem Zögern hinzu: »Ich meine, sie gehört allen Mädchen, denen es wichtig ist, Feministinnen zu sein.«

Darauf sagt Claudia nichts. Sie nickt bloß, als wollte sie darüber zuerst nachdenken. Da summt mein Handy.

Kommt zum Haupteingang, ihr werdet es nicht glauben.

»Das ist Sara«, sage ich und sehe noch mal aufs Display. »Vorne vor der Schule ist irgendwas los.«

Wir gehen ums Gebäude herum zum Haupteingang, wo sich um die Treppe, die zur großen grauen Metallflügeltür führt, eine vielköpfige Schülermenge versammelt hat. Die Tür selbst ist allerdings kaum zu sehen, weil sie mit leuchtend pinkfarbenen Flyern gepflastert ist. Das Stimmengewirr um uns herum wird sekündlich lauter.

Als Sara uns entdeckt, rennt sie mit einem Flyer in der Hand auf uns zu. Atemlos reicht sie uns den Zettel, und wir gucken entgeistert.

»Ach du Scheiße«, sagt Lucy dann.

Denn mehr ist dazu wirklich nicht zu sagen.

MOXIE-SCHULSTREIK!!!

DIESEN FREITAG

BEIM KLINGELN

ZUR ANWESENHEITSKONTROLLE

ICH BIN ES LEID, ZU SCHWEIGEN.

MITCHELL WILSON HAT AUF EINER PARTY VERSUCHT, MICH ZU VERGEWALTIGEN.

ICH WERDE NICHT MEHR DEN MUND HALTEN.

DIREKTOR WILSON UND DIE SCHULVERWALTUNG DER ERHS

HABEN SICH GEWEIGERT, MICH ANZUHÖREN.

WENN IHR DIESEN STREIK UNTERSTÜTZT,

UNTERSTÜTZT IHR ALLE MÄDCHEN.

IHR UNTERSTÜTZT DAMIT EINE BEWEGUNG,

DIE SICH WEIGERT,

GEWALT GEGEN MÄDCHEN ZU TOLERIEREN.

KAPITEL ZWEIUNDZWANZIG

Natürlich kann man eigentlich gar nicht anders, als darüber zu reden. Aber komischerweise kommt mir die East Rockport High beinahe stiller vor als sonst. Weil die Leute von diesem Flyer so geschockt sind, dass sie nur tuscheln, nur mit gedämpfter Stimme sprechen. Oder nicht einmal den Mund öffnen, sondern einander bloß ungläubig anstarren.

Hier und da fange ich Gesprächsfetzen auf.

»Hat jemand Mitchell gesehen?«

»Wer das wohl war?«

»Glaubst du, das stimmt?«

Lucy verabschiedet sich von uns, um zu ihrer ersten Stunde zu gehen, und dann trotten Claudia und ich zusammen zu Geschichte. Claudia umklammert den Zettel und überfliegt ihn immer wieder.

»Pass auf, Claudia«, sage ich und ziehe sie am Ellbogen zur Seite. »Du wärst fast gegen die Wand gelaufen.«

»Häh?«, fragt Claudia und blickt endlich hoch. »Oh, sorry.«

»Alles okay?«

Claudia verzieht das Gesicht und schüttelt den Kopf. Sie braucht nichts zu sagen, ich weiß sowieso, was sie denkt, während sie diesen Flyer anstarrt. *Das hätte ich sein können.*

Dann sind wir beim Geschichtsraum, und Claudia geht hinein, doch als ich ihr gerade folgen will, biegt Seth um die Ecke und hält wie alle Welt einen Flyer in der Hand. Er beugt sich zu mir, um mich zu küssen, aber ich versteife mich. Mir ist nicht nach Küssen.

»Alles in Ordnung?« Seth weicht einen Schritt zurück und wirkt gekränkt. Ich tue so, als würde ich es nicht merken.

»Ja, alles in Ordnung«, sage ich. »Es ist nur ... dieser Flyer. Der macht einen echt fassungslos.«

»Absolut«, sagt er. »Hast du irgendeine Ahnung, wer ihn gemacht hat?«

Ich schüttele den Kopf.

»Glaubst du, das stimmt?«

Jetzt weiche ich einen Schritt zurück. Es schnürt mir die Kehle zu, und mir wird schwer ums Herz.

»Natürlich stimmt das.« Ich sehe mich um und dann flüstere ich beinahe unhörbar: »Ich habe dir doch erzählt, was er Claudia angetan hat.«

Seth nickt, so, als hätte er das mit Claudia ganz vergessen. Vielleicht hatte er das ja auch. »Ja, natürlich. Das hast du mir erzählt. Und das ist ekelhaft. Aber dieses Mädchen« – er hält den Flyer hoch – »behauptet, er hätte versucht, sie zu vergewaltigen.«

»Ja. Und?«

»Na ja, das ist eine ziemlich heftige Anschuldigung.«

Ich weiß gar nicht, was ich darauf sagen soll, und starre Seth nur an. Er sollte auf meiner Seite sein. Er sollte das Mädchen mit mir zusammen verteidigen.

»Ich will ja gar nicht behaupten, dass es nicht stimmt«, sagt Seth bestürzt. »Nur, dass es eine ziemlich heftige Anschuldigung ist, und ich bin einfach, irgendwie, überrascht, dass sie es so da draußen hingehängt hat, anstatt es der Schule zu melden.«

»Aber sie hat doch geschrieben, dass die sie nicht anhören wollten! Und als Claudia sich an die Schulleitung gewandt hat, hat man ihr gesagt, sie soll die Weihnachtsferien nutzen, um die Sache zu vergessen«, entgegne ich. Ich spüre, dass von meinem Gesicht Hitze abstrahlt, zupfe an den Schulterriemen meines Rucksacks und ziehe ihn enger an mich. »Hör mal, ich komme zu spät.«

»Okay, na gut, ich finds nur einfach sehr krass«, sagt Seth. »Ich behaupte ja nicht, dass es nicht passiert ist.«

»Ich fürchte, es klang aber irgendwie so, als *würdest* du das behaupten«, fauche ich.

»Hör mal, Vivian, beruhig dich. Ich will doch nicht …«

»Wir reden später weiter«, sage ich wütend. »Und sag mir nicht, ich soll mich beruhigen.«

Seth tritt zurück, als hätte ich ihn in den Magen geboxt.

Ich gehe in den Klassenraum und blinzele, damit die Tränen, die mir plötzlich in die Augen getreten sind, nicht fließen.

»Alles okay?«, fragt Claudia, als ich mich neben sie setze.

»Ich hatte bloß gerade einen …« Fieberhaft suche ich nach einem besseren Wort, aber es gibt keines. »Ich hatte gerade einen Streit mit Seth. Er hat gesagt, er fragt sich, ob das Mädchen, das den Flyer gemacht hat, überhaupt die Wahrheit sagt.«

Da klingelt es, aber unsere Lehrerin Mrs Robbins ist noch nicht da. Alle reden nur über den Flyer, doch Claudia beugt sich mit besorgter Miene zu mir. »Das tut mir leid, Vivvy. Was ist denn passiert?« Aber ich komme nicht mehr dazu, es ihr zu erzählen, denn unvermittelt kommt Mrs Robbins herein und wirkt energischer als im ganzen letzten Jahr. Sie klatscht in die Hände und blafft uns an, wir sollten ihr zuhören.

»Ich komme gerade von einer außerordentlichen Lehrerkonferenz«, sagt sie in einem Ton, als wäre so eine Konferenz auf einer Stufe mit hochrangigen Abrüstungsverhandlungen. »Direktor Wilson wird gleich eine Ansprache halten. Und Sie alle sollten *sehr* aufmerksam zuhören.« Sie wirft uns eisige Blicke zu, und es kommt mir so vor, als ruhte er auf uns Mädchen besonders lange.

Kurz darauf dringt ein blechernes Piepen aus den Lautsprechern. Dann beginnt Direktor Wilson in barschem Ton zu sprechen und näselt vor Wut besonders stark.

»Schüler der East Rockport High, mir wurde berichtet, dass an unserer Schule ein Flugblatt die Runde macht, auf dem zu einem Streik aufgerufen wird.« Ich sehe ihn vor mir, wie er in seinem Büro steht und in ein Mikrofon spricht wie der Diktator eines kleinen Landes.

»Jeder Schüler, der mit Streikabsicht das Gebäude verlässt, wird sofort vom Unterricht ausgeschlossen, und dann werde ich sogleich den Schulverweis in die Wege leiten«, sagt er. Alle sehen sich um und tuscheln, aber Mrs Robbins klatscht noch einmal in die Hände und ruft: »Zugehört, Leute!«

»Was den auf dem Flugblatt geschilderten Vorfall betrifft«, fährt Direktor Wilson fort, »seien Sie versichert, dass die Schulverwaltung den Anschuldigungen nachgeht. Die Sicherheit unserer Schüler steht für uns immer an oberster Stelle.«

Diese Behauptung ist so unfassbar formelhaft und absolut lächerlich, dass ich mich unwillkürlich Claudia und Sara zuwende und die Augen verdrehe. Es ist mir völlig egal, ob Mrs Robbins es sieht.

»Und nun zurück an die Arbeit«, sagt Direktor Wilson. »Unsere Hausmeister sind schon dabei, die Flugblätter zu entfernen. Jedes gefundene Flugblatt wird konfisziert.«

Wutschäumend sitze ich an meinem Tisch. Er will den Anschuldigungen gegen sein eigenes Arschloch von einem Sohn nachgehen, ja? Die Wahrscheinlichkeit eines Marsianerbesuchs beim Mittagessen ist höher.

Mrs Robbins versucht, Unterricht zu machen, aber wir sind alle abgelenkt. Meine eigenen Gedanken drehen sich im Kreis und gelten abwechselnd Seth und dem Streik. Als es klingelt, fragt Claudia Sara und mich, ob wir beim Streik mitmachen werden.

»Ich glaube, ich möchte schon«, sage ich, während wir über den Flur gehen. Kaum ist es heraus, staune ich selbst darüber. Aber es ist die einzig mögliche Antwort. Die einzig logische.

»Hast du keine Angst, von der Schule zu fliegen?«, fragt Claudia und verzieht besorgt den Mund.

Ein Mädchen, das ich kaum kenne – es ist erst in der Neunten, glaube ich –, hat uns zugehört.

»Seht mal, wenn wir *alle* streiken, kann Wilson uns nicht von der Schule werfen«, behauptet sie. »Moxie-Girls schlagen zurück, oder?« Jetzt erinnere ich mich wieder: Sie war in der VFW Hall, und da ist mir endgültig klar, dass Moxie sich verselbstständigt hat. Das finde ich sehr aufregend, aber zugleich macht es mir Angst.

Claudias Handy summt. Sie sieht aufs Display und schnappt nach Luft.

»Was ist?«, fragt Sara erschrocken.

»Checkt eure Telefone«, sagt Claudia. »Meg hat uns geschrieben.«

Wilson hat Lucy aus der ersten Stunde geholt ... sie ist nicht zurückgekommen. Er war STINKSAUER.

»Scheiße«, sage ich. »Warum musste sie auch so megakorrekt sein und dieses Formular für den Kuchenbasar ausfüllen?«

»Aber *sie* hat die Flyer doch nicht gemacht, oder?«, fragt Sara.

»Nein, aber Wilson braucht jemanden, dem er das anhängen kann«, sage ich und muss daran denken, wie Lucy in ihrem Zimmer weinte und sich Sorgen wegen der College-Stipendien machte. Mein Magen krampft sich zusammen. »O Gott, hoffentlich hat er sie nur abgeholt, um sie zu befragen.«

Aber bis zur Englischstunde hat niemand Lucy gesehen, und auch dort taucht sie nicht auf. Mitchell Wilson übrigens auch nicht, was zu weiterem Getuschel führt. Als Seth hereinkommt, sieht er mich nicht an, und ich sehe ihn nicht an. Ich muss schlucken und versuche, zu ignorieren, dass es mir die Kehle zuschnürt. Um nicht in Tränen auszubrechen, beiße ich mir in die Wange. Plötzlich ist mir einfach alles zu viel.

Bevor Mr Davies mit dem Unterricht beginnt, schreibe ich Lucy zum zehnten Mal.

Wo bist du????? Bitte sag, dass alles ok ist.

Nichts.

Bei Schulschluss antwortet Lucy endlich.

Man hat mich vom Unterricht ausgeschlossen. Ich bin am Ende ... kannst du bitte zu mir kommen? Nur du, ok? Hundert Millionen Fragen von allen kann ich jetzt nicht ertragen.

Ich schreibe sofort zurück.

Ich komme.

Dann laufe ich auf der Suche nach Claudia durch die Flure und hoffe, dass sie heute mit dem Auto ihrer Mutter zur Schule gefahren ist, wie sie es manchmal tut. Als ich sie finde, berichte ich ihr, was passiert ist, und frage sie, ob sie mich zu Lucy fahren kann. Sie sagt sofort Ja.

Unterwegs erzähle ich Claudia, dass Lucy nur mich sehen will. »Ich hoffe, das verstehst du«, sage ich und erinnere mich an die Zeit vor ein paar Monaten, als Claudia sich ein bisschen über Lucy zu ärgern schien.

Claudia nickt. »Schon gut. Kein Problem.« Sie hält vor dem Haus von Lucys Großmutter. »Aber grüß sie lieb von mir, okay?«

Ich lächele meine beste Freundin seit Ewigkeiten an und drehe mich um, um die Tür zu öffnen.

»Hey«, sagt Claudia und hält mich auf. Ich wende mich ihr zu. Sie sieht mich eindringlich an und beißt sich auf die Unterlippe.

»Was ist? Alles okay?«

»Es ist nur ...« Ihre Stimme bebt ein bisschen. »Irgendwie würde ich gern beim Streik mitmachen. Einerseits weiß ich, dass das vielleicht verrückt ist. Aber andererseits möchte ich es wirklich tun. Weil – scheiß auf Mitchell Wilson und seinen Dad!«

Mein Lächeln wird breiter, und ich umarme Claudia. »Ich finde, du bist total mutig«, flüstere ich ihr ins Ohr. »Und eine wirklich gute Freundin.« Ihre Umarmung fühlt sich an wie alles, was gut und warm und vertraut ist.

»Ich hab dich lieb, Viv«, flüstert sie.

»Ich hab dich auch lieb.«

Als ich an die Haustür klopfe, öffnet Lucys Großmutter mir mit grimmiger Miene.

»Ich weiß nicht, ob ich dich reinlassen soll«, sagt sie. »Lucy hatte noch nie Ärger in der Schule. Vom Unterricht ausgeschlossen? *Qué barbaridad!*«

»Abuelita, bitte lass sie rein!«, schallt Lucys angespannte Stimme aus dem ersten Stock.

Lucys Großmutter verdreht ein bisschen die Augen und tritt dann zurück, und gleich darauf stehe ich in Lucys vollgestopftem Zimmer. Meine Freundin hat sich auf dem Bett zusammengerollt, und ihre Augen sind ganz rot vom Weinen.

»Ich bin so am Arsch«, sagt sie, schnappt sich ein vergleichsweise sauberes Kleenex von dem Haufen zerknüllter Papiertaschentücher vor ihr und tupft sich die Augen trocken.

»Ach, Lucy, es tut mir so leid.« Ich lasse mich aufs Bett sinken. Die Gewissensbisse, die ich hatte, als Lucy nach der Versammlung wegen der Sticker nach Hause geschickt wurde, regen sich wieder so stark, dass mir richtig übel ist. »Was ist passiert?«

Mit hastigen, von Schluchzern und Schniefen unterbrochenen Sätzen schildert Lucy, wie sie aus der ersten Stunde geholt und direkt in Direktor Wilsons Büro gebracht wurde (»Falls es dich interessiert: Er hat da drin einen verdammten Altar für das Footballteam«) und dass Direktor Wilson ihr vorwarf, sie habe den Flyer gemacht, da der Name Moxie darauf stand. Als Lucy das abstritt und sich weigerte, ihm irgendwelche Informationen zu liefern, sagte er, er glaube ihr nicht.

»Also glaubt er, du hättest Mitchell beschuldigt, er hätte versucht, dich zu vergewaltigen?«

»Das ist es ja«, sagt Lucy, setzt sich auf und reibt sich die Augen. »Es war, als wüsste er, dass es in dem Flyer nicht um mich geht – und das stimmt ja auch –, aber er hat mir trotzdem vorgeworfen, ich hätte ihn gemacht.«

»Dann glaubst du, er weiß, wen Mitchell zu vergewaltigen versucht hat?«

Lucy zuckt die Achseln, nimmt das Papiertaschentuch, knüllt es zu einem festen Ball zusammen und wirft es neben das Bett auf den Boden. »Ja, ich meine, auf dem Flyer steht doch, das Mädchen sei zu ihm gegangen und hätte es ihm erzählt, also muss er es wissen.«

»Und was jetzt?«, frage ich mit gerunzelter Stirn.

»Ich bin morgen vom Unterricht ausgeschlossen. Er schmeißt mich nicht von der Schule, aber er sagt, er wird dafür sorgen, dass jedes College, bei dem ich mich bewerbe, erfährt, was ich getan habe.« Ich rechne damit, dass sie wieder anfängt zu heulen, aber sie lässt sich bloß gegen die Wand sinken und starrt wie benommen vor sich hin. »Ich wünschte, ich wüsste, wer Moxie ins Leben gerufen hat«, sagt sie. »Dann würde ich die Leute fragen, was ich jetzt verdammt noch mal machen soll.«

Da klopft mir das Herz bis zum Hals. Ich öffne den Mund, dann klappe ich ihn wieder zu.

Ich kann es nicht. Aber ich muss.

»Also werde ich morgen nicht in der Schule sein«, fährt Lucy fort. »Er hat dafür gesorgt, dass ich beim Streik nicht mitmachen kann. Da er mich für die Anführerin von Moxie hält, nimmt er wohl an, wenn ich nicht da bin, kann ich weniger Einfluss ausüben.«

Wenn ich es erst ausgesprochen habe, gibt es kein Zurück mehr.

Ich senke den Blick auf meine Hände, die Lucys mit Lavendelblüten bedruckte Tagesdecke so fest umklammern, dass meine Knöchel sich weiß abzeichnen.

»Ich muss dir etwas sagen.« Jetzt ist es endgültig zu spät für einen Rückzieher.

»Was denn?«

Ich schlucke schwer. Dann atme ich tief durch.

»Ich habe *Moxie* gemacht.« Endlich habe ich es laut ausgesprochen. Schnell rede ich weiter: »Ich habe die Zines gemacht. Alle nennen sie immer Newsletter, aber es sind Zines. Ich habe die Sticker gemacht, und ich habe mir die Aktionen mit den Bademänteln und den Herzchen und Sternchen ausgedacht. Ich war das. Ich habe mich von den Riot-Grrrl-Sachen meiner Mutter aus den 90ern inspirieren lassen. Der Einzige, der bisher davon wusste, ist Seth, aber es kann sein, dass jetzt Schluss ist zwischen uns oder so, also ... Ich weiß auch nicht. Jedenfalls war ich das. Ich habe damit angefangen.« Es schnürt mir die Kehle zu. Ich schlucke und spüre, wie ich rot werde.

Lucy starrt mich an, dann rutscht sie langsam vom Bett und sackt auf ihrem unordentlichen Fußboden zusammen.

»Lucy?«

Sie blickt zu mir hoch und sagt betont langsam: »Du ... willst ... mich ... verarschen.«

»Nein.« Ich schüttele den Kopf. »Ich war das wirklich.« Mein Herz hämmert noch immer wie wild und versucht, mit dem mitzuhalten, was ich gerade getan habe.

»Aber den Flyer von heute Morgen, den hast du nicht gemacht?«, fragt sie besorgt.

»Nein. Und Kiera hat die VFW-Hall-Aktion gemacht, und du hast den Kuchenbasar gemacht. Ich habe keine Ahnung, wer diesen Flyer gemacht hat. Oder wer die Sticker auf Direktor Wilsons Auto geklebt hat.«

»Heilige Scheiße, Viv!«, sagt Lucy und steht auf.

»Bist du jetzt sauer auf mich?« Ich spüre, dass mir die Tränen kommen, aber ich halte sie zurück. Dass ich jetzt hier die Fassung verliere, geht gar nicht. Lucy muss sauer auf mich sein können. Ich habe sie so lange angelogen.

»Warum sollte ich sauer auf dich sein?« Sie schreit fast. »Und warum bin ich eigentlich aufgestanden?« Sie lässt sich wieder aufs Bett plumpsen.

»Ich kann nicht zulassen, dass sie das dir anhängen, Lucy«, sage ich, und meine Stimme bricht ein bisschen. »Ich kann nicht zulassen, dass du Ärger wegen des Streiks kriegst, wo du nicht mal mit Moxie angefangen hast.« Insgeheim stelle ich mir vor, wie ich zu Direktor Wilson gehe und ihm alles gestehe. Meemaw und Grandpa werden schockiert sein. Was Mom denken wird, weiß ich nicht. Aber es ist das Richtige. »Tut mir leid, dass ich es dir nicht schon früher erzählt habe. Hätte ich wahrscheinlich tun sollen. Die ganze Sache ist einfach außer Kontrolle geraten.«

Lucy setzt sich auf. »Ach, Viv, schon gut. Ich meine, ich bin schon ein bisschen verletzt darüber, dass du es mir nicht erzählt hast. Aber es stimmt nun mal, dass Moxie fast mehr Power hatte, weil es keine Anführerin gab, weißt du? Also, ich verstehe, warum du es so gemacht hast.« Dann wirft sie mir einen reuigen Blick zu. »Und vielleicht ist es sowieso besser, dass ich es nicht wusste. Ich konnte schon immer nur schlecht meine große Klappe halten.«

Ich bringe ein Lächeln zustande. Es ist schön, dass sie es so gut aufnimmt. Aber trotzdem.

»Ich muss zu Wilson gehen«, sage ich. »Ich muss.«

»Ach, ich weiß nicht«, erwidert sie. »Ich bin sowieso in Schwierigkeiten, weil ich meinen Namen in diesem Formular eingetragen habe. Wilson wird dir wahrscheinlich nicht mal glauben. Und er würde die Schuld lieber einem zugezogenen mexikanischen Mädchen geben als einem netten weißen Mädchen wie dir, das schon sein ganzes Leben lang hier lebt.«

Ich lasse mich nach hinten aufs Bett fallen. Quer über die Zimmerdecke verläuft ein winziger Riss. Ich folge ihm mit dem Blick, bis die Tränen endlich fließen. Dann lasse ich sie einfach laufen, versuche nicht einmal, sie zurückzuhalten.

»Viv?«, fragt Lucy.

»Es ist alles total verkorkst. Moxie ist außer Kontrolle geraten. Und jetzt sind Seth und ich zerstritten, und du bist in Schwierigkeiten, und es ist alles ein einziger Schlamassel.

Und wozu das alles? Es wird sich doch sowieso nichts ändern. Nichts. Ich hätte einfach tun sollen, was Mom schon immer für mich geplant hatte, nämlich hübsch unauffällig bleiben, aufs College gehen und von hier wegkommen.«

»Nein, Viv, nein«, sagt Lucy und schüttelt mich. »Machst du Witze? Moxie war das wert. Denk an letzten Samstag. Denk daran, dass das Mädchen, über das Mitchell hergefallen ist, ohne Moxie niemals an die Öffentlichkeit gegangen wäre. O Mann, gib wenigstens zu, dass Moxie der Grund ist, warum wir zwei uns angefreundet haben.«

Ich sehe zu Lucy hoch und lächele. Dann fällt mein Blick auf die leuchtend gelben Post-its mit dem Audre-Lorde-Zitat.

EUER SCHWEIGEN SCHÜTZT EUCH NICHT.

»Soll ich bei dem Streik mitmachen?«, frage ich.

Lucy sieht mir direkt in die Augen und nickt energisch. »Du kennst die Antwort. Es ist mir sogar egal, ob ich für alles büßen muss. Das wäre es mir wert. Ich schreibe einfach einen Aufsatz darüber für meine College-Bewerbungen. Wenn niemand bei dem Streik mitmacht, dann ist das so, als wäre ich für nichts und wieder nichts vom Unterricht ausgeschlossen worden. Dann hätte Wilson gewonnen.«

Ich nicke. Lucy hat recht, das weiß ich. »Was glaubst du, wer den Flyer gemacht hat?«, frage ich dann.

»Keine Ahnung. Das Kranke daran ist ja, dass es fast jedes Mädchen sein könnte. Aber wer sie auch ist, sie sagt die Wahrheit. Ich glaube ihr hundertpro.«

Ich rolle mich zusammen und denke an Seths Zweifel. Dann erzähle ich Lucy von meiner Unterhaltung mit ihm vorhin.

»Manchmal glaube ich, dass selbst die nettesten Kerle Schwierigkeiten haben, es zu verstehen«, sagt Lucy leise und klingt traurig. »Und ich halte Seth wirklich für einen tollen Typen. Wirklich. Aber wenn er es nicht erlebt hat, kann er es wohl nicht begreifen.«

Ich schniefe ein bisschen. »Du glaubst, er ist ein netter Kerl?«

»Ja, das glaube ich.«

»Lucy«, sage ich, und meine Stimme bricht, »ich bin so froh, dass wir Freundinnen sind.«

Lucy grinst. »Ich auch. Und ich fasse es immer noch nicht, dass du diese Newsletter gemacht hast.«

»Zines. Sie heißen Zines.«

»Okay, *Zines.*« Sie verdreht die Augen. Dann umarmt sie mich. Es ist eine gute, starke Umarmung. Die Art von Umarmung, die sagt: »Ich habs verstanden.« Die Art von Umarmung, die sagt: »Ich bin für dich da.«

Lucys Großmutter erlaubt ihr nicht, mich nach Hause zu fahren, also mache ich mich zu Fuß auf den langen Weg von ihr zu mir. Als ich schon halb zu Hause bin, kündigt mein Handy mit einem Summen eine SMS von Mom an.

Hab gerade einen dieser automatisierten Anrufe von deiner Schule bekommen ... irgendwas mit einem Streik?

Verdammt. Wilson zieht alle Register.

Ja, das ist eine lange Geschichte ... ein Mädchen hat Mitchell Wilson der versuchten Vergewaltigung beschuldigt. Und ein paar Mädchen organisieren einen Streik, um dagegen zu protestieren, dass die Schule nichts unternimmt.

Dass ich die Bewegung ins Leben gerufen habe, die diesen Aufruf zum Streik überhaupt ausgelöst hat, lasse ich weg.

Sekunden nachdem ich die Nachricht abgeschickt habe, klingelt mein Telefon. Ich bleibe mitten auf dem Bürgersteig stehen, um dranzugehen.

»Mom?«

»Was ist an dieser Schule los?«, fragt sie, ohne auch nur Hallo zu sagen. Im Hintergrund höre ich Geschrei und das hektische Treiben in der Notfallpraxis.

»Genau das, was ich geschrieben habe.«

»Herrgott, anscheinend hat sich in all den Jahren nichts geändert«, murmelt Mom entnervt.

»Was hat die Schule denn gesagt?«

»Nur, dass ein Streik geplant sei und jeder, der daran teilnimmt, vom Unterricht ausgeschlossen und womöglich der Schule verwiesen wird.«

Wenn Direktor Wilson schon die Eltern anruft, dann sind das keine leeren Drohungen. Ich stehe da in der Aprilhitze, starre auf das Haus vor mir und wünschte, ich würde da wohnen, damit ich schon zu Hause wäre und mich unter die Bettdecke verkriechen könnte.

»Wann kommst du heute Abend nach Hause?« Plötzlich ist mir wieder zum Heulen zumute.

»Ich bin mit John verabredet«, sagt sie. »Soll ich absagen?«

»Ja, bitte.« Jetzt weine ich tatsächlich wieder.

»Vivvy, alles in Ordnung? Soll ich lieber gleich nach Hause kommen?«

»Mom, ich glaube, es ist aus zwischen Seth und mir.« Die Tränen laufen mir übers Gesicht. »Alles ist total verkorkst.«

»Ach, Liebes, ich komme. Ich komme sofort nach Hause.«

Ich kneife die Augen zu und versuche, mich zu beruhigen. »Nein, nein, schon gut. Ich bin selbst noch gar nicht da. Ich war bei Lucy, jetzt laufe ich zu Fuß nach Hause. Komm einfach, sobald du kannst, okay?«

»Na gut«, antwortet Mom. »Bist du sicher?«

»Ja.« Ich atme tief durch. »Es geht schon.«

Mom nimmt mir das Versprechen ab, dass ich ihr sofort schreibe, wenn ich zu Hause bin, und dass ich zu Meemaw und Grandpa rübergehe, falls ich es doch nicht mehr aushalte, aber ehrlich gesagt will ich jetzt nur allein in meinem Zimmer sein. Ich will Bikini Kill hören, die Lautstärke bis zum Anschlag aufdrehen, mich im Bett zusammenrollen und die Texte mit dem ganzen Körper in mich aufnehmen, so lange, bis ich genug Kraft habe, um mit allem fertigzuwerden, was als Nächstes auf mich zukommen mag.

Mom findet mich im Bett. Ich bin ganz heiser vom vielen Weinen – zuerst bei Lucy, dann unterwegs, und sobald ich zu Hause war, ging es wieder los.

Wortlos kuschelt meine Mutter sich an mich, noch immer in ihrer Arbeitskleidung, und nimmt mich in die Arme. Eine ganze Weile sagt sie gar nichts. Liegt einfach nur neben mir. Sogar Joan Jett gesellt sich zu uns, als wüsste sie, dass ich Gesellschaft brauche. Sie rollt sich an meinem Bauch zusammen und schnurrt wie ein Dieselmotor.

»Möchtest du darüber reden?«, fragt Mom schließlich.

»Ja.« Ich starre auf die Poster der Bands, die ich in der Neunten mochte, und erzähle ihr die wesentlichen Fakten über den Flyer und den Streik und dann, mit brüchiger Stimme, von meinem Streit mit Seth.

»Das macht mich total fertig.« Ich drehe mich zu ihr um.

Mom seufzt und setzt sich auf, löst ihren Pferdeschwanz und bindet ihn neu.

»Wie seid ihr noch mal auseinandergegangen?«, fragt sie.

»Ich habe ihm gesagt, er soll mir nicht sagen, dass ich mich beruhigen soll. Das tut mir echt leid, aber gleichzeitig auch nicht. Weil ich es ernst gemeint habe.«

Mom nickt. »Weißt du, was ich an deinem Vater toll fand?«, fragt sie. Meine Augenbrauen schießen in die Höhe. Sie spricht nicht oft über meinen Vater. »Na ja, ich meine, es gab vieles, was ich an ihm toll fand, aber vor allem, dass ich wusste, ich konnte ihm alles sagen und es war trotzdem okay zwischen uns. Ich konnte ihn anfahren oder wütend werden. Ich konnte enttäuscht sein. Und er konnte auch von mir enttäuscht sein. Das passiert in Beziehungen einfach. Die Menschen sind nicht perfekt. Aber im Grunde wusste ich, dass er mich liebte. Ich wusste, dass er mich so akzeptierte, wie ich war. Und deshalb war er ein guter Mann.«

Ich denke an das, was Lucy vorhin sagte. »Seth ist auch ein guter Mensch.«

Wieder nickt meine Mutter. »Scheint so, soweit ich das beurteilen kann.«

»Aber er hat es nicht kapiert. Das mit dem Flyer. Das, was Mitchell getan hat.«

»Er lernt noch«, sagt meine Mutter. »Es ist nun mal so, dass die Jungen mit dem gleichen Quatsch indoktriniert werden.«

»So habe ich das wohl noch nie gesehen«, sage ich.

Meine Mutter zieht mich an sich und küsst mich auf den Scheitel. »Vivvy, ihr findet eine Lösung. Ich bin sicher, ihr schafft das.«

Ich zucke die Achseln. So sicher bin ich mir da nicht.

»Aber selbst wenn, beantwortet das noch nicht die Frage nach dem Streik.« Ich kaue auf dem Daumennagel.

»Also war es diese Moxie-Gruppe, die zum Streik aufgerufen hat?«, fragt Mom in besorgtem Ton.

Mein Mund wird trocken. Es war okay, mit Mom über Seth zu reden. Das fühlte sich ganz gut an. Aber jetzt wird es heikel.

»Ja, der Name Moxie stand auf dem Flyer«, erwidere ich

und starre wieder auf die Poster, um Mom nicht in die Augen sehen zu müssen. »Aber, ich meine, niemand weiß, wer den Flyer gemacht hat.«

Ich könnte Mom von Moxie erzählen. So wie ich es Lucy erzählt habe. Ich könnte es tun. Aber jetzt fühlt sich mein ganzer Mund an wie mit Sandpapier ausgeschlagen.

»Also, ich bin verwirrt«, sagt Mom. Ich sehe sie an und spüre, wie ich rot werde, daher wende ich den Blick wieder ab. »Ist diese Moxie-Gruppe so was wie ein Club oder so? Mit einer Vorsitzenden und allem?«

»Nicht direkt.«

Wenn sie wüsste.

Ich drehe mich auf die Seite und wende Mom den Rücken zu. Wenn ich ihr jetzt erzähle, dass ich Moxie ins Leben gerufen habe, dann wäre das so, als übergäbe ich es damit einer Erwachsenen, also beinahe so, als nähme ich es den Mädchen von East Rockport weg.

»Tja, ein Streik ist ein ziemlich starkes Statement, findest du nicht?«, sagt meine Mutter und streicht mir übers Haar. Es ist eine liebevolle Geste, aber unwillkürlich versteife ich mich.

»Ja, das stimmt«, antworte ich, noch immer mit dem Rücken zu ihr. Ich beschließe, erst mal ein bisschen vorzufühlen. »Meinst du, ich sollte da mitmachen? Auch wenn Direktor Wilson droht, alle Mädchen, die dabei mitmachen, von der Schule zu werfen?«

Mom zögert. »Das hat jetzt was mit Karma zu tun, oder?«, sagt sie schließlich.

Ich blicke über die Schulter und sehe sie an. »Wie meinst du das?«

»Wie oft habe ich Meemaw und Grandpa gegenüber darauf beharrt, dass meine ganzen verrückten Aktionen auf der Highschool nur meine Art waren, DAS SYSTEM zu bekämpfen – System in Großbuchstaben«, sagt meine Mutter und schüttelt den Kopf. »Und jetzt fragst du mich, ob ich dir erlaube, dich an zivilem Ungehorsam zu beteiligen?«

»Das muss dir ganz schön ironisch vorkommen«, sage ich.

»Aber hallo.« Sie seufzt und reibt sich die Augen.

»Sag mir trotzdem, was ich deiner Meinung nach tun sollte.«

Mom atmet tief durch. »Die Mutter, zu der ich mich mit neunzehn Jahren werden sah, möchte dir sagen: Mach es«, antwortet sie. »Und die Mutter, in die ich mich verwandelt habe, möchte dir sagen: Ich habe Angst. Angst davor, dass du von der Schule fliegen könntest. Angst vor dem, was das für deine Zukunft bedeuten könnte. Fürs College. Ich weiß es nicht, Vivvy.«

Mir rutscht das Herz in die Hose. Denn jetzt ist mir klar, dass letztlich nur ich allein entscheiden kann, was ich beim Streik tun soll, wenn es so weit ist. Ich ziehe mir die Decke über den Kopf.

»Möchtest du ein Weilchen allein sein?« Moms Stimme dringt nur gedämpft zu mir.

»Ja«, antworte ich. Aber dann spähe ich unter der Decke hervor. Ich möchte unsere Unterhaltung nicht so beenden. Mom guckt ganz sanft und besorgt und wirkt dabei, als suchte sie nach den genau richtigen Worten.

»Viv, ich liebe dich«, sagt sie schließlich. »Und egal, wie du dich entscheidest ... egal, was passiert ... ich werde dich immer lieben und ich werde immer zu dir halten.«

Das mulmige Gefühl in meinem Bauch lässt ein bisschen nach. Aber nicht so sehr, dass ich Mom von Moxie erzählen möchte. Ich liebe meine Mutter. Bloß glaube ich einfach nicht, dass sie damit umgehen könnte.

Als sie aufsteht und mit Joan Jett im Gefolge mein Zimmer

verlässt, guckt sie immer noch verunsichert. Ich verkrieche mich mit meinem Telefon unter die Bettdecke und finde online alles Mögliche über den Streik. Mädchen diskutieren hin und her darüber, ob sie mitmachen sollen, während die meisten Jungen schreiben, es sei bescheuert. Ich schreibe Claudia und meinen anderen Freundinnen und frage sie, ob sie mitmachen werden, und sie schreiben alle in etwa das Gleiche zurück.

Glaub schon. Aber ich hab Angst.

Marisela postet, sie habe es satt, dass die Jungen an der East Rockport High sich wie Arschlöcher aufführen und die Mädchen wie ihr Eigentum behandeln. Sie bekommt viel Zustimmung, aber dann posten ein paar Jungs, sie beschuldige alle Jungen, Idioten zu sein, und darauf folgt eine riesige Diskussion. Kiera postet ein Bild von Wonder Woman und ein Zitat von einer Frau namens Angela Davis. »Wenn man sich dem Kampf verschreibt, muss es lebenslang sein.« Ich googele sie und lese, Angela Davis sei eine schwarze Feministin, die ins Gefängnis kam, weil sie für ihre Überzeugungen kämpfte. Im Vergleich dazu kommt mir ein Schulstreik ehrlich gesagt ziemlich harmlos vor.

Ich widerstehe dem Drang, Seth zu schreiben.

Er schreibt mir auch nicht.

Nach einer Weile bringt Mom mir aufgewärmte Reste der Lasagne von gestern Abend, und ich zwinge mich, ein paar Bissen zu essen.

»Ich glaube, ich gehe schlafen«, sage ich dann.

»Es ist nicht mal neun.«

»Ja, aber wenn ich schlafe, muss ich nicht mehr über das alles nachdenken.«

Meine Mutter nickt und nimmt den Teller mit, und bald darauf liege ich in meinem Schlafanzug im Dunkeln. Aber es dauert lange, bis ich endlich einschlafe, denn in meinem Kopf herrscht immer noch Aufruhr, und während mein Herz regelmäßig pumpt, kreisen meine Gedanken immer wieder um morgen, morgen, morgen.

KAPITEL DREIUNDZWANZIG

Der Streik soll mitten in meiner Englischstunde stattfinden. Auf dem Flugblatt steht, wir sollen aufstehen und gehen, wenn es klingelt, um die Lehrer an die Anwesenheitskontrolle zu erinnern.

Das ist eine krasse Stunde für den Streik. Nicht nur Seth wird da sein, sondern auch Mitchell. Lucy wäre natürlich ebenfalls da, wenn sie nicht vom Unterricht ausgeschlossen wäre.

Alle reden ganz buchstäblich nur davon, und als meine Freundinnen und ich uns auf der Treppe vor der Schule versammeln, um darüber zu diskutieren, bekommen wir alle eine Nachricht von Lucy.

Wenn der Streik losgeht, schickt mir Bilder. Ich hab da eine Idee.

Wenn, nicht falls. Meine Hände werden taub, aber ich schaffe es, ihr zu antworten.

Was für eine Idee?

Wirst schon sehen – schickt mir einfach Pics von allen Mädchen, die streiken.

»Glaubt ihr, er wird stattfinden?«, fragt Sara.

»Ich glaube, irgendwas wird stattfinden«, antwortet Claudia. »Ein paar Mädchen haben gestern Abend richtig heftige Sachen gepostet, die klangen, als wären sie wild entschlossen.«

»Und macht ihr mit?«, fragt Meg.

»Glaub schon«, antworte ich. Aber jetzt, wo es so weit ist, habe ich einen Stein im Magen. Ich stelle mir vor, dass ich vom Unterricht ausgeschlossen werde. Vielleicht sogar von der Schule fliege. Ich male mir aus, wie ich mit fünf, sechs anderen Mädchen vor der Schule stehe. Dann fallen mir die Worte jener Neuntklässlerin gestern wieder ein.

»Wenn wir *alle* streiken, kann Wilson uns nicht von der Schule werfen.«

Es klingelt zum ersten Mal, und wir gehen alle hinein, aber während wir im Unterricht sitzen, in der kleinen Pause zu unseren Spinden gehen und auf dem Flur Blickkontakt aufnehmen, herrscht Leere in meinem Kopf. Die ganze Schule fühlt sich an wie elektrisch aufgeladen. Aufs Äußerste angespannt. Die Lehrer stehen in kleinen Grüppchen auf dem Flur und tuscheln miteinander. So präsent waren sie das ganze Jahr noch nicht.

Ich halte nach Seth Ausschau, finde ihn aber nicht.

Mitchell und seine Mitaffen hängen zusammen wie immer. Ihre lauten Stimmen, geölt von Mountain-Dew-Limo und durchdrungen von der Überzeugung, dass die Welt ihnen gehört, tönen durch die Flure, hallen von den Wänden wider, verursachen mir Brechreiz.

»Wenn sie streiken, sind sie total am Arsch.«

»Das machen die nicht. Das trauen die sich nie.«

Im Englischunterricht schließlich teilt Mr Davies ein Arbeitsblatt aus und räuspert sich, dann sieht er auf die Uhr.

Die Sekunden vergehen.

Ich sehe zu Seth, der wie üblich mit dem Klingeln hereinkam. Als ich wieder wegsehe, spüre ich, dass er mich ansieht, aber ich schaue nicht noch einmal zu ihm.

Noch fünf Minuten bis zum Klingeln um 11:15 Uhr.

»Wer möchte die Passage lesen?«, fragt Mr Davies. Er verschränkt die Arme. Verzieht das Gesicht und lässt den Blick mit säuerlicher Miene über die Klasse wandern.

Keiner meldet sich. Schließlich ruft Mr Davies einen von Mitchells Freunden auf, der mit stockender Stimme irgendeinen kurzen Text liest.

»John ... Steinbeck war ein amerikanischer Schriftsteller ... der ... viele Romane ... schrieb. Am bekanntesten ist sein Meisterwerk *Die Früchte des Zorns*, für das er mit dem ... Pulitzer-Preis ausgezeichnet wurde.«

Ticktack, ticktack.

»Der Schauplatz spielt eine bedeutende Rolle in ... Steinbecks Romanen. Die meisten seiner Geschichten ... sind in ... Zentral- und Südkalifornien ... angesiedelt.«

Ticktack, ticktack.

Mein Herz beginnt zu hämmern. Noch eine Minute. Ich will schreien, so unerträglich ist die Spannung.

»Im Jahre 1962 ... erhielt John Steinbeck ... den Literaturnobelpreis. Ein wiederkehrendes Thema in ... seinem Werk ... ist die ... Ungerechtigkeit.«

DÖÖÖT.

Alle zucken zusammen, bloß Mr Davies geht an seinen Computer, um zu notieren, wer anwesend ist, als rechnete er nicht damit, dass etwas passiert. Alle beobachten alle anderen. Ich will aufstehen. Ich will. Aber ich bin wie erstarrt. Ich sehe zur Tür und hoffe, draußen auf dem Flur einen Pferdeschwanz vorbeifliegen zu sehen. Sehne mich danach, die Stimmen von Mädchen zu hören, die sich sammeln und aus dem Gebäude marschieren.

Mitchell Wilson schnaubt leise. Mitchell Wilson, der fast sicher ein Vergewaltiger ist.

Steh auf, Vivian. Steh auf!

Ich spanne die Beinmuskeln an, und als ich gerade aufstehen will, kommt mir jemand zuvor.

Emma Johnson.

Queen Emma. Cheerleader-Emma. Stellvertretende Schülersprecherin. »Wir müssen uns alle wie texanische Damen benehmen«-Emma. *Diese* Emma.

Sie steht auf, zieht einen Filzstift aus der Tasche und – die Porzellanpüppchenwangen gerötet, und zwar vor Zorn, wie mir gleich darauf klar wird – schreibt sich das Wort MOXIE längs auf den linken Unterarm.

Ihre Hand zittert.

Dann dreht sie sich nach hinten um und starrt Mitchell an. In ihren Augen lodert eine so beängstigende Wut, dass ihr Gesicht mich an Kathleen Hannas Stimme erinnert.

»Mitchell«, sagt sie mit klarer, schneidender Stimme. »Fick dich selbst.«

Dann geht sie hinaus.

Sie ist noch keine zwei Schritte durch die Tür, da stehe ich auf und folge ihr mit einem Kribbeln auf der Haut und Feuer im Herzen. In diesem Augenblick ist es mir sogar egal, ob uns noch weitere Mädchen folgen. Ich weiß nur, ich werde Emma nicht allein da rausgehen lassen.

Sie ist schon halb über den Flur, als ich sie einhole. An den Spinden stehen ein paar Mädchen und blicken sich ein bisschen planlos um, unsicher, was sie tun sollen.

»Alles okay?«, frage ich Emma.

Sie weint jetzt; Tränen strömen ihr übers Gesicht. Ihr perfektes Augen-Make-up ist verschmiert. Zwei kohlschwarze Bäche laufen ihr über die Wangen. Sie wischt sie fort.

»Alles okay«, sagt sie. »Aber was jetzt?«

»Du warst das, oder?«, frage ich. »Die das Flugblatt gemacht hat?«

Emma nickt.

Mein erster Impuls ist, sie zu umarmen, aber ich weiß nicht, ob sie angefasst werden möchte.

»Lasst uns nach draußen gehen«, sage ich, und zwar laut, damit die anderen Mädchen es auch hören. »Lasst uns raus auf die Treppe vor der Schule gehen. Da können wir uns was überlegen.«

»Danke«, sagt Emma schniefend.

Die übrigen Mädchen auf dem Flur folgen mir, und während wir auf den Ausgang zumarschieren, gehen immer mehr Türen auf. Ich sehe Kiera und Meg, Marisela, Amaya und Kaitlyn mit verunsicherten Gesichtern herauskommen und dann lächeln, als sie merken, dass sie nicht allein sind.

Dann entdecke ich Claudia, und sie entdeckt mich. Sie streckt mir die Zunge heraus, so aufgeregt ist sie.

Wir werden immer mehr, und zwar rapide. Bestimmt die Hälfte der Mädchen an der East Rockport High verlässt den Unterricht. Vielleicht noch mehr. Sobald die Mädchen in den Klassenräumen den Tumult auf dem Flur hören, wagen sich weitere heraus. Die Lehrer kommen auf die Flure und schreien uns an, wir würden von der Schule fliegen.

Seht mal, wenn wir alle *streiken, kann Wilson uns nicht von der Schule werfen.*

Auch diese Neuntklässlerin sehe ich, und sie sieht megazufrieden aus.

Wir marschieren weiter und stampfen dabei über Direktor Wilsons Drohungen und die Warnungen unserer Lehrer hinweg. Wir marschieren, weil diese Drohungen es verdienen, zertrampelt zu werden. Plattgemacht zu werden. Zu Staub zermalmt zu werden. Wir marschieren in Converse-Sneakers, in bonbonfarbenen Flipflops, ja, sogar in Kitten Heels. Unsere Beine bewegen sich, unsere Arme schwingen, unsere Münder bilden so gerade, scharfe Linien, dass man sich daran schneiden könnte.

Vielleicht hoffen wir sogar, dass sich jemand schneidet.

Während wir marschieren, reden wir nicht. Wir flüstern nicht einmal, sondern gehen einfach immer weiter, die Augen auf die Mädchen vor uns gerichtet. Auf blonde Pferdeschwänze und schwarze Zöpfe, auf braunes und rotes Haar. Auf Pixie-Cuts, billige Haarspangen oder sorgfältig gestylte große Korkenzieherlocken, die noch nach der Dosis Haarspray von heute Morgen riechen.

Das einzige Geräusch ist das Quietschen unserer Sohlen auf dem Boden. Aber wenn man ganz achtsam lauscht, kann man unseren Herzschlag hören.

Jetzt ertönt das *Kawomm*, mit dem die schwere metallene Schultür aufgeht. Als das Licht von draußen in den Hauptflur strömt, blinzeln wir ein bisschen, aber wir bleiben nicht stehen. Wir bleiben nicht stehen. Wir marschieren unaufhaltsam nach draußen.

Wir machen keinen Rückzieher.

Auf der Treppe vor der Schule versammeln wir uns, und ich beuge mich zu Emma.

»Möchtest du etwas sagen?«, schlage ich vor. »Darüber, warum wir hier sind?«

»Ja«, sagt sie, und ich sehe, wie die stellvertretende Schülersprecherin in ihr aufblitzt. Sie sammelt sich und atmet tief durch. »Aber kannst du dich neben mich stellen?«

»Ja. Klar.«

Die Mädchen beobachten, wie Emma und ich uns auf die

oberste Stufe stellen, und drängen sich dann in einem dichten Pulk um uns herum.

»Hey, hört mal zu!«, schreie ich. »Emma hat was zu sagen!«

Da entdecke ich ihn. Seth. Seitlich am Rand des Schulgeländes, ein Stück abseits von uns Mädchen. Er steht dort mit einer Handvoll anderer Jungs – ein paar von den Typen, mit denen er manchmal mittags isst. Als er meinen Blick auffängt, nickt er. Dann hält er mir den erhobenen Daumen hin, was das Peinlichste ist, was er je getan hat. Ich lächele ihn an, dann wende ich meine Aufmerksamkeit wieder Emma zu.

Emma blickt hinaus auf das Meer aus Mädchen vor ihr, und als sie sprechen will, bricht ihre Stimme. Ich lege ihr die Hand auf die Schulter, und sie sieht mich dankbar an.

»Als Erstes möchte ich euch dafür danken, dass ihr hier rausgekommen seid«, beginnt sie. »Und ich möchte sagen, ich wollte nicht, dass es so weit kommt. Als Mitchell Wilson auf einer Party letztes Wochenende versucht hat, über mich herzufallen ...« Wieder bricht ihre Stimme.

Da höre ich ein Mädchen ganz hinten schreien: »Wir glauben dir!«

Emma kneift die Augen zu, sammelt sich und fährt fort. »Ich konnte abhauen. Aber als ich dann später versuchte, Direktor Wilson davon zu erzählen, wollte er nicht zuhören. Er sagte mir, ich hätte mir das eingebildet! Es sei nichts weiter gewesen und ich solle es vergessen. Ich werde es aber nicht vergessen! Und ich will, dass die Schule es auch nicht vergisst!«

Ein paar Mädchen schreien ihre Zustimmung heraus. Sie brüllen und klatschen und lärmen. Ich entdecke Claudia in der Menge, und ihre Augen sind rot vom Weinen. Da habe ich das Gefühl, mir platzt gleich das Herz.

Plötzlich ertönen hinter uns Schreie, und als wir uns umdrehen, sehen wir Direktor Wilson, Mr Shelly und alle anderen Stellvertreter wie eine knurrende Meute auf uns zukommen. Mr Shelly hat ein Klemmbrett dabei und versucht, im Gehen zu schreiben. Seine Wangen beben und sein Gesicht ist verschwitzt und rot.

Direktor Wilson hält allen Ernstes ein Megafon in Händen.

»Mädchen, ich befehle Ihnen, sich in einer Reihe aufzustellen, damit Mr Shelly Ihre Namen notieren kann«, brüllt er hinein. »Ich werde mit Unterrichtsausschluss wie auch mit Schulverweis gegen Sie vorgehen.« Dann stürmt er zu Emma und mir.

»Emma«, sagt er und lässt das Megafon sinken. »Ich habe Ihnen doch gesagt, dass man sich darum kümmern wird.«

»Aber Sie *haben* sich nicht darum gekümmert«, brüllt Emma zurück und ballt die Fäuste. Es ist erschütternd, zu sehen, wie die perfekte Emma Johnson eine Autoritätsperson derartig anschreit.

Und es ist auch ziemlich beeindruckend.

Ich sehe zu den übrigen Mädchen. Mehrere machen mit ihren Handys Fotos.

»Darf ich das so verstehen, dass Sie für diese Moxie-Gruppe verantwortlich sind? Zusammen mit Lucy Hernandez?«

Emma runzelt die Stirn, und Verwirrung huscht über ihr Gesicht.

»Ich habe diesen Streik geplant, ja«, sagt sie dann.

»Und Sie stecken auch hinter allen anderen Moxie-Aktivitäten?«, fragt Direktor Wilson. »Zusammen mit Miss Hernandez?«

Emma schüttelt den Kopf, und ich weiß, es ist endlich an der Zeit. Ich drehe mich um und sehe Direktor Wilson in die Augen, dankbar für meine Körpergröße. Dann öffne ich den Mund und sage, so laut ich kann: »Ich habe Moxie ins Leben gerufen, Direktor Wilson. Ich habe die Zines und die Sticker gemacht, und ich habe sie auf den Toiletten verteilt. Das war ich.«

Emma bekommt große Augen, und ich höre Getuschel wie eine Welle durch die Mädchenmenge laufen. Ich weiß, ich habe mich gerade dazu verurteilt, die Highschool ohne Abschluss zu verlassen, aber in diesem Moment ist es das so was von wert, dass ich wünschte, ich könnte es noch einmal zum ersten Mal aussprechen.

»Moment mal«, sagt jemand anderes, und als ich den Kopf drehe, sehe ich Kiera die Treppe heraufkommen. »Viv ist nicht das einzige Moxie-Mädchen. Ich habe auch bei der Organisation geholfen.«

Direktor Wilson sieht auf Kiera herab, als wäre sie ein Insekt oder ein stinkender Furz. Kiera starrt ungerührt zurück.

»Kiera und Viv waren nicht die Einzigen«, ertönt eine weitere Stimme in der Menge. Ich weiß, ohne hinzusehen, dass es Marisela ist. »Ich habe auch geholfen, Moxie ins Leben zu rufen.«

»Ich habe auch geholfen«, ruft ein anderes Mädchen. Es ist diese Neuntklässlerin. Das Mädchen, das sagte, Direktor Wilson könne uns nicht alle bestrafen.

»Ich auch«, ruft jemand weiter im Zentrum der Menge. Es ist Claudia.

»Ich auch!«, schreit noch eine. Und noch eine. Und noch eine und dann noch eine, bis ein Schuldeingeständnis – ein stolzes Bekenntnis – das andere jagt, und Direktor Wilson allmählich die Fassung verliert. Er schnaubt laut und dreht den Kopf ruckartig zu Mr Shelly herum.

»Halten Sie die Namen auch alle fest?«, blafft er, und Mr Shelly nickt, während er hektisch auf seinem Klemmbrett kritzelt.

»Direktor Wilson«, sagt Emma laut, »Sie kapieren es einfach nicht. Wir werden nicht mehr schweigen!« Erst da fällt mir wieder ein, dass sie ja die Leiterin der Cheerleader ist und damit die ideale Person für diesen Augenblick. Sie dreht sich zur Mädchenmenge um und wölbt die Hände um den Mund.

»Wir sind Moxie!«, ruft sie mit tiefer, wohlklingender Stimme. »Wir sind Moxie!«

Im nächsten Moment fallen wir alle ein und klatschen dazu jeweils dreimal in die Hände.

»Wir sind Moxie! Wir sind Moxie!«

Meine Handflächen sind schweißfeucht von der Aprilsonne und vor Nervosität und Freude, aber ich klatsche und schreie, und es ist mir egal, dass unser Direktor nur wenige Schritte entfernt steht. Und ich weiß, dass ich mich immer an diesen Augenblick erinnern werde, und wenn ich hundert Jahre alt werde.

Ich klatsche noch fester. Ich schreie noch lauter.

Direktor Wilson packt sein Megafon und fängt an, Anweisungen zu brüllen. Wir schreien zurück und übertönen ihn. Unsere Stimmen sind so laut. So gewaltig. So viele.

So schön.

Direktor Wilson flitzt an die Seite, um sich mit Mr Shelly und seinen anderen Stellvertretern zu beraten. Er zeigt auf einzelne Mädchen und gestikuliert anscheinend verzweifelt, und wir schreien einfach weiter. Wir klatschen weiter. Schließlich packt er sein Megafon und brüllt, so laut er kann.

»Der restliche Unterricht heute fällt aus. Wir werden gegen Sie alle mit Schulverweisverfahren vorgehen. Verlassen Sie sofort das Schulgelände!«

Da stoßen wir ein markerschütterndes Gebrüll aus. Es fühlt sich wie ein Sieg an. Wir haben gewonnen, auch wenn Direktor

Wilson uns einzureden versucht, wir hätten verloren. Ich drehe mich um und sehe Emma an, ein Mädchen, mit dem ich in meinen fast drei Jahren an der Highschool kaum gesprochen habe. Ein Mädchen, von dem ich immer glaubte, es hätte nichts mit mir gemeinsam.

Aber eigentlich ist sie auch nur ein Mädchen aus East Rockport. Genau wie ich.

»Danke, Vivian«, sagt sie. Und dann umarmt sie mich. Und ich umarme sie, ganz fest, und Direktor Wilsons hysterische Anweisungen werden zu bloßen Hintergrundgeräuschen. Ehrlich gesagt kann ich ihn kaum noch hören.

KAPITEL VIERUNDZWANZIG

Während Direktor Wilson immer wieder ins Megafon brüllt, der Unterricht falle aus, verlassen wir nach und nach das Schulgelände und zerstreuen uns. Im Gedränge verliere ich Emma aus den Augen. Seth auch. Aber Claudia packt meine Hand und zieht mich zu ihrem Tercel. Sobald wir die Türen zugeknallt haben, wendet sie sich mir zu, die Autoschlüssel noch in der Hand.

»Du hast diese *Moxie*-Hefte gemacht?«, fragt sie mit großen Augen, so, als sähe sie mich zum ersten Mal, obwohl sie mich praktisch seit meiner Geburt kennt.

»Ja«, erwidere ich, noch ganz erfüllt von den schwindelerregenden, tumultartigen, erschütternden Ereignissen.

»Wow.« Claudia dreht sich nach vorn und beobachtet durch die Windschutzscheibe die Mädchen, die nach Hause gehen und zum Teil noch immer »Wir sind Moxie« skandieren und in die Hände klatschen.

»Bitte sei nicht sauer, dass ich es dir nicht erzählt habe«, sage ich, denn jetzt packt mich die Angst, dass Claudia es nicht verstehen wird. »Ich habe niemandem davon erzählt. Na ja, Seth wusste Bescheid. Aber nur, weil er mich dabei erwischt hatte, wie ich die Zines auf den Toiletten verteilt habe. Und gestern habe ich es Lucy erzählt. Aber nur, weil sie so dafür büßen muss und ich mich deswegen total mies gefühlt habe.«

Claudia sieht mich wieder an und ich höre auf zu plappern. »Hattest du Angst, dass ich es nicht verstehe?«, fragt sie. »Hast du es mir deshalb nicht erzählt?« Ich kann nicht sagen, ob sie verletzt oder neugierig ist.

»Vielleicht ein bisschen«, gebe ich zu. »Aber ich dachte auch, je mehr Leute davon wissen, desto riskanter wird es.«

Claudia nickt. »Das verstehe ich. Und wirklich, damals, als du das erste Heft rausgebracht hast ... vielleicht hätte ich es da wirklich nicht kapiert. Überhaupt nicht.«

»Also bist du nicht sauer?«

»Nein.« Claudia schüttelt den Kopf. »Bloß ... verblüfft. Aber auch ... irgendwie stolz. Nein, nicht irgendwie. Richtig stolz.« Und sie schenkt mir ihr breitestes, strahlendstes Lächeln.

»Auch wenn wir jetzt meinetwegen alle vom Unterricht ausgeschlossen werden? Und vielleicht von der Schule fliegen?«

Claudia verdreht die Augen. »Hast du gesehen, wie viele Mädchen heute da draußen waren? Mehr als die Hälfte der Schülerinnen. Hunderte. Der wird uns nicht alle von der Schule schmeißen.«

Ich lache schallend. »Jetzt sieh mal einer an, wie tough du klingst«, necke ich sie, aber ich bin wirklich einfach total erleichtert. Darüber, dass das Geheimnis heraus ist, darüber, dass Claudia es versteht und dass sie glaubt, wir bekommen keine Schwierigkeiten.

Claudia zuckt gespielt bescheiden die Achseln. »Sollen wir zu dir fahren? Du kannst mir helfen, mir zu überlegen, wie ich das meinen Eltern beibringe.«

»Ja, Mom ist bei der Arbeit. Lass uns fahren.«

Bald darauf sitzen wir mit Limo und unseren Telefonen gemütlich auf meinem Bett, und Joan Jett hat sich zwischen uns zusammengerollt.

Und dann stellen wir fest, dass Lucy Hernandez unsere Aktion in Windeseile im Netz verbreitet hat.

Mit den Fotos und Videos, die die Mädchen vom Streik gemacht haben, hat Lucy einen Blogpost erstellt, aber nicht nur über heute, sondern über alles, was im vergangenen Jahr an der East Rockport High passiert ist. Angefangen bei den total übertriebenen, teuren Pep Rallys über das Schubs-und-grapsch-Spiel und March Madness bis hin zu den irren, völlig willkürlichen Kleiderkontrollen. Sie schildert sämtliche Moxie-Aktionen, von den Bademänteln über die Sticker bis hin zum Streik, und hat sogar ein paar Fotos von den Zines, die ich gemacht habe, eingefügt. Und diesen Post hat sie in sämtlichen sozialen Medien geteilt.

Aber nicht nur das. Sie hat den Link auch an alle diese feministischen Blogs und Websites geschickt, die sie mag – Blogs und Websites von coolen Frauen in New York City und Los Angeles. Frauen, die mir vorkommen, als lebten sie in einem Alternativuniversum, das absolut gar nichts mit East Rockport, Texas, gemein hat.

Aber sie nehmen Lucys Bericht nach und nach auf. Und sie teilen, rebloggen und reposten ihn.

Bis zum Abend ist das Phänomen Moxie weit über die Grenzen von East Rockport hinaus bekannt. Sogar weit über die Grenzen von Texas hinaus. Seine Bekanntheit verbreitet sich so schnell, dass es sich schon unwirklich anfühlt.

MÄDCHEN AUS TEXANISCHER KLEINSTADT
BIETEN SEXISTISCHEM DIREKTOR DIE STIRN
(MIT VIDEO)

MOXIE-GIRLS SCHLAGEN ZURÜCK –
UND SAGEN IHREM SEXISTISCHEN DIREKTOR,
WO DER HAMMER HÄNGT!

GRRRRRRIMMIGE GRRRL-POWER
AN EAST ROCKPORT HIGH SCHOOL

»Hammer«, sagt Claudia, als sie die neuesten Schlagzeilen liest. Unterdessen haben wir eine Tiefkühlpizza gegessen und löffeln jetzt Eiscreme direkt aus der Packung.

»Claudia sagt ›Hammer‹«, erzähle ich Lucy am Telefon und nehme mir einen Löffel Eis. »Und sie lächelt, also, voll breit.«

»Sag ihr Danke«, sagt Lucy. »Nicht zu fassen, oder?«

»Unglaublich. Aber total angemessen«, erwidere ich. »Hast du noch Hausarrest?«

»Ja«, sagt Lucy. »Gott sei Dank haben meine Eltern mir nicht das Telefon weggenommen. Damit habe ich das alles gemacht.«

»Wie gehts jetzt weiter?«, fragt Claudia laut und scrollt auf ihrem Telefon herum.

»Claudia will wissen, wie es jetzt weitergeht«, gebe ich an Lucy weiter.

»Ich weiß nicht«, antwortet sie. »Aber ich hoffe wirklich, die ganze Aufmerksamkeit sorgt dafür, dass Direktor Wilson und Mitchell nicht mit dem, was mit Emma passiert ist, davonkommen. Oder mit dem, was Mitchell anderen angetan hat.«

»Lucy«, sage ich lächelnd, »du bist eine Heldin.«

»Ach, hör auf«, sagt sie. »Du bist doch die, der wir Moxie zu verdanken haben.«

»Ich habe damit angefangen, aber gemacht haben wir es alle«, entgegne ich.

»Okay, ich gebe es zu. Ich bin eine Heldin«, sagt sie. »Aber jetzt muss ich Schluss machen und die Spülmaschine ausräumen.«

»Ich fasse es nicht: Du sitzt da in deinem Zimmer und deine Eltern ahnen nicht mal, dass du weltberühmt bist.«

»Wohl doch eher nur in Amerika«, wendet Lucy ein.

»Nein, auch ein paar Frauen in England reden über dich«, sage ich.

»Ach, sei still.« Aber ich kann hören, wie stolz sie ist. Und erstaunt. »Bis später.«

»Kann es kaum erwarten.«

Nachdem Lucy und ich aufgelegt haben, lässt auch Claudia ihr Telefon in Ruhe und wirft es zur Seite. Sie isst noch ein paar Löffel Schokoladeneis und fragt dann: »Aber echt mal, wie soll es jetzt weitergehen? Mit Wilson, meine ich. Ich glaube nicht, dass er uns von der Schule wirft, aber meinst du, er wird so tun, als ob das alles nie passiert wäre?«

»Ich glaube, das kann er nicht.« Ich checke mein Telefon. »Hey, guck mal. Jetzt nehmen es auch die lokalen Nachrichtensender auf.« Auf einem Foto auf einer der örtlichen Nachrichtensites entdecke ich Seth und scrolle durch meine Nachrichten in der Hoffnung auf eine von ihm. Aber da ist nichts.

Dann gehen wir, gefolgt von Joan Jett, ins Wohnzimmer, wo uns Mom bald darauf antrifft, als sie nach Hause kommt. Wir zappen durch die Lokalnachrichtenkanäle und hören uns an, was Nachrichtensprecherinnen mit voluminösen Frisuren über die »große Protestaktion« an der East Rockport High berichten.

»Darüber habe ich gerade was im Radio gehört«, sagt Mom und blickt auf den Fernseher. »Vivvy«, ruft sie dann. Ihr bleibt der Mund offen stehen und ihre Augen werden ganz groß. »Liebes, bist du das da im Fernsehen?«

Mom legt ihr Telefon auf die Küchentheke und reibt sich das Ohr.

»Ich glaube, ich konnte Meemaw und Grandpa davon überzeugen, dass du nicht ins Gefängnis kommst«, sagt sie. In eine Ecke der Couch gekuschelt, mustere ich Mom, die sehr still ist, seit ich ihr gestanden habe, dass ich Moxie mit meinen Zines ins Leben gerufen habe – was in Claudia das dringende Bedürfnis weckte, nach Hause zu fahren.

»Sind sie sauer?«, frage ich mit dünner Stimme.

Mom antwortet nicht, sondern geht zum Schrank, wo sie eine kleine Flasche Bourbon aufbewahrt. Sie lässt zwei Eiswürfel in ein Saftglas fallen – ding, ding – und gießt dann eine ordentliche Portion bernsteinfarbener Flüssigkeit darüber. Erst nachdem sie einen großen Schluck davon getrunken hat, antwortet sie mir.

»Ich glaube nicht, dass sie sauer sind, Vivvy. Bloß erschrocken.« Sie kommt ins Wohnzimmer und macht es sich neben mir auf der Couch gemütlich. »Die Vivian, die sie kennen, würde so etwas nicht tun.«

»Bist *du* sauer?«, frage ich.

Sie trinkt einen Schluck. Dann noch einen. Das Herz klopft mir bis zum Hals.

»Ich glaube«, sagt sie sanft und wählt ihre Worte mit Bedacht, »ich begreife endlich, dass du mehr meine Tochter bist, als mir bisher klar war. Und dass die Vivian, die ich kenne ... erwachsen wird.«

Ich ziehe die Knie an die Brust. »Ist das ... schlecht?« Zu meiner Überraschung bricht meine Stimme ein bisschen.

Da bekommt Mom fast sofort feuchte Augen. Sie drückt sich die Fingerspitzen in die Augenwinkel, dann gibt sie auf, und ein paar verstohlene Tränen laufen ihr übers Gesicht.

»Mom, bitte sei nicht sauer«, sage ich und rutsche zu ihr. Ich hatte mir zwar schon gedacht, dass Mom keine Freudensprünge machen würde. Aber mit dieser Reaktion, die ich nicht mal richtig deuten kann, hätte ich auch nicht gerechnet.

»Ach, Vivian, ich bin nicht sauer«, sagt sie schließlich. »Ich meine, vielleicht, irgendwie, zehn Prozent sauer. Aber nur, weil du das alles so vor mir geheim gehalten hast.« Sie hält inne und danach klingt sie ein bisschen verletzt. »Du hattest nicht das Gefühl, dass du es mir erzählen kannst?«

»Mom, es tut mir leid«, sage ich, ganz hibbelig vor Schuldgefühlen. »Es ist nicht so, als hätte ich nicht geglaubt, dass ich es dir sagen kann. Es ist bloß ... etwas, was ich allein machen wollte. Aber nicht, weil ich geglaubt hätte, dass ich dir nicht vertrauen kann.«

»Okay«, flüstert sie. »Hauptsache, du weißt, dass du mir immer alles sagen kannst.«

»Das weiß ich, Mom«, sage ich. Und um ihr das Gefühl zu geben, dass sie von Anfang an damit zu tun hatte, füge ich hinzu: »Die Idee habe ich aus dem Karton mit den Riot-Grrrl-Sachen, weißt du?«

»Ich wusste doch, dass ich diesen Karton auf dem Dachboden hätte verstecken sollen.« Sie verdreht die Augen, die ein bisschen gerötet sind.

»Du weinst also nicht, weil du sauer bist?«

Mom schüttelt den Kopf.

»Nein, ich weine, weil ... weil ... O Mann, ich weiß auch nicht, warum ich weine. Weil ich stolz auf dich bin, und sehr überrascht. Und weil ich alt bin und du jung bist – wenn auch offenbar nicht mehr *so* jung. Weil das Leben manchmal komisch ist, und immer, wenn ich glaube, ich habe den Dreh raus, passiert wieder etwas Komisches.«

»Also bist du eigentlich ... stolz?«, frage ich und lächele hoffnungsvoll.

Sie beäugt mich über ihr Glas hinweg.

»Ganz ehrlich? Ich bin *richtig* stolz auf dich.«

Mein hoffnungsvolles Lächeln wird strahlender.

Sie nickt und trinkt noch einen Schluck. »Offen gesagt wünsche ich mir fast, Direktor Wilson würde versuchen, dich und all die anderen Mädchen von der Schule zu werfen.« Unvermittelt lacht sie laut auf, so laut, dass sie damit Joan Jett aus dem Wohnzimmer scheucht. »Falls dieses Arschloch denkt, er könnte die Hälfte der Schülerinnen rauswerfen, weil er eine versuchte Vergewaltigung vertuschen will, dann bekommt er es mit mir zu tun!« Ausgelassen reckt sie die Faust in die Luft.

»Okay, Mom, beruhig dich wieder.«

Als sie mir gerade antworten will, klingelt es an der Tür. Es ist fast neun Uhr abends.

»Ist das John?«, frage ich und blicke zur Haustür.

»Nein, der arbeitet noch«, sagt Mom und geht öffnen. Gleich darauf kommt sie zurück.

Seth ist bei ihr.

O Mann, was für ein Tag.

»Tut mir leid, dass ich so spät noch störe«, sagt er und sieht zuerst meine Mutter und dann mich an. »Ich wollte bloß unbedingt mit Viv reden. Persönlich.«

Mein Mund ist trocken. An den Armen habe ich eine Gänsehaut. Und Seth steht da und sieht mich mit seinen dunklen Augen an. Ich muss an seinen erhobenen Daumen heute beim Streik denken.

»Hey«, sage ich.

Der Blick meiner Mutter zuckt zwischen uns hin und her.

Schließlich sagt sie: »Hört mal, ich mag ja eine semicoole

Mutter sein, aber ihr bleibt hier im Wohnzimmer, und ich gehe in mein Zimmer. Ich lasse übrigens die Tür einen Spalt offen.« Sie wirft mir einen vielsagenden Blick zu und geht in den Flur, kommt noch einmal zurück und schnappt sich die Flasche Bourbon.

»Also, hey«, sagt Seth, als meine Mutter endlich weg ist. Er schiebt die Hände in die Jeanstaschen.

»Möchtest du dich setzen?«, frage ich und merke, ich möchte unbedingt, dass er sich neben mich setzt. Also, dass er richtig nah neben mir sitzt.

Seth setzt sich auf die Couch, aber er lässt einen guten halben Meter Abstand zwischen uns. Er trägt das Black-Flag-T-Shirt, das ich so mag, und wippt mit dem Knie auf und ab. Dann blickt er auf den Fernseher, obwohl der aus ist.

Ich glaube, er ist nervös.

»Tja ...«, sagt er. »Wahnsinnsstreik, oder?«

»Ja«, erwidere ich. »Das war ziemlich irre.«

»Richtig irre. Aber auch richtig cool.«

Ich rutsche ein bisschen näher an ihn heran. Stupse ihn sanft mit der Schulter an. Er schafft es, mich anzusehen.

»Danke, dass du mitgemacht hast«, sage ich.

Er nickt bedächtig. Dann fällt ihm etwas ein, und er verzieht den Mund zu einem sanften Lächeln.

»Du hättest Mitchell sehen sollen, als du hinter Emma her bist und noch andere Mädchen aufgestanden sind«, erzählt er. »Er sah aus, als hätte ihm jemand verfaulte Eier mitten auf den Schoß gekotzt.«

»Das hätte ich echt gern gesehen.« Ich rücke noch ein klitzekleines Stückchen näher.

»Wenn ich es beschreiben müsste, würde ich sagen, er hatte den Blick eines Typen, dem man immer gesagt hat, er sei unantastbar, und der endlich begreift, dass er das verdammt noch mal nicht ist«, sagt Seth. »Es war herrlich. Und danach bin ich einfach auch aufgestanden und rausgegangen.«

Ich schiebe die Hand auf Seths Hand zu. Streife mit den Fingerspitzen seine Knöchel.

»Ist das okay?«, frage ich.

»Ja«, sagt Seth.

Verstohlen stecke ich meine Finger zwischen seine. Seine Handfläche ist verschwitzt, aber das ist mir egal. Als unsere Hände sich berühren, stellt sich jedes einzelne Haar auf meinem Kopf auf, und mein Herz beginnt zu rasen. Ich sehe ihn an und lächele, und er lächelt zurück.

»Tut mir leid, wenn ich mich wie ein dämliches Arschloch benommen habe«, platzt Seth heraus.

Ich lächele. »Du bist kein dämliches Arschloch.«

»Ich hätte das, was auf dem Flyer stand, nicht anzweifeln dürfen. Ich hätte versuchen müssen, besser zu verstehen, worum es bei Moxie geht.«

»Na ja«, sage ich. »Ich hätte nicht von dir erwarten dürfen, dass du perfekt bist.«

»Das ist niemand. Ich schon gar nicht. Aber ich verspreche dir, dass ich von jetzt an versuchen werde, besser zuzuhören bei Sachen, die ich nicht richtig verstehen kann, weil ich ein Kerl bin.«

»Na bitte«, flüstere ich, und unsere Blicke begegnen sich. »Du sagst, du bist nicht perfekt, aber wenn ich dich so höre, denke ich, du bist ziemlich nah dran.«

Jetzt trennen uns nur noch Millimeter. Ich nehme seinen Jungengeruch wahr. Ich kann die drei Sommersprossen auf seiner rechten Wange zählen. Ich strecke die freie Hand aus und berühre sie. Dann hebe ich den Kopf und küsse sie auch.

»Deine Mutter ist in ihrem Zimmer«, sagt Seth heiser und blickt kurz über meinen Kopf hinweg.

»Na gut.«

»Na gut was?«

»Na gut, dann müssen wir uns eben ganz leise küssen«, erkläre ich ihm.

»Du meinst, megaverstohlen leise?«, fragt er und beugt sich zu mir.

Meine Wangen werden heiß, und mein Herz pocht vor Vorfreude.

»Ich meine, ultraintensiv megaverstohlen leise«, antworte ich. Oder will es vielmehr antworten. Denn beim zweiten oder dritten Wort küsst Seth mich schon, und ich küsse ihn, und ich kann nur hoffen, dass Mom noch eine Weile in ihrem Zimmer bleibt, denn bei den Gefühlen, die Seths Küsse in mir auslösen, weiß ich nicht, wie wir je wieder aufhören sollen.

KAPITEL FÜNFUNDZWANZIG

Der letzte Schultag ist immer nur ein halber Tag, deshalb ist die letzte Stunde in meinem vorletzten Jahr an der Highschool Englisch bei Mr Davies, der diese Woche mit erstaunlich wenig Brimborium angekündigt hat, dieses Jahr sei sein letztes an der East Rockport High. Er hat uns erzählt, er wolle sich zur Ruhe setzen, damit er mehr Zeit zum Angeln habe.

Mir war gar nicht klar, dass man im Hunter's Pub, wo Mr Davies oft abhängt, angeln kann. Aber egal.

Infolge seiner bevorstehenden Pensionierung verbringt Mr Davies also die letzten Unterrichtsstunden damit, seine Sachen in ein paar Kartons zu packen, und lässt uns schwatzen und die Minuten bis zu den Sommerferien zählen. Lucy, Seth und ich haben unsere Tische zu einem Dreieck zusammengeschoben.

»Herrgott, wie lange noch?«, nörgelt Lucy, während sie sich mit einem blauen Kugelschreiber lauter Herzchen und Sternchen auf die Hände malt. »Hey, Viv«, sagt sie dann und hält die Hand hoch, »erinnert dich das an was?«

Ich grinse, und Seth auch.

»Ja, tut es«, sage ich. »Ich weiß noch genau, wie aufgeregt ich war, als ich damals deine Hände sah.«

»Und was ist mit mir?«, fragt Seth gekränkt.

»Darüber ist sie total ausgeflippt, glaub mir«, mischt Lucy sich ein, und Seth lacht, und ich verdrehe die Augen.

Die Lautsprecheranlage erwacht knisternd zum Leben, und dann ertönt Mr Henriquez' Stimme. Er erinnert uns daran, unsere Spinde auszuräumen und die Schule beim letzten Klingeln zügig und geordnet zu verlassen, aber wir hören kaum hin.

»Zum Schluss möchte ich Ihnen noch einmal dafür danken, dass Sie mich in diesen letzten Unterrichtswochen an der East Rockport High so freundlich willkommen geheißen haben. Ich freue mich schon darauf, unsere Schulgemeinschaft ab dem Herbst zu leiten«, sagt er. »Und jetzt wünsche ich Ihnen allen einen schönen und produktiven Sommer!«

Während ein paar unserer Klassenkameraden sarkastisch jubeln und matt applaudieren, fragt Lucy, ob wir glauben, dass er wirklich zurückkommt.

»Wilson kommt jedenfalls nicht zurück«, sagt Seth. »So viel ist sicher.«

Nachdem überall in den Nachrichten über unseren Streik berichtet worden und Moxie im Netz zu einer regelrechten Sensation geworden war, dauerte es nicht lange, bis sich eine Menge Eltern und schließlich auch die Schulbehörde einschaltete, zumal Direktor Wilson tatsächlich versuchte, mehr als die Hälfte der Mädchen der Schule zu verweisen. Zwei Wochen später erfuhren die braven Bürger von East Rockport, dass der Direktor ihrer schönen Highschool in den vergangenen Jahren haufenweise Geld für Lieblingsprojekte wie das Footballprogramm abgezweigt hatte, während zum Beispiel die Modernisierung des Chemielabors und die Sportausrüstung der Mädchenmannschaften auf der Strecke geblieben waren. Es kam zu irgendeinem Deal, dessen Einzelheiten streng geheim blieben – alles, was wir mitbekamen, war, dass Direktor Wilson und sein Sohn schon Mitte Mai die Schule verlassen hatten. Ermutigt von ihren Eltern hat Emma Johnson außerdem Anzeige wegen sexueller Nötigung erstattet. Die Wilsons verließen quasi über Nacht die Stadt, und im Vorgarten ihres Hauses erschien ein Schild mit der Aufschrift ZU VERKAUFEN. An dem Morgen, als Mom in mein Zimmer kam und mir die Meldung vorlas, Direktor Wilson werde abgelöst, sprang ich vor Freude so ungestüm aus dem Bett, dass ich hinfiel. Es war mir egal. Ich habe nur gelacht.

Natürlich gab es Leute an der Schule und in der Stadt, deren größte Sorge war, dass die nächste Footballsaison wegen dieser Vorfälle wahrscheinlich von vornherein verloren sei. Aber bei so vielen Mädchen, die auf der Seite von Moxie standen, ließ sich das problemlos ignorieren. Und als Meemaw und Grandpa mir sagten, sie seien stolz auf mich, da empfand ich das als besonders große Ehrung.

Auch Mr Shelly hat gekündigt, ebenso wie ein paar der übrigen stellvertretenden Direktoren, die Wilson nahestanden. Und dann holte man Mr Henriquez, den Leiter einer der Middle Schools, für den Rest des Schuljahrs an die East Rockport High. Bis jetzt scheint er okay zu sein. Keine Kleiderkontrollen jedenfalls.

»Nur noch fünf Minuten«, sagt Lucy mit einem Blick auf die Uhr. Sie schiebt die Kappe auf ihren Stift und steckt ihn in ihren Rucksack. »Ich muss nach der Schule sofort nach Hause und meine Sachen zu Ende packen.«

Lucys Eltern haben endlich ein eigenes Haus gefunden, und Lucy plant schon eine Moxie-Übernachtungsparty für das kommende Wochenende. Sie hat auch Kiera und Amaya eingeladen, und Marisela und Jane und ein paar andere Mädchen ebenfalls. Lucy meint, wir sollten uns schon mal eine Strategie für das nächste Schuljahr überlegen. Auch wenn Mr Henriquez bisher ganz okay zu sein scheine, sagte sie, sei es wichtig, vorbereitet zu sein. »Ich meine, das Patriarchat besteht aus mehr als einem

Kerl, richtig?«, teilte Lucy uns beim Mittagessen mit. Claudia nickte und bot an, Lemon Bars mitzubringen.

Während auf der Uhr im Klassenraum die letzten Minuten ablaufen, sehe ich zu Emma Johnson, die an ihrem Tisch sitzt und in einem Taschenbuch liest. Auch nach dem Streik ist sie in vielerlei Hinsicht noch ganz die Alte. Immer noch atemberaubend. Immer noch perfekt zurechtgemacht und gut organisiert und sehr leistungsstark. Das MOXIE, das sie sich am Streiktag mit schwarzem Stift auf den Unterarm schrieb, ist irgendwann verblasst, und in den letzten Wochen des Schuljahrs war sie sehr still. Aber nicht lange nach dem Streik fiel mir auf, dass sie nicht mehr so oft mit den anderen Cheerleadern zu Mittag aß, sondern sich manchmal an den Rand irgendeiner anderen Gruppe setzte. Und nachdem die Vorwürfe gegen Mitchell unter den Teppich gekehrt worden waren, schien sie noch mehr auf Abstand zu gehen.

Wenn Emma mir auf dem Flur oder im Unterricht begegnete, sah sie mir in die Augen. Lächelte. Einmal sagten wir sogar Hi, als wir uns auf der Toilette trafen. Trotzdem kehrten wir nach jener berauschenden und brisanten Aktion auf der Treppe vor der Schule wieder in unsere jeweiligen Lager zurück und redeten kaum noch miteinander.

Offenbar spürt Emma, dass ich sie betrachte, denn jetzt sieht sie mich an. Ich werde ein bisschen rot, aber Emma hebt kurz grüßend die Hand und lächelt, und da spüre ich, wie in meinem Inneren etwas an mir zupft.

Als schließlich nur noch wenige Sekunden verbleiben, zählen ein paar Leute laut mit. »Zehn ... neun ... acht ... sieben ...«, und gleich darauf bricht Jubel aus.

Seth steht auf. »Lust, irgendwo was essen zu gehen?«, fragt er.

»Ich würde gerne kurz mit Emma reden. Ist das okay?«

»Klar«, sagt Seth. »Dann vielleicht heute Abend?«

»Unbedingt«, erwidere ich lächelnd, und nachdem Seth mir einen schnellen Kuss gegeben hat, bietet er Lucy an, sie zu Hause abzusetzen. Ich sause zwischen den Tischen hindurch und verlasse hastig den Klassenraum, um Emma einzuholen. Als ich ihren Namen rufe, dreht sie sich zu mir um.

»Hey, Vivian«, sagt sie. Ein paar Typen drängeln sich auf dem überfüllten Flur an ihr vorbei und rempeln sie an der Schulter an. Sie verzieht das Gesicht und drückt sich an die Wand.

»In letzter Zeit bin ich mir nicht mehr sicher, ob das Absicht oder Versehen ist«, erklärt Emma. »Es gibt eine gewisse Fraktion, die ziemlich sauer über das ist, was ich getan habe.«

»Ja, kann ich mir vorstellen.« Die innere Stimme, die es komisch findet, mit einem Mädchen zu reden, das ich mal für so elitär hielt, dass ich mir vorstellte, sein Spind sei mit Blattgold tapeziert, ignoriere ich. »Wie gehts dir so?«

Emma blickt kurz zur Decke, dann sieht sie wieder mich an. Ihre Augen sind feucht. Sie blinzelt und eine dicke Träne purzelt heraus. Mit einem perfekt manikürten Finger erwischt sie sie.

»Geht so. Ich meine, ich breche jetzt nicht zusammen oder so. Aber es ging mir auch schon mal besser, weißt du?«

»Ja«, sage ich. »Ich weiß, was du meinst.«

Schuhsohlen quietschen auf rissigem Linoleum, Spindtüren werden zugeknallt, Teenager kreischen und brüllen herum, weil sie endlich frei sind, nachdem sie monatelang eingesperrt waren – und inmitten all dieser Geräusche stehen wir einfach nur da und sehen uns an.

»Ich muss zu meinem Spind, du auch?«, fragt Emma.

»Nein, ich hab meinen schon ausgeräumt«, erkläre ich. »Aber ich komme gern mit, wenn du magst.«

»Okay.« Sie lächelt. »Danke.«

Emmas Spind ist schon fast leer, nur auf dem obersten Regal liegen ein ordentlicher Stapel Spiralblöcke in Pastellfarben und ein paar lose Blätter. Sie nimmt einen Spiegel mit rosa Rahmen von der Innenseite der Spindtür ab und legt ihn auf den Stapel, dann holt sie alles heraus. Mein Blick fällt auf das erste *Moxie*-Heft.

»Hey. Das kenne ich.«

»Ja, ich habe sie alle.«

Offenbar gucke ich total ungläubig, denn Emma sagt: »Ich war neugierig. Am Anfang war ich zu feige, um es zuzugeben, weil meine Leute nicht so darauf standen.«

»Dann hast du diese Ansprache nach der Bademantelaktion gar nicht freiwillig gehalten?«

Emma rümpft die Nase. »Nein. Aber Direktor Wilson hat mir sozusagen die Pistole auf die Brust gesetzt. Genau wie im letzten Jahr, damit ich nicht als Schülersprecherin kandidiere, sondern nur als Stellvertreterin.«

»Moment mal, machst du Witze?«

Aber Emma schüttelt den Kopf und erzählt mir, Direktor Wilson habe ihr gesagt, mit einem Jungen an der Spitze habe die Schülervertretung mehr Autorität.

»Er sagte, der Stellvertreterposten sei ideal für eine weibliche Führungskraft«, erzählt Emma weiter. »Und ich wollte keinen Aufstand machen, also habe ich getan, was er von mir wollte.« Dann breitet sich ein kleines Lächeln auf ihrem Gesicht aus. »Aber dafür habe ich etwas anderes gemacht«, fügt sie hinzu.

»Was denn?«

»Ich habe die Moxie-Sticker auf seinen Pick-up geklebt.«

Sie grinst breit und entblößt dabei ihre modeltauglichen Zähne. Mir bleibt vor Verblüffung der Mund offen stehen.

»Echt?«

»Ja, echt!« Sie kichert. »Und das Arschloch hat es auch nie rausgefunden.«

Zu hören, wie Emma unflätig wird, erinnert mich an das eine Mal, als ich Meemaw *Scheiße* sagen hörte. (Sie hatte eine ganze Schüssel Stouffer's-Enchiladas fallen gelassen, und das Essen hatte sich überall auf dem Boden verteilt.) Es ist ein bisschen unheimlich, aber auch zum Schreien komisch und einfach toll.

Emma schließt ihren Spind. Mittlerweile hat die Schule sich geleert, und wir machen uns durch den beinahe verlassenen Hauptflur auf den Weg zum Ausgang. Durch eben diesen Flur marschierten wir beim Streik Seite an Seite. Ich denke daran, wie Emma und ich nebeneinander gingen, während ihr die Tränen übers Gesicht strömten, mir das Herz bis zum Hals klopfte und endlich wirklich etwas passierte.

»Hast du Pläne für den Sommer?«, frage ich.

»Ich bin wieder Bademeisterin im Schwimmbad«, erzählt Emma. »Und ich will schon mit den Aufsätzen für die College-Bewerbungen anfangen. Was ist mit dir?«

Ich zucke die Achseln. »Mal sehen. Vielleicht helfe ich in der Notfallpraxis aus, wo meine Mutter als Krankenschwester arbeitet. Die brauchen jemanden im Büro. Wäre jedenfalls ein bisschen Extrageld.«

»Und du wirst auch Zeit mit deinem Freund verbringen, oder?«, fragt Emma und zieht eine Augenbraue hoch.

»Klar.« Ich grinse. Mit Emma Johnson kann man sich gut unterhalten, merke ich. Sie ist einfach ein nettes Mädchen, das auf meine Schule geht. Das ist sie wahrscheinlich immer schon gewesen.

Schließlich erreichen wir den Hauptausgang der East Rockport High, und ich bekomme eine Gänsehaut, so, als könnte ich die Energie des Streiks nach all den Wochen immer noch spüren. Als wäre diese Energie in der Atmosphäre der Schule hängen geblieben. Wie Kathleen Hanna und die Riot Grrrls gesagt haben: Diese Energie ist eine revolutionäre Kraft, erzeugt von Mädchen für Mädchen.

Ich will verdammt noch mal hoffen, dass sie hierbleibt.

Dann drücke ich die schwere Tür auf, und Emma und ich gehen nach draußen.

»Hey«, sage ich und schirme meine Augen gegen die texanische Sonne ab. »Nächstes Wochenende macht meine Freundin Lucy eine Übernachtungsparty bei sich zu Hause.«

Jetzt stehen wir auf der Treppe vor der Schule.

Emma zieht eine schicke Sonnenbrille aus der Handtasche und setzt sie auf. »Lucys ist die Neue, die alles online gestellt hat, stimmts?«, fragt Emma.

»Genau.«

»Ich mag sie«, sagt Emma grinsend.

»Sie mag dich auch«, erwidere ich. »Jedenfalls, wir dachten, vielleicht möchtest du ja auch kommen. Es werden noch ein paar andere Mädchen da sein. Mädchen, die auch mit Moxie zu tun hatten. Wir wollen uns überlegen, wie man das alles im nächsten Jahr am Laufen halten kann. Ich meine, auch wenn Wilson weg ist …«

»Oh, klar«, sagt Emma und nickt, um mir zu zeigen, dass ich gar nicht weiterzureden brauche. »Bloß weil er weg ist, heißt das nicht, dass es nicht noch viel zu tun gibt.«

»Also wärst du dabei? Kommst du zur Party?«

»Ihr wollt mich dabeihaben?«, fragt Emma. »Obwohl ich Cheerleader bin?« Und schon der Tonfall, in dem sie das fragt – sehnsüchtig, verunsichert und eine kleine Spur selbstironisch –, genügt, um zu wissen, dass Emma Johnson und ich gute Freundinnen werden.

»Wir wollen dich total dabeihaben«, sage ich. »Moxie ist für alle Mädchen. Auch für Cheerleader.«

»Okay, cool«, sagt Emma. »Das wäre wirklich cool. Und um ganz ehrlich zu sein, ich habe sogar ein paar Ideen, wenn ihr sie wollt.«

»Du meinst Moxie-Ideen?«

»Genau.« Emma bekommt rote Wangen. »Aber wie auch immer. Die könnt ihr euch bei der Party anhören. Oder auch nicht. Ich meine, na ja, als ich den Streik geplant habe, da habe ich so eine Excel-Tabelle mit ein paar grundlegenden Ideen gemacht.«

Logisch. Schließlich ist sie Emma Johnson.

»Diese Tabelle würde ich supergerne sehen«, sage ich grinsend.

»Ja?«

»Ja, wirklich.«

»Ich habe Moms Auto«, sagt Emma und deutet auf den Schülerparkplatz. »Soll ich dich mitnehmen? Wir könnten was essen gehen. Falls du Zeit hast, meine ich.«

Ich lächele Emma an. Natürlich habe ich Zeit. Es ist Sommer – lange, faule Tage liegen vor mir. Vor uns. Ideal zum Träumen. Ideal zum Pläneschmieden. Ideal, um uns zu überlegen, wie die Moxie-Girls zurückschlagen.

ANMERKUNG DER AUTORIN

Liebe Leser*innen,

als ich damals im finsteren Mittelalter Mitte der 90er-Jahre begann, mich für Feminismus und die Frauenbewegung zu interessieren, war das Internet noch nicht zugänglich für Normalsterbliche. Ohne das Magazin *Sassy* (schlagt es nach!) und meine College-Erfahrungen hätte ich vielleicht viel zu lange keine Ahnung gehabt, wie inspirierend, lohnend und, ja, *vergnüglich* das Leben als Feministin sein kann.

Mittlerweile haben wir das Internet, das neben vielen niedlichen Videos mit Kätzchen und Hundewelpen, die BFFs sind, auch Infos über den Feminismus bereitstellt. In zufälliger Reihenfolge führe ich unten ein paar Quellen auf, die ich persönlich toll finde. Ich habe darauf geachtet, nur solche auszuwählen, die einen intersektionalen feministischen Ansatz verfolgen, das heißt, alle Frauen sind willkommen, auch Farbige, Frauen mit Beeinträchtigungen, lesbische Frauen und Transgender.

feministing.com
rookiemag.com
bitchmedia.org
bust.com
thefbomb.org

scarleteen.com
therepresentationproject.org

Falls ihr ein gutes altmodisches Buch in die Hand nehmen wollt, empfehle ich euch unbedingt *Full Frontal Feminism: A Young Woman's Guide to Why Feminism Matters* von Jessica Valenti und *Mehr Feminismus. Ein Manifest und vier Stories* von Chimamanda Ngozi Adichie. Falls ihr euch eine interessante Doku ansehen wollt, empfehle ich euch *She's Beautiful When She's Angry*.

Und wenn ihr mehr über Riot Grrrl wissen wollt, seht euch die Doku *The Punk Singer* an oder lest *Girls to the Front: The True Story of the Riot Grrrl Revolution* von Sara Marcus. Auch online gibt es eine Menge spannender Sachen, die leicht zu finden sind, darunter Interviews und Videos. Sucht einfach nach Riot Grrrl.

Falls ihr Lust habt, euer Leben als Moxie-Girl zu verbringen und Gleichgesinnte zu finden, geht auf moxiegirlsfightback.com oder schickt eine E-Mail an moxiegirlsfightback@gmail.com.

Vielen Dank, liebe Leser*innen, dass ihr euch die Zeit genommen habt, Viv und ihre Freund*innen kennenzulernen. Denkt immer daran: Moxie-Girls schlagen zurück!

xoxoxo,
Jennifer Mathieu

DANKSAGUNG

Ich möchte meiner Mutter dafür danken, dass sie das Buch *Girls Can Be Anything* von Norma Klein kaufte und mir vorlas, als ich klein war.

Außerdem möchte ich allen Moxie-Girls und -Frauen danken, die mich täglich inspirieren.

Ich danke Kathleen Hanna und Bikini Kill dafür, dass sie Songs geschrieben haben, die ich mit vierzig noch genauso liebe wie mit zwanzig. Besonders »Rebel Girl« und »Feels Blind«. xoxoxoxo

Eine Million Dankeschöns gehen an meine wunderbare Lektorin Katherine Jacobs für ihre immerwährende Genialität und Sorgfalt.

Auf ewig dankbar werde ich meiner fantastischen Agentin Kerry Sparks und dem gesamten Team bei Levine Greenberg Rostan dafür sein, dass sie immer mein Wohl im Blick haben und, wenn nötig, Berge dafür versetzen.

Ich danke dem gesamten Team bei Macmillan und Roaring Brook Press, insbesondere Mary Van Akin und Johanna Kirby, zwei der größten Moxie-Ladys in der Buchbranche.

Ein dickes Dankeschön geht an das Kollegium, die Verwaltungsangestellten und die Schüler*innen der Bellaire High School, die mich zu meiner zweiten Karriere ermutigen und mich darin unterstützen. Ich bin so stolz!

Der großartige Domino Perez, der Teile eines frühen Entwurfs las, bekommt *un abrazo muy fuerte.*

Dee Gravink danke ich vielmals für seine texanischen Kleinstadtgeschichten, darunter auch die mit dem Cruisen des Bestattungsinstituts.

Vielen, vielen Dank allen Freund*innen, die mich auf dieser Schreibreise unterstützt haben, besonders Kate Sowa, Jessica Taylor, Julie Murphy, Christa Desir, Summer Heacock, Tamarie Cooper, Leigh Bardugo, Ava Dellaira, Emmy Laybourne, meiner Kinder- und Jugendbuchautorengruppe YAHOUs wie auch Valerie Koehler, Cathy Berner und all den entzückenden Leuten in der Buchhandlung Blue Willow in Houston.

Zuletzt danke ich den Mitgliedern meiner Familie, die noch immer meine größten Fans sind, und ein ganz besonderer Dank geht an meinen wunderbaren Mann Kevin, der weiß, dass es nicht Babysitting genannt wird, wenn ein Vater sich um sein eigenes Kind kümmert. Nichts von alledem könnte ich ohne dich tun. Eine texanische Riesendosis Liebe für dich und Elliot immerdar.